楚风汉韵文库

本书出版受到国家一流专业专项经费资助，受到湖北省人文社会科学重点研究基地湖北方言文化研究中心开放基金项目资助

黄盼 著

唐宋《蝶恋花》词研究

武汉大学出版社

WUHAN UNIVERSITY PRESS

图书在版编目(CIP)数据

唐宋《蝶恋花》词研究/黄盼著.—武汉:武汉大学出版社,2022.11
楚风汉韵文库
ISBN 978-7-307-23406-2

Ⅰ.唐…　Ⅱ.黄…　Ⅲ.词(文学)—诗词研究—中国—古代
Ⅳ.I207.23

中国版本图书馆 CIP 数据核字(2022)第 195464 号

责任编辑:唐　伟　　　责任校对:李孟潇　　　版式设计:马　佳

出版发行:**武汉大学出版社**　　(430072　武昌　珞珈山)
　　　　　(电子邮箱:cbs22@ whu.edu.cn　网址:www.wdp.com.cn)
印刷:武汉邮科印务有限公司
开本:720×1000　　1/16　　印张:22　　字数:357 千字　　插页:1
版次:2022 年 11 月第 1 版　　2022 年 11 月第 1 次印刷
ISBN 978-7-307-23406-2　　定价:88.00 元

前　言

　　《蝶恋花》原名《鹊踏枝》，系唐代教坊曲，载唐崔令钦《教坊记》，是唐宋词史上流传范围最广泛、时间最久远的少数词调之一。它最早产生在盛唐，经晚唐初步发展后，于两宋达到全盛。据任半塘《敦煌歌辞总编》（上）考证，我国唐代西北地区民间流行的敦煌曲子词、无名氏作的《叵耐灵鹊多瞒语》和《独坐更深人寂寂》二首写于盛唐时，当是迄今见于记载的、词史上最早的《鹊踏枝》词。冯延巳所作《鹊踏枝》十四阕，在词调韵律、声情艺术上对宋词及后世影响最大。南唐后主李煜将其词《鹊踏枝》（遥夜亭皋闲新步）易名为《蝶恋花》，后得以此新名流行。及至两宋，《蝶恋花》词调的格律、音韵、句法、声情等得以发展与统一，在题材立意和艺术形式等各方面都得以开拓与创新，依调填制的词作蜂拥而出，参与创制的词人辈出，如欧阳修、苏轼、赵令畤和辛弃疾等诸多宋词大家都有不少《蝶恋花》词流传于世。

　　首先，《蝶恋花》调有着巨大的魅力，在词坛上具有深远的影响，而且《蝶恋花》词作众多，值得研究。唐五代时期，词处于兴起和草创阶段，已经有民众和文人开始创作《蝶恋花》词，共计 17 首。可见其在当时百姓和士大夫阶层皆具有一定的知名度。根据唐圭璋等主编《全宋词》及补辑统计，两宋词人用《蝶恋花》调填制词作共有 507 首（包括 69 首异名词作以及残句、残篇），参与创制的词人共有 160 人（不包括无名氏）。另据白静和刘尊明在《唐宋词调之冠〈浣溪沙〉初探》中的统计结果，《蝶恋花》调在唐宋 1672 调（包括同调异名）中的使用频率位居第 8 位。① 可见，唐宋词人对《蝶恋花》词调的偏爱、熟练运用的程度及该词调的传播之广。其次，通过对唐宋《蝶恋花》词的研究，可以

---

① 白静、刘尊明：《唐宋词调之冠〈浣溪沙〉初探》，《湖北大学学报》2004 年第 2 期。

为《蝶恋花》词史的完成作铺垫，进而实践建构"中国分调词史"的设想。《蝶恋花》调新兴于晚唐五代，繁盛于两宋时期。尤其是北宋晏殊、欧阳修、苏轼和周邦彦等人，以璀璨多彩的艺术成就，使《蝶恋花》词创作达到很高的水平。南宋后期，动荡的社会环境并没有影响其创作势头，但质量略微下滑，稍显消沉。金元明时期也在不断地流传和创作着，但直至清代纳兰性德的出现，才使《蝶恋花》创作复兴到一个新的高度。由晚唐至两宋，从新兴到消沉，《蝶恋花》词的发展基本上完成了一个轮回，对唐宋《蝶恋花》词的研究，在某种程度上反映了《蝶恋花》词的全貌，反映了一调之史。曹辛华先生在《论中国分调词史的建构及其意义》一文中界定了"中国分调词史"的概念及其研究方法，① 对唐宋《蝶恋花》词的研究也是对"中国分调词史"这一设想的实践。再次，通过对唐宋《蝶恋花》词的研究，可以对"以调为体"的研究方法作一实践，使词学研究更关注词体自身特点，回归词学的基本议题。词调是词体构成的最基本单位，以词调作为研究中心，"以调为体"统帅词作，通过对词调渊源、格律体式、主题流变、用韵声情等方面的探究，以及对相关名家名作的线性考察，双向研究结合，向内可以探讨词调本身的主题内容及声律形式，向外可以涉及词史、词派、词论等相关论题。通过对唐宋《蝶恋花》词的研究，既可了解这一词调由音乐的附属品转化为文人抒情的文字律的过程，还可通过对这一词调的溯源、词乐探讨等，来归纳确定其大致声情，尽可能还原这一词调在词乐失传之前的本来面目。最后，前人在词调方面的研究成果多集中在整体词调的探究上，对单一词调的研究成果相对较少。故本书即欲通过探讨《蝶恋花》调名来源、词调体制、句式特征、章法结构、声情艺术等内容，并在充分解读《蝶恋花》词作内容的基础上，进一步认识词体文学的功能特征、发展规律等。

　　无论词谱、词论、鉴赏辞典、词选，还是单篇论文，前人对唐宋《蝶恋花》词及词调的探讨，多着眼于词学的整体层面，而且尚未见到对唐宋《蝶恋花》

_____

　　① 　曹辛华先生提出："中国分调词史，主要通过对词体文学中每一词调（词体）被运用填词的历史、规律、特征等问题的描述考察，在'词调视角'下来重新把握、揭示整个词史的原理、风貌、历程、规律以及特征等，进而形成一个迥异于传统的'体制外'词史的新词史，是'以词调（词体）统率词作'、重视体制内的新型词史。"参见曹辛华：《论中国分调词史的建构及其意义》，《中国韵文学刊》2009 年第 1 期，第 90 页。

词展开整体研究的专著，可见对唐宋《蝶恋花》词研究的深度或广度皆有开拓空间。目前学界对唐宋《蝶恋花》词及词调的研究成果大致包括以下几个方面：一是关于《蝶恋花》的调名溯源研究。关于《蝶恋花》调的来源，学者说法不一。明代杨慎在《词品》卷一"词名多取诗句"条中指出："《蝶恋花》则取梁元帝'翻阶蛱蝶恋花情'。"① 此说误，此诗见于梁简文帝萧纲《东飞伯劳歌》其一："翻阶蛱蝶恋花情，容华飞燕相逢迎。"② 清代毛先舒承袭杨慎的观点，在《填词名解》卷二中认为："梁简文帝乐府有'翻阶蛱蝶恋花情'，故名。"③ 今人李璉生在《中国历代词分调评注〈蝶恋花〉》一书中，从词调史的角度否定了前人的观点，认为："《蝶恋花》虽与梁简文帝诗句有关，可能这是出于明人的附会，因它绝不可能是六朝时所创制的曲。此调本为唐代教坊曲，源于盛唐时期，属于新的燕乐曲。"④《蝶恋花》之名采于前人诗句，原以《鹊踏枝》之名列于唐教坊曲是毋庸置疑的，但是关于改《鹊踏枝》为《蝶恋花》的观点历来争议颇多，大致可以分为两派：一派认为南唐李煜将《遥夜亭皋闲新步》易名为《蝶恋花》。王易《词曲史》认为："（李后主《蝶恋花》）乃由七言八句变为上仄韵，双叠。第二第六句各增二字，破为四五句。"⑤ 另一派认为北宋晏殊易名。张梦机《词律探源》一书中说："自北宋晏殊词，始改调名为《蝶恋花》，词家遂不复知有鹊踏枝之本意矣。"⑥ 随着研究的不断深入，现在基本可以确定李煜《遥夜亭皋闲新步》是第一首易《鹊踏枝》为《蝶恋花》的词作。二是《蝶恋花》体制研究。关于《蝶恋花》的调体，清王奕清《钦定词谱》列三体⑦；清人万树《词律》列《蝶恋花》为平仄互叶体⑧；龙榆生《唐宋词格律》

---

① （明）杨慎：《词品》（卷一），载唐圭璋：《词话丛编》，中华书局 1986 年版，第 428 页。

② 逯钦立：《先秦汉魏晋南北朝诗》，中华书局 1984 年版。

③ （清）毛先舒：《填词名解》（卷二），载查培继：《词学全书》，中国书店 1984 年版。

④ 李璉生：《中国历代词分调评注〈蝶恋花〉》，四川文艺出版社 1998 年版，前言第 4 页。

⑤ 王易：《词曲史》，江苏文艺出版社 2008 年版，第 47 页。

⑥ 张梦机：《词律探源》，台北：文史哲出版社 1981 年版，第 267 页。

⑦ （清）王奕清等：《钦定词谱》（卷十三），学苑出版社 2008 年版，第 589~590 页。

⑧ （清）万树：《词律》，上海古籍出版社 1984 年版，第 221~222 页。

列《蝶恋花》为仄韵格，注明："双调，六十字，上下片各四仄韵"①；李琏生在《中国历代词分调评注〈蝶恋花〉》一书中沿袭龙榆生在《唐宋词格律》中的分法，将其细化为三种：前后段各五句四仄韵，前段五句两平韵两仄韵、后段五句四仄韵和通叶入声韵。其中，通行正体是南唐冯延巳《六曲阑干偎碧树》，其调式为双调六十字，前后段各五句四仄韵，并说明："此调偶有作者用入声韵或平仄韵叶者，但仍以用仄声韵为标准。上下阕共十句，其中八句皆用韵，是用韵很密的词调。"② 三是《蝶恋花》宫调研究。关于《蝶恋花》调的宫调，杨朝英在《朝野新声太平乐府》注"双调"③。清王奕清承袭杨朝英的观点，在《词谱》卷十三记载："《蝶恋花》，双调，六十字，前后段字数、平仄、韵脚完全相同。"④ 龙榆生在《唐宋词格律》中说明："柳永《乐章集》、张先《张子野词》皆将其并入'小石调'，周邦彦《清真集》入'商调'。赵令畤《商调蝶恋花》，联章作'鼓子词'，咏《会真记》事。"⑤ 李琏生在《中国历代词分调评注·〈蝶恋花〉》一书中对龙榆生的观点作了进一步的补充："宋赵令畤以词的形式描述唐元稹《会真记》故事，被之音律，形之管弦，特在题下注明'商调十二首'，并在题记中说明：'调曰商调，曲名《蝶恋花》。'这是文献记载词作者第一次表明《蝶恋花》曲属于商调。而宋柳永和张先的《凤栖梧》词则注为小石调。而且，'小石调'和'商调'是商声七调中不同的转调曲子。"⑥ 可见《蝶恋花》的宫调有小石调和商调两种，而赵令畤是最早标注《蝶恋花》属于商调的词人。四是《蝶恋花》声情研究。每个词调都表达一定的情绪，今人可以根据现存较早的词作，从歌词内容、句度、语调、叶韵等方面大致推断这个词调的声情。元人芝庵在《论曲》中认为："商调凄怆怨慕，小石调旖旎妩媚，双调健

---

① 龙榆生：《唐宋词格律》，上海古籍出版社1978年版，第88页。
② 李琏生：《中国历代词分调评注〈蝶恋花〉》，四川文艺出版社1998年版，前言第3～4页。
③ （元）杨朝英：《朝野新声太平乐府》，中华书局1958年版，第247页。
④ （清）王奕清等：《钦定词谱》（卷十三），学苑出版社2008年版，第589页。
⑤ 龙榆生：《唐宋词格律》，上海古籍出版社1978年版，第88页。
⑥ 李琏生：《中国历代词分调评注〈蝶恋花〉》，四川文艺出版社1998年版，前言第1页。

捷激袅。"① 这显然与《蝶恋花》的声情特点颇为适应。这是因为，在《蝶恋花》词的内容中，表现惜春悲秋、离愁别恨者，多凄怆怨慕；表现艳情相思者，多旖旎妩媚；咏物、述志者，多健捷激袅。此外，李琏生在《中国历代词分调评注〈蝶恋花〉》中说道："《蝶恋花》句式以七言句为主，共六句；另有四言句和五言句各两句。这样的句式安排应造成热情奔放的声情特点，但其中有平和的四字句，尤其是用仄声韵加以压抑，遂形成流畅而又柔婉、激越而又低回的声情。"② 但是，从冯延巳及后来此调名篇佳作的声情来看，当以正商调的"凄怆怨慕"最具《蝶恋花》调的声情特点。五是对《蝶恋花》名作的解析与批评研究，主要涉及各类词史、选本及单篇论文。词史中对唐宋《蝶恋花》词的批评主要涉及词作背景、题材、词作艺术特色等方面。以《蝶恋花》调成书的有李琏生《中国历代词分调评注·〈蝶恋花〉》，此书共收入自唐至清 529 首词作，其中唐宋 277 首，金元明 91 首，清代 161 首。此书在前言部分考证了《蝶恋花》的词调溯源，介绍了词调的异名，确定了通行正体，探究了该调的声情特征。编选者不仅对这些富有特色和影响的《蝶恋花》词作逐一注释，还对其题材和艺术特色发表了简略的评论。此外，竺金藏、马东遥选注的《分调绝妙好词·蝶恋花》③（收录 55 首）和隗国等编注的《〈蝶恋花〉一百首》④，皆对所选词作分别进行了注释和赏析。而自五代以来，诸多选本选入的《蝶恋花》词作数量不等。唐《尊前集》收入 1 首⑤，宋《梅苑》收入 11 首⑥、《乐府雅词》选入 34 首⑦、《草堂诗馀》选入 13 首⑧、《花庵词选》选入 42 首（其中《唐宋诸贤绝妙词选》23 首、《中兴以来绝妙词选》19 首）⑨、《绝妙好词笺》选入 5 首⑩，清

---

① （元）芝庵：《论曲》，载王学奇：《元曲选校注》（第 1 册），河北教育出版社 1994年版，第 38~39 页。

② 李琏生：《中国历代词分调评注〈蝶恋花〉》，四川文艺出版社 1998 年版，前言第 4 页。

③ 竺金藏、马东遥：《分调绝妙好词·蝶恋花》，东方出版社 2001 年版。

④ 隗国：《蝶恋花一百首》，中国工人出版社 1998 年版。

⑤ （五代）赵崇祚等编、于翠玲注：《花间集·尊前集》，华夏出版社 1998 年版。

⑥ （宋）黄大舆：《钦定四库全书 梅苑》，线装书局 2014 年版。

⑦ （宋）曾慥：《乐府雅词（附拾遗）》，中华书局 1985 年版。

⑧ （宋）杨万里：《草堂诗馀》，崇文书局 2017 年版。

⑨ （宋）黄昇：《花庵词选》，辽宁教育出版社 1997 年版。

⑩ （宋）周密：《绝妙好词笺》，上海古籍出版社 1984 年版。

《词综》选入 23 首①、《御选历代诗余》收入 16 首②。近现代以来，部分选本选录了《蝶恋花》词作，如龙榆生《唐宋名家词选》选入 22 首③、梁令娴《艺蘅馆词选》选入 14 首④、张璋《历代词萃》选入 9 首⑤、刘扬忠《唐宋词精华》选入 6 首⑥。唐圭璋《唐宋词简释》⑦、俞平伯《唐宋词选释》⑧ 等现当代选本也分别选入了一些《蝶恋花》词名作。不少鉴赏著作也对《蝶恋花》词作进行了研究，如唐圭璋《唐宋词鉴赏辞典》⑨、刘永济《唐五代两宋词简析》⑩、徐育民等《历代名家词赏析》⑪、陈邦炎《词林观止》⑫、潘百齐《全宋词精华分类鉴赏集成》⑬ 等，集中于对柳永、欧阳修、晏殊、苏轼、晏几道、辛弃疾、赵令畤等名家名作的鉴赏，主要为编选者个人对《蝶恋花》词作题材内容的理解及艺术特色的把握。另有一些论文，如代晓漫《宋词〈蝶恋花〉词体、词情与词艺研究》⑭ 则是对《蝶恋花》词的词体、词情、词艺方面展开的专门性研究，尤其是对《蝶恋花》的调名探析较有创见，但对《蝶恋花》词体分析过于简略；而付兴林《悲喜交错景情真，理趣横生构思巧——苏轼〈蝶恋花·春景〉赏读辨误》⑮、李义天《孤寂中的守望——晏殊〈蝶恋花〉词赏析》⑯、程毅中《从

---

① （清）朱彝尊、汪森：《词综》，上海古籍出版社 2005 年版。
② （清）沈辰垣：《御选历代诗余》，杭州古籍书店 1984 年版。
③ 龙榆生：《唐宋名家词选》，上海古籍出版社 1980 年版。
④ 梁令娴：《艺蘅馆词选》，广东人民出版社 1981 年版。
⑤ 张璋选编、黄畲笺注：《历代词萃》，河南人民出版社 1983 年版。
⑥ 刘扬忠等：《唐宋词精华》，朝华出版社 1991 年版。
⑦ 唐圭璋：《唐宋词简释》，上海古籍出版社 1981 年版。
⑧ 俞平伯：《唐宋词选释》，人民文学出版社 1979 年版。
⑨ 唐圭璋等：《唐宋词鉴赏辞典》，上海辞书出版社 1988 年版。
⑩ 刘永济：《唐五代两宋词简析》，中华书局 2010 年版。
⑪ 徐育民等：《历代名家词赏析》，北京出版社 1982 年版。
⑫ 陈邦炎：《词林观止》，上海古籍出版社 1994 年版。
⑬ 潘百齐：《全宋词精华分类鉴赏集成》，河海大学出版社 1991 年版。
⑭ 代晓漫：《宋词〈蝶恋花〉词体、词情与词艺研究》，中南民族大学硕士论文，2015 年。
⑮ 付兴林：《悲喜交错景情真，理趣横生构思巧——苏轼〈蝶恋花·春景〉赏读辨误》，《陕西理工学院学报（社会科学版）》2010 年第 3 期。
⑯ 李义天：《孤寂中的守望——晏殊〈蝶恋花〉词赏析》，《古典文学知识》2001 年第 6 期。

〈商调蝶恋花〉到〈刎颈鸳鸯会〉——〈宋元小说研究〉补订之一》①、王作良《赵令畤鼓子词〈商调蝶恋花〉简论》② 和王亚男《从"自叙"到"美话"——论赵令畤〈商调蝶恋花〉鼓子词对〈莺莺传〉的接受与发展》③ 等论文多是针对单篇名作的作者考辨、艺术鉴赏、文学影响等的研究。因此，从词调视角下展开"体制内"研究，《蝶恋花》词及调体皆有较大开拓空间。

本书拟以唐宋时期的 510 首《蝶恋花》词（不含重收误收词）、162 位唐宋词人（不包括无名氏）为对象展开研究。

前言部分论述了本书的研究意义、研究现状、研究内容、研究方法及创新之处。

综合研究部分从全局视角对《蝶恋花》词的调名溯源、体制、填制历程、题材特征、功能作用、文化意蕴和艺术特色等方面进行考察和探究，具体分为五章：第一章《唐宋〈蝶恋花〉词调溯源》，旨在进行调名考源并初步从此调音乐属性的角度分析其音乐魅力所在。本章分为三节，第一节对学术界针对此问题存在的两种不同看法进行辨析；第二节结合相关作品对此调的异名问题进行考查，并对出现异名的原因进行探究；第三节主要从词调音乐属性的角度对此调的歌唱史和其音乐魅力所在进行了初步分析和探讨。第二章《唐宋〈蝶恋花〉词调体制》，旨在分析此调的体制类型，探讨《蝶恋花》调的格律、句法、章法、声情问题。本章分为四节：第一节考察分析了此调的正体与别体的不同特点及作品分布，并对格律特点进行了总结；第二节结合具体文本，从《蝶恋花》词的整体句法，包括起句、过片、结句三个方面，分析总结了《蝶恋花》词灵活多变又不失典雅的句法特点；第三节结合具体文本，通过对《蝶恋花》词的起句、过片、结句特点的分析，总结了《蝶恋花》词工整和谐的章法特点；第四节通过定量统计的形式考察分析了《蝶恋花》不同主题词作其声情的特征。第三章

---

①　程毅中：《从〈商调蝶恋花〉到〈刎颈鸳鸯会〉——〈宋元小说研究〉补订之一》，《文学遗产》2002 年第 1 期。

②　王作良：《赵令畤鼓子词〈商调蝶恋花〉简论》，《西安建筑科技大学学报（社会科学版）》2004 年第 2 期。

③　王亚男：《从"自叙"到"美话"——论赵令畤〈商调蝶恋花〉鼓子词对〈莺莺传〉的接受与发展》，《名作欣赏》2017 年第 14 期。

《〈蝶恋花〉词的填制历程》，旨在从历时的角度探讨分析《蝶恋花》词自唐至宋代的填制情况，构建《蝶恋花》词的填制史。本章分为三节：第一节从历时的角度，分析了唐代《蝶恋花》词填制的整体概况、特征和意义；第二节通过列表的形式，从创作概况、创作题材、影响意义三个方面，对北宋时期《蝶恋花》词的填制特征进行了分析；第三节为南宋《蝶恋花》词填制特征的考察，主要从这一时期的创作规模和题材特点两个方面展开分析，并探讨总结了南宋时期《蝶恋花》词发展的成就与缺憾。第四章《唐宋〈蝶恋花〉词的题材、功能和文化意蕴》分为三节：第一节针对唐宋时期《蝶恋花》词，从词作题材的角度，分析总结其题材特征和不同时期的题材流变，并进一步探究推动其演变的因素；第二节从词体功能的视角，分析总结《蝶恋花》词在唐宋时期的功能特征；第三节从词体文学与文化关系的视角，分析总结唐宋《蝶恋花》与时代文化的相互关照，分别探讨了《蝶恋花》词对伦理文化、士大夫雅文化、隐逸文化、民俗文化和宗教文化的反映。第五章《唐宋〈蝶恋花〉词的艺术特色》，旨在从词体的音乐属性和文学属性两个视角，探讨分析唐宋《蝶恋花》词抒情艺术，从而展现唐宋《蝶恋花》词核心的审美艺术和修辞特征。本章分为三节，第一节主要探讨《蝶恋花》词在其特定的调体艺术和时代因素的影响下所展现出的独特抒情方式；第二节揭示了《蝶恋花》词所传达的情感艺术；第三节则从词体的文学属性出发，分析探讨了《蝶恋花》词形成含蓄蕴藉风格的原因。

第六章为名家名作的专论研究，主要从作家创作成就和作品影响力两个标准择选出名家名作，并分别探讨他们的内蕴风貌或总结其相关研究成果。本部分包括四节，从文本出发，结合相关作品，对冯延巳、欧阳修、苏轼、辛弃疾的创作之于《蝶恋花》词发展的意义进行了较为全面的分析。

"结语"部分将《蝶恋花》词放入整个词史的大环境中以定位其地位和价值，附录部分则主要对唐宋《蝶恋花》词进行辑录，对《蝶恋花》调体进行详述，包括五部分：唐五代《蝶恋花》词辑录、宋代《蝶恋花》词辑录、《全宋词》及补辑中《蝶恋花》词重收误收辑录、唐宋《蝶恋花》词韵部分布表和唐宋《蝶恋花》调体详述等。

在研究方法上，本书综合采用定量分析与定性分析的方法。一方面，依据曾昭岷、王兆鹏等编的《全唐五代词》、唐圭璋主编的《全宋词》及《全宋词补辑》进行统计，并对所收《蝶恋花》词作予以全面汇集、排序、统计数量，然后制作大量图标，以期更直观地展开定量分析。通过对唐宋《蝶恋花》词的调体、声情、题材内容等方面进行整理并统计，归纳《蝶恋花》词的题材分布、体制类型、句法、章法、声情、风格等。另一方面，在统计数据的基础上，结合具体的名家名作，从文本本身出发，探讨唐宋《蝶恋花》词作的艺术特色，以探究这一词调经久不衰的魅力所在。

总之，词调研究历来是词学研究中极其薄弱的一环。前人词话中研究词学，主要目标是学习填词，所以他们的研究多集中于对作品的赏析和艺术手法及作家的评价，但很少涉及作家或作品之外的其他方面。即使在词学研究异常兴盛的当代，对于作家作品以外其他词学研究对象的探究还是较少。本书试图冲出众多研究者多把词调作为一种与音乐相脱离的纯文字格式这一观念，通过对唐宋《蝶恋花》510阕词的统计、分析，首先细致探讨了《蝶恋花》调的溯源、体制和用韵等方面的特征。发现其调名取自前人诗句，唐宋时期虽有定体但其他体式较多，后随着词体的不断成熟，发展成格律谨严的调体；在句式上，由四言、五言和七言句组成全篇，"诗化"倾向非常明显；其声情特征以"悲怆怨慕"和"缠绵悱恻"为主，较少涉及"慷慨激昂"；在韵位上，句句押韵或隔句押韵，是用韵非常密的调子。其次，通过对唐宋词坛众多词人的《蝶恋花》词作分析，再现《蝶恋花》调的填制历程，粗略描述一调之史。可以得出，唐五代是《蝶恋花》调的萌芽期，参与创作的词人较少且作品数量不多；北宋是其蓬勃发展期，作家队伍扩大且多名篇佳作；南宋是其成熟衰落期，参与创作的词人空前增多，作品数量显著上升，但总体艺术成就不如北宋。这与中国古代词学的总体发展历程较为一致。再次，通过对唐宋《蝶恋花》词作题材及艺术特色的探究，发现作为中调的《蝶恋花》既避免了小令因篇幅有限而无法承载大场面的不足，也远离了长调慢词部分内容冗杂不堪的缺陷，用精悍的文字囊括了丰富的内容，进而揭示了这一词调千年传唱不衰的奥秘。最后，通过对唐宋时期最具代表性词人的《蝶恋花》词作的研究，探讨了其对整个《蝶恋花》调的发展所作出的巨大贡献。这种研究角度突破了常用的专家、词派等研究模式，是一种新的视角，也能对唐宋《蝶恋花》词史有一个较为全面的描绘。另外，本书按照以"词调统帅词作"的研究思路，重新把握、揭示《蝶恋花》词史的原理、风貌、历程、规律以及特征等，进而实践曹辛华先生所提出的"形成一个迥异于传统的'体制外'词史的新词史"的构想，为构建"中国分调词史"作铺垫。

目　　录

第一章 《蝶恋花》词调溯源

要想对《蝶恋花》调进行论述，就须对《蝶恋花》调的溯源、异名以及《蝶恋花》调的音乐等问题进行探讨。以下三节将分别论之。

第一节 《蝶恋花》调名探源

一、《蝶恋花》调的形成及发展

《蝶恋花》原名《鹊踏枝》，系唐代教坊曲，载唐崔令钦《教坊记》，是词史上流传范围最广泛、时间最久远的少数词调之一。我们根据现有的资料，基本可以确定《蝶恋花》调产生于盛唐时期，在晚唐五代得到初步发展，于两宋达到全盛，一直持续不衰，成为众多词人争相填写的词调之一。

首先，《蝶恋花》调最早以《鹊踏枝》的别名产生于盛唐时期。20世纪初期，数以万计的写本被意外发现于敦煌莫高窟，大量唐五代民间词由也随之缓缓问世，即我国唐代西北地区民间所流行的敦煌曲子词。其中便有由无名氏作的《叵耐灵鹊多瞒语》和《独坐更深人寂寂》两首。前者"咏调名本意，为齐言体，单调，七言八句，五十六字，八仄韵，有三衬字"①，运用拟人的手法，通过妇人与喜鹊的对话，巧妙地表达了妇人因想念丈夫而流露出的矛盾而又纯净的情感。全词格调活泼欢快，真实细腻地反映了人们复杂的心理状态，同时也体现了民间词旺盛的生命力。后者"为杂言体，系将上、下片第二句摊破为四言、五

---

① 竺金藏、马东遥：《分调绝妙好词·蝶恋花》，东方出版社2001年版．第1页。

言而成，双调，六十字，上下片各五句四仄韵"①，描写了一位独在异乡为异客的游子，在寂寂深夜孤枕难眠，继而对家乡亲人的思念之情席卷全身。全词悲凉凄婉，感人至深。后据任半塘考证："今存最早的《鹊踏枝》词当是我国唐代西北地区民间流行的敦煌曲子词《叵耐灵鹊多瞒语》《独坐更深人寂寂》二首。"②任氏的观点真正确定了《蝶恋花》调的产生时间，因为无论是第一首的思妇愁怨、灵鹊自辩，还是第二首的游子漂泊异乡、抒发浓郁的思乡情思，均与后来该词调所具有的"凄怆怨慕"声情特质和以抒情为主的词体功能极其吻合。

其次，《蝶恋花》调在晚唐五代以冯延巳为代表的词人的大力推动下得到初步发展。唐教坊曲中的《鹊踏枝》属于新的燕乐曲，起初为民间小调，后与文人创作逐渐统一。到了晚唐五代时期，用这种曲调填词的人才慢慢多了起来，《蝶恋花》调在文人士大夫阶层也有了一定的知名度。最具代表的则是冯延巳《阳春集》所录的十四首《鹊踏枝》词，全用杂言。其词与曲调极为吻合，流传很广，尤其在词调韵律、表情艺术上对宋词及后世影响最大。《钦定词谱》列三体《蝶恋花》调，首选冯延巳《蝶恋花》（六曲阑干偎碧树），并注明"此词为《蝶恋花》正体，宋、元人俱如此填"③。因此，冯延巳不仅是《蝶恋花》调在晚唐五代得到初步发展的大力推动者，而且是使其最终定体的最大功臣。

第三，《蝶恋花》调在两宋迎来了发展的黄金时期，并达至全盛，历久不衰。北宋相对太平安定的社会环境、繁荣富裕的经济状况和宽松高涨的文化氛围，成为蕴育"新声"的温床。而且，此时期《蝶恋花》调的格律、音韵、句式等都得以发展与统一，在内容题材和艺术形式等各方面都得以开拓与创新，依调填制的词作蜂拥而出，参与创制的词人辈出。据统计，两宋时期共填制《蝶恋花》词493首（不包括重收误收词），参与填词的词人共计160家（不包括无名氏），不管是词作数量还是词人群体，相比晚唐时期都有了极大的进步。从初期填写《凤栖梧》（《蝶恋花》别名）的著名词人柳永，到使《蝶恋花》调真正盛行于世的太平宰相晏殊，包括后来的欧阳修、苏轼、周邦彦及辛弃疾等诸多宋词

---

① 竺金藏、马东遥：《分调绝妙好词·蝶恋花》，东方出版社2001年版，第1页。
② 任半塘：《敦煌歌辞总编》（上），上海古籍出版社2006年版。
③ （清）王奕清等：《钦定词谱》卷十三，学苑出版社2008年版，第589页。

大家，都有不少脍炙人口的《蝶恋花》词流传于世。他们以璀璨多彩的艺术成就，使《蝶恋花》词创作达到很高的水平。

综上，《蝶恋花》调最开始以《鹊踏枝》的别名产生于盛唐时期的曲子词中，属于民间小调，反映普通百姓的喜怒哀乐，感情基调轻快活泼；其次，晚唐五代文人士大夫开始慢慢接触填写这种新的词调，由冯延巳定体从而得到初步发展；最后，在两宋众多词人的争相填写下，《蝶恋花》调逐渐发展达到全盛时期，在唐宋众多词调中的使用频率位居第 8 位。

二、《蝶恋花》调名来源

词调的产生来源不尽相同。调名来源主要有："乐府诗题、唐弋乐曲名称、别人诗句、历史人物及故事等。"① 关于《蝶恋花》调的来源，历代学者说法不一。《蝶恋花》初名《鹊踏枝》，一说因梁简文帝"翻阶蛱蝶恋花情"句，始定今名；一说以晏殊词改今名。

最早记载《蝶恋花》调名来源的著作为明代都穆《南濠诗话》，其云："昔人词调，其命名多取古诗中语，《蝶恋花》便以'翻阶蛱蝶恋花情'诗句而名。"② 明代杨慎同意其观点，在《词品》卷一"词名多取诗句"条中指出："《蝶恋花》则取梁元帝'翻阶蛱蝶恋花情'。"③ 但是，此说有误，因为此诗见于梁简文帝萧纲《东飞伯劳歌》其一："翻阶蛱蝶恋花情，容华飞燕相逢迎"④，而非梁元帝。清代毛先舒承袭杨慎的观点，在《填词名解》卷二中认为："梁简文帝乐府有'翻阶蛱蝶恋花情'，故名。"⑤ 今人李璉生在《中国历代词分调评注〈蝶恋花〉》一书中，从词调史的角度彻底否定了前人的观点，认为："《蝶恋花》虽与梁简文帝诗句有关，可能这只是出于明人的附会，因它绝不可能是六

---

① 吴丈蜀：《词学概说》，中华书局 2000 年版，第 43~44 页。

② （明）都穆：《南濠诗话》，丁福保：《历代诗话续编》，中华书局 1983 年版，第 1343 页。

③ （明）杨慎：《词品》卷一，唐圭璋：《词话丛编》，中华书局 1986 年版，第 428 页。

④ 逯钦立辑校：《先秦汉魏晋南北朝诗》下册，中华书局 2006 年版，第 1923 页。

⑤ （清）毛先舒：《填词名解》卷二，载查培继：《词学全书》，中国书店出版社 1984 年版。

朝时所创制的曲。"① 此调原为唐代教坊曲，兴起于盛唐时期，属于新的燕乐曲，是 "龟兹乐大量传入中土后与原有的各种汉族音乐相融合而产生的新乐种"②。因此，根据记载及现有资料，基本可以确定：《蝶恋花》之名采于前人诗句，原以《鹊踏枝》之名列于唐教坊曲。

然而，关于改《鹊踏枝》为《蝶恋花》的作家及作品，历来争议颇多。大致可以分为两派：一派认为北宋晏殊易名。《钦定词谱》（卷十三）云："《蝶恋花》，唐教坊曲，本名《鹊踏枝》，晏殊词改今名。"③ 张梦机：《词律探源》同言："自北宋晏殊词，始改调名为《蝶恋花》，词家遂不复知有鹊踏枝之本意矣。"④ 今人竺金藏、马东遥亦持此观点："（《鹊踏枝》）入宋后由晏殊易名为《蝶恋花》，开始以新名在北宋流行起来。"⑤ 另据《词牌例选》所载："《蝶恋花》是中调，原名《鹊踏枝》，系唐教坊里曲名，后晏殊改今名。"⑥ 北宋词人晏殊所流传下来的词作中，恰巧有那首感人肺腑的《蝶恋花》（槛菊愁烟兰泣露），因其艺术成就较高、在当时影响较大，故使后世误以为《蝶恋花》调名由晏殊首改。但是，现在基本确定在晏殊之前已经存在以《蝶恋花》调填写的词作。另一派则认为南唐李煜的《遥夜亭皋闲新步》易名为《蝶恋花》。夏敬观《词调溯源》云："《蝶恋花》一名《凤栖梧》，《全唐诗》载有南唐李后主词，宋柳永词入本调"⑦，认为李后主词中有《蝶恋花》调。王易《词曲史》则从《蝶恋花》调体的角度提出："此首（李后主《蝶恋花》）乃由七言八句变为仄韵，双叠，第二第六句各增二字，破为四五句。"⑧ 《词谱》卷十三中记载："《蝶恋花》，双调，六十字，前后段各五句，四仄韵，此词牌前后段字数、平

① 李琰生：《中国历代词分调评注〈蝶恋花〉》，四川文艺出版社 1998 年版，前言第 4 页。

② 詹衡宇：《每天读点宋词鉴赏常识》，万卷出版公司 2010 年版，第 47 页

③ （清）王奕清等：《钦定词谱》卷十三，学苑出版社 2008 年版，第 589 页。

④ 张梦机：《词律探源》，台北：文史哲出版社 1970 年版，第 267 页。

⑤ 竺金藏、马东遥：《分调绝妙好词·蝶恋花》，东方出版社 2001 年版，第 1 页。

⑥ 胡达今：《词牌例选》，德宏民族出版社 1998 年版，第 60 页。

⑦ 夏敬观：《词调溯源》，商务印书馆 1933 年版，第 153 页。

⑧ 王易：《词曲史》，江苏文艺出版社 2008 年版，第 36 页。

仄、韵脚完全相同。"①《蝶恋花》调体所呈现出的格律、韵部、句式等特点，无疑与李后主《遥夜亭皋闲新步》词所用曲调完全吻合。另外，我们也可以从李煜其人及所处文化环境中得到佐证。到了晚唐五代时期，文学的说教观日益单薄，文人更关注文学本身所具有的音乐美、辞章美。李煜作为才华横溢又多愁善感的帝王词人，在魏晋南北朝时期刘勰《文心雕龙》及钟嵘《诗品》等文学批评的引导之下，感知到蝴蝶恋花的浪漫意义，再结合敦煌曲子词中的《鹊踏枝》和后来的《蝶恋花》词调都与爱情、思念题材联系密切，继而将《鹊踏枝》更名为《蝶恋花》是完全有可能的。在整个晚唐五代时期，仅仅只有这一首真正以《蝶恋花》调的本名填写的词作。

综上，我们认为，《蝶恋花》调名来源于前人诗句，经南唐后主李煜首改并创作了第一首《蝶恋花》词，后经北宋大词人晏殊等人的不断推动，终于成为两宋时期较为流行的曲调。

三、《蝶恋花》调名所蕴含的情感内涵

蝴蝶外在形象的柔美、绚丽多彩的翅膀、轻盈婉转的飞行姿态，正契合了晚唐五代时期以柔为美的审美心理。蝴蝶意象所具有的特殊含义，也使得其在文人的情感倾向中越来越多地得到认同。随着蝴蝶意象的不断积聚与对象化，蝴蝶恋花现象亦承载着越来越大的情感容量并不断增辉添彩。

《蝶恋花》中的"蝶"，顾名思义，指昆虫蝴蝶，而"蝴蝶"意象一直为中国古代文人所偏爱，并经历了由表象到情理的过程。如李商隐《锦瑟》诗中便有"庄周梦蝶"的典故，借"蝶"的独特性表达诗人隐秘的情感；而民间流传的"梁祝化蝶"的故事，也使"蝴蝶"成为忠贞不渝、生死相依的爱情意象，从而为《蝶恋花》词牌表达爱情相思等奠定了坚实的情感基础。这也是《蝶恋花》调体的原始意义。《蝶恋花》中的"花"，指花朵，这也是古代文人墨客笔下常见的诗词意象。花通过浓郁香气、绚丽色彩吸引昆虫蝴蝶为其传播花粉，同时又为蝴蝶提供可口食物、栖息场所。蝴蝶与花朵之间的相互依恋的亲密关系，

---

① （清）王奕清等：《钦定词谱》卷十三，学苑出版社2008年版，第589页。

便使人产生了关于亲情、友情与爱情的美丽遐想，继而延伸出《蝶恋花》词调中最关键的"恋"字。《蝶恋花》中的"恋"，则为"留恋"，又引申为"眷恋""依恋""恋土""恋主"等，既有征夫怀远、游子思乡，亦有思妇恋夫、臣子思君等。文人用"蝶"或"花"分别代指人或事物，而"恋"则很巧妙地抒发了文人复杂炽热的内心情感。

"蝶恋花"暗指男女爱情。《蝶恋花》的调名实际与"蝶恋花"的寓意暗暗相合。蝴蝶因为翅膀有粉，需以须代鼻，古代以须为胡，由于胡须作为男子的象征，花朵作为女子的代指，"蝶恋花"常常在文人笔下用来暗指男女之间的爱情。如周邦彦《满江红》中："宝香薰被成孤宿。最苦是，蝴蝶满园飞，无人扑。"① 陈允平《望江南》中："燕子楼头蝴蝶梦，桃花扇底竹枝歌。"其中的"蝴蝶"② 皆暗指男女爱情。

"蝶恋花"引申出思乡、思友、报国之情。文人常常用"蝶恋花"的意象来比喻对朋友的思念或思乡恋土情怀。如苏轼《九日次韵王巩》中"相逢不用忙归去，明日黄花蝶也愁"③，以"蝴蝶"代指友人。而唐代李群玉《湖阁晓晴寄呈从翁》中"风乌摇径柳，水蝶恋幽花。蜀国地西极，吴门天一涯"④，则以蝴蝶恋花表达诗人的思归之意。另陈子昂《南山家园林校映盛夏五月幽然清凉独坐思远率成十韵》中"峡蝶怜红荣，蜻蜓爱碧得，坐观高象化，方见百年侵"⑤，用峡蝶怜爱芍药暗喻自己年华渐老却壮志未酬的悲伤。

"蝶恋花"还可表达自由无拘的理想抱负。因蝴蝶在花上起舞轻盈无畏，无拘无束，故而文人又以此来表达对自由的无限向往。如白居易《池上闲吟》二首："梦游信意宁殊蝶，心乐身闲便是鱼。"⑥ 辛弃疾《鹧鸪天》："蜂儿辛苦多

---

① 唐圭璋编纂、王仲闻参订、孔凡礼补辑：《全宋词》第一册，中华书局 1999 年版，第 598 页。

② 唐圭璋编纂、王仲闻参订、孔凡礼补辑：《全宋词》第五册，中华书局 1999 年版，第 3962 页。

③ （清）王文浩辑注、孔凡礼点校：《苏轼诗集》第三册，中华书局 1982 年版，第 870 页。

④ 《全唐诗》卷五六九，中华书局 1999 年版，第 6648~6649 页。

⑤ 中华书局编辑部点校：《全唐诗》卷 84，中华书局 1999 年版，第 912 页。

⑥ 《全唐诗》卷四五四，中华书局 1999 年版，第 5167 页。

官府，蝴蝶花间自在飞。"① 其中的"蝴蝶"皆变成了文人追求身心自由的象征与寄托。

综上，《蝶恋花》是古代文人主题感受过的经验与现实情感想融合后所产生的词调，这不仅是个人情感对外在物象的偶然性投射，更是积淀在整个中华民族文化心理中的无意识反映，而"蝶恋花"意象的诸多喻象，也为《蝶恋花》调在后世的流行贡献了巨大力量。

第二节　《蝶恋花》词调的异名问题

《蝶恋花》调又名《鹊踏枝》《黄金缕》《凤栖梧》《卷珠帘》《一箩金》《鱼水同欢》《转调蝶恋花》《西笑吟》《桃源行》《望长安》《江如练》《桐花凤》《明月生南浦》和《细雨吹池沼》。为了对《蝶恋花》词体流变有一个总体印象，本节将对《蝶恋花》调的异名及其产生原因进行分析。

一、《蝶恋花》调的异名

今据《词律》卷十九、《词谱》卷十三、《填词名解》《白香词谱》《钦定词谱》《全唐五代词》《全宋词》（含《全宋词补辑》）等，对《蝶恋花》异名予以统计：

（1）《鹊踏枝》。唐代燕乐是龟兹乐大量传入中土后，与原有的各种汉族音乐相融合而产生的新乐种。而源于唐教坊曲中的《鹊踏枝》兴起于盛唐时期，就属于新的燕乐曲。燕乐中的曲调多数是民间歌谣的曲调，生气活泼，无名氏作的《叵耐灵鹊多瞒语》和《独坐更深人寂寂》二首，真实地反映了当时人们的生活及心理状态，当是迄今见于记载的、词史上最早的《鹊踏枝》词。其中，杂言体《独坐更深人寂寂》在晚唐五代时期成为定格，最具代表性的就是冯延巳《阳春集》所录本调 14 首，俱为杂言，仍用《鹊踏枝》名，成为《蝶恋花》调通行正体。唐代依据《鹊踏枝》调填写的词作共计 16 首，宋代有 9 首。

---

① 辛弃疾著、辛更儒笺注：《辛弃疾集编年笺注》第四册，中华书局 2015 年版，第 1495 页。

（2）《黄金缕》。南唐冯延巳词有"杨柳风轻，展尽黄金缕"句，但冯氏并未流传下来以此命名的词作。宋司马槱则有以《黄金缕》为调的词，这是唐宋时期唯一的一首，存于《全宋词》。句式、用韵与通行正体同。

（3）《卷珠帘》。宋赵令畤词有"不卷珠帘，人在深深处"句，宋代共有3首，皆录于《全宋词》。双调，60字，四仄韵，与正体相似。

（4）《明月生南浦》。宋司马槱末句为"梦回明月生南浦"。与其《黄金缕》为同一首词作，再无其他词人填写，《全宋词》亦未收录此调同名词作。

（5）《细雨吹池沼》。宋韩淲词有"行到君家，细雨吹池沼"句。但《全宋词》以此名填制的仅有韩淲一首而已，说明其所另立的异名并不为后人认可。

（6）《凤栖梧》。宋丁谓词"十二层楼春色早""朱阁玉城通阆苑"首用此名。依据此调名填写的词作共计46首，都收录于《全宋词》及补辑中，远远超过其他异名词作的总量。说明该调名在宋代产生后，在一定程度上受到了词人们的追捧和喜爱。

（7）《一箩金》。宋无名氏寿词"新冬十叶冀添一"用此名，44字，双调，与正体差异较大。另一首李石才《一箩金》（武陵春色浓如酒），句式及用韵与正体同。

（8）《鱼水同欢》。宋无名氏"棣萼楼前佳气霭"用此名，字数、句式与正体同，但用韵略有差异。《全宋词》存目，出自《花草粹编》卷七。

（9）《西笑吟》。宋贺铸喜用词中句子代作《蝶恋花》词调名。如贺词有"每话长安，引领犹西笑"句，即以《西笑吟》作调名。《桃源行》和《望长安》等名的由来与之类似，皆取词句。贺铸更改调名，更贴近词意。但是其自题的调名并未真正流行，因为以这几个词牌填制的词作，仅有贺铸一首而已，后世亦未见有沿用此种调名填制词作者。

（10）《转调蝶恋花》。沈会宗词"渐近朱门香夹道"，《乐府雅词》名《转调蝶恋花》。《钦定词谱》载："此词与冯词同，惟前后段第四句及换头句平仄异。字句虽同，音律自异，故另分列。"① 宋代共计2首，皆为沈氏所作。

通过对唐宋《蝶恋花》异名词作进行分析，我们注意到：其一，这些别名

① （清）王奕清等：《钦定词谱》卷十三，学苑出版社2008年版，第277页。

词作与《蝶恋花》调相比，在字数、句式、用韵方面，大多仍采用词调所规定的字数、平仄、韵脚等实质性的格律问题，与《蝶恋花》调并无太大差异；其二，总观唐宋词坛，在所有异名词作中，以《凤栖梧》名填制的词作最多，有46首，约占《蝶恋花》异名词作的67%，其余多不被认可，后来词家亦不遵从，以致只有易名词人的孤篇。可见《蝶恋花》词调的这些异名乃为一些词人追求标新立异而故作创新之举，并不通行于整个词坛。因此对《蝶恋花》词牌影响甚微。

二、《蝶恋花》调异名现象探因

《蝶恋花》调出现多个异名，往往是因为后代词人不断改换词题，甚至是选取词中的妙语名句来任意更换。"摘取词句另立名，这便是异名产生的主要原因。大致有如下两种情况：其一是作者有意为之，其次是后人摘自名作的词句。"[1]这个观点同样适用于《蝶恋花》。另外，《蝶恋花》调的异名现象还与词体功能集中有关。

首先，《蝶恋花》调出现多个异名是词人追求标新立异而有意另创别名所致。贺铸词集名为《东山寓声乐府》，他的词多在下面注明寓某某词调，如《花庵词选》云"其词皆以篇末之语而另立新名"[2]。宋陈振孙在《直斋书录解题》卷二十中解释说："《东山寓声乐府》三卷：贺铸方回撰，以旧谱填新词，而别为名以易之，故曰'寓声'。"[3]翻阅《全宋词》，便可发现贺铸有不少词改换词调的现象，如《江如练》，词人取词作的最后一句"潮平月上江如练"中的"江如练"作为调名。此外还把另外几首《蝶恋花》词分别改换为《西笑吟》《桃源行》和《望长安》等名，均取词中语句而命名。据统计，贺铸流传于世的286首词中，有47调121首改换了新调名。[4] 龙榆生先生曾对贺铸改换调名进行这

---

① 宛敏灏：《词学概论》，中华书局2009年版，第87页。

② （宋）黄升辑：《花庵词选》，辽宁教育出版社1997年版，第323页。

③ （宋）陈振孙：《丛书集成初编：直斋书录解题》卷二十一"歌词类"，中华书局1985年版。

④ 解旬灵：《贺铸东山词词牌改换新名现象探微》，《南阳师范学院学报》，2004年第1期。

样的阐释:"贺氏《东山乐府》,题曰'寓声',盖用旧调谱词,即摘取本词中语,易以新名。……逮数不能悉终。推其用意,殆以为一种曲调,虽各有其一定之节拍,至为美听;而以一种相当之曲调,表现各种不同之情感,必不能吻合无间;故宁更立新名,或有歌者取而各各别制曲调。即或不能,亦不失其为长短句诗之价值,此正胡氏所谓'他只是用一种新的诗体来作他的新体诗'"①,指出贺铸异名之因。像这种"多取词中辞语名篇,强标新目",不过是出于"文人好奇,争相巧饰"或"盖词流喜创新名,兹类甚众,要之无当典实"②,并无多大意义。③ 也就是说,更名者虽想让调名和词发生密切联系,让调名更明确地表达词的意图,但更多的依旧只是作者有意标新。这些异名并未流行于词坛,甚至只出现更名者的孤篇。

其次,《蝶恋花》出现异名与名作效应有关。著名词人词作的出现,对其他词人而言是一种示范。如北宋词人柳永用《凤栖梧》填制了一首千古绝唱的爱情词,其中的"衣带渐宽终不悔,为伊消得人憔悴"句更是令人为之动容,吸引了其他词人纷纷效仿。据《全宋词》及补辑,以《凤栖梧》名填制词作包括柳永词共有46首,远远超过其他异名词作的总和。可见名家名作对词调新名的影响。

最后,词体功能集中的结果。词人将《蝶恋花》易名为《一箩金》,突出了词体的祝寿、祝颂功能。如无名氏"新冬十叶冀添一"一词,词序注明"甥寿舅公十月十一",乃为寿词。全词吉祥喜庆,调名更是雍容华贵,特别适宜祝寿、祝颂。

总之,《蝶恋花》词调出现如此多的异名及作品,正表明了该词调广受词人喜爱及运用范围之广。但是,这69首别名作品与唐宋时期510首《蝶恋花》词作相比,毕竟是占少数的,仍应当置于唐宋《蝶恋花》词中进行研究。

---

① 龙榆生:《论贺方回词质胡适之先生》,载《龙榆生词学论文集》,上海古籍出版社1997年版,第3080页。

② (清)毛先舒:《填词名解》,查培继:《词学全书》,中国书店出版社1984年版。

③ 吴梅:《词学通论》,上海古籍出版社2006年版,第101页。

第三节 《蝶恋花》词调的音乐问题

《蝶恋花》调源于唐代的教坊曲，唐五代以来一直备受文人的关注和喜爱，成为唐宋词坛的流行中调，词作数量多达 510 首。无论是沈会宗等人对《蝶恋花》变体的创作，还是大多数词人对它的按谱填制，都反映了《蝶恋花》调与音乐密不可分的关系。《蝶恋花》调篇幅精悍短小、音乐柔美和谐，具备秦楼楚馆歌女们吟唱的可歌性，及表达缠绵悱恻感情的抒情性，是其在唐宋词坛长久不衰不可或缺的原因。

一、《蝶恋花》调所用宫调

词调都属某个宫调，宫调不同，声情就会有巨大差异。作品随着不同的宫调，亦展现不同的面貌和表达出相应的情感。《蝶恋花》调源于唐教坊曲，最早的《鹊踏枝》是民间的曲子词，应属于俗乐。《新唐书·礼乐志》云："凡所谓俗乐者，二十有八调：正宫、高宫、中吕宫、道调宫、南品宫、黄钟宫，为七宫；越调、大食调、高大食调、双调、小食调（即小石调）、歇指调、林钟商（即商调），为七商……"① 王奕清在《钦定词谱》中载："（蝶恋花）《乐章集》注小石调，赵令畤词注商调，《太平乐府》注双调。"② 龙榆生沿袭王奕清的观点，在《唐宋词格律》中说明："柳永《乐章集》、张先《张子野词》皆将其（蝶恋花）并入'小石调'，周邦彦《清真集》入'商调'。赵令畤《商调蝶恋花》，联章作'鼓子词'，咏《会真记》事。"③ 李璡生在《中国历代词分调评注〈蝶恋花〉》一书中对龙榆生的观点作了进一步的补充："宋赵令畤以词的形式描述唐元稹《会真记》故事，被之音律，形之管弦，特在题下注明'商调十二首'，并在题记中说明：'调曰商调，曲名《蝶恋花》'。"④ 这是文献记载词作

---

① 欧阳修、宋祁：《新唐书·礼乐志十二》，中华书局 1975 年版。
② （清）王奕清等：《钦定词谱》卷十三，学苑出版社 2008 年版，第 277 页。
③ 龙榆生：《唐宋词格律》，上海古籍出版社 1978 年版，第 88 页。
④ 李璡生：《中国历代词分调评注·〈蝶恋花〉》，四川文艺出版社 1998 年版，前言第 4 页。

者第一次表明《蝶恋花》曲属于"商调"，而宋柳永和张先的《凤栖梧》词则注为"小石调"。故现将《蝶恋花》归为"小石调"和"商调"两个宫调分别论述。

先说"小石调"。"小石调"属"商声七调"，元人燕南芝庵《唱论》中载："大凡声音各应于律吕。分做作六吕十一调，共计十七宫调。仙吕宫唱，清新绵邈；南吕宫唱，感叹伤悲；中吕宫唱，高下闪赚；黄钟宫唱，富贵缠绵；正宫唱，惆怅雄壮；道宫唱，飘逸清幽；大石唱，风流蕴藉；小石唱，绮丽妩媚；高平唱，条畅晃漾；般涉唱，拾缀坑堑；歇指唱，急并虚歇；商角唱，悲伤宛转；双调唱，健捷激袅；商调唱，凄怆怨慕；角调唱，呜咽悠扬；宫调唱，典雅沉重；越调唱，陶写冷笑。"① 虽是论曲调，但对于我们研究词的宫调声情同样具有参考借鉴意义。《中原音韵》云："小石旖旎妩媚"②，《雍熙乐府》则认为："小石调，宜旖旎妩媚"③，皆以为"小石调"的基本特点是娇弱柔美、温婉动人。晚唐五代及北宋时期的《蝶恋花》调多入"小石调"。

再说"商调"。在我国古代音乐体系中，"商调"亦属"商声七调"。元芝庵认为："商调唱，凄怆怨慕"，周德清同意此种说法，是说这个词调具有凄苦悲凉、如怨如慕的声情特点。《钦定词谱》注《蝶恋花》调，一为"小石调"，一属"商调"，宋赵令畤直接标注为"商调"，并率先使用鼓子词《蝶恋花》来表现崔张爱情的发展过程，强调情的重要作用，同时表达对女主人公崔莺莺不幸遭遇的同情。但北宋词人中使用商调的除了赵令畤外，唯有周邦彦。直至南宋后期，《蝶恋花》调入"商调"的现象才渐渐盛行。究其原因，"旖旎妩媚的小石调"适合表达北宋时期的闲适生活和相思恋情，而南宋后期及元代初期，受动荡不安的社会环境影响，"商调"凄怆怨慕的声情特质更适宜展现凄苦悲凉的情感，因此出现部分饱含国仇家恨、描述颠沛流离境况的词作。

综上，《蝶恋花》调的音乐体系从宫调上来说，唐及南宋以前属于"商声七

---

① （元）杨朝英编、许金榜注：《阳春白雪注释本》，中州古籍出版社 1991 年版，第 184 页。

② 周德清：《中原音韵》，载中国戏曲研究院：《中国古典戏曲论著集成》卷一，中国戏剧出版社 1959 年版。

③ （明）郭勋：《四部丛刊续编·集部·雍熙乐府》，上海书店出版社 1934 年版。

调"中的"小石调",南宋后期及元代又入"商调",具有缠绵起伏、如泣如诉的音乐特点。

二、《蝶恋花》词的音乐美

词乐失传之后,词的音乐美仍可以通过体制来展现出来。其音乐美主要体现在词的句式、节奏以及音韵方面。古人对词的音乐美早已有所重视,谓:"阅词者不独赏其词意,尤须审其节奏。"① 《蝶恋花》词的音乐魅力,也体现在其格式、句式和用韵上。

首先,从格式上看,具有循环往复、精悍整饬的音乐之美。《蝶恋花》由于人们的钟爱而产生甚多变体,《钦定词谱》中列了三体。正体60字,前后段各五句四仄韵,且用韵与诗律相近,说明《蝶恋花》篇幅短小,具有精悍整饬之美。此外,《蝶恋花》是双调结构,分为上下两片,表明其乐曲较长,节奏舒缓。同时,其上下片在句式、平仄方面基本相同,有些词作还是重复的;在音乐上相似之中存在差异,变化之中又有统一。这种重章叠唱的音乐形式,使得《蝶恋花》词具有回环往复、抑扬顿挫之美。

其次,在句式方面,呈现婉转流畅、错综变化的音乐之美。《蝶恋花》以七言句为主体,节奏多为三四、四三,偶有二五,舒缓悠长;间以四言、五言句,节奏短促明快,奇偶相生,长短交错。这就表明《蝶恋花》调在音乐上具有错综变化的特点。从而也形成了全调跌宕起伏、流畅婉转、舒缓悠长的节奏,音律优美悦耳。

再次,从用韵方面看,体现谐美迫切又不失和婉缠绵的音乐之美。《蝶恋花》调正体通篇押仄声韵,龙榆生在《唐宋词格律》中也将其列入"仄韵格"。《蝶恋花》调押韵以入声韵为主,兼以去声韵。有关于入声韵的声情,王易曾指出:"平韵和畅,上去韵缠绵,入韵迫切,此四声之别也。"② "迫切"即为入声韵的声情特点,也恰与此调跳跃与急促的表情特点相符。同时,部分去声韵则适宜表达一种缠绵温婉的感情,偶尔在落脚字转换平仄,起到谐美动听的表达

① (清)孙麟趾:《词径》,载唐圭璋:《词话丛编》,中华书局1986年版,第2555页。
② 王易:《词曲史》,江苏文艺出版社2008年版,第180页。

效果。

最后，在韵位分布上，具有跌宕起伏、节奏紧促的音乐之美。《蝶恋花》属于双调，正体韵位为"韵句韵韵韵，韵句韵韵韵"，通篇一韵到底。句句押韵，韵脚密集，使得音乐节奏变得急促明快，富有节奏感；同时，第二三句、第七八句各只用一韵，使节奏暂时舒缓悠长。全调跌宕起伏，便于酣畅淋漓地表达内心最真实的感情，营造优美动人的情境。因此，《蝶恋花》调格式精悍整饬，句式错综复杂，用韵迫切又不失和婉，节奏抑扬顿挫，适合表达各种纷繁复杂的感情，极富表现力。

通过上文的论述得知，《蝶恋花》调以本名《鹊踏枝》最早产生于盛唐时期，原为我国唐代西北地区流行的民间曲子词，后被唐教坊曲收录。晚唐五代词人李煜创作了第一首《蝶恋花》词。于两宋时期，在晏殊等著名词人的大力推崇下，《蝶恋花》调开始在词坛流行，发展至全盛，历久不衰。同时，《蝶恋花》调在流传的过程中产生了大量异名，不仅是词人标新立异有意为之，而且也受到宋代词坛"变俗为雅"的文学风气和名作效应的影响，更是词体功能集中的结果。此外，《蝶恋花》调凭借精悍整饬的格式、错综复杂的句式、迫切又不失和婉的用韵和抑扬顿挫、明快绮丽的节奏，保持了长久不衰的音乐魅力。

第二章 《蝶恋花》词调体制

《蝶恋花》词属于中调，篇幅短小精悍，句式格律与五言、七言律诗接近。除正体60字外，《蝶恋花》亦有诸多别体。同时，该调句法多种多样，有着鲜明的章法结构及独特的声情特征。下文将依据现存唐宋时期《蝶恋花》510首词作，从词体文学音乐本位的角度出发，探寻《蝶恋花》调在格律、句法、章法以及用韵声情等方面的特点。

第一节 《蝶恋花》词的格律

词体发展初期，词乐合二为一，词体主要功能在于歌咏和传唱。而且词人在创作时，多遵循既定的乐谱音律，格律要求并不严格，正如万树《词律·发凡》中所言："至唐律以后，浸淫而为词，尤以谐声为主。"① 因此，在略微宽松的创作环境下，文人为了适应自身创作需要，会在既定音律的基础上，做出字数、句式和用韵等方面的调整，于是就出现一调多体的情况。后来，随着词文学的不断成熟完善，词乐渐渐分道扬镳，部分乐谱在流传的过程中丢失或残缺，唱法也失传。后世词人只能模仿前人的作品，却并未完全遵循格律，故产生了形式上的巨大差异。杨守斋曾经评论这一现象："自古作词，能依句者已少，依着用字者，百无一二。"② 杨氏的观点，又从侧面揭示了词调"别体众多"的现象。

《蝶恋花》调也有为数不少的异体。现依《全唐五代词》《全宋词》（含补

---

① （清）万树：《词律》，上海古籍出版社1984年版，第9页。
② （宋）杨守斋：《作词五要》，载唐圭璋：《词话丛编》，中华书局1986年版，第268页。

辑)《词律》《词律辞典》《词谱》所录《蝶恋花》词为文本,并参考其他一些词谱与格律书所载,试对《蝶恋花》体式进行梳理。

一、正体

所谓正体,即词调的标准体式。一般情况下,《词谱》多以创始人所填之词作为正体,"每选用唐宋元词一首,必以创始之人所作本词为正体"①。但是《词谱》以冯延巳"六曲阑干偎碧树"词作为《蝶恋花》调的谱式,②《词律》亦如此,③ 却没有把最早更名的李煜《遥夜亭皋闲信步》词作为正体列出,大概是因为冯氏体式影响较大、后世词人填写众多。另外,《词律辞典》以苏轼《蝶恋花》(花褪残红青杏小)为正体。④ 经笔者分析,二者体式完全相同,而且冯延巳词比苏轼词创作年代更为久远,故后人多以冯氏体为《蝶恋花》调的通行正体。

今据《钦定词谱》⑤,将《蝶恋花》调正体标注如下:

【例词】冯延巳《鹊踏枝》
六曲阑干偎碧树。
中仄中平平仄仄(韵)
杨柳风轻,
中仄平平(句)
展尽黄金缕。
中仄平平仄(韵)
谁把钿筝移玉柱。
中仄中平平仄仄(韵)
穿帘海燕双飞去。

---

① (清)王奕清等:《钦定词谱》,学苑出版社 2008 年版,凡例。
② (清)王奕清等:《钦定词谱》,学苑出版社 2008 年版,第 276 页。
③ (清)万树:《词律》卷九,上海古籍出版社 1984 年版,第 494 页。
④ 潘慎:《词律辞典》,山西人民出版社 1991 年版,第 176 页。
⑤ (清)王奕清等:《钦定词谱》,学苑出版社 2008 年版,第 276 页。

中平中仄平平仄（韵）

满眼游丝兼落絮。

中仄中平平仄仄（韵）

红杏开时，

中仄平平（句）

一霎清明雨。

中仄平平仄（韵）

浓睡觉来莺乱语。

中仄中平平仄仄（韵）

惊残好梦无寻处。

中平中仄平平仄（韵）

　　此式为双调，60 字，上阕 74577，五句四仄韵；下阕 74577，五句四仄韵。《词谱》《词律》皆以冯延巳《鹊踏枝》（六曲阑干偎碧树）为正体，《唐宋词格律》将其列为"定格"，宋元人多据此填词，凡 465 首（详见附录五：唐宋《蝶恋花》调体一览表）。

二、别体

　　所谓别体，即一调之正体之外的，通过减字、添字、偷声、增韵等方式产生的其他体式，又可称为"变体"。有关《蝶恋花》的调体，《词律》列两体，《词谱》列三体，《词调词律大典》列三体，今人潘慎《词律辞典》列三体，《唐宋词格律》列仄韵格。按照《御定词谱》"字之多寡""句之长短""韵之平仄"的判断标准，① 笔者统计的《蝶恋花》调别体实有九种之多。现将以《全唐五代词》《全宋词》及补辑为本，将《蝶恋花》调体以表格形式展示如下：

---

　　① 《御定词谱·序》："夫词寄于调，字之多寡有定数；句之长短有定式；韵之平仄有定声。秒忽无差，始能谐合。否则音节乖舛，体制混淆，此图谱之所以不可略也。"

表 2.1 《蝶恋花》调体作品分布

序号	字数	作家作品	数量	《蝶恋花》调别体类别
1	59字	无名氏《鹊踏枝》（叵耐灵鹊多瞒语）	1首	敦煌曲子词，双调五十九字，七言八句，上阕7777，四句四仄韵，下阕7879，四句三仄韵，有三衬字，咏调名本意。此体平仄、句式与正体差异较大，宋元人无如此填者
2	61字	无名氏《鹊踏枝》（独坐更深人寂寂）	1首	敦煌曲子词，双调六十一字，上阕74577，五句四仄韵，下阕74587，五句三仄韵，咏调名本意。此体将别体一上下片第二句摊破为四言、五言两句，且平仄与正体差异较大，宋元人无如此填者
3	60字	冯延巳《鹊踏枝》（芳草满园花满目）	10首	双调六十字，上阕74577，五句四仄韵；下阕74577，五句四仄韵。此体与正体大致同，惟韵脚全部押通叶入声韵。
4	60字	沈会宗《转调蝶恋花》（渐近朱门香夹道）	9首	双调六十字，上阕74577，五句四仄韵；下阕74577，五句四仄韵。此体字句与正体大致同，惟前后段第五句及换头句平仄相异，录于《词谱》
5	60字	石孝友《蝶恋花》（别后相思无限期）	1首	双调六十字，上阕74577，五句两叶韵、两仄韵；下阕74577，五句四仄韵。此体字句与正体同，但前段平仄韵互叶异，录于《词谱》
6	60字	李石才《一箩金》（武陵春色浓如酒）	1首	双调六十字，上阕74577，五句四仄韵；下阕74577，五句四仄韵。此体字句与正体大致同，惟前段起句与正体平仄全异，以为例，宋元人无如此填者
7	60字	杜安世《凤栖梧》（秋日楼台在空际）	1首	双调六十字，上阕74577，五句四仄韵；下阕74577，五句四仄韵。此体字句与正体大致同，惟前段起句"在"字微拗，宋元人无如此填者

序号	字数	作家作品	数量	《蝶恋花》调别体类别
8	60字	杜安世《凤栖梧》（别浦迟留变清浅）	2首	双调六十字，上阕74577，五句四仄韵；下阕74577，五句四仄韵。此体字句与王体同，但平仄差异较大，与沈会宗词亦微异，如两结句皆拗体，属偏严于四声者，见于《词调词律大典》。另有杜安世《凤栖梧》（任在芦花最深处）与此同。
9	60字	周邦彦《蝶恋花·商调柳》	17首	双调六十字，上阕74577，五句四仄韵；下阕74577，五句四仄韵。此体字句与正体同，但各组韵脚完全相同，属于叠韵《蝶恋花》，且四声大致相同，见于《词调词律大典》

根据表2.1，我们可以发现：其一，唐宋《蝶恋花》调体并不仅限于《词律》《词谱》及《词调词律大典》所列的体式，还有一些其他的变体。按着字数分，《蝶恋花》的调体有59、61和60字三类；根据韵律细分，实有10种（包括正体）体式。其二，《蝶恋花》调体比较统一，即唐宋词人多依照正体填词。所谓正体，即冯延巳所创体式，多为后来词家遵从。遵正体填写的，有465首，大约占整个唐宋《蝶恋花》词作的91.2%，说明《蝶恋花》调虽有诸多别体，但大多数词作还是采用统一的体式。其三，《蝶恋花》调体主要在用韵和字数等方面存在较大差异。《蝶恋花》调别体的表现形式虽复杂多变，但终究都为双调、押仄声韵且一韵到底。它们与正体的区别在于三个方面：一是增字带来字数的变更。在填词作曲中，为了表情达意的需要，会在规定字数外增加字数，另添加的字叫"衬字"。徐钦《词苑丛谈》卷一云："词有定名，即有定格，其字数多寡，平仄韵脚较然。中有参差不同者，一曰衬字，文义偶不联畅，用一二字衬之。"①这全部出现在敦煌曲子词中，因其属于早期的民间作品，故格律较为宽松，用韵并不严格，在体制上属于粗备型体。如无名氏《鹊踏枝》（叵耐灵鹊多瞒语），

---

① （清）徐钦编、王百里校笺：《词苑丛谈校笺》，人民文学出版社1988年版，第99页。

通篇都采用七言句式，与律诗接近；在下片"谁知锁我在金笼里""腾身却放我向青云里"中，两个"里"与"却"都是衬字，全词共 59 字，是《蝶恋花》早期的齐言体。另一首无名氏《鹊踏枝》（独坐更深人寂寂），采用杂言体，在下片第四句的末尾加一个"客"字，才使全词一韵到底，故比正体 60 字多 1 字。二是用韵或多或少，韵位略有差异。如沈会宗《转调蝶恋花》（渐近朱门香夹道）一词与冯延巳词相同，惟前后段第四句及换头句平仄异；石孝友《蝶恋花》（别来相思无限期）词亦与冯词同，惟前段平仄韵互叶异。以上两体，虽字数句式与正体完全相同，但是用韵与正体略有差异，音律也有较大的不同之处，《钦定词谱》因此列为《蝶恋花》调的别体。又如杜安世《凤栖梧》（别浦迟留变清浅）词中，两结句亦拗体，属偏严于四声者，与沈词微异；周邦彦《蝶恋花·商调柳》（爱日清明新雪后）属于叠韵蝶恋花，四声大致相同。这两体也被列为《蝶恋花》的别体，见于《词调词律大典》。这些都令《蝶恋花》出现多种变体。三是《蝶恋花》调始终以"仄韵格"为主，偶尔使用平韵，而且句句押韵，是用韵非常密的词调。

综上，《蝶恋花》调虽然产生甚多变体，但多以冯延巳《鹊踏枝》（六曲阑干偎碧树）为正体，双调，60 字，上下片均押仄声韵且一韵到底，历代词家多遵循该词体创作。

三、《蝶恋花》调别体众多的原因

《蝶恋花》调的流行性、可歌性及唐宋词人对它的偏爱，共同促成了《蝶恋花》调别体众多。

首先，《蝶恋花》系唐教坊曲，来源于我国西北地区流行的民间曲子词，初期属于粗备型体制。《蝶恋花》早期作为敦煌曲子词，属于民间文学的一部分。因与音乐相和，用韵要求不严格，字数、句数也没有统一的规定，后经晚唐五代词人的填制而流行并产生定格。因此，早期《蝶恋花》体制较为复杂。现存两首敦煌词，体制迥异，与正体亦有较大差别。

其次，《蝶恋花》调别体众多是音乐的要求所致。词是可歌的，音乐对词体制的影响是根深蒂固的。沈义父曾对"同调异体"现象作出阐释："古曲谱多有异同，至一腔有两三字多少者，或句法长短不等者。盖被教师（教曲之乐工）

改换。亦有嘌唱一家,多添了字。"① 沈氏揭示了词调诸多变体的原因,是为了适应歌唱的需要,对字数进行增减、使用不同韵部和平仄。

此外,唐宋词人对《蝶恋花》调的偏爱与其变体众多也有一定的联系。在晚唐五代时期,填词多为应歌而作。两宋时期,随着词体的不断成熟,词逐渐成为文人骚客表情达意的工具,为了能够随时随地地表达内心最真实动人的感情或心态,词人们不断对词体形式做字数、句式、韵位和平仄等方面的变动,以便更好地抒情言志,从而形成了与《蝶恋花》正体之外稍有差异的别体。

总之,《蝶恋花》调深受唐宋词人的喜爱,因此格律类型多样,变体众多。

第二节 《蝶恋花》词的句法

《词征》有云:"词之句法本与诗"②,众多词调以五、七言句式为主体,说明词体与诗体的联系极为密切。但是,绝不能据此将诗歌句法简单套用到词的句法中。丘琼荪曾明确指出:"词称长短句,字数至为参差,自一字至十字都有,其在某调某句中都有一定的法式,决不可见五七言而概作诗句填也。"③ 而《蝶恋花》词体句式纷繁多变,以七言句式为主,兼以四言、五言句式,同时又有着区别于其他词作的独特风貌。

一、《蝶恋花》词的一般句法

四字句。《蝶恋花》调的四字句共两处,分别为第二句和第七句,占《蝶恋花》调总句式的20%。《蝶恋花》词中的四字句,首见于无名氏《鹊踏枝》(独坐更深人寂寂)一词中,它是敦煌曲子词,是将旧体上下片第二句摊破为四言、五言两句,从而变成杂言体。到了晚唐五代,经文人的加工逐渐变成《蝶恋花》词体的主体句式,节奏多为"二二"句式。但也有特殊的,节奏为"三一"式、

---

① (宋)沈义父:《乐府指迷》,载唐圭璋:《词话丛编》,中华书局1986年版,第283页。

② (清)张德瀛:《词征》卷一,载唐圭璋:《词话丛编》,中华书局1986年版,第4077页。

③ 丘琼荪:《诗赋词曲概论》,中华书局1934年版,第182页。

"一三"式,如苏轼《蝶恋花·送潘大临》中"三十年/前",向子諲《蝶恋花·酒边词》中"忆/昨明光"。

五字句。《蝶恋花》调的五字句共两处,分别为第三句和第八句,占《蝶恋花》调总句式的20%。与四字句相同,都来自早期的敦煌曲子词,后成为主要的句式。词中五字句句式最常见的节奏为"二三"式,也有"三二"式、"四一"式、"一四"式,如晏殊《蝶恋花》(梨叶疏红蝉韵歇)中"玉管声/凄切",晏几道《蝶恋花》(碾玉钗头双凤小)中"画得宫眉/巧"。

七字句。《蝶恋花》调以七字句为主,共六处,分别为第一、四、五、六、九、十句,占总体句式的60%。常见七言句的节奏为"三四"式"四三"式,如苏轼《蝶恋花·春景》中"花褪残红/青杏小,枝上柳绵/吹又少",辛弃疾《蝶恋花》词中"何物能令/公怒喜"。此外,有"二五"句式,如辛弃疾《蝶恋花·和赵景明知县韵》中"凉夜/愁肠千百转""毕竟/啼乌才思短"。特殊句式,有"二二三"式,如辛弃疾《蝶恋花·和杨济翁韵,首句用丘宗卿书中语》中"可惜/春残/风雨又",晁端礼《蝶恋花》词中"骨秀/肌香/冰雪莹";也有"一三三"式,这类比较少见,如刘翰《蝶恋花·团扇题诗春又晚》中"谁/品新腔/拈翠管"。

八字句。存在于两首敦煌曲子词中,分别是无名氏《鹊踏枝》(叵耐灵鹊多瞒语)中"谁知锁我/在金笼里"与无名氏《鹊踏枝》(独坐更深人寂寂)中"自叹宿缘/作他邦客"。其中,"里"与"客"都是为了押韵而添加的"衬字",所以这两句依旧是七言句的变体,节奏为"四四"式。

九字句。仅存于无名氏《鹊踏枝》(叵耐灵鹊多瞒语)一词中的结句"腾身却/放我/向青云里",节奏是"三二四"式,比较罕见。

总之,八字句和九字句只是《蝶恋花》调的个别情况,不足以用来概括该调的主要特征。《蝶恋花》调以四言、五言和七言为主,是句法整饬的调体。

二、《蝶恋花》词的特殊句法

《蝶恋花》不仅有一般句法,还存在大量的特殊句法,主要有领句和对句两种。

首先是领字句。所谓"领字句",又称"领句"或"领字",指用在词句之首起领起作用的字词或有领字的词句。《蝶恋花》中的领字句，主要是二字领。如冯延巳《鹊踏枝》中的"谁道闲情抛掷久""休向尊前情索寞"和"独立荒池斜日岸"，晏殊《蝶恋花》（梨叶初红蝉韵歇）中的"谁教社燕轻离别"，欧阳修《蝶恋花》中的"尝爱西湖春色早"以及杜安世《蝶恋花》中的"惆怅留春留不住"等。领字的灵活运用令整首词作的语意连续通畅，形神配合天衣无缝。

其次是对句。所谓"对句"，指词体中对偶的句式。纵观唐宋《蝶恋花》词中的对句，主要有本句对和邻句对两种形式。其一是本句对，主要出现在四言句式中。如冯延巳《鹊踏枝》中的"肠断魂消"，欧阳修《蝶恋花》（越女采莲秋水畔）中的"窄袖轻罗"和"露重烟轻"，晏几道《蝶恋花》中的"春梦秋云"和"浮雁沉鱼"等，都是对仗非常工整的当句成对的句子。本句对因为上下左右交互属对，在工丽整饬中增加了活泼摇曳的效果，给人以纷繁变幻的美感。其二是邻句对，亦包括两种。一是五言对句，多在上下片同一位置，即第三句和第八句中使用邻句对。如宋祁《蝶恋花·情景》中的"困入娇波慢"对"界破蜂黄浅"，苏轼《蝶恋花·春景》中的"绿水人家绕"对"墙里佳人笑"，《蝶恋花》（记得画屏除会遇）中的"望断高唐路"对"笑整香云缕"等。二是七言对句，最常见的是上下片后两句各自形成对仗。如苏轼《蝶恋花》（记得画屏除会遇）中的"燕子双飞来又去，纱窗几度春光暮"，晏几道《蝶恋花》（卷絮风头寒欲尽）中的"新酒又添残酒困，今春不减前春恨"，谢逸《蝶恋花》（豆蔻梢头春色浅）中的"红日三竿帘幕卷，画楼影里双飞燕"等，都在形式上保留着较浓厚的七言律诗特点，对仗亦十分工整。邻句对不仅扩大了词作意境的容量，使词作工整典雅，而且这种交错的对偶使整饬的五言句式富于变化，令词作增添了交错回环和挥洒自如的美感。

三、《蝶恋花》词的句法特征

《蝶恋花》以七字句为主，兼以四字句和五字句；较多使用对偶句法，结构整饬；句式纷繁多变，奇偶相间；句法类型丰富多彩，技巧灵活多变。

第一，《蝶恋花》的四字句、五字句和七字句，保留了较浓厚的诗体特点，是词的句法脱胎于诗歌句法的典型代表。《蝶恋花》词主要由四字句、五字句和七字句构成，全词的平仄、节奏及押韵方法都与诗歌有着惊人的相似之处。四字句精悍动人，五字句简练传神，七字句幽韵婉转，而且都非常容易形成特别工整的对仗，不禁给人端庄雅致的美感，令词作颇具神似诗歌的整饬大气之美。因此成为词人表达襟怀、抒情言志的良好载体，体现出更为高雅的审美情趣。此外，《蝶恋花》词通篇60字，便于创作，故在盛唐时期产生后，迅速受到晚唐五代文人们的大力追捧，并在两宋时期成为著名调体，产生了众多脍炙人口的词作。

第二，《蝶恋花》词较多使用对偶句法，结构整饬。《蝶恋花》，60字，双调，句式为74577，74577，因体制字数的缘故，通篇存在大量对偶。不仅在四字句中大量使用本句对，还有为数不少的邻句对，但位置并不固定，有的出现在上下片的结尾两句，有的则在上下片的相同位置。与诗歌迥异，《蝶恋花》词中的对偶较为灵活，对句的使用亦无硬性要求。这使得《蝶恋花》词具有非常丰富的表现力，不仅有类似口语的李煜《蝶恋花》（遥夜亭皋闲信步）中"一片芳心千万绪，人间没个安排处"之句，读起来通俗易懂；而且产生了晏几道《蝶恋花》（卷絮风头寒欲尽）中"新酒又添残酒困，今春不减前春恨"一类的对句，读之庄重典雅。

第三，《蝶恋花》词的句式纷繁多变，奇偶相间。一是句式纷繁多变，节奏抑扬顿挫。《蝶恋花》虽然以四言、五言和七言句组成，但是即使字数固定，词意结构也存在较大的差异。如占全词句式60%的七言句，词意结构就有"三四"式、"二五"式和"一三三"式等几种。《蝶恋花》句法丰富，结构节奏多变，令短句急促明快，长句悠远舒畅，有效地克服了诗歌句法的单调呆板，而且疾缓交织，大大提升了词作的整体表现力。《蝶恋花》调不仅有利于描绘令人流连忘返的旖旎风光，也便于抒发内心最柔密复杂的情感。二是奇言与偶言相互配合。奇言与偶言对于音节的流利与顿挫起着很大的调控作用，金兆梓曾说："偶句之妙在凝重，奇句之长在流利。"①《蝶恋花》的偶言句吟唱起来节奏舒缓顿挫，奇言句诵读起来具有行云流水般的轻松、畅快之感。多样化的句法大大增强了语言的表现力，给词人们的创作留下了广阔的空间。

第四，《蝶恋花》词的句法类型丰富多彩，技巧灵活多变。《蝶恋花》词中处于上下片同一位置的句子，其句法也往往不尽相同。四言句如向子諲《蝶恋

---

① （清）金兆梓：《实用国文修辞学》，中华书局1932年版。

花·酒边词》中上片第二句采用"二二"式："墙外/行人"，下片第二句采用"一三"式："忆/昨明光"。五言句如晏几道《蝶恋花》（梦入江南烟水路）上片第三句采用"四一"式："不与离人/遇"，下片第三句采用"一四"式："终/了无凭据"。七言句如苏轼《蝶恋花》（蝶懒莺慵春过半）上片首句采用"二二三"式："蝶懒/莺慵/春过半"，下片首句采用"四三"式："云鬓髻松/眉黛浅"。丰富多彩的句法和多变技巧的灵活运用，使得全词流利变幻，神采飞扬，不至刻板呆滞。

第三节　《蝶恋花》词的章法

蔡嵩云《柯亭词论》云："填词须讲章法……章法须讲离合顺逆贯串映带。如何起，如何结，如何过变，均须致力。否则不成佳构。"① 诚然，像词这种短小且以抒情为主的文体形式，要想用精炼的语言描绘波澜壮阔的场景，与声情的抑扬顿挫相协调，体现一个富有层次的情感发展历程，章法的锤炼就显得尤为重要。正如刘熙载《艺概》所论："词以炼章法为隐，炼字句为秀，秀而不隐，是犹百琲明珠，而无一线穿也。"② 《蝶恋花》调的正体是 60 字，句式为 74577、74577 体，词作数量约占唐宋时期总数的 91.2%。本节以该体词为例，从起句、过片、结句等方面考察其章法。

一、《蝶恋花》词的起句

起句是词结构的关键部位，正如陆辅之所云："对句好可得，炼句易为工。起句好难得。谋篇难凑巧，收拾全藉出场。"③《蝶恋花》词篇幅短小，开头三句起句尤为考究。现从格律、句式和表达功能等角度逐一分析《蝶恋花》词的起句特征。

其一，在格律方面，《蝶恋花》上片以七言句、四言句和五言句起，字数占

---

① 蔡嵩云：《柯亭词论》，载唐圭璋：《词话丛编》，中华书局 1986 年版，第 4903 页。
② （清）刘熙载：《艺概》，载唐圭璋：《词话丛编》，中华书局 1986 年版，第 3699 页。
③ （元）陆辅之：《词旨》，载唐圭璋：《词话丛编》，中华书局 1996 年版，第 302 页。

了全词篇幅的25%，内容充足饱满，适合表情达意。按照龙榆生《唐宋词格律》中的平仄标注方法，《蝶恋花》词起句的平仄搭配为："＋｜　＋－－｜｜（韵）＋｜－－（句）＋｜－－｜（韵）"①，七字句与五字句停顿处皆为仄声且押韵，四字句句读处为平声。由仄至平再至仄，从停顿处的用韵可见《蝶恋花》词起句的节奏具有回环往复的特点，体式急迫明快却不失和缓舒畅。如冯延巳《鹊踏枝》中起句"谁道闲情抛掷久？每到春来，惆怅还依旧"暗示了词人的心理活动：作者因南唐国势江河日下，自己虽满腹才情却无法施展，故产生忧郁烦闷的愁绪；虽是如此，他却依旧自信满满，矢志不渝。以去声领起，直接发问，似见词人内心正极度煎熬；接着以平声停顿，抒写生机勃勃的春天到了，词人情绪慢慢变得和缓；最后再次以去声落脚，表达春天徒增些许惆怅愁绪，内心又开始变得颇不平静，但此时未若领句那般无可奈何。如此就于起句停顿处反映了词人由煎熬到平静再至惆怅的心理历程。

其二，在句式方面，《蝶恋花》词以散句起句，呈现出掷地有声、和婉舒畅之美。起句以七字句领起，容量充足，掷地有声，奠定全词的感情基调；四字句和五字句紧随其后，不仅使节奏变得舒缓畅快，而且大大充实了起句内容。如无名氏《鹊踏枝》起句"独坐更深人寂寂，忆念家乡，路远关山隔"，七言句用"独""深"和"寂寂"等掷地有声的字词，使全词笼罩着凄凉悲苦的氛围；接着两句交代缘由，原来是漂泊在外的游子，因思念双亲而肝肠寸断，对七言句起着补充作用。七字句、四字句和五字句等散文句式的完美搭配，使《蝶恋花》词的起句具有掷地有声、和婉舒畅的美感。

其三，在表达功能方面，《蝶恋花》起句有的以写景起，有的以抒情起，有的以叙事起。首先，以写景起，因景生情。纵观唐宋《蝶恋花》词作，从写景入手的词最为常见。这类词往往先营造一种切合主题的环境，然后由景生情，使文章主体部分缓缓呈现。如苏轼《蝶恋花·春景》中"花褪残红青杏小，燕子飞时，绿水人家绕"句，用"花褪""残红"等意象描绘一派春意阑珊的景象，不禁流露出伤春之情。其次，以抒情起，直陈胸臆。以抒情的方式开端，一起句就开门见山，说出词的主旨或概括全词的内容。这种方式在婉约风格的抒情词中

---

① 龙榆生：《唐宋词格律》，上海古籍出版社1978年版，第88页。

尤为常见。如晏几道《蝶恋花》的开篇"黄菊开时伤聚散。曾记花前，共说深深愿"，直陈胸臆"伤聚散"，此为感秋怀人之作，从而为下文抒发"同心人不如同心结"的离情别怨做铺垫。思念情深，溢于词外，感人肺腑，沁人心脾，堪称恋情词的上乘之作，此皆因开篇造势之功。最后，以叙事起，点明题旨。沈雄《古今词话·词品》有云："起句言景者多，言情者少，叙事者更少。大约质实则苦生涩，清空则流宽易。"① 沈氏之意大致为：在词中，以写景和抒情为起句的词作为数较多，但是开篇就叙事的词作却甚为罕见。大概是因为情景偏于感性，要求不严；而以理著称的叙事词，对词人的创作水平来说是种巨大的考验，所以不易得。但是，《蝶恋花》词中不乏以叙事起句的优秀篇章，如王诜《蝶恋花》："钟送黄昏鸡报晓。昏晓相催，世事何时了。"词人起句用看似平淡的语言描叙了日夜更替这一司空见惯的自然现象，表现寻常的哲理，世事纷纷扰扰、永无止境，继而点明题旨。

综上，《蝶恋花》起句在格律方面具有回环往复的特点，体式急迫明快却不失和缓舒畅；在句式方面，以散句为主，呈现出掷地有声、和婉舒畅之美；在表达功能方面，或以写景起，或以抒情起，或以叙事起，都起到了统筹全篇的作用。

二、《蝶恋花》词的过片

过片，又称"过遍""过变"或"过拍"，一般指上片结句和下片起句。过片是词特有的章法，有换头和不换头两种类型，标准为上下片的起句句法是否相同。《蝶恋花》词的过片属于不换头，即上下片首句的句法没有变化。《蝶恋花》为双调，过片指的是上片的后两句和下片的前三句。对于篇幅短小的《蝶恋花》来说，过片就是词的主干部分，具有不可或缺的重要作用。纵观唐宋《蝶恋花》词，其过片方式如下：

其一，对称衔接，并驾齐驱。《蝶恋花》词作中会时常出现上下片处于对称式的平行结构，各片并驾齐驱、独立性较强。这种结构整体上较为松散，因此过

---

① （清）沈雄：《古今词话·词品》，载唐圭璋：《词话丛编》，中华书局 1986 年版，第838 页。

片的方式就显得尤为重要。如苏轼《蝶恋花·春景》上片写春意将尽，暗含伤春之意，下片写行人无端被引起烦恼的一段闲情。上片结句"枝上柳绵吹又少，天涯何处无芳草"进一步描绘暮春景致，下片领头"墙里秋千墙外道，墙外行人，墙里佳人笑"则交代了故事发生的人物和地点。过片的两部分似乎并无太大联系，写景实则为人物的出现铺设环境，都表达词人对短暂而美好景物的欣赏与留恋之情。故使得上下片虽为并驾齐驱的平行结构，其内在意蕴却是紧密相连的。

其二，笔断意续，联系密切。清代李佳在《左庵词话》中对词的过片曾有过这样的见解："置一词，须布置停匀，血脉贯穿。过片不可断意，如常山之蛇，首尾相应为佳。"①《蝶恋花》中不乏借今昔对比而抒情言志的词作，而过片在其中起着引渡时间的作用。如晏几道《蝶恋花》（醉别西楼醒不记）中，上片回忆当时难舍难分的离别场景，下片突出词人内心的深悲重愁无法排解。过片以"斜月半窗还少睡，画屏闲展吴山翠"领起，交代夜晚的时间概念，用美丽多姿的吴山秀色来反衬词人长夜无眠的凄清寂寞，继而引出结句，使词人哀婉悲戚之情达至高潮。

其三，承上启下，层层递进。清代沈祥龙在《论词随笔》中写道："词换头处谓之过变，须词意断而仍续，合而仍分。前虚则后实，前实而后虚，过变乃虚实转换处。"②《蝶恋花》中先景后情的结构甚为常见，过片往往由写景转为抒情，如柳永《蝶恋花》（伫倚危楼风细细）写的词人对恋人的浓浓的思念之情。上片结句极力渲染景物的黯淡，暗示词人情绪的黯淡和内心无尽的孤独；下片则以"拟把疏狂图一醉，对酒当歌，强乐还无味"起，为结句的直接抒情起了推动作用。

其四，另开境界，对比鲜明。过片处的对比非常明显，乍一看，似乎上下片所写并非同一件事，细细品味，方觉整首词意境、情感完全贯通。这样的过片，通常对比十分鲜明，却又是另一番境界，带给读者别样的感受。如辛弃疾《蝶恋

---

① （清）李佳：《左庵词话》，载唐圭璋：《词话丛编》，中华书局 1986 年版，第 3176 页。

② （清）沈祥龙：《论词随笔》，载唐圭璋：《词话丛编》，中华书局 1986 年版，第 4051 页。

花》（何物能令公怒喜）上片结句"恰似哀筝弦下齿，千情万意无时已"紧承起句，写自己闲居以来的思想状况，长期处在矛盾痛苦之中。下片以"自要溪堂韩作记"领起，说自己在带湖府第建了一个"稼轩"，想请韩元吉题字，并用"今代机云，好语花难比"来夸赞韩元吉的文思才略。把自己的彷徨忧郁与韩元吉的才高伟略作对比，顺势带出结句部分，表达对韩元吉的崇拜之情自然也水到渠成，同时又让读者感受到辛弃疾一如既往的乐观态度。这首辛词从表面看上下片好像说的事情毫不相关，实则全词气脉相通。

总之，《蝶恋花》调寥寥 60 字，过片就占了一半字数，俨然成为词作的主体部分，因此无论哪种结构的过片都必然承担着承上启下的重大任务。上片结句不仅要紧承领句，收住词意，还要为下片留出足够的发挥空间；下片的起句则须独具匠心，并与上片骨肉相连。

三、《蝶恋花》词的结句

结句，是词作章法中极为重要的一环，也是衡量词人创作水平高低的主要标准。《蝶恋花》词的结句是两个七字句，容量有限却极为独特，也是整首词最为精要的部分。沈祥龙曾在《论词随笔》中阐释了结句的方法："结有数法，或拍合，或宕开，或醒明本旨，或转出别意，或就眼前指点，或于题外借形，不外白石诗说所云：'辞意俱尽，辞尽意不尽，意尽辞不尽'三者而已。"① 结合此说，综合考察唐宋《蝶恋花》词，我们发现《蝶恋花》词的结句特点如下：

第一，在格律方面，《蝶恋花》词的结句为两个七言句，在句式、用韵方面完全相同。按照龙榆生《唐宋词格律》中的平仄标注方法，《蝶恋花》词结句的平仄搭配为："＋｜　＋－－｜｜（韵）＋－＋｜－－｜（韵）"②，平仄相间，产生一种抑扬顿挫的美感。两句皆以仄声收尾，短促有力，读起来急促明快，有厚重感。

第二，在句式方面，《蝶恋花》以两个七言句结尾，内容丰富饱满。明代陆

① （清）沈祥龙：《论词随笔》，载唐圭璋：《词话丛编》，中华书局 1986 年版，第 4051 页。

② 龙榆生：《唐宋词格律》，上海古籍出版社 1978 年版，第 88 页。

时雍《诗镜总论》云："诗四言优而婉，五言直而倨，七言纵而畅，三言矫而掉，六言甘而媚，杂言芬葩，顿跌起伏。"① 七言句挥洒自如，容量充足，节奏和缓舒畅。无论是酣畅淋漓地表达内心最复杂细腻的情感，还是极力描绘姿态万千的旖旎风光，都须在此处骤然止步，不禁令人回味无穷。如柳永《凤栖梧》（伫倚危楼风细细）的结句"衣带渐宽终不悔，为伊消得人憔悴"，将前面苦闷矛盾、辛酸失意的情绪全部收住，直接点明此生之志，表现作者对于爱情无怨无悔的极力追求。

第三，在表达功能方面，《蝶恋花》结句最常见的是以景作结与以情作结两种。刘永济曾谈到这两种结句的特点："结句，大约不出景结、情结两种。情结以动荡见奇；景结以迷离称隽。"②《蝶恋花》以景作结的，如冯延巳《鹊踏枝》（庭院深深深几许）中的"泪眼问花花不语，乱红飞过秋千去"③，以眼前之景委婉曲折地写出了贵妇内心无尽的伤春之情和伤感之意，情景交融，情韵深厚，令人怆然。以情作结的，如陆游《蝶恋花》（桐叶晨飘蛩夜语）中的"早信此生终不遇，当年悔草《长杨赋》"句，淋漓尽致地展现了他才华无法施展的愤怒和浓郁的爱国之情。结句亦将他对国事的深度关切、怀才不遇的悲慨、想要摆脱现实的无奈叹息和挣扎于出世入世之间的矛盾彷徨，推至最高潮，感人肺腑。此外，《蝶恋花》中还有以事作结的词作，较为罕见，如范成大《蝶恋花》（春涨一篙添水面）"秀麦连冈桑叶贱，看看尝面收新茧"句，词人用传统中写相思离别的词牌来写真实的田园风光和江南水乡的生活状况。结句"采桑收茧""割麦尝新"，仿佛有一股清新的泥土芬芳扑鼻而来，使全词清婉秀丽，颇具生活气息。

要之，词的起句、过片和结句，皆是词作章法变化中不可替代的部分。唐宋《蝶恋花》词的章法别具特色，尤其名篇佳作更是极其重视章法的考究，"于短幅中藏许多境界"④。

---

① （明）陆时雍：《诗镜总论》，载丁福保：《历代诗话续编》，中华书局 1983 年版，第 1402 页。

② 刘永济：《词论·宋词声律探源大纲》，中华书局 2010 年版，第 95 页。

③ 据考辨，此词应为冯延巳所作，世人误以为欧阳修，《全宋词》亦未录入欧阳修名下。参见曾昭岷：《晚唐五代词》，中华书局 1999 年版，第 656~657 页；金元华：《"庭院深深"之作者考》，《九江学院学报》2010 年第 3 期。

④ 蔡嵩云：《柯亭词论》，载唐圭璋：《词话丛编》，中华书局 1986 年版，第 4903 页。

第四节 　《蝶恋花》词的声情

词在发展之初，是音乐的附属品。词所要表达的情感须与词调的声情相配合，故填词先择调。沈祥龙对此曾有过生动的评述："词调不下数百，有豪放，有婉约，相题选调，贵在相宜。调合，则词之声、情始合。"① 词调中韵部的使用，也会对词作的情感产生巨大的影响。因此，能够感染读者的词作应该使词韵之"声"与主题之"情"达到形式与内容的完美契合。

一、《蝶恋花》词声情的总体风貌

每个词调都表达着一定的情绪，我们可以根据现存较早的词作，从内容、句读、语调、叶韵等方面，大致推断这个词调的声情。龙榆生在《词学研究之商榷》中也说："吾人欲确定一曲调为喜为怒，为婉转缠绵，抑为激昂慷慨，果将以何为标准乎？曰：是当取号称知音识曲之作家，将一曲调之最初作品，凡句读之参差长短，语调之疾徐轻重，叶韵之疏密清浊，一一加以精密研究，推求其复杂关系，从文字上领会其声情，然后罗列同一曲调之词，加以排比归纳，则其间或合或否，不难一目了然。"② 据此，当从韵部声情、韵脚平仄、用韵疏密和句式等方面对《蝶恋花》词的声情进行综合分析。

首先，从《蝶恋花》词所用韵部来看其声情。周济《宋四家词选·目录序论》云："东真韵宽平，支先韵细腻，鱼歌韵缠绵，萧尤韵感慨，各具声响，莫草草乱用。"③ 王易在其《词曲史》中，亦详细阐释了十九个韵部所具有的声情特点：

第一部东董：宽洪　　　第二部江讲：爽朗　　　第三部支纸：缜密

第四部鱼语：幽咽　　　第五部佳蟹：开展　　　第六部真轸：凝重

① （清）沈祥龙：《论词随笔》卷五，载唐圭璋：《词话丛编》，中华书局1986年版，第4060页。

② 龙榆生：《词学研究之商榷》第一节《声调之学》，《词学季刊》第一卷第四号。

③ （清）周济：《宋四家词选》，中华书局1985年版，《丛书集成初编》影印《滂喜斋丛书》本，第6页。

第七部元阮：清新　　第八部萧筱：漂洒　　第九部歌哿：端庄

第十部麻马：放纵　　第十一部庚梗：振厉　　第十二部尤有：盘旋

第十三部侵寝：沉静　　第十四部覃感：萧瑟　　第十五部屋沃：突兀

第十六部觉药：活泼　　第十七部质术：急骤　　第十八部勿月：跳脱

第十九部合盍：顿落

笔者逐一统计唐宋《蝶恋花》词作凡 510 首，除去 2 首残句，共分析 508 首词的韵部（详见附录四：唐宋《蝶恋花》词韵部分布表），发现：一是唐宋《蝶恋花》词的韵部分布次序为第四部鱼语（143 首）、第七部元阮（88 首）、第三部支纸（67 首）、第八部萧筱（55 首）、第十二部尤有（43 首）、第十一部庚梗（29 首）、第六部真轸（14 首）、第九部歌哿（11 首）、第十五部屋沃（10 首）、第十部麻马（8 首）、第十八部勿月（8 首）、第二部江讲（7 首）、第十七部质术（7 首）、第一部东董（6 首）、第五部佳蟹（6 首）和第十六部觉药（6 首）等，而第十三部侵寝、第十四部覃感、第十九部合盍等韵没有涉及。韵部遍布其余十六部，可谓用韵非常广泛。其中使用最多的韵部依次为第四部鱼语（143 首）、第七部元阮（88 首）、第三部支纸（67 首）、第八部萧筱（55 首）和第十二部尤有（43 首），故可推知《蝶恋花》词总体上呈现出"幽咽""清新""缜密""漂洒""盘旋"等声情特征。

其次，从《蝶恋花》词所用韵脚平仄来看其声情。对诗词来说，韵脚四声的使用直接影响词作声情。王易在《词曲史》中有言："人情有喜怒哀乐之殊，字音有浮切轻重之异。用之得当，则声情相称，不当则声情相乖。"[1] 唐宋《蝶恋花》词的韵脚以去声韵和入声韵为主，关于韵脚声情，王易亦论："平韵和畅，上去韵缠绵，入韵迫切，此四声之别也。"[2] 唐宋《蝶恋花》调多使用以去声和入声为主的仄声韵，故而呈现出温婉缠绵又不失明快活泼的声情特征。

再次，从《蝶恋花》词的用韵疏密来看其声情。关于用韵疏密对词作声情的影响，龙榆生有过精彩的描述："韵位的疏密，与所表达的情感的起伏变化，

---

① 王易：《词曲史》，江苏文艺出版社 2008 年版，第 181 页。
② 王易：《词曲史》，江苏文艺出版社 2008 年版，第 181 页。

轻重缓急，有着不可分割的关系。大抵隔句押韵，韵位排得均匀的，他所表达的情感都比较舒缓，宜于雍容愉悦场面的描写；句句押韵或不断转韵的，他所表达的情感，比较急促，宜于紧张迫切场面的描写。"① 唐宋《蝶恋花》调是用韵很密且严的词调，韵脚在第 1、3、4、5、6、8、9、10 句上，除了 51 首词的上下片使用了不同韵部，其余多一韵到底，占词作总量的 89%。因此《蝶恋花》词所表达的感情较为紧促明快，适合描写具有跳跃性的场面。

最后，从《蝶恋花》词所用句式来看其声情。《蝶恋花》词由六个七字句、两个四字句和两个五字句构成全篇。这样的句式，容量饱满，内容充实，易形成热情奔放、挥洒自如的声情特点。但其中的四言句，温婉平和，加之通篇使用仄声韵加以压抑，最后遂造成了舒畅柔婉、激越低回的声情特征。

综上，《蝶恋花》词押仄声韵，用韵很密，其声情总体呈现出舒畅又不失柔婉，激越而又低回的特点。

二、《蝶恋花》词不同主题的声情特征

每个词调都蕴含着独特的情感，不同词作的题材必然显现出与众不同的声情特征。《蝶恋花》词在流传的过程中，题材逐渐扩大。笔者根据题材类别统计出508 首《蝶恋花》词的用韵情况（不包括 2 首残句词作），用来了解各题材与韵部之间的取用关系，进而考察声韵与情感之间的密切关联。同时，依据情感表达和词境营造将这十五类题材划分为五大类主题，逐一进行探究（部分词作题材所属有一定的交叉重复）。

表 2.2　　　　　　　　　唐宋《蝶恋花》词主题用韵分布表

韵部	歌咏爱情		离别感伤		交游祝贺			忧思慷慨		风雅闲适						其他	总计
	闺阁艳情	相思恋情	羁旅怀乡	感时伤怀	赠酬友情	歌颂咏人	祝寿贺词	人生感慨	家国情怀	戏作俳谐	隐逸安闲	吟咏风物	写景游历	佛道修行			
一	0	5	0	0	0	0	0	0	1	0	0	0	0	0	0	6
二	2	2	0	2	0	0	0	0	0	0	0	0	0	0	1	7

---

① 龙榆生：《词曲概论》，上海古籍出版社 1980 年版，第 131 页。

续表

韵部	歌咏爱情		离别感伤		交游祝贺			忧思慷慨		风雅闲适					其他	总计
	闺阁艳情	相思恋情	羁旅怀乡	感时伤怀	赠酬友情	歌颂咏人	祝寿贺词	人生感慨	家国情怀	戏作俳谐	隐逸安闲	吟咏风物	写景游历	佛道修行		
三	3	16	5	5	2	3	9	0	1	1	6	5	7	2	2	67
四	2	33	4	20	11	3	5	9	8	2	12	17	7	4	6	143
五	0	0	0	0	0	1	1	0	0	0	0	1	1	2	0	6
六	1	4	2	1	0	1	0	1	2	0	0	1	0	1	0	14
七	1	20	2	13	5	2	8	4	0	2	6	11	10	1	3	88
八	0	4	0	0	0	0	0	11	1	1	6	5	4	3	0	55
九	1	2	0	0	0	0	0	0	0	1	2	2	0	1	0	11
十	0	1	0	2	0	0	0	0	0	0	1	3	1	0	0	8
十一	2	2	1	5	0	1	2	3	0	1	3	5	3	1	0	29
十二	1	7	2	5	0	2	5	2	0	0	0	13	5	1	0	43
十五	0	0	0	0	0	0	0	0	0	0	0	2	0	2	0	10
十六	0	1	1	0	0	0	0	0	0	0	0	2	1	0	0	6
十七	0	0	0	0	0	0	0	0	0	0	0	3	0	0	0	7
十八	0	1	0	3	0	0	0	0	0	1	0	1	1	0	0	8

　　第一，《蝶恋花》歌咏爱情词作的声情。歌咏爱情的词作包括闺阁艳情和相思爱情两类。此类题材共有115首，占《蝶恋花》总量的22.6%。其韵部主要落在第三部、第四部和第七部上，呈现出"缜密""幽咽"和"清新"的特征。抒写相思之情委婉含蓄，描写歌妓词清新素雅。如晏殊《蝶恋花》（槛菊愁烟兰泣露），写清晓时情侣离别的痛苦。词人先是用"露、去、苦、户"等韵字，不遗余力描写室外景物与天气，极力渲染凄凉之意。接着有意用"树、路、素、处"等韵字，造成时间和空间上的错乱，委婉含蓄地表现了脉脉柔情与绵绵思绪，令人回味无穷。

　　第二，《蝶恋花》离别感伤词作的声情。离别感伤词作包括羁旅怀乡和感时伤怀两种，共有90首，占《蝶恋花》总量的17.7%。其韵部主要落在第四部和第七部上，说明"鱼语"韵的"幽咽"与"元阮"韵的"清新"更适宜烘托出词人的羁旅幽思和伤春悲秋的惆怅情感。如舒亶《蝶恋花》（深烂熏炉肩小院）就是一首感时伤怀的佳作。全词用"院、浅、燕、远、见、换、断、怨"等韵字，描写深秋金菊和即将南飞的双燕，继而渐渐勾起内心"剪不断理还乱"的感伤情绪。最后点明主题"最是西风吹不断，心头往事歌中怨"，声韵悠长，余音袅袅。

第三，《蝶恋花》交游祝贺词作的声情。交游祝贺词作涉及词的实用功能，主要有赠酬友情、歌颂咏人和祝寿贺词三种。在此类73首词作中，祝寿贺词就有35首之多。其韵部主要落在第三部、第七部和第八部，带给人"缜密""清新"和"漂洒"之感。如陈亮《蝶恋花·甲辰寿元晦》中，词人用"笑、早、草、老、道、觉、了、少"等铿锵有力的仄声韵，在寿词中彰显"平生经济之怀"。与一般寿词不同，此词毫无阿谀奉承之言，挥洒自如地发表了自己对人间世事的看法及对朋友朱熹的规劝。末尾句提出要珍惜年华，共商恢复大计，给人无限漂洒之感。

第四，《蝶恋花》忧思慷慨词作的声情。忧思慷慨词作主要有人生感慨和家国情怀两种，共计45首。其韵部主要落在第八部和第三部上，显示出"漂洒""缜密"的声情特点。代表作如王诜《蝶恋花》（钟送黄昏鸡报晓），用"晓、了、老、草、少、道、渺、小"等几个看似平淡的韵字，将一种豁达乐观的人生哲学表现得恰到好处。人生就该如此潇洒飘逸，才能摆脱离愁别恨和忙闲之苦，读之发人深省。

第五，《蝶恋花》风雅闲适词作的声情。风雅闲适词作是文人日常生活的记录表，主要涉及戏作俳谐、隐逸安闲、吟咏风物、写景游历和佛道修行五类，共计185首，是《蝶恋花》词中比重最多的题材，占总量的36.4%。韵部主要落在第四部、第十二部和第七部，总体给人"幽咽""盘旋"和"清新"的感受。代表作如韩淲《蝶恋花》（千叶香梅春在手），本为吟咏清新脱俗的梅花，但作者用"手、后、久、酒"等韵字，使梅花仿佛带着缠绵柔婉的情谊，不禁浅酌微吟，低回宛转。下片用"透、柳、否、旧"等韵字，与上文形成呼应，把梅花比作一位思妇，在热切地等待和呼唤自己的情郎。结尾更是用"往事如云如梦否"的问句，将浓浓的相思展现得淋漓尽致，给人一种诉说不尽、宛转缠绵的美感。

总之，《蝶恋花》不同题材的词作展现出了独特的声情特征：表现惜春悲秋、离愁别恨者，多凄怆悠远；表现艳情相思者，多委婉缠绵；咏物、述志者，多潇洒飘逸。其运用较多的韵部分别是第四部、第七部和第三部，总体上给人以"幽咽""清新"和"缜密"之感。唐宋《蝶恋花》词通过韵部声情和内容文情的完美契合，达到了与众不同的美学效果。

第三章　唐宋《蝶恋花》词的填制历程

最早的《蝶恋花》词是产生于盛唐时期的敦煌曲子词，其在晚唐五代得到初步发展，体制固定。北宋是《蝶恋花》词发展最为繁荣的时期，题材从相思恋情发展到文人日常生活的方方面面。不仅数量可喜，而且多有佳作，著名词人纷纷参与填制。在名作效应的影响下，南宋时期《蝶恋花》词的填制历久不衰，题材得到进一步的扩展，几乎涉及宋词的所有主要题材。

第一节　唐五代《蝶恋花》词填制的特征

《蝶恋花》词产生于盛唐，在晚唐五代得以定体。此时期仅存 17 首词，但成就较高。本节将从填制概况、题材特征、调体流变和影响意义等方面，探究唐五代《蝶恋花》词填制的独特风貌。

一、唐五代《蝶恋花》词填制概况

唐五代的《蝶恋花》词作共 17 首，包括民间词和文人词两种。

首先，敦煌曲子词中的《蝶恋花》词多表达思夫之情与怀乡之意。敦煌曲子词中的《蝶恋花》词作共 2 首，分别是无名氏《鹊踏枝》（叵耐灵鹊多瞒语）和《鹊踏枝》（独坐更深人寂寂）。前者通过模拟思妇与灵鹊的对话，表达思妇对丈夫的想念之情；后者则表现漂泊异乡游子的羁旅忧思，抒发思乡之感。从中可以看出，这两首词均是唐代《蝶恋花》较为常见的题材。它们格调活泼自由，语言通俗易懂、质朴无华，真实细腻地反映了人们复杂的心理和生活状态，同时也体现了民间词旺盛的生命力。

其次，唐五代时期的《蝶恋花》词。此时期，共 2 位词人填制了 15 首词，分别是冯延巳《鹊踏枝》14首和李煜《蝶恋花》1首,具有较高的文学成就。最值得注意的词人是冯延巳,他创作的14首《鹊踏枝》内容丰富,视野开阔,体制较为完备,对北宋诸词家影响巨大。

　　总之,来源于民间的《蝶恋花》词,在晚唐五代受到词人的追捧和喜爱,得到初步发展。其题材范围不断扩大、艺术水平不断提高,体制逐渐趋于完备,为两宋《蝶恋花》的填制树立了很好的榜样。

二、唐五代《蝶恋花》词的特征

　　唐五代《蝶恋花》词涉及闺阁艳情、相思恋情、羁旅怀乡、感时伤怀和家国情怀5个题材,分别是相思恋情词10首,感时伤怀词3首,家国情怀词2首,闺阁艳情词1首,羁旅怀乡词1首,如图3.1所示。

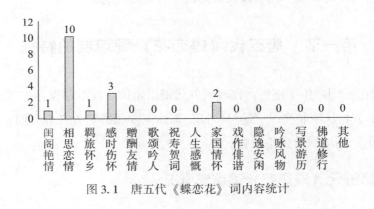

图3.1　唐五代《蝶恋花》词内容统计

　　首先,唐五代《蝶恋花》中的相思爱情词风格多婉约缠绵。这类题材共有10首作品,约占唐代《蝶恋花》创作总量的53%,大多数由花间词人创作。与以往花间词所表现的艳情题材不同,这些词作并非描摹女性的形态、身体和服饰等外部特征,而是真挚地表达内心深处最刻骨铭心的相思之意和日常生活中的情感表露瞬间,感人至深。如冯延巳《鹊踏枝》(几日行云何处去)写女子相思,词中并未直接点明自己整日无精打采,而是通过想象在外面的丈夫所做的事情来委婉地表达相思。可谓相思之痛由内而外,还徒增了一种酸涩感。陈廷焯在《白雨斋词话》中说:"冯延巳词极沉郁之至,穷顿挫之妙。"① 不得不说此评语甚为中肯。

其次,唐五代《蝶恋花》中的感时伤怀词风格凄怆惆怅。这类词作共计 3 首,是唐五代《蝶恋花》词作的重要题材。在词中,作者或表达身世感慨,或怀念离去的友人,或抒发伤春悲秋的惆怅,皆情感真实,诚挚动人。如李煜《蝶恋花》(遥夜亭皋闲信步)是一首凄婉动人的伤春词。月夜独步,细雨微风,淡月流云,远处传来依稀笑语之声,氛围极尽凄冷。而自己此时的处境王如那桃李纷飞而落的花瓣,随处飘摇,偌大的宇宙,却没有自己的一寸容身之所。词人是多才多艺的风流皇帝,同时也是充满屈辱的亡国之君。他在江山风雨飘摇时的愁思定然是无边无际的。后世或评:"'红杏枝头春意闹'(宋代宋祁)、'云破月来花弄影'(宋张先)俱不及'数点雨声风约住。朦胧淡月云来去'。"② 虽是一家之言,也足见此词对后世词家的重要影响。

第三,唐五代《蝶恋花》中的家国情怀词风格含蓄悠远。这类词作只有 2 首,皆是冯延巳所作。词贵寄托,借女子伤春思人来隐喻国情政治的作品,向来为历代词家所推崇。如冯延巳《鹊踏枝》(谁道闲情抛弃久)一词就借女子伤春表达了词人的家国情怀。词中女子因青草、春柳和春风,引起阵阵春愁。而作者的内心仿若词中女子般惆怅不已。原因在于南唐江山岌岌可危,自己虽满腹才情,却无法扭转乾坤,故从沉郁顿挫中流露出忧生念乱的无尽愁绪。但是,尽管他瘦了朱颜、惆怅依旧,却仍然致力于匡扶正义,为国效力,且至死不渝,体现出崇高的家国情怀。

总之,唐五代《蝶恋花》的词作题材以相思恋情和感时伤怀为主,这是词作为抒情娱乐工具的必然结果。但是,我们惊喜地发现,仅存的一首闺阁艳情词,一改五代香艳绮丽之风,笔触更多地用来表现女子的乐器和歌喉之美。另外,无名氏的一首羁旅怀乡词,丰富了唐五代《蝶恋花》的词作内容,使题材范围更加开阔宽广。唐五代《蝶恋花》词数量虽然不多,但都质量上乘,具有较高的文学艺术成就。这些词作所展现出的含蓄委婉的笔触、典雅精致的语言和

① (清)陈廷焯:《白雨斋词话》,载唐圭璋:《词话丛编》,中华书局 1986 年版,第 3780 页。

② 李琏生:《中国历代词分调评注·〈蝶恋花〉》,四川文艺出版社 1998 年版,第 9 页。

独具匠心的情思，为后世词家提供了范本。

三、唐五代《蝶恋花》调的体制流变

唐五代《蝶恋花》词数量相比于两宋并不多，但内容较为丰富，体制也略微复杂。《钦定词谱》以冯延巳《鹊踏枝》（六曲阑干偎碧树）一词为正体，另列宋代的两种别体。但是根据字数、句式和用韵的变化，在唐五代时期《蝶恋花》调就已出现诸多别体。

根据表 3.1，我们发现：首先，《蝶恋花》调只在唐五代时期出现部分体制。《蝶恋花》根据字数的不同，可分为 3 种；根据用韵的差异，调体实有 10 种之多，而唐五代时期已经出现 4 种，但用韵并不十分严格，体式粗备。其次，唐五代《蝶恋花》调已经有正体和别体的差异。不管是按着字数来分，还是依据用韵的差异，《蝶恋花》调在唐五代都已经有了正体和别体之分。《钦定词谱》一般是按照时间顺序，将最早出现的词作为正体。"专主辨体，原以原始之词、正体者列前，添字、减字者列后，兹从体制编次，稍诠世代，故不能仍按字数多寡也。他调准此。"① 但是，《词谱》并未将产生时间最早的无名氏的两首敦煌曲子词列为正体，而是选用了影响较大的冯延巳《鹊踏枝》（六曲阑干偎碧树）一词的曲调为正体，足见冯氏在《蝶恋花》调定体时所起的重要作用。最后，《蝶恋花》的各种别体是通过字数的增减和转换用韵来实现变化的。究其原因，大约是最早的《蝶恋花》词来源于民间，并未有严格的格律体制。此外，文人在创作的过程中，为了表情达意的需要，会对调体形式进行略微变动。

表 3.1　　　　　　　　　唐五代《蝶恋花》词体制表

作家作品	类别	变化	字数	句数	作品数量	句式	用韵	平仄情况

① （清）王奕清等：《钦定词谱》，学苑出版社 2008 年版，凡例。

作家作品	类别	变化	字数	句数	作品数量	句式	用韵	平仄情况
1. 冯延巳《鹊踏枝》（六曲阑干偎碧树）	前后起句是七字句、四字句和五字句，结句两个七字句	正体，杂言	60	10	12	74577 74577	1、3、4、5、6、8、9、10 句押韵	上下片均押仄声韵，第四部
2. 冯延巳《鹊踏枝》（芳草满园花满目）	前后起句是七字句、四字句和五字句，结句两个七字句	别体，杂言	60	10	1	74577 74577	1、3、4、5、6、8、9、10 句押韵	上下片均押通叶入声韵，第十五部
3. 无名氏《鹊踏枝》（独坐更深人寂寂）	前后起句与上片结句与正体同，下片结句为八字句、七字句	第九句末尾多一衬字，杂言	61	10	1	74577 74587	1、3、4、5、6、8、9、10 句押韵	上下片均押仄声韵，第十七部
4. 无名氏《鹊踏枝》（叵耐灵鹊多瞒语）	前五句和第七句为七字句，第六句为八字句，第八句为九字句	下片多三衬字，齐言，前后换韵	59	8	1	7777 7879	1、2、3、4、5、8 句押韵	上片四仄韵，第四部；下片三仄韵，第三部

　　通过对唐五代《蝶恋花》体制流变的分析，可以发现，该词调在唐五代时期已经受到普通民众和宫廷文人的一致喜爱。尽管体制尚不成熟，但已有定体，使后来词人有了参照的范本。

四、唐五代《蝶恋花》词作的影响及意义

　　唐五代是《蝶恋花》词的新兴期，作品数量仅为 17 首，然而几乎首首都堪称佳作，取得了较高的成就。这一时期参与填制的词人较少，仅有冯延巳和李煜，但都是唐五代最著名的词人，无形之中对后世《蝶恋花》词的创作起到模范和宣传作用。具体说来，唐五代《蝶恋花》词的影响和意义主要有以下几点。

　　其一，唐五代《蝶恋花》词在题材上偏于表现恋情相思和抒发心中苦闷。

这一时期的《蝶恋花》词大部分是由花间词派的代表词人冯延巳所作，虽然有意摆脱香艳绮丽之风气，但还是形成婉转缠绵的风格，也体现了正商调"凄怆怨慕"的音律本色。同时，歌咏爱情是唐五代《蝶恋花》最主要的题材，这在一定程度上影响了两宋词人的创作倾向。同时也要看到，唐五代《蝶恋花》词的题材不够丰富，如后世填制较多的吟咏风物、写景游历、祝寿贺词及赠酬友情等题材，此时都未曾涉及。此时的《蝶恋花》词仅限于表达缠绵悱恻的爱情和幽怨凄凉的愁思。

其二，唐五代《蝶恋花》词的体制趋于完备。南唐冯延巳所填制的《鹊踏枝》14 首，词意与乐曲的声情特点甚为吻合，堪称此调的典范，对后世词人亦产生极大的影响和示范作用。因此可以说，《蝶恋花》调一出现，就受到追捧，后经词人的不断创作和完善而得到迅速发展。此外，《蝶恋花》调的诸多别体一方面造成其体式混乱不一的局面，另一方面无疑为宋代词家开拓其潜在的艺术空间奠定了坚实的基础。

其三，《蝶恋花》词在唐五代受到普通民众和文人士大夫的一致欢迎。《蝶恋花》调在唐五代共填制词作 17 首，也是该时期作品数量最多的几个词调之一。《蝶恋花》最开始以《鹊踏枝》的本名盛行于我国唐代西北地区，反映了当时人们最真实复杂的心理及生活状态。后被唐教坊收录，受到文人们的大力追捧。唐五代词人这种创作热情直接影响了宋代词家，《蝶恋花》直到南宋后期依旧填制不衰。

其四，唐五代《蝶恋花》见证了词"由俗变雅"的过程。敦煌曲子词源于民间歌曲，其往往"有衬字、字数不定、平仄不拘、吐韵不定、咏调名本意者多、曲体曲式丰富多彩"①。但到了文人手里，开始"由俗变雅"，出现了以女子伤春悲秋情思来寄托家国情怀的作品。同时格律要求严格，不轻易改变韵部；句式章法更为考究精致，语言变得典雅唯美，构思也更为独具匠心，艺术上不断提高。可以说唐五代《蝶恋花》正是见证了词雅化的过程。

综上，唐五代《蝶恋花》词对后世《蝶恋花》的创作起着良好的示范作用，在词史上有着重要的开创意义。对这一时期作家作品进行研究，有利于了解该调

---

① 吴熊和：《唐宋词通论》，浙江古籍出版社 1985 年版，第 169~171 页。

在发展之初的真实面貌，从而从整体上把握其填制历程。

第二节　北宋时期《蝶恋花》词填制的特征

北宋是《蝶恋花》词发展的重要时期。此时，创作规模空前扩大，不仅参与填制的词人明显增多，而且作品数量急剧上升，题材范围和艺术水平也得到进一步的发展。

一、北宋时期《蝶恋花》词的填制概况

时至北宋，《蝶恋花》词调得以定型和蓬勃发展。著名词人争柜填制，涌现了大量名篇佳作。这无形之中使《蝶恋花》调在中国历代分调词史中夺得了属于自己的一席之位。

其一，北宋时期《蝶恋花》词创作规模空前扩大，词作数量显著增加，并涌现大量名篇佳作。北宋时期参与创作的词人共有 50 位，① 填制了 219 首《蝶恋花》词，约占整个唐宋《蝶恋花》词作总量的 42.7%，从根本上改善了唐五代仅有 2 位词人共创作 17 首词的状况。填制至少在 5 首以上词作的词人就有 17 位，依次为：欧阳修（17 首）、黄裳（16 首）、晏几道（15 首）、苏轼（15 首）、赵令畤（12 首）、王安中（10 首）、周邦彦（10 首）、晏殊（9 首）、毛滂（9 首）、贺铸（9 首）、杜安世（9 首）、葛胜仲（8 首）、秦观（7 首）、王寀（6 首）、李之仪（5 首）、仲殊（5 首）、张纲（5 首）。几乎北宋时期所有著名的词人都参与了《蝶恋花》词的填制，并留下了佳作。北宋《蝶恋花》词数量总体上比南宋时期略少，但名篇佳作却远胜于南宋时期。如晏殊《蝶恋花》（槛菊愁烟兰泣露）、柳永《凤栖梧》（独倚危楼风细细）、晏几道《蝶恋花》（醉别西楼醒不记）和苏轼《蝶恋花·春景》等，都频频被历代词选收录，后人对此的评论也最为丰富多彩。

其二，北宋时期出现了较多《蝶恋花》联章组词，为该调在体制上的创新做出了重要贡献。联章是词体文学中比较特殊的体式，"把二首以上同调或不同

---

①　本书中的时代划分以词人词作的创作时间为准。

调的词按照一定方式联合起来，组成一个套曲，歌咏同一或同类题材，便称为联章"①。可见，成为联章组词必须具备三个条件：一是数量上要达到两首或两首以上；二是形式上要形成一个套曲；三是内容上应是同类题材。以此为标准，北宋《蝶恋花》调共有 6 组 33 首联章词，占北宋词作总量的 15.1%，分别是赵令畤 1 组 12 首、周邦彦 1 组 4 首、王寀 1 组 6 首、葛胜仲 1 组 2 首、王安中 1 组 6 首、贺铸 1 组 3 首。北宋《蝶恋花》联章词展示了当时广阔的社会生活及文人的创新精神。最值得注意的当属赵令畤，其贡献主要有二：一是创作了《蝶恋花》12 首，以鼓子词的形式描述唐元稹《会真记》故事，演绎莺莺与张生的悲欢离合，成为后来《西厢记》诸宫调与杂剧的来源之一。"其体制为各词之间夹以一段散文，基本上摘自《会真记》原文，犹如今天曲艺中的说白，词则为赵氏自撰，类似曲艺中唱词"②，"被之以音乐，行之以管弦"，使词乐合一，真正发挥了词作用于流传和歌唱的特质。这是赵令畤的独创，纵观整个唐宋词坛，再无第二人用联章词的形式叙写唐传奇小说，极富创新精神。赵令畤《蝶恋花》12 首的题材皆围绕莺莺与张生的恋情相思，风格婉约柔美，多注重表现人物细腻敏感的矛盾心理。其中涉及诸多景物和环境描写，亦为烘托人物感情变化或暗示其心理活动。其词中多注重语言的象征意义，使事用典更增添了无穷的韵味，相比于杂剧《西厢记》要含蓄典雅。但赵令畤《蝶恋花》词宁静通融不如晏殊词，和婉骚雅不如欧词，境界灵秀不及苏词。因为有时候为了表现人物的需要，它就变得浅近而低俗，再配上当时的流行乐器"鼓子"，演唱起来更容易被听众所接受。所以，虽然同为《蝶恋花》词调，从晏殊、欧阳修到苏轼，再到赵令畤，却表达了不同的情感，展现了异样的词境，从中似乎可以看见宋词向诸宫调发展的端倪，也见证了《蝶恋花》雅俗并赏的历程。二是在词作之前出现题记，阐述创作缘由、创作形式和艺术风格，"句句言情，篇篇见意"，这无疑是对苏轼大量使用题记的继承和发扬，更容易让读者及时捕捉词作内涵。同时注明"调曰商调，曲名蝶恋花"，这是文献记载词作者第一次标明《蝶恋花》曲属于商调，

---

① 夏承焘、吴熊和：《读词常识》，中华书局 1981 年版，第 31 页。

② 徐培均：《相同的调性与不同的境界——欧阳修、苏轼、赵令畤〈蝶恋花〉比较艺谭》，《东疆学刊（哲学社会科学版）》1993 年第 1 期。

有益于确定该调的宫情特征。另外，周邦彦、王寀和王安中分别用《蝶恋花》词吟咏风物，也是不容忽视的部分。他们或是歌颂婀娜多姿的春柳，或是赞美争奇斗艳的海棠桃花，抑或欣赏清新脱俗的长春花，都在词中彰显了词人独特高雅的格调。北宋这种咏物联章词的出现，极大地影响了南宋此类题材的创作，使其数量飙升。此外，葛胜仲连作两首寿词，反映了当时民间的祝寿文化；贺铸三首词同时描摹闲适生活，彰显了文人隐逸安闲的生活心态。

其三，北宋时期《蝶恋花》词的题材范围和艺术风格都得到开拓。唐五代《蝶恋花》词以歌咏爱情和感时伤怀为主，题材较为狭窄，风格偏于柔弱纤细。到了北宋时期，安稳太平的社会环境和恣意享乐的生活氛围，使词人们的创作热情空前高涨，填制了一系列关于写景游历、吟咏风物、歌颂祝贺和人生感慨等内容的词作，几乎涉及了宋词最常见的所有题材类型。其中，写景游历词绚丽妩媚，吟咏风物词格调高雅，歌颂祝贺词雍容欢快，人生感慨词忧郁惆怅等，极大地丰富了《蝶恋花》词作的艺术风格。北宋欧阳修《蝶恋花》词作数量最多，题材依旧为相思恋情和伤春悲秋，但遣词造句更为精致典雅。苏轼堪称《蝶恋花》词作题材开拓的最大功臣，不仅在词中写景抒情言志，更是把日常生活中的人生哲理融入词中，产生情理兼备、妙趣横生的"理趣"词如《蝶恋花·春景》。

要之，北宋《蝶恋花》词创作人数增多，词作数量上升，名篇佳作涌现；在体制方面，出现联章词，极富创新；题材范围和艺术风格都得到开拓和丰富。

二、北宋时期《蝶恋花》词的特征

笔者通过对北宋 219 阕《蝶恋花》词进行统计发现（见图 3.2），歌咏爱情虽然仍是数量最多的题材，但是已经改变了唐五代此类题材一枝独秀的现状。吟咏风物词、人生感慨词、隐逸闲适词和祝寿贺词等唐五代根本没有出现过的题材，在北宋已经大量涌现，使《蝶恋花》词作内容和艺术风格变得丰富多彩。

首先，歌咏爱情是北宋《蝶恋花》词亘古不变的主题。此类词作共 75 首（包括艳情词 8 首和恋情词 67 首），约占北宋时期《蝶恋花》作品总量的34.2%。这表明北宋词人在填制《蝶恋花》调时依然遵守"诗言志、词言情"和"词为艳科"这种宋词主流创作的倾向。张炎曾谓："簸弄风月，陶写性情，

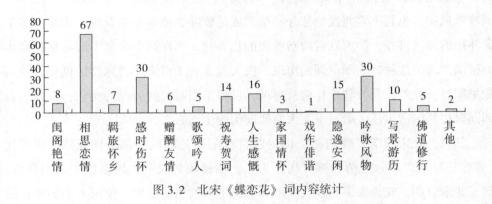

图 3.2 北宋《蝶恋花》词内容统计

词婉于诗。盖声出于莺吭燕舌间，稍近乎情可也。"① 这表示当时人们认为词以歌颂爱情为主的观点。北宋词人在进行创作时，自然会受到这种主流倾向的潜移默化。故而北宋时期，《蝶恋花》词偏于表现相思恋情和闺阁艳情。然而，此时期的爱情词虽然仍未彻底摆脱晚唐五代花间词派的香艳绮丽之风和"词为艳科"的樊篱，但笔触较细腻深婉，情感表达亦更含蓄缠绵，颇具动人心魄的感染力。如晏殊《蝶恋花》（玉碗冰寒消暑气）一词，似乎吐露一曲朦胧的心事，或酝酿一段隐约的恋情。轻快婉转的莺声仿若那人动听的歌喉，娇艳欲滴的雨后荷花如那人倾城的姿容。看红芳抱蕊，那不便言明的情爱，恰如新莲子正在悄悄绽生。全词缠绵悱恻，未涉及一句"艳情"，却处处弥漫新生爱情的浪漫气息，读之久久回味。

其次，北宋《蝶恋花》词作中出现大量吟咏风物的题材。据许伯卿在《宋代咏物词的题材构成》一文中统计，宋代咏物词所用主要词调中，《蝶恋花》调位列第 3 名。② 此类词作共计 30 首，约占北宋时期《蝶恋花》作品总量的 13.7%，主要包括咏花、咏柳、咏月、题画等。咏花者以梅花最盛，共有 7 首，占北宋咏物词总量的 23.3%，涉及梅花的诸多品种，如腊梅、红梅、雪梅、墨梅等。宋代"避俗尚雅"的社会风气，使宋人酷爱清瘦高洁、飘渺绝尘的梅花。

---

① （宋）张炎：《词源》，载唐圭璋：《词话丛编》，中华书局 1986 年版，第 263 页。
② 许伯卿：《宋代咏物词的题材构成》，《南阳师范学院学报》2003 年第 5 期。

正所谓"咏物，隐然只是咏怀"①，词人多借梅花来彰显自己高洁的品性和高雅的情操。而《蝶恋花》这一调名本身就包含了一种高贵典雅之感，故《蝶恋花》的咏梅词多深婉绝美。如晏几道《蝶恋花》（千叶早梅夸百媚），作者笔笔以美人为参照，处处表现梅之娇媚动人、傲雪斗霜和清新脱俗。下片更是以无与伦比的美人之美，来衬托梅花压倒江南海北的惊艳。其次是咏柳，以周邦彦1组4首的联章词为代表，如《蝶恋花》（爱日轻明新雪后）"柳眼星星，渐欲穿窗牖"一句，形象地勾勒出柳眼胜似春姑娘调皮的眼神，充满俏皮清新之感。再次是咏牡丹、桃花、海棠、长春花、山茶花、梨花等，多是通过花卉的娇容美姿和独特品性来表达词人自己的内心世界和精神追求。此外，还有2首咏月词，皆由黄裳在宴饮时即兴发挥，极力描摹月亮的清冷飘渺，表达"长相聚"和"共团圆"的美好祝愿。题画词不仅包含了咏物，更多的是抒发题画人的感受，如秦观的《蝶恋花·题二乔观书图》，上片写二乔的绝世容颜，下片表达词人对二乔观书的极力称赞。

　　第三，北宋《蝶恋花》词多抒发人生感慨。此类词作共计16首，约占北宋时期《蝶恋花》作品总量的7.3%。词人主要抒发人生感悟、生活哲理、内心的苦闷和思想上的矛盾。如欧阳修《蝶恋花》（尝爱西湖春色早）揭示了一种人生旅次黄昏之时的个人感悟：纵然年华老去，少男少女的风月情怀早已远离，但仍然要在笙歌醑饮中留住青春，笑看人生旅途上的夕照余晖。王诜则在《蝶恋花》（钟送黄昏鸡报晓）中，通过登高远望，把一种豁达乐观的生活哲理表现得恰到好处。在《蝶恋花》（云淡云闲晴昼永）中，李之仪通过写梦醒与醉态两种天差地别的景象和感受，极力抒发自己内心的苦闷之情。再如黄庭坚《蝶恋花》（海角芳菲留不住）用通俗易懂的语言直接描绘作者内心"当使人人，各有安身处"的理想社会和人生抱负。本以为金榜题名之后就可以匡扶正义、为国效力，却不想屡遭贬谪、一生坎坷，所遇之君远没有尧舜那样的圣明。此词主要反映了作者"少壮时致君尧舜、年老却隐居乡野"的矛盾心理。北宋《蝶恋花》中关于抒发人生感慨的词作，或表达豁达乐观的生活态度，或抒发人生如梦及时行乐的消极情绪，亦或展现内心的极度郁闷和出世入世的矛盾心理，都反映了北宋文人士大

---

① （清）刘熙载：《艺概》，载唐圭璋：《词话丛编》，中华书局1986年版，第3740页。

夫最真实的精神面貌和心理活动。

第四，北宋《蝶恋花》词多表现闲适和隐逸的生活。此类词作共计 15 首，约占北宋时期《蝶恋花》作品总量的 6.8%。北宋前期，稳定的社会环境和恣意享乐的文化风气，使得北宋词人多在作品中反映优渥闲适的日常生活，包括欣赏歌舞、饮酒作乐、吟诗作画等。如柳永《凤栖梧》（帘下清歌帘外宴）写自己对音乐美的欣赏感悟。帘外听歌，闻声不见人，给想象留出很大的空间。而"珠玉""梁尘"状声之美及其感染力，却令少年"肠先断"。词人重在说明当审美主客体之间有一定距离时，其审美感受就更为深刻，即距离产生朦胧美，反映了词人优雅闲适的宴饮生活。而到了北宋末期，社会趋于动荡不安，政治黑暗，君主昏庸不堪，使一些志在报效国家的爱国人士心灰意冷，隐逸成为对士人精神的最后慰藉。故诸多词人在词中或流露出宁静淡泊的隐逸情怀，或表达对闲适生活的极度无奈。如杜安世《蝶恋花》（惆怅留春留不住）通过写自己生命意识深处的冲撞起伏，来委婉地表达自己的隐逸情怀。想要留住最后的春天，可惜早已经春意阑珊；向往太平盛世，它弃他而去；借男女情事来寄托自己钟爱的明君圣主，无奈梦断心碎。现实生活的种种残酷，让词人只能在隐逸生活中为自己寻找一块心灵的净土。

第五，祝寿贺词也是北宋《蝶恋花》词的重要部分。祝颂题材共计 14 首，约占北宋时期《蝶恋花》作品总量的 6.3%。就内容分类而言，祝颂词以祝寿为主要内容，祝寿词约占祝颂总量的 90%。相比于南宋，北宋的祝寿贺词无论是作品数量还是艺术成就，都存在差距。但是，我们又不能否认其存在的独特价值，因为祝颂词是北宋《蝶恋花》词的新兴题材，唐代是从来没有出现过的。《全宋词》所记载的祝寿词首见于晏殊《蝶恋花》（一霎秋风惊画扇）和《蝶恋花》（紫菊初生朱槿坠），两首寿词作于同一时期，艺术手法大致相同。上片写描写清爽宜人的秋天美景，下片则写在场宾客共祝寿主如同龟鹤青松一样命长寿远，永远"千千岁"。全篇溢满赞颂之词，用景物的优美瑰丽来衬托祝寿场面的雍容欢乐，可谓情景交融。

此外，北宋《蝶恋花》词作中，一些题材虽然数量有限，但对《蝶恋花》题材却有开拓之功，如赠酬友情、歌颂吟人、戏作俳谐、写景游历和佛道修行等。这些新兴题材，无疑为南宋词人的填制留下了广阔的开拓空间。

三、北宋时期《蝶恋花》词的影响及意义

北宋《蝶恋花》词在唐人成就的基础上，进入蓬勃发展时期。它数量较多，质量上乘，风格多样，题材丰富，具有较高的艺术成就。这一时期的《蝶恋花》词在整个《蝶恋花》词的发展史上都占据着举足轻重的地位。

第一，北宋《蝶恋花》词题材范围广泛，为南宋词人提供了借鉴。《蝶恋花》词在北宋时期出现了赠酬友情、歌颂吟人、祝寿贺词、人生感慨、戏作俳谐、隐逸安闲、吟咏风物、写景游历和佛道修行九种唐代从未产生过的题材，几乎涵盖了宋词最常见的所有题材，无疑为南宋词人提供了借鉴。此时期词作题材范围非常广泛，原因有二：一方面，到了北宋时期，浓郁的文化氛围使文人对词这一文体逐渐重视起来，无形中带动了《蝶恋花》调的发展。另一方面，北宋是词体真正确立的时期，词人争相填制，并关注各个词牌的体制、格律和声情特征，力求在前人的基础上有所创新和突破，故将《蝶恋花》词的表现范围扩展到日常生活的方方面面。

第二，北宋《蝶恋花》词在体制上富有创新精神。根据表2.1，北宋时期共产生正体之外的3种别体，分别是杜安世的2体和周邦彦的1体，都属于韵律上四声较严格的体式。虽然除此二人之外，再无其他填制者，但是依旧显示了北宋时期词人的创新精神。此外，还值得注意的是北宋时期产生了6组33首联章词。联章词的产生和发展，一方面创造了"连体"词的新形式，另一方面，可以从不同角度对同一故事和情感进行反映和描述，从而使读者获得完整印象。同时，在叙述序列上形成一种平行关系，各首抒发情感、叙述故事和描摹景物大致相同，大大丰富了词作的内容含量，扩展了词作的艺术表现空间，极大地增加了词作表述的密度，深化了词作情感表达的力量。

第三，北宋《蝶恋花》词呈现雅俗共赏的倾向。北宋时期歌颂爱情的词作依旧填制不衰，但较之晚唐五代的绮丽直白，更增添了一缕含蓄的情思和朦胧的美感。如赵令畤《转调蝶恋花》（梦觉高唐云雨散）中，用"高唐云雨"的典故来隐喻男女主人公的隐秘情事，更为典雅含蓄。此外，此时期的《蝶恋花》融入文人生活的各个方面，或描绘自然风光，或表达亲情友情，或予写词人在节日期间的独特感受。如晏几道《蝶恋花》（喜鹊桥成催凤嫁）词，结尾用"世间离

恨何时罢"来表达无尽的哀怨,语言不事雕琢,情感却更为诚挚动人,呈现出通俗化的特征。北宋《蝶恋花》词这种雅俗共赏的倾向,使该调广为大众接受和喜爱,同时也是其趋于成熟的表现。

第四,北宋《蝶恋花》词出现女词人的作品,为后世词人起到模范作用。"宋代开放的文化风气,使女性获得了文学表达的机会。她们多从自身情感体验出发,用女性的眼睛观察一切,用女性的心灵感受一切,写自己的爱情婚姻际遇。词作呈现出阴柔之美,带有细腻深微的鲜明特点。"① 陈廷焯说:"宋妇人能诗词者不多,易安为冠,次则朱淑真,次则魏夫人。"② 宋代三位最著名的女词人,都有《蝶恋花》词流传于世。此期的李清照共填制两首,分别是《蝶恋花》(泪湿罗衣脂粉满)和《蝶恋花》(暖日清风初破冻)。她或在词中抒发羁旅忧思,或追忆昔日姐妹送别场景,抑或表达对丈夫赵明诚刻骨铭心的思念之情,皆语短情深,感人肺腑。缪钺先生曾如此评价:"词本以妍媚生姿,贵阴柔之美,李易安为女子,尤是天性之近。"③ 此外,还有魏夫人《卷珠帘》(记得来时春未暮)一首,表达浪漫缱绻的闺情相思;韩缜姬《蝶恋花》(香作风光浓著露)一词,仅存上片,表达闺怨之情。另据缪钺先生考证,朱淑真是南宋人,④ 词作多在南渡以后填制,此处兹不赘述。北宋三位女词人的词作数量虽然有限,题材传统,但她们才华独具,情感真挚,志趣高洁,境界清丽,为后世词人树立了榜样。

第五,北宋《蝶恋花》词前列题序,对后人多有启发。词在产生之初都是咏调名本意的,但后来词乐分离,词人为了说明自己作词的背景或缘由,常在词调后加上题序。北宋《蝶恋花》词中出现了大量的题序,题序主要发挥着记录时间、地点以及赠酬主体的功能。据《全宋词》统计,使用题序的词作共计 68 首,占北宋《蝶恋花》词作总量的 31.1%。填制并列题序的词作在 5 首及以上的

---

① 朱春俐:《解读宋代女性词作之美感特质——以李清照、朱淑真、魏夫人为例》,《作家杂志》2011 年第 8 期。

② 陈廷焯:《云韶集·词坛丛话》,载褚斌杰等:《李清照资料汇编》,中华书局 1984 年版。

③ 缪钺:《缪钺全集·冰茧庵词说》(第 3 卷),河北教育出版社 2004 年版,第 94 页。

④ 缪钺:《论朱淑真生活年代及其〈断肠集〉》,《四川大学学报》1991 年第 3 期。

词人依次为赵令畤（12首）、苏轼（10首）、毛滂（9首）、王安中（7首）、葛胜仲（5首）、周邦彦（5首）。受北宋影响，南宋词人在创作《蝶恋花》词时多用题序，并进一步丰富了题序的内容，扩大了《蝶恋花》词的赠酬功能。

综上，我们认为，北宋《蝶恋花》词在唐宋词史上具有重要意义。虽然此时期词人的创作规模不及南宋，但是北宋词人突破了晚唐五代绮丽幽咽的艺术风格，词作呈现出雅俗共赏的审美倾向，成为北宋时期最受欢迎的词调之一。女性词人的出现更是成为北宋词坛上一道独特的风景。另外，还有一些关于戏作俳谐、佛道修行等题材的作品虽然已经出现，却并未得到足够的重视，需要在南宋时期进一步挖掘。

第三节　南宋时期《蝶恋花》词填制的特征

南宋是《蝶恋花》词的成熟时期。此时，《蝶恋花》词调更为大众所熟悉，得到广泛认可，参与填制的词人队伍显著扩大，作品数量上升，题材也趋于全面化和多样化。

一、南宋时期《蝶恋花》词填制概况

南宋时期，《蝶恋花》词的创作规模较于北宋，得到进一步的扩大。

其一，作品数量相比于北宋略有增加。据《全宋词》（及补辑），唐宋《蝶恋花》词共510首（包括无名氏词及残篇、异名词作85首），其中晚唐五代、北宋词人《蝶恋花》词共有236首，南宋词作共计274首，占唐宋《蝶恋花》词总量的53.7%。其中作品最多的前12名词人依次是程垓（15首）、辛弃疾（12首）、张伦（11首）、王义山（10首）、王之道（9首）、赵长卿（9首）、赵师侠（8首）、张炎（7首）、吕胜己（6首）、倪偁（5首）、韩淲（5首）、陈允平（5首）。然而，南宋的词作数量只比北宋多了55首，而且艺术水平并不及北宋。

其二，词人数量猛增且身份趋于多样化。据统计，不计年代不明的无名氏词人，南宋时期参与填制《蝶恋花》词的词人共计109位，是晚唐五代的54倍，是北宋时期的2倍多，约占唐宋词人总量的67.7%，可谓数量惊人。从词人身份来看，南宋时期社会各阶层均参与了《蝶恋花》的创作，上至文人士大夫、词

坛"大家""名家"，如辛弃疾、张伦、范成大、吴文英、张孝祥等，下至不载史册的无名氏；既有众多男性词人，也出现了宋代三大著名女词人之一的朱淑真的身影。

总之，《蝶恋花》调在南宋时期已经得到广泛的关注和认可，作品数量呈上升趋势，创作队伍的多样化，有利于《蝶恋花》词深入文人生活的方方面面。

二、南宋时期《蝶恋花》词的特征

南宋时期《蝶恋花》词在题材上并没有十分显著的变化，此期各类题材的创作与北宋也颇为相似。现将两宋时期《蝶恋花》词的题材分布趋势如图 3.3 所示。

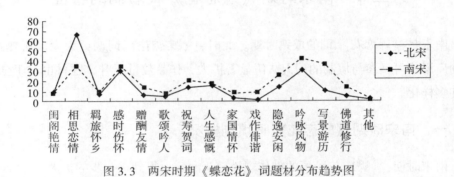

图 3.3 两宋时期《蝶恋花》词题材分布趋势图

从图 3.3 中，我们发现，南宋时期《蝶恋花》词的题材分布趋势与北宋时期大致相符。此期相思恋情词已经不是《蝶恋花》最主要的题材，其词作数量远远低于北宋时期，但仍占有较大的比重。反映感时伤怀、赠酬友情、祝颂寿词、家国情怀、隐逸安闲、吟咏风物和写景游历等题材的作品数量，皆超过北宋同类题材。这说明到了南宋时期，词人越来越重视用《蝶恋花》词来记录自己的日常生活，而不是用于情爱表达，题材范围得到进一步的开拓发展。南宋时期各类别的题材创作情况如图 3.4 所示。

根据图 3.4，我们可以看出南宋《蝶恋花》词有如下特征：

首先，南宋《蝶恋花》词中的咏物题材数量最多且颇具价值。"所谓咏物，即通过对客观世界某一事物的描摹与歌咏，借助其外在特征，寄托、象征作者的

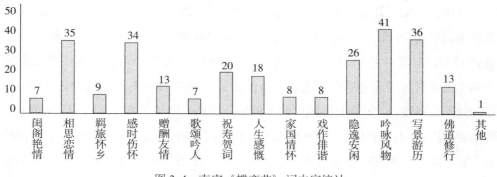

图 3.4　南宋《蝶恋花》词内容统计

思想感情。"① 咏物题材虽然在北宋时期早已面世，但真正繁盛却是在南宋时期。据笔者统计，南宋《蝶恋花》中的咏物词共计 41 首，领先此期传统的恋情相思题材位列第 1 位，占南宋《蝶恋花》词作总量的 14.8%。南宋咏物词不仅在数量上超过北宋时期的 30 首，而且其吟咏对象比北宋时期更为丰富。除了传统的花草类，如梅花、桂花、海棠、荷花、莲花、菊花、桃花、春柳、长春花、菖蒲花、萱草花、石榴花、栀子花、蔷薇、芍药、宫柳花、蟠桃花、艾花、山茶花等，还有鸟类如春燕、莺，乐器如扇鼓，气象如雨、雪等。此外，此期咏物词的艺术成就也比北宋更上一层楼。如赵长卿《蝶恋花》（忆昔临平山下过）就是一首清新脱俗的咏荷词。上片写自己赏荷的过程，用"照水无纤翳"极力赞美荷的姿容，"香无那"写其荷香。下片转笔，以荷拟人，景中寓情。结句以莲房结子暗语人之爱怜，音义双关，引起人的无限遐想。清人吴衡照曾深有感触地说："咏物虽小题，然极难作，贵有不粘不脱之妙，此体南宋诸老犹擅长。"② 原因在于：北宋时期的咏物词并没有完全摆脱晚唐五代香艳婉丽之风，词人在描写物象时多采用浓艳绮丽的色彩，通过展现其妩媚的姿色和感伤的风情夹抒发胸中剪不断化不开的柔情忧思。而南宋词人却力图摆脱"词为艳科"的藩篱，极力追求"骚雅"之气，重新为词的发展开拓一种新的美学范式，努力提升词的正统地

---

① 陈磊：《从清真、白石词看宋代咏物词的嬗变》，《复旦学报》1998 年第 6 期。

② （清）吴衡照：《莲子居词话》卷一，载唐圭璋：《词话丛编》，中华书局 1986 年版，第 2417 页。

位。故南宋的咏物词，呈现出醇雅的格调和迥然有别的面目。

其次，南宋《蝶恋花》词用清丽明亮的色彩描绘自然景物。南宋时期的写景游历词多达 36 首，荣居南宋《蝶恋花》词作题材的亚军之位，占此期作品总量的 13%。南宋相比于前代，词中所表达的情感，由相思恋情、伤春悲秋的浅吟低唱扩大到对家国前途的深深忧虑、浓浓的爱国情怀及对人生感悟的理性表达。正如魏学宏所说："（南宋写景）词中所描写的场景突破了在这之前的闺阁楼台，转向更为广大的社会环境，词更加追求大自然的无限远大，对自然山水的描绘更多、更丰富，景物在词中的对象化、主体化进一步增强并凸显出来。意境除清丽婉约外，总体呈现出深宏、凝重。"① 如高观国《蝶恋花》（西子湖边眉翠妩）一词描写词人游乐西湖的情景。上片主要描写了清丽妩媚的西湖美景，心生向往之情；下片则表现西湖边上鱼龙变幻的热闹场面。全词用清丽明亮的笔触以乐景写哀情，词人多么希望可以摆脱尘世烦扰，只过一种清净简约的生活，可惜仿佛镜中花、水中月般遥不可及。全词情景交融，虚实相生，表面看似平淡无奇，细细品味方觉词浅情深，含悠然不尽的韵味。

第三，南宋《蝶恋花》词多表达羁旅之思和家国情怀。南宋时期的羁旅词、伤怀词和家国情怀词共计 51 首，占此期《蝶恋花》词作题材作品总量的 18.4%。靖康之变后，宋代的政治经济持续走下坡路。南渡以后，江山更是摇摇欲坠，国无宁日，民不聊生。大量敏感的词人也如众多百姓一样过着颠沛流离的生活，其中的辛酸苦闷可想而知。于是，他们便将羁旅之思和内心的家国之痛写入词中，风格慷慨悲凉。如李清照在南渡后写的《蝶恋花》（永夜恹恹欢意少），此词写她在原本应该热闹欢庆的上巳节，在远离北国故乡的江南宴请家族亲人。首句奠定了全词沉郁悲凉的感情基调。接着在词中写到自己做了一个梦回故都的美梦，可惜梦断心碎。下片先写家人历经千辛万苦，终于得以相聚时的欢乐与融洽。接着笔锋一转，只觉时光匆匆，好景难长。原因在于：春天都被日趋衰危的南宋国势催老了，何况流落异乡、生活凄苦的词人。全词用梦醒后的失望惆怅和欢聚时的融洽和悦来反衬亡国之痛和离乡之怨的深邃与

---

① 魏学宏：《南宋景物主体性描写的篇章化与词境的另一洞天》，《重庆文理学院学报》2008 年第 4 期。

沉痛。同时，词人内心充满渴望能够早期恢复中原，回到故土，委婉地表达了一位女词人的爱国情怀。

第四，南宋《蝶恋花》中的祝寿贺词和赠酬类词作大量出现。据上文数据，两类题材共计33首，约占南宋《蝶恋花》词作总量的11.9%。南宋时期，整个社会的游乐之气愈演愈烈，上层统治阶级尤其是宫廷中盛行大肆庆生的风气。周密《武林旧事》卷一《庆寿册宝》中记载："寿皇圣孝，冠绝古今，承颜两宫，以天下养，一时盛事，莫大于庆寿之典。"上层社会的庆典在民间则是引起了更大的轰动，"四方百姓，不远千里，快睹盛事。都民垂白之老，喜极有至泣下者"①。所谓上行下效，统治阶层的喜好必然影响着民间的生活方式，故南宋社会蔓延着祝寿之风，产生了大量祝寿贺词。但是一般来说，此类词作并不会有太高的艺术成就。而南宋的此类词作更是因为创作目的和结构模式千篇一律，罕见佳作。张炎在总结寿词的创作经验时曾说："难莫难于寿词，倘尽言富贵则尘俗尽言功名，则谈按尽言神仙，则迂阔虚诞。当总此三者而为之，无俗忌之词，不失其寿可也。松椿龟鹤，有所不免，却要融化字面，语意新奇。"②可见，祝寿贺词易落于窠臼，想标新立异却是极难的。但是刘云甫的《蝶恋花》（一点郎星光彻晓），格调较高。此词是作者的自寿词，抒发了他报国无门的苦闷。在开头词人语意双关地慨叹：纵有济世奇才，在这朗朗乾坤中，亦无英雄用武之地。词人对现实社会的愤懑不满情绪，溢于言表。接着写自己不得已"拂袖归来"，学晋人山简那样徜徉于大自然的怀抱。在末尾祈祷"霖雨"，表现词人依旧心忧天下和对百姓深切的关怀。另外，南宋时期的宴游之风颇盛，文人遥常在词章的唱和酬答中以文会友、交流感情，故赠酬词就成为文人士大夫交往的有力工具。此时期的赠酬词，就内容而言，主要是文人之间的相互唱和。或是歌咏友人的才情文思，或勉励好友珍惜年华报效祖国，或表达自己对现实的失望、对隐逸生活的向往。此期的赠酬词，多为即兴发挥，目的性较强，艺术性和抒情性较弱。总之，南宋时期《蝶恋花》祝颂词和赠酬词，记述了此期文人们的交游状况，侧面反映了南宋时期恣意享乐的社会风气和文人们的心理及生活情况，同时表明南

---

① （宋）周密：《武林旧事》，浙江人民出版社1984年版，第1页。
② （宋）张炎：《词源》，载唐圭璋：《词话丛编》，中华书局1986年版，第266页。

宋时期词的实用性得到重视。

第五，南宋《蝶恋花》词反映隐逸生活和佛道修行。南宋时期的隐逸词和反映佛道的词作共计39首，约占南宋《蝶恋花》词作总量的14.1%。南宋时期，国势衰微，政治黑暗，宦海风波险恶。许多怀有报国之志的词人不得不向环境低头，开始徜徉在自然山水之中，或在田园农村消磨时光。有的词人颇觉壮志难酬，只能隐退山林，把隐逸当作自己最后的精神慰藉，借以保持内心的平静。《蝶恋花》隐逸词就是在这样的背景下孕育产生的。此期的隐逸词分为两种，一种是仕途受挫被迫隐逸，以辛弃疾、陆游等为代表。这些爱国志士们"身在曹营心在汉"，即使远在乡野亦始终记挂天下，并没有真正享受到隐逸生活的乐趣。如辛弃疾《蝶恋花》（洗尽机心随法喜）一词则反映了词人醉歌忘忧的闲居生活。词人自比陶渊明，把闲适的隐居生活写到极致，但字里行间依然透露出远大志向落空后的那种彻骨的悲凉落寞。另一种是对隐逸生活的喜爱、对富贵名利的淡泊，在隐逸生活中保持了一种真正平和宁静的心态。如范成大《蝶恋花》（春涨一篙添水面）则是一首宁静淡远的隐逸词。词人用不加雕饰的语言描绘农村景色、记叙农事耕作，"横塘塔前依前远"写出了田园景物与人若即若离的距离感。通篇颇具生活情趣，表现了作者对农村隐逸生活的热爱。南宋时期的特殊社会环境，使得人们除了在隐逸中得到慰藉，还有部分文人信仰宗教，以寻求精神解脱。故他们多在词中反映佛道修行，倡导人生苦短须及时行乐。南宋时期填制佛道题材最多的词人是张抡，他共创作11首《蝶恋花》词，就有10首反映佛道修行。需要指出的是，此类词作多写得虚无缥缈，虽然有的景物描写素淡清雅，似有袅袅仙气，但依然表达消极悲观的人生思想或沉迷于炼丹修行。其主要内容和结构章法大致相同，艺术性较差。

纵观南宋《蝶恋花》词，数量更加喜人，题材较北宋《蝶恋花》词也有所丰富。南宋《蝶恋花》词总体上呈现出百家争鸣百花齐放的热闹局面，咏物、咏怀、羁旅、祝颂、隐逸等题材都得到了进一步的发展。同时，由于南宋时期国家处于危亡之际，许多词人都将羁旅之思、离乡之怨和亡国之痛注入词中。故南宋《蝶恋花》词表现了词人们崇高的家国情怀和浓郁的爱国之情，具有鲜明的时代烙印。

三、南宋时期《蝶恋花》词的成就与缺憾

南宋是《蝶恋花》词作的成熟繁盛期，这一期间的《蝶恋花》词取得了很高的艺术成就，同时也存在一些缺憾。

其一，南宋《蝶恋花》词实用功能得到重视。《蝶恋花》词在唐五代和北宋时期恋情相思题材始终独大，其他题材的词作虽已产生却因数量有限而难成气候。南宋时期除了继承此类抒情题材之外，祝颂词、赠酬词等得到了长足的发展，使得《蝶恋花》词在抒情之余，发挥了更多实用的功能。词人们用《蝶恋花》或祝寿庆贺，或以文会友，或宴饮娱乐，使得该调深入文人的日常生活和内心世界，记录着词人们的喜怒哀乐和潇洒飘逸。但是，不可否认，此期词人在填制《蝶恋花》词时过多地重视实用性，而忽略了词作本身的艺术美。有的作家往往是即兴发挥，时间仓促，语言不加雕琢，结构模式千篇一律，其作品缺乏内在的神韵和深度，故难成佳作。

其二，南宋《蝶恋花》词以议论入词，较多使用典故。宋代崇理尚趣，故诗词多呈现理趣。而词人在南宋《蝶恋花》的诸多词作中均表达了人生哲理和对世事的议论。如陈著《蝶恋花》（世变无情风挟雨）一词直指南宋王朝的黑暗政治。开头三句"世变无情风挟雨，长夜漫漫，何时开晴午"以议论入词，怨愤之情，溢于言表。全词直抒胸臆，具有浓郁的幽怨悲伤色彩。又如方岳《蝶恋花》（山抹修眉横绿净），用"梦落孤篷，已尽山阴兴"来表达人生哲理：对人、景物及一切美的事物的欣赏，都应该持一种超然的态度，只有在相看两不厌的默默交流中才会得到审美的满足。此外，在南宋《蝶恋花》词中，词人较多使用典故。如用"菰菜莼羹"暗示辞官回乡，用"许由饮水弃瓢"来表达隐逸情怀，用"周召公棠阴树下断案"来比喻词人渴望的惠政，用"张敞画眉"喻夫妻恩爱等。词中典故的大量使用，增加了词作的包容量和力度感，使作品具有典雅含蓄的韵味。

其三，南宋《蝶恋花》词具有强烈的时代感和浓郁的理学气息。南宋特殊的社会环境，使得《蝶恋花》词作多表达词人的羁旅忧思、离乡之悲和家国之痛，记录文人们的日常生活和心理状况，真实而深刻地反映了残酷的现实。尤其是辛弃疾等人在词中抒发激越的爱国热情及报国无门的愤懑，李清照在异乡表达

对故土的极度怀念，以及陈亮在寿词中彰显"平生经济之怀"、劝勉友人珍惜年华为国效力，都打上了鲜明的时代烙印。不得不指出，许多词人在隐逸词或咏怀词中，皆表达了人生苦短及时行乐的悲观思想，或者直接在词中阐发大量地佛法哲理，类似于魏晋时期的玄言诗，读之晦涩难懂，充满理学气息，艺术性较差。

综上所述，《蝶恋花》词经过唐五代的创制定体、北宋的蓬勃发展，在南宋时期成熟并达至繁盛。创作规模宏大，题材广泛丰富，风格多种多样，声情由旖旎妩媚变为慷慨悲凉。但是，在这种繁荣之下，南宋词人的创作态度不如前代认真，作品缺乏真挚动人的情感、深刻新颖的内涵和别出心裁的章法，语言上往往也不假雕饰，故数量虽多佳作甚少。

第四章　唐宋《蝶恋花》词的题材、功用及文化意蕴

本章根据《全唐五代词》《全宋词》及《全宋词补辑》对唐宋 510 首《蝶恋花》词的题材进行统计，并作定性和定量的分析，从历时的角度，整体把握唐宋《蝶恋花》词的题材特征，进而分析其功能特征和文化意蕴。

第一节　唐宋《蝶恋花》词的题材特征

据笔者统计，《蝶恋花》词调下各词牌所属作品，共有 510 首，分别是：《蝶恋花》词 425 首，《凤栖梧》词 46 首，《鹊踏枝》词 25 首，《卷珠帘》词 3 首，《一箩金》词 2 首，《转调蝶恋花》词 2 首，《黄金缕》词 1 首，《细雨吹池沼》词 1 首，《鱼水同欢》词 1 首，《西笑吟》词 1 首，《桃源行》词 1 首，《江如练》词 1 首，《望长安》词 1 首。

一、唐宋《蝶恋花》词的题材分布特点

胡云翼先生曾将宋词分为："艳情、闺情、乡思、愁别、悼亡、叹逝、写景、咏物、祝颂、咏怀、怀古等 11 类题材。"[①] 笔者参考该标准，并结合《蝶恋花》词的题序和历代学者对《蝶恋花》词的评注及鉴赏等，将 510 首《蝶恋花》词的题材分为闺阁艳情、相思恋情、羁旅怀乡、感时伤怀、赠酬友情、歌颂咏人、祝寿贺词、戏作俳谐、人生感慨、家国情怀、隐逸安闲、吟咏风物、写景游历、佛道修行和其他，共计 15 大类（部分词作题材有一定交叉）。为直观地一览唐宋

---

① 胡云翼：《宋词研究》，岳麓书社 2010 年版，第 59~60 页。

《蝶恋花》词的题材分布，现列图如图 4.1 所示。

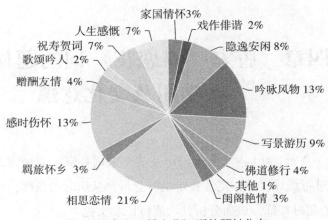

图 4.1　唐宋《蝶恋花》词的题材分布

根据图 4.1，我们可以发现唐宋《蝶恋花》词的题材分布主要有如下特点：

首先，唐宋《蝶恋花》词题材范围广泛，宋词的传统题材都有涉及。据许伯卿在《宋词题材研究》中将《全宋词》所有题材进行归纳分类后，得出宋词最重要的十种题材，如表 4.1 所示。

表 4.1　　　　　　　　　《全宋词》的题材构成（前 10 项）①

序号	题材	数量	百分比
1	祝颂	3351	15.8
2	咏物	3011	14.20
3	艳情	2610	12.31
4	写景	1923	9.07
5	交游	1791	8.45
6	闺情	1743	8.22
7	节序	1314	6.20

①　许伯卿：《宋词题材研究》，中华书局 2008 年版，第 98 页。

续表

序号	题材	数量	百分比
8	羁旅	1160	5.47
9	隐逸	1100	5.19
10	咏怀	1011	4.77

根据表 4.1，唐宋词中经常出现的祝颂贺词、吟咏风物、爱情相思、写景游历、赠酬友情、羁旅怀乡、感时伤怀和隐逸安闲等几大类在唐宋《蝶恋花》词中均有所体现。此外，除了宋词的传统题材，《蝶恋花》词还涉及了哲理、宗教、戏作等"非主流"的题材，分别划入人生感慨、佛道修行和戏作俳谐类。《蝶恋花》中表现家国情怀的词，虽然数量不多，却具有鲜明的时代特点。诸上都充分说明了唐宋《蝶恋花》词的题材极为丰富，反映了广阔的社会生活。

其次，唐宋《蝶恋花》中恋情词、咏怀词、咏物词、写景词和隐逸词所占比重较大，颇有价值。据图 4.1，恋情词占唐宋《蝶恋花》词作总量的 21%，咏怀词占 13%，咏物词占 13%，写景词占 9%，隐逸词占 8%，此五类词占总量的64%。由此发现，唐宋《蝶恋花》词并未脱离了词所谓的以"别愁""闺情""恋爱""写景"等为主的传统题材类型。[1] 但是，正如许伯卿曾说到的那样："在宋词 36 类题材中……闺情词从第一降至第六，艳情词亦从第二降至第三。"[2]在唐宋《蝶恋花》词的发展过程中，虽然爱情词的比重总体较大，但是它从唐代的 58.8%到北宋的 30.6%再至南宋的 12.6%，说明其作品中的闺情词、艳情词等花间题材所占地位呈下降趋势。另外，咏怀词始终是唐宋《蝶恋花》词的主要题材，尽管题材内容发生细微变化。不管是晚唐五代时期花间词人的伤春悲秋、北宋时期"男子拟作闺音"借以抒发闲愁理想，还是南宋时期文人直抒胸臆表达为国效力的志向或怀才不遇的愤懑，都从侧面反映了当时不同的社会环境。此外，南宋时期的咏物词和写景词分别位居同期词作的第 1 位和第 2 位，虽然此类词作取材范围较为狭窄，但是南宋词人通过吟咏风物和描绘风景来彰显个

---

① 胡云翼：《宋词研究》："宋词所描写的对象，不过是'别愁''闺情''恋爱'的几方面而已。"参见胡云翼《宋词研究》，岳麓书社 2010 年版，第 62 页。

② 许伯卿：《宋词题材研究》，中华书局 2008 年版，第 38 页。

人高雅的格调、抒发内心的志向，取得了较高的艺术成就。诸上充分表明《蝶恋花》词渐渐地将视角由抒发个人之悲转移到了日常社会生活和人生远大志向等方面，已完成由"伶工之词"向"士大夫之词"的转型。

第三，唐宋《蝶恋花》作品也涉及了祝颂词、人生感慨词、赠酬词和宗教词等，但总体艺术成就不高。据图4.1，祝颂词所占比重为7%，人生感慨词占7%，赠酬词占4%，宗教词占4%。四类题材的词作占唐宋《蝶恋花》词总量的25%，数量惊人，不容小觑。唐宋时期的祝颂词主要为寿词，有寿他人和自寿两种，首次出现于北宋晏殊《蝶恋花》（紫菊初生朱槿坠）一词中，到南宋时期蔚为大观，这与宋代盛行的祝寿庆生风气有直接的关系。但是正如况周颐在《蕙风词话续编》卷一所云："宋人多寿词，佳句却罕观。不外从富贵、长寿、事业三方面入手，能合于此旨且能另创新意，方为寿词之佳作。"① 祝寿词创作难度较大，且不易出新，故唐宋时期的《蝶恋花》寿词数量虽多，艺术成就并不高。受南宋宴饮享乐之风的影响，两宋出现了许多赠酬词，多表现为文人相互唱和、以文会友或在宴会上逞才驰性。许多作者多在时间仓促的情况下完成或即兴发挥，语言艺术较少斟酌，且部分词人的创作态度不如前代认真。故此期的赠酬词，除了少量词作表达了浓郁的家国情怀和崇高的人生志向外，绝大多数词作缺乏思想深度。此外，宋代出现的佛道修行词和哲理词，大多数可读性较差，劝导人们要及时行乐，具有浓郁的悲观情绪，侧面反映了南宋后期人们对现实的失望和思想的极度苦闷。

总之，唐宋《蝶恋花》词题材范围广泛，宋词的传统题材都有所涉及。其主要题材集中在相思恋情、感时伤怀、吟咏风物、写景游历和隐逸安闲等方面，但关于艳情、闺情题材的作品比重呈下降趋势。咏怀、祝颂、赠酬等社会性较强的题材作品数量则显著上升，说明《蝶恋花》词的实用性得到增强，但艺术性较弱。就唐宋《蝶恋花》词的题材分布特点来看，我们认为《蝶恋花》词的词史意义之一，就是其完成了由"伶工之词"向"士大夫之词"的巨大转变。

---

① 况周颐：《蕙风词话续编》卷一，载载唐圭璋：《词话丛编》，中华书局1986年版，第4540页。

二、唐宋《蝶恋花》词的题材演变特点

题材的演变也是题材特征的重要方面。通过分析《蝶恋花》词的题材在唐宋时期的演变特点，可以探求《蝶恋花》调在此期的创作流变情况，进而总结《蝶恋花》词的发展演变规律。为直观展示唐宋时期《蝶恋花》词的题材演变规律，现列图如图 4.2 所示。

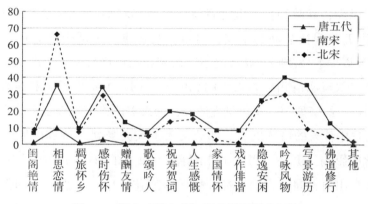

图 4.2 唐宋《蝶恋花》词的题材演变规律

据图 4.2 中《蝶恋花》词在唐五代、北宋、南宋三个时期的题材分布趋势可知：

其一，唐五代时期《蝶恋花》词的创作处于萌芽期，词作共计 17 首，歌咏爱情的词作成为一枝独秀，其他题材作品数量稀少，甚至还未产生。北宋时期的《蝶恋花》词作处于蓬勃发展期，虽然爱情词依旧成为主流，但其他各类题材的作品已经陆陆续续地产生。到了南宋时期，《蝶恋花》词成熟并运至繁盛时期，不仅在创作数量上高于前两代之和，题材也空前丰富，彻底改变了《蝶恋花》词中爱情词独占鳌头的情况，各题材都有所发展，呈现出百家争鸣、百花齐放的局面。

其二，两宋时期的《蝶恋花》词的题材分布趋势大致相同，只是数量上有略微差异。根据图 4.2，北宋时期的恋情词和咏怀词所占比重较大，南宋时期的祝颂类和赠酬类词作数量较北宋有了显著增加。说明北宋词重抒情言志，并没有

完全摆脱唐五代"词为艳科"的藩篱，而南宋因祝寿享乐之风弥漫整个社会更重词的实用功能。咏物词和写景词在南宋分别位居第一位和第二位，表明到了南宋时期，词人把越来越多的关注重点放到大自然的景物上，借助特殊风物和山水景色来抒写怀抱。

影响《蝶恋花》词在唐五代、北宋和南宋三期题材演变的因素如下：

一方面，《蝶恋花》词的题材变化与其时代环境息息相关。不同的时代环境造就了文学作品不同的精神风貌，正如诗序云："情发于声，声成于文谓之音。治世之音安以和，其政和；乱世之音怨以怒，其政乖；亡国之音哀以思，其民困。"① 晚唐五代，社会动荡不安，君臣夜夜笙歌，生活极度奢侈。花间词人"清绝之词"以助歌妓演唱"妖娆之态"的展露为填词目的，故产生了较多以绮丽香艳的文字叙写恋情相思和人生闲愁的爱情词，主要为了应歌娱人。北宋时期，社会稳定，经济繁荣，文化氛围浓厚，词人多流连于暖香红雾，表现秦楼楚馆或深闺绣户中佳人的情感世界。部分文人士大夫受到"诗尊词卑"和"词为艳科"观念的影响，更是"男子拟作闺音"，以女子的口吻来抒写心中的怀抱，以男女情事来比喻志向或家国情怀，故《蝶恋花》中歌颂爱情的词作在北宋达到高峰，但相比于前代手法更为含蓄委婉，语言趋向瑰丽典雅。北宋时期《蝶恋花》词中即使是咏物词和写景词，也仅仅从审美心理出发，表现出富贵太平的气息，社会性较弱。到了南宋时期，词人多生在乱世，他们有忧国忧民之心，有恢复中原之志，有远离故土之怨，还有徜徉大自然、在山水泉石中寻求寄托之无奈。南渡及南宋词人在《蝶恋花》中抒写自己的踌躇满志，表达深入骨髓的亡国之痛，抒发颠沛流离的羁旅之愁，展现与亲人依依惜别之悲，描绘友朋相互唱和相聚之乐。这使得南宋时期《蝶恋花》词反映了广阔的社会生活，记录了文人们的喜怒哀乐，彰显了较强的社会性和实用性。这也是《蝶恋花》词在南宋时期趋于成熟的重要标志。综上，我们认为时代的影响是《蝶恋花》词在唐宋时期题材演变的重要因素。

另一方面，《蝶恋花》词的题材变化与该调本身有密切联系。《蝶恋花》调本身是一个既对立又统一的艺术综合体。根据第二章所论，其以仄韵为主，句句

---

① 《毛诗序》，载（清）阮元：《十三经注疏》，中华书局1980年版，第269~270页。

押韵，很多词作更是一韵到底，适宜表达缠绵悱恻的情感；其句式以七言、四言和五言为主，整饬典雅又灵活多变；其上下片结构模式大致相同，但在统一中又灵活多变，给人回环往复的美感；其篇幅短小，以60字为主，易于填词者控制；其风格多种多样，作品整体呈现出舒畅又不失柔婉，激越而又低回的声情特点。这说明其既适合吟咏温婉凄美的恋情闲愁，又适合抒发慷慨沉郁的羁旅之思和家国情怀。但是，《蝶恋花》词作中的祝寿词因篇幅有限，无法进行铺叙和承载更多丰富的内容，其艺术成就并不高。表明在宋代，《蝶恋花》并不是最适合祝寿的词牌。综上，我们认为，《蝶恋花》调是一个易于填制、易于传播的词调，这一点使其广为大众接受认可，适宜词人用于宴饮娱乐，适宜词人借此吟咏风物、抒发志向，适宜作为某种文化的宣传载体等。《蝶恋花》调本身的特质和宫情特征，是唐宋《蝶恋花》题材演变的根本原因。

总之，唐宋《蝶恋花》词的题材特征大致包括两点：一是题材分布特点。唐宋《蝶恋花》词题材范围广泛，宋词的传统题材均有所涉及；其以爱情词、咏怀词、写景词、咏物词和隐逸词为主要题材，祝颂词和赠酬词虽然数量不少但成就不高，但唐宋《蝶恋花》词已完成由"伶工之词"向"士大夫之词"的巨大转变。二是题材演变特点。在演变趋势上，唐五代是沉寂期，词作数量少，以恋情词为主要题材；北宋作为蓬勃发展期，题材较为丰富，数量显著增加，但仍以抒情言志为主；南宋时期是《蝶恋花》词的成熟繁盛期，题材分布发生巨大变化，更注重词的实用功能。《蝶恋花》词受时代剧变和自身特质的双重影响，不同的时代表现出迥异的题材演变趋势。

第二节　唐宋《蝶恋花》词的功能特征

词作为一种文体形式有其独特的功能。吴熊和先生将词的功能分为"娱乐功能""社交功能""抒情功能"三类，陶然先生在此基础上认为："词的功能包括表情达意、言志抒怀的文学功能以及娱乐、社交等各种实用性的文化功能。"①笔者参考上述分类标准，将唐宋《蝶恋花》词的功能分为音乐功能、娱乐功能、

---

① 陶然：《金元词通论》，上海古籍出版社2001年版，第248页。

审美功能、社交功能和抒情言志功能五类。

一、唐宋《蝶恋花》词的音乐功能：依声填词，载歌载舞

"词是配乐歌唱的曲子词，可称之为'音乐文学'，是一种融歌、舞、乐为一体的综合艺术形态。"① 这就决定了其与生俱来的音乐功能，可以进行演唱传播。《蝶恋花》调本是唐教坊曲，在晚唐五代时期，经冯延巳、李煜等著名文人依声填词而演变成著名词牌。但实际上，诚如袁行霈先生所言："唐五代北宋的词，基本上可以称为当时的流行歌曲。"② 此时的《蝶恋花》调属于音乐范畴是毋庸置疑的。关于这一点，胡适先生曾说到："早期的词一般只有词调，没有标题供乐工选词以配乐。"③ 赵万里《校辑宋金元人词》在引用书目《类编草堂诗余》条下注云："分类本以时令、天文、地理、人物等类标目，与周邦彦《片玉词》、赵长卿《惜香乐府》略同，盖所以取便歌者。"④ 吴世昌认为《草堂诗余》"乃供当时说话艺人唱词用的专业手册"⑤。龙榆生与之持相似观点，其《选词标准论》云："惟以《清真集》之编纂体例，相与比勘。此虽不注宫调，而以时序景物分题，且出自书坊，必为当世比较流行之歌曲……吾人但以为当日之类编歌本可也。"⑥ 后来的文人也多是"依声填词"，但在具体的创作过程中，往往依据某一佳作的平仄、句式、章法、字数和用韵等形式来填制新词，总结出词谱用以规范格律。后世词人多以冯延巳《鹊踏枝》（六曲阑干偎碧树）一词为正体，故逐渐脱离《蝶恋花》调的曲谱，只留下标记格律的词谱，使得《蝶恋花》词的音乐功能逐渐衰落。

---

① 刘尊明：《试论唐宋词的审美特性及其文化意蕴》，《漳州师院学报》1999 年第 3 期。

② 袁行霈：《中国诗歌艺术研究》，北京大学出版社 1996 年版，第 279 页。

③ 胡适：《词选·自序》《胡适古典文学研究论集》，上海古籍出版社 1988 年版，第 550 页。

④ 赵万里：《明嘉靖本类编草堂诗馀四卷提要》，载施蛰存：《词籍序跋萃编》，中国社会科学出版社 1994 年版，第 678 页。

⑤ 吴世昌：《词林新话》，北京出版社 2000 年版，第 57 页。

⑥ 龙榆生：《龙榆生词学论文集》，上海古籍出版社 1997 年版，第 65~66 页。

二、唐宋《蝶恋花》词的娱乐功能：歌以佐欢，娱宾遣兴

还原《蝶恋花》词产生之初的社会土壤，其来源于我国唐代西北地区民间的"胡夷里巷"，与音乐相配合，由歌妓传唱于酒肆歌馆，于酒宴歌席间娱宾遣兴之用。故《蝶恋花》词在诞生之日起，就深深烙上了娱乐消闲的色彩。

其一，唐宋《蝶恋花》词的娱乐功能最先在冯延巳《鹊踏枝》十四首中得到体现。《鹊踏枝》词是《阳春集》中的重要词作，也最能代表冯延巳此调的巨大成就，而《阳春集》正是一部以娱乐为目的的歌词集。正如陈世修在为冯延巳《阳春集》作序时云："以金陵盛时，内外无事，朋僚亲旧，或当燕集，多运藻思，为乐府新词，俾歌者倚丝竹而歌之，所以娱宾而遣兴也。"[1] 可看出《鹊踏枝》词在晚唐五代时期最重要的功能即娱宾遣兴。

其二，到了北宋时期，娱宾遣兴依然为唐宋《蝶恋花》词创作的首要目的。如文坛宗师欧阳修谈及自己作词的目的："因翻旧阕之辞，写以新声之调，敢陈薄伎，聊佐清欢。"其在《蝶恋花》（翠苑红芳晴满目）词中便描述一副闲暇之余为求一时娱乐的悠闲之态："烟雨满楼山断续，人闲倚遍阑干曲。"即使是当时的台阁重臣晏殊亦与之相似。宋叶梦得《避暑录话》云："晏元献喜宾客，未尝一日不宴饮，而盘馔皆不预办，客至旋营之。顷有苏丞相子容尝在公幕府，见每有嘉客必留，但人设一空案一杯。既命酒，果实蔬茹渐至。亦必以歌乐相佐，谈笑杂至。数行之后，案上已灿然矣，稍阑既罢，遣歌伎曰：'汝曹呈艺已毕，吾亦欲呈艺。'乃具笔札相与赋诗，率以为常。"[2] 太平宰相晏殊将填词视为"呈艺"，且每宴"亦必以歌乐相佐"，可见其亦将"娱宾""佐欢"作为填词目的。

其三，时至南宋，娱宾遣兴成为《蝶恋花》相思恋情词创作的重要因素。尽管岌岌可危的江山形势和痛彻心扉的亡国之恨，使大部分词人开始从"歌舞升平"的秦楼楚馆走出来，投入恢复中原的洪流之中。但是，在历经千辛万苦之后，自知中兴无望，深刻的危亡感和幻灭感还是令部分词人重新回到自己生活感

---

① （宋）陈世修：《阳春集·序》，上海古籍出版社 1988 年版，第 401 页。

② （宋）叶梦得：《避暑录话》卷一，中华书局 1985 年版，第 35 页。

情的小圈子，江南优越的自然人文环境又成为文人骚客的避风港，故词人们更加纵情声色、追求享乐。因此南宋末期《蝶恋花》词的艳情相思题材有了短暂地回升。

总之，诚如当代学者王小盾在《唐代酒令艺术》一书所描述的："唐代词人并不只是案头吟咏的人，而在更大程度上，是游戏的人、娱乐的人、交际的人，纵歌狂舞于'尊前''花间'的人。"① 词这种早期的"娱乐至上"观念，令唐宋《蝶恋花》词充分发挥了其娱乐消遣功能，使其受到文人士大夫和普通百姓的一致喜爱，因此得以广泛传播，成为唐宋时期的著名词调之一。

三、唐宋《蝶恋花》词的审美功能：吟味性情，留连光景

词的审美功能，前人早有认识，如金人元好问即指出："自东坡一出，情性之外，不知有文学……坡以来，山谷、晁无咎、陈去非、辛幼安诸公，俱以歌词取称，吟味性情，留连光景，清壮顿挫，能起人妙思。"② 即认为词具有"吟味性情，留连光景，清壮顿挫，能起人妙思"的审美功能。而今人谢珊珊则认为："唐宋词是特殊时代、特殊生活条件下唐宋士大夫文人休闲生活的结果，是词人追求闲适、自由审美生活和体验的结果，是士大夫文人超越人生的结果。"③ 唐宋《蝶恋花》词也许就是因为具有吟味性情，留连光景的审美功能，与创作主体心灵高度契合，从而被文人所喜爱，成为一代人心灵观照的窗口。

其一，《蝶恋花》词以歌咏爱情为主题，包括闺阁艳情和恋情相思两方面。在这类词中或描写女子身体、服饰、姿容、歌声和闺房等，都流露出温婉阴柔之美和安宁富贵之气；或在此基础上表达缠绵悱恻的感情或伤春悲秋的闲适，亦极具韵味无穷的审美内涵。

其二，词人在《蝶恋花》词中通过对江南风物的欣赏来表达非凡的审美感受。这主要表现在咏物词和写景词中。唐宋《蝶恋花》中的咏物词，以花草类为主，尤其是南宋时期，词人或咏梅来彰显自身高雅的格调，或赞菊来体现自己

---

① 王小盾：《唐代酒令艺术》，知识出版社 1995 年版，第 5 页。
② （金）元好问：《新轩乐府引》，见《遗山先生文集》卷三十六，文渊阁四库全书本。
③ 谢珊珊：《论唐宋词体的休闲文化功能》，《南昌大学学报》2010 年第 5 期。

宁静淡泊的心态，或颂荷来表明自己"出淤泥而不染"的纯净高远的心志等；而在写景词中，词人多用清丽明亮的笔触来描绘江南秀丽旖旎的风光，在自然山水中抒写怀抱，皆具丰富的审美内涵。

其三，唐宋《蝶恋花》中的节序词亦具有独特的审美韵味。《蝶恋花》中的节序词主要涉及元宵、立春、上巳、寒食、七夕、中秋、重阳等节日，而以中秋和重阳最盛。月圆之日，登高之时，或怀亲友，或欢聚一堂，或欣赏美景，皆能令词人文思泉涌，表达在节日期间的独特感受，体会别样的审美滋味。

总之，唐宋《蝶恋花》词正是通过表达微妙细腻的情感、吟咏旖旎妩媚的自然风物，来实现人们精神上的平和愉悦和深层次的心灵陶醉，从而达到其审美的最高境界。

四、唐宋《蝶恋花》词的社交功能：应歌应社，交游为尚

关于唐宋词的社交功能，沈松勤先生说："词人应歌填词，歌妓歌以佐觞，是唐宋两代士大夫社会司空见惯的风俗行为，也成了中唐以来约定俗成的、具有时代特征的一种社交仪式。"① "'社交仪式'一语正道出了大部分词人以词社交娱乐的创作思维定式。在朋友小酌，同僚聚首，欢度节日，祝寿庆生等社交场合中，词都起到了助兴添趣，增进情感的重要作用。"② 其实，唐宋《蝶恋花》词也具有非常显著的社交功能，主要体现在交游赠酬词和祝寿贺词两类。

其一，唐宋《蝶恋花》词的社交功能体现在应歌和应社两个方面。所谓"应歌"是指词人应教坊或是歌女之邀约而作词；"应社"是指词人在诗社、诗友结社游赏时所作的唱和之作。其实，无论是"应歌"还是"应社"，都是宋代非常流行的创作活动，表现在《蝶恋花》中就是其中的交游赠酬词。但是不可否认，这类作品大多是词人即兴发挥，往往因时间仓促无法过分雕琢语言和讲究句式章法，更谈不上真挚的情感和深刻的思想，所以难见创作主体的艺术思想和精神境界。清人周济《介存斋论词杂著》中曾批评到："北宋有无谓之词以应

---

① 沈松勤：《唐宋词体的文化功能和运行系统》，《文学评论》2001 年第 4 期。

② 宋秋敏：《"流行歌曲"视角下的唐宋词》，苏州大学博士学位论文，2008 年。

歌，南宋有无谓之词以应社。"① 北宋时期的《蝶恋花》词主要是即席赋词助兴，赠友人、歌妓、送别、迎接等，都是通过赠酬来交流感情。南宋后期，词人以结社的方式相互填词、彼此唱和，在性质上已经不同于一般的雅集，而是有了明显的宗派意识。他们把填词不过当做"逞才驰性"的社交工具，带有非常浓郁的功利色彩，却忽略了词本身的审美功能，故尽管数量较多，艺术成就并不高。但是，从中也可以看出，唐宋《蝶恋花》词已经成为文人不可或缺的社交工具，渗透到词人生活的方方面面。

其二，唐宋《蝶恋花》词的社交功能体现在祝寿贺词中。据第三章第三节所论，两宋时期恣意享乐的生活方式和祝寿庆贺之风的盛行，使得两宋时期产生了大量祝寿贺词。"据《全宋词》统计，两宋寿词近 2000 首，约占总数的 10%，这不能不说是一种特殊的词学现象。"② 人们借这类词表达歌颂、祝贺之意，渲染烘托喜庆气氛，故其社交功能更是昭彰显著。唐宋《蝶恋花》中的寿词先例首开于晏殊《蝶恋花》（紫菊初生朱槿坠）一词，全词用优美动人的景物烘托祝寿现场欢乐享乐的气氛。唐宋《蝶恋花》中的祝寿词多是为他人祝寿，而且带有较为明显的指向性，题曰"为某某寿"，如刘云甫《蝶恋花·寿陈山泉》为好友寿，刘辰翁《蝶恋花·寿李侯》为同僚寿，无名氏《蝶恋花·寿家人》为家人寿，张纲《凤栖梧·安人生日》为妻子寿，无名氏《一箩金·甥寿舅公十月十一》为长辈寿等，诸如此类的例子不胜枚举。但是因为大多数寿词只是重复着长命百岁和富贵永存的主题，情感具有普泛化的特征，故其艺术性和审美性较弱。还有少量的自寿词，思想深刻，情感真挚，成就较高，如刘云甫《蝶恋花》（一点郎星光彻晓）用于抒发个人志向：首句一语双关英雄无用武之地，暗示作者对现实的极度不满；下片学魏晋人醉游林泉，结句表现对百姓的关怀。此外，除了祝寿庆生等社交场合，《蝶恋花》中还有表现"贺文人中举及第"和"贺人生子"等贺词，如王庭珪《蝶恋花·赠丁爽、丁旦及第》、无名氏《蝶恋花·贺领乡举》、无名氏《鱼水同欢·庆两子同日十月初六》，都充满了喜庆欢乐的气氛，达到了交际的目的。

---

① （清）周济：《介存斋论词杂著》，人民文学出版社 1959 年版，第 3 页。
② 宋秋敏：《从流行歌曲视角看唐宋词的社会功能》，《宁波大学学报》2007 年第 6 期。

总之，唐宋《蝶恋花》词成为当时人们不可或缺的情感交流工具，充分发挥了其社交功能，也是《蝶恋花》调不断走向成熟的标志之一。词人在日常的迎来送往、走亲访友、契阔谈燕、贺友升官之时，创作大量内容趋向私人化和生活化的祝颂词，使亲友的交流氛围愈发轻松活跃。

五、唐宋《蝶恋花》词的抒情言志功能：感喟咏怀，言志明道

最早的《蝶恋花》词仅仅具有抒情功能，或表达思妇对征夫的想念和盼望之情，或表现漂泊异乡的游子对家乡亲友的思念之意和羁旅之愁，或抒发深闺绣户少女少妇的春秋更替的闲愁。但是，随着词体本身的发展和时代环境的变迁，词人逐渐用《蝶恋花》词表明个人志向或阐发人生哲理，使《蝶恋花》词具有了与诗相接近的"言志明道"的功能。

其一，唐宋《蝶恋花》词的抒情咏怀功能。陈廷焯认为："声音之道，关乎性情，通乎造化"①，即表明抒情咏怀是唐宋词最本质的功能，而宋人在词中所抒写的世界才最能反映自己的内心。关于这一点，钱钟书指出："宋代五七言诗讲'性理'或'道学'的多得惹厌，而写爱情的少得可怜。宋人在恋爱生活里的悲欢离合不反映在他们的诗里。而常常出现在他们的词里……据唐宋两代的诗词看来，也许可以说，爱情，尤其是在封建礼教眼开眼闭的监视下那种公然走私的爱情，从古体诗里差不多全部撤退到近体诗里，又从近体诗里大部分迁移到词里。"② 不可否认，唐宋文人那种内心深处最隐秘的情事和不便诉诸诗文的幽微情感，都用深婉含蓄的笔触通过《蝶恋花》词缓缓道来。一方面，唐宋《蝶恋花》词多抒发男女之情，尤其是恋情和艳情。其中，既有恋佳人而不得的"衣带渐宽终不悔，为伊消得人憔悴"的矢志不渝，也有深闺少女少妇"泪眼问花花不语，乱红飞过秋千去"的失落寂寞，还有离别后"欲寄彩笺兼尺素，山长水阔知何处"的心碎断肠，更有饱受相思之苦"桃叶不言人不语，眉尖一点君知否"的怨别之辞。另一方面，唐宋《蝶恋花》词还抒发其他情感，如分别之恨、离乡之怨、羁旅之愁、亲朋之思和隐逸之趣等。如李清照"好把音书凭过

---

① （清）陈廷焯：《白雨斋词话·序》，上海古籍出版社 2009 年版，第 2 页。
② 钱钟书：《宋诗选注·序》，三联书店 2002 年版，第 8 页。

雁，东莱不似蓬莱远"句，体现其在与姐妹分别时的相互劝慰；柴元彪"蓦地觉来无觅处，雁声叫断潇湘浦"句，抒写羁旅之人的情思；姚云文"绣阁深深人半醒，烛花贴在金钗影"句，表达在暮春边地的征夫对亲人的深深思念；张炎"今夜定应归去梦，青蘋流水箫声弄"句，抒发浪迹江湖的情怀。诸词充分体现了《蝶恋花》词由娱乐功能向审美抒情功能的巨大变化。

其二，唐宋《蝶恋花》词的言志明道功能。王国维认为："词至李后主而眼界始大，感慨遂深，遂变伶工之词而为士大夫之词。"① 诚然，李后主词中蕴涵的家国之思和身世之感拓宽了词的意境和内容，使词开始具备和诗一样的言志功能。南渡之后，社会形势与晚唐五代时期如出一辙。国家动荡，政治黑暗，人们更是历经磨难。故大量词人从暖香红雾中幡然醒悟，开始在词中表达亡国之恨、故土之思、平生之志和人生之理，因此，《蝶恋花》词开始显现出言志明道的功能。如李清照《蝶恋花·上巳召亲族》委婉地表达了一位女词人的家国情怀，激动人心；作为南宋著名理学家、文学家的魏了翁在《蝶恋花·和费王九丈□□见惠生日韵》一词中自述生平志趣，即使在被弹劾辞官后依旧还乡授徒，不忍虚度年华，可见其壮心豪气；爱国词人辛弃疾则在《蝶恋花·戊申元日立春席间作》中，借花言志，内容直指当时政治风云的凶险残酷；而李吕《蝶恋花》（一岁光阴寒共暑）是一首说理词，主要是对时间和人的生命作终极探讨，颇有道家乘化归尽的意味。《蝶恋花》词的言志明道常常抒发身处乱世的彷徨之感和人生之悲，并不仅仅是"诗言志"传统的生搬硬套，而有其独特的风貌。

综上所述，我们认为，唐宋《蝶恋花》词具有音乐、娱乐、审美、社交和抒情言志五大特征。但实际上，正如吴熊和先生所述："词在唐宋两代并非仅仅为文学现象而存在。词的产生不但需要燕乐风行这种具有时代特征的音乐环境，它同时还涉及当时的社会风习，人们的社交方式，以歌舞侑酒的歌妓制度，以及文人同乐工歌妓交往中的特殊心态等一系列问题。词的社交功能与娱乐功能，在相当长的时间内，是同它的抒情功能相伴而行的。"② 故唐宋《蝶恋花》词的五大特征并不是独立存在的个体而是相辅相成的有机整体。

---

① 王国维：《人间词话》（卷上），上海古籍出版社 2004 年版，第 53 页。
② 吴熊和：《唐宋词通论·重印后记》，浙江古籍出版社 1989 年版，第 455 页。

第三节 唐宋《蝶恋花》词的文化意蕴

所谓"一时代一文学",文学作品必然如实地记录某个阶段的社会生活,反映那个时代的文化风貌。关于唐宋词,吴熊和先生将其定位于一种"文学-文化现象",沈松勤先生亦认为:"唐宋词的意义和价值,不仅是审美的,而且是历史的,不仅在文体史上构筑了一座艺术丰碑,同时还忠实地展现了它赖以生存和发展的那个时代的社会文化,是唐宋历史中的一个重要的文化层面。"① 唐宋《蝶恋花》词必然是社会活动的产物,是唐宋时期社会文化生活的重要载体,也是唐宋时代文化的重要部分,其包含了丰富复杂的文化信息和文化内蕴。本节我们将从士大夫雅文化、伦理文化、民俗文化、隐逸文化和宗教文化五个方面来考察唐宋《蝶恋花》词的文化意蕴。

一、唐宋《蝶恋花》词对士大夫雅文化的立体写照

"雅文化"又称"精英文化",宋代"重文轻武"的国策大大提高了文人地位,使其成为上层社会精英;宋代"避俗尚雅""以文为贵"的社会风气,令文人士大夫呈现出一种崭新的精神面貌。苏轼"以诗为词"更是完成了词体由"伶工之词"到"士大夫之词"的成功转型,使词真正成为显示士大夫精神、表达士大夫情怀的文学载体。而唐宋《蝶恋花》词也是士大夫雅文化的立体写照:词人在《蝶恋花》闺阁爱情词中,或委婉含蓄地表达缠绵悱恻的爱情相思,或直抒胸臆地抒发对恋情的矢志不渝,或用比兴寄托手法叙述内心隐秘情事,语言瑰丽典雅,都一改花间香艳之风;在《蝶恋花》感时伤怀词中,或抒发颠沛流离的羁旅之愁,或展现对家国前途的忧患之思,风格慷慨幽雅,弥漫着浓烈的危机感;在《蝶恋花》写景游历词中,描绘清丽秀美的自然风光,以体现醉游山水的优雅生活和发现美、表现美的能力;在《蝶恋花》吟咏风物词中,或赞颂清冷雅致的梅兰竹菊,或描述琴棋书画、烹茶品茗来彰显自己高雅的格调和纯雅的品性;在《蝶恋花》赠酬友情词中,文人通过相互唱和、以文会友来体现雅

---

① 沈松勤:《唐宋词社会文化学研究》,浙江大学出版社 2000 年版,第 2 页。

正的社交方式。总之，唐宋《蝶恋花》词的众多题材和内容，皆广泛地反映了此期士大夫的文人品格，是士大夫雅文化的立体写照。

二、唐宋《蝶恋花》词对伦理文化的多元体现

对亲情友情的重视和对长命百岁、富贵永存的渴求是人类与生俱来的本能。唐宋《蝶恋花》祝颂词的大量出现，不仅是一种值得注意的文化现象，更是一种伦理文化的反映。它说明唐宋人重视家庭、伦理、亲情、友情，讲究礼仪。唐宋《蝶恋花》词中最能体现伦理文化的就是祝寿贺词。寿词产生于北宋，但真正繁盛却是在南渡之后。据刘尊明统计，"在《全宋词》（含补辑）中，可确定为寿词的作品有 2554 阕，约占作品总数（21055 阕）的 12.13%。其中有姓名可考的作者有 413 名，约占《全宋词》作者总数（1494 人）的 28.84%。从时代分布来看，大部分寿词皆为南宋时期的作品。"① 唐宋《蝶恋花》词中的祝寿贺词始于北宋，两宋时期共填制 34 首，占唐宋《蝶恋花》词作总量的 6.6%。这类题材中，词人或通过自寿的方式抒写"平生经济之怀"，表达人生感悟和生活态度，思想较为深刻，多为后人称道；或以祝寿的方式，对长辈、亲友的事业成就予以褒扬，表达共同理想和愿望，增强其生活信念；或以词为贺礼，献给同僚、领导，并当堂唱和，显示出与众不同的交际方式；或在词中表达对妻子、儿女的怜爱之情，此类词一般情感真挚动人，体现宋人对家庭婚姻的重视，对女性的尊重。此外，两宋《蝶恋花》中的祝寿贺词，还体现了人们对生命的热爱和对时光流逝的叹惋，如陈亮《蝶恋花·甲辰寿元晦》一词的结句即为词人勉励友人珍惜年华，发挥余热，共同为国效力。总之，唐宋《蝶恋花》中的祝寿贺词，以多元化地视角体现了宋人对亲情、友情、家庭、婚姻、礼仪、纲常等伦理文化的重视。

三、唐宋《蝶恋花》词对民俗文化的深入开掘

早期的《蝶恋花》词来源于民间，真实地反映了当时人们的生活和心理状态，其中也涉及了大量的民俗文化。唐宋《蝶恋花》词对民俗文化的反映主要

---

① 刘尊明：《唐宋词综论》，中国社会科学出版社 2004 年版，第 136 页。

体现在女性服饰文化和节序文化两个方面。

其一，对女性妆容、服饰等民俗文化的反映。历代以来，女性意识的觉醒和张扬往往通过其服饰来展示。从流传下来的仕女图，我们可以看到唐代女性观念较为开放，而宋代女性观念承前代之风，她们的服饰文化也在宋代民俗词中得到体现。服饰民俗主要包括服装、头饰、化妆、佩饰等社会习俗。唐宋女性讲究仪态美，特殊的服饰往往具有别样的内涵。如冯延巳《蝶恋花》（匝耐为人情太薄）中"新结同心香未落"，美女通过佩戴表示恩爱之意的用锦带制成的连环回文同心结，来反衬薄情人的骤然负约；李冠《蝶恋花·佳人》中"贴鬓香云双绾绿"说明宋代的佳人喜欢绾着发髻；宋祁《蝶恋花·情景》中"腻云斜溜钗头燕"和"泪落胭脂，界破蜂黄浅，整了翠鬟匀了面"句，说明女主人公在头发上插着珠钗，不仅"匀了面"，还化上了唐时的一种宫妆"蝶粉蜂黄"；晏几道《蝶恋花》（碾玉钗头双凤钗）不仅是一幅美女素描小像，更是宋代女性服饰民俗文化的一个缩影：头戴精美双凤钗，画着新潮倒晕眉，穿着青黄色罗裙，配上绣着鸳鸯的春衫，佳人轻灵欢悦的心情跃然纸上。对女性服饰等民俗文化的反映，充分说明了唐宋文人对女性的欣赏和尊重。

其二，唐宋《蝶恋花》中出现大量节序词。"节序是人们在工作之余的顿歇，在顿歇中，产生了一系列的风俗行为，如元宵张灯、七夕乞巧和中秋赏月等。"① 据朱瑞熙等考证："宋代官员全年所拥有的一百二十四天官定节假，主要来自元宵、清明、寒食、端午、中秋、立春等岁时节序。"② 又加上宋代恣意享乐的社会风气，使得人们特别重视并庆祝各类节日，其仪式就是词人即兴填词，表达在节日期间的别样感受。于是，宋代产生了大量内容不同、功能却一的各类节序词。宋代《蝶恋花》中的节序词，生动形象地反映了当时人们节序的民俗文化。如苏轼《蝶恋花·密州上元》一词，则记录了在正月十五元宵节的时候，民间都要彻夜灯火辉煌，而且"击鼓吹箫"进入当时农村节日祭神的场所"农桑社"；如李清照《蝶恋花·上巳召亲族》一词，描绘了即使远在江南异乡，到

---

① 沈松勤：《唐宋词体的文化功能与运行系统》，《文学评论》2001 年第 4 期。
② 朱瑞熙：《辽宋西夏金社会生活史》，中国社会科学出版社 1998 年版，第 390～391页。

了上巳节的时候，还是要整个家族的亲友欢聚一堂，充分证明了宋人对上巳节的重视；辛弃疾《蝶恋花·戊申元日立春席间作》描写了立春日人们剪春幡挂在树枝或簪在头上作戏以迎春的习俗；刘镇《蝶恋花·丁丑七夕》的"乞得巧来无用处，世间枉费闲针缕"句涉及了民间在七夕晚上妇女"乞巧"的民俗。另外还有一些中秋词提到中秋赏月、重阳节登高等风俗习惯。

总之，通过这些描写女性服饰的作品和大量的节序词，我们不仅可以看到宋代繁荣的社会经济和丰富多彩的民俗文化，还可以借此一窥宋人享受生活的精神面貌。

四、唐宋《蝶恋花》词对隐逸文化的如实展示

《蝶恋花》词中的隐逸题材直到北宋才开始面世，它是中国隐逸文化的重要组成部分。正如许璟璇《宋代隐逸词略论》所论："宋代隐逸词表现出了宋代士人对于独立人格的追求，对于自然景致的亲近，对于丑恶现实的消解，对于生命价值的追问。理性地看，宋代隐逸词或者是士人在政治参与意识受挫后的无奈变通，面对险恶官场而做出的策略性自我保全；或者是遭受打击排抑后的自我安慰；或者是凭借对山水林泉的亲近，实现自我心灵的安顿和对世俗的超越。这些隐逸词，表面上淡泊雅致、旷达超脱，实则表现出词人们忧国伤时及个人身世感慨的丰富内涵。"① 其实，由于特殊的社会环境，南北时期的隐逸词各具特色。

其一，北宋《蝶恋花》隐逸词多是体现在政治受挫后，渴望摆脱名利富贵的羁绊，沉醉山水林泉，憧憬逍遥自在的闲适生活，寻求真正意义上的自我解放和心灵的皈依。如苏轼《蝶恋花·述怀》中"底事区区，苦要为官去。尊酒不空田百亩，归来分得闲中趣"句。一生宦海沉浮、屡遭贬谪的词人，在壮志难酬、辗转飘零时，就会把超凡脱俗的陶渊明引为异代知音，从而在外在功业诉求和内在精神呼唤之间，建立起一个富有弹性的生命空间。

其二，南宋词人是在内忧外患时局和战和不定政局的双重桎梏下的被迫隐逸，故南宋《蝶恋花》隐逸词多是满腹才情的文人士大夫借以逃避残酷的现实、安顿报国无门的失意、寻求心灵慰藉的方式，也因此形成了唐宋时期隐逸词的高

① 许璟璇：《宋代隐逸词略论》，《金陵科技学院学报》2010 年第 3 期。

峰。南宋时期归隐林泉的代表作家有被迫闲居故乡山阴长达二十余年的爱国志士陆游和归隐江西上饶带湖闲居十年之久的爱国词人辛弃疾等。如陆游《蝶恋花》（禹庙兰亭今古路）写离群绝俗的乡居闲适生活，但字里行间依然流露出词人寤寐不忘恢复中原的雄心壮志；全词写得萧飒衰颓，结句"神仙须是闲人做"更是对人生无奈的调侃。再如辛弃疾《蝶恋花》（洗尽机心随法喜）反映词人醉歌忘忧的隐居生活，词人自比宁静淡泊的隐逸诗人陶渊明；"威风不动天如醉"一句淋漓尽致地写出了词人无牵无挂、潇洒自由的心境，但也将作者政治失意后消极出世思想展露无遗。

总之，唐宋《蝶恋花》词如实展示了中国的隐逸文化，详尽地反映了两宋词人隐逸词中所蕴含的亡国之痛、故国之思、黍离之悲和身世之感，是对中国传统隐逸思想的一种超越和艺术升华。

五、唐宋《蝶恋花》词对宗教文化的真切管窥

唐宋《蝶恋花》中的佛道修行词数量虽然不多，总共 18 首，占唐宋《蝶恋花》词作总量的 3.5%，但蕴含了丰富的佛教道教文化内容和信息，是对唐宋时期宗教文化的真切管窥。此期最值得注意的词人是张抡，他用联章体创作了一组 10 首神仙词。从内容上看，主要描绘虚无缥缈的蓬莱仙境和享用不尽的荣华富贵，宣传道教修行，说教意味浓厚。唐宋时期的《蝶恋花》佛道修行词，重在引导红尘中的人们去实现对世俗情欲的现实满足和对长生不老的虚幻追求，体现了道教文化的独特魅力。

综上，笔者认为，唐宋《蝶恋花》词具有丰富的文化内涵和意蕴，综合反映了唐宋时期的士大夫雅文化、伦理文化、民俗文化、隐逸文化和宗教文化等。

第五章　唐宋《蝶恋花》词的艺术特色

《蝶恋花》调在体式上属于中调，正体 60 字，篇幅短小，因此须用简短的语言表达丰富的情意；表现出重抒情，贵含蓄，善于营造意境、传达深长之味等特点。相对于其他中调来说，《蝶恋花》有其独特的艺术特色。本章将从抒情方式、审美风格和修辞特征三个方面分析唐宋《蝶恋花》词的艺术特色。

第一节　唐宋《蝶恋花》词的抒情方式

关于文学作品的抒情方式，历来说法存在争议。一种观点是："将抒情方式分为直接抒情和间接抒情两种，认为如果只存在抒情一种表达方式，就是直接抒情。不存在抒情方式，而是借助叙述、描写和议论等表达方式抒情就是间接抒情。"① 另一种观点则认为："抒情只有寄情于事、融情于景和寓情于理等三种形式，直接抒情是不存在的，直接抒情是借助议论来实现的。"② 而《蝶恋花》调声情总体呈现出舒畅又不失柔婉、激越而又低回的特点，多种抒情方式的灵活运用，使得词作内容丰富，充满"凄怆怨慕"和"旖旎妩媚"之感，具有独特的艺术韵味。故笔者结合唐宋《蝶恋花》词的具体特点，将其抒情方式分为直陈胸臆的直笔抒情方式和曲折见情的曲笔抒情方式两类。

一、直笔抒情的方式：直陈胸臆，率真自然

受文学作品"忌直贵曲"③ 抒情传统的巨大影响，唐宋《蝶恋花》中采用

---

① 张杰：《大学写作概论》，武汉大学出版社 1997 年版，第 177 页。
② 裴显生：《写作学新稿》，江苏教育出版社 1987 年版，第 188 页。
③ （清）施补华：《岘傭说诗》，载林治金：《中国古代文章学辞典》，山东教育出版社 1991 年版，第 137 页。

直笔抒情的词作并不算太多。此类作品多采用白描手法，用浅近通俗的语言来抒发主观感受，反映复杂的内心活动及对理想爱情的追求，迅速架起与读者心灵沟通的桥梁，从而产生强烈的艺术冲击力。这些词人多是"对现实生活感慨深切，且欲一吐为快，出于真性情，自然会直喉发音，抒发情怀"①。如南宋词人陈著《蝶恋花》（世变无情风挟雨）：

> 世变无情风挟雨，长夜漫漫，何时开晴午？白发萧疏惊岁序，儿嬉漫说重重午。
>
> 粒啄偷生如抟黍，过计何须，负郭多南亩。曾著宫衣沾雨露，如今掩袂悲湘浦。

全词充满忧怨悲伤的色彩。词人因得罪权贵贾似道受到降职处分，于头"长夜漫漫，何时开晴午"，用语大胆，充满怨愤之情和对南宋黑暗政治的不满之意；接着直陈胸臆说自己像黄莺啄粒一样辛酸地苟活；结句把自己比作遭受谗言的屈原，满腹牢骚之语倾泻而出，让人产生"沉痛激烈，几欲敲碎唾壶"②的感受。因此，正如梁启超先生所言："有一类情感，是要忽然奔进一泻无余的，我们可以给这类文学起一个名，叫做'奔进的表情法'。例如碰着意外过度的刺激，大叫一声或大哭一场或大跳一阵，在这种时候，含蓄蕴藉是一点也用不着。"③唐宋《蝶恋花》中直陈胸臆的抒情方式，是十分必要的。因为它将词人对爱情的执着、对亲友的思念、对家国的忧虑、对羁旅的幽怨、对隐逸的向往和对人生的无奈展露无遗。抒情大胆热烈、率真自然，使得词作情真意切。无论是愤怒张扬的情怀，还是凄婉哀怨的情感，都让人觉得是从词人心底最深处直接倾泻和迸发出来，具有强烈的艺术感染力，容易引起读者的共鸣。

---

① 宋绪连、钟振振：《宋词艺术技巧辞典》，吉林文史出版社1998年版，第816页。

② （清）陈廷焯：《白雨斋词话》卷六，载唐圭璋：《词话丛编》，中华书局1985年版，第3913页。

③ 周岚、常弘：《饮冰室诗话》，时代文艺出版社1998年版，第208页。

二、曲笔抒情的方式：曲折见情，含蓄深婉

众所周知，中国古典诗词的创作十分讲究含蓄凝练，正如杨慎《词品》所云："盖曲者，曲也。固当以委曲为体。"① 作者一般不是直接抒情，而是言在此而意在彼，以带来言近旨远、语浅意深的效果。如抒情则移情入景，因事生情；咏物则托物言志，格调高雅；咏怀则比兴寄托，别有韵味。

其一，移情入景，情景交融。"外在的自然景物本是无知无觉的，但是当人们内心集聚了强烈的情感以后，他们眼中的花草树木、山水林泉都被赋予了人的感情"②，一如王国维先生所论："一切景语，皆情语也。"③ 王夫之亦认为："情景名为二，而实不可离。神于诗者，妙合无垠。巧者则有情中景，景中情。"④ 如晏殊《蝶恋花》（槛菊愁烟兰泣露）上片："槛菊愁烟兰泣露，罗幕轻寒，燕子双飞去。明月不谙离别苦，斜光到晓穿朱户。"就成功运用了移情入景的抒情方式，从而使全词情景交融，感人至深。此词写离别相思之情，却没有直接展现主人公此刻为情人肝肠寸断的浓烈感情，而是借门前的菊花、略带露珠的兰花、双飞的燕子、天上的那一轮明月等景物来表现。菊兰脉脉含情，词人此时的心情仿佛能够感同身受，故带愁含泣；燕月冰冷无情，一以双宿双飞来触动词人刻骨铭心的孤寂，一以清冷的斜光照着彻夜无眠的词人。正是因为词人浓厚的愁思外射出来，这一切景物都具有了人的情感。它们与词人惺惺相惜或感同身受，从而产生强烈的艺术感染力。

其二，因事生情，自然圆润。现实中某件事情触动了词人敏感的神经，故情感的倾泻随着事态的发展变化而缓缓而出。此类抒情方式在唐宋《蝶恋花》词中多见与家国情怀词和送别词。如李清照《蝶恋花·上巳召亲族》：

> 永夜恹恹欢意少。空梦长安，认取长安道。为报今年春色好。花光月影宜相照。

---

① （明）杨慎：《词品》，载唐圭璋：《词话丛编》，中华书局 1986 年版，第 503 页。
② 吴敏：《论宋词抒情艺术的发展》，《青海民族学院学报》2003 年第 2 期。
③ 施议对：《人间词话译注》，岳麓书社 2008 年版，第 176 页。
④ 戴鸿森：《姜斋诗话笺注》，人民文学出版社 1981 年版，第 77 页。

随意杯盘虽草草。酒美梅酸，恰称人怀抱。醉莫插花花莫笑。可怜春似人将老。①

该词先写远离北国故乡而流落江南的词人早上起床之后精神萎靡不振，可能生活凄苦，彻夜难眠；接着却出人意料地写了夜晚梦回故都汴京（词中的"长安"）的好梦，但梦醒心碎；下片写她在上巳节的白天宴请家族亲人，气氛欢悦融洽，与先前自己独处时的孤寂惆怅形成鲜明对比。故结尾两句笔锋一转，开始写梦醒之后的告诫："可怜春似人将老"，人老乃是"欢意少""空梦"的结果；春天都被日趋衰危的南宋国势催老了，曲折地抒发了词人的爱国情怀和对故土的思念之情。再如辛弃疾《蝶恋花·继杨济翁韵饯范南伯知县归京口》：

泪眼送君倾似雨。不折垂杨，只倩愁随去。有底风光留不住。烟波万顷春江橹。

老马临流痴不渡。应惜障泥，忘了寻春路。身在稼轩安稳处。书来不用多行数。②

该首是送友之词。上片笔法一反常人：尽管"泪眼送君倾似雨"，但依旧"不折垂杨，只倩愁随去"，在烟波浩渺中暗伏无限友情。下片在宽慰友人的同时自述胸臆：自己已经在带湖稼轩找到安身之处，不用像友人一样在宦海沉浮。反语正写，更加衬托出词人壮志难酬的苦闷。词作围绕送别来写，情感因之起伏，将词人对友情的珍重和人生的慨叹缓缓而现。

其三，托物言志，格调高雅。刘熙载《艺概》云："词之妙，莫妙于以不言言之，非不言也，寄言也。"③ 所谓寄言即寄托，是通过词人所寄意的形象或境界来言明，宛转曲折地彰显出词人高雅的格调和纯洁的品性。此类抒情方式往往通过对某一事物的描写来比拟或象征某种精神、品格、思想、感情等，是中国诗

---

① 唐圭璋编纂、王仲闻参订、孔凡礼补辑：《全宋词》，中华书局 1999 年版，第 1209 页。
② 唐圭璋编纂、王仲闻参订、孔凡礼补辑：《全宋词》，中华书局 1999 年版，第 2528 页。
③ （清）刘熙载：《艺概》，载唐圭璋：《词话丛编》，中华书局 1986 年版，第 3707 页。

词创作中经常使用的艺术表现手法，在唐宋《蝶恋花》咏物词中随处可见。如王安中《蝶恋花·长春花口号》：

> 曲径深丛枝袅袅，晕粉揉棉，破蕊烘清晓。十二番开寒最好，此花不惜春归早。
> 青女飞来红翠少，特地芳菲，绝艳惊衰草。只媛东风终甚了，久长欲伴姮娥老。①

此词咏四时俱好的长春花，词人手法颇为新颖独特，一反传统惜春、伤春的命意。词中的长春花一如其名"青春长存"，不畏风霜，不惧雨雪；她凌寒盛开最为壮观，破蕊绽放去温暖清冷的霜晓最是动人；在百花凋零之时，她却大放异彩，更显得卓然超群。突出作者对像长春花一样在逆境艰险中傲然挺立精神的赞颂，同时也阐释哲理：生活并非永远是百花盛开的春天，我们应该勇敢面对前行道路中的严寒酷暑，读之发人深省。

其四，比兴寄托，别有韵味。王国维先生曾说："境非独谓景物也，喜怒哀乐，亦人心中之一境界。故能写真景物、真感情者，谓之有境界，否则谓之无境界。"② 写真景物、真情感也许没有难度，但仅仅是客观真实的写景，或仅仅是主观真实的抒情，都不能形成真正意义上的意境或境界。所谓意境，必须是情和景、主观与客观浑然一体的结合。而比兴就是两者的中介。李泽厚说："主观发泄感情并不难，难就难在使它具有能感染别人的客观有效性……这要求把你的主观感情予以客观化、对象化。所以，要表达感情反而要把情感停顿一下，酝酿一下，来寻找客观形象把它传达出来。这就是'托物兴词'，也就是'比兴'。"③运用比兴寄托等曲笔抒情方式，可以使词作气韵生动，气脉连贯，更具韵味。孙麟趾认为"词之高妙在气味，不在字句也"④。所谓气味，指的是注重神采和韵味。要做到全词气脉连贯和韵味浓郁，作者须具备纯雅的审美情趣、诚挚的情

---

① 唐圭璋编纂、王仲闻参订、孔凡礼补辑：《全宋词》，中华书局1999年版，第967页。
② 施议对：《人间词话译注》，岳麓书社2008年版，第18页。
③ 李泽厚：《美学论集》，上海文艺出版社1980年版，第565页。
④ （清）孙麟趾：《词径》，载唐圭璋：《词话丛编》，中华书局1986年版，第2554页。

感、娴熟的遣词造句技巧，方能创作出别有韵味的雅致篇章。如冯延巳《鹊踏枝》（几日行云何处去）一词寄托甚深，意境宏大，向为词家推崇。词中行云、百草千花、香车、双燕似有所寓托，抑郁之气，溢于言外，忧国之思，展露无遗。词中引用"寒食"典故，亦表达自己忠君爱国之心。再如其另一首《鹊踏枝》（谁道闲情抛弃久）写词人无法匡救岌岌可危的南唐国事，故从沉郁顿挫中流露出忧生念乱的愁绪。陈廷焯云："（冯延巳词）'谁道闲情抛掷久，每到春来，惆怅还依旧。日日花前常病酒，不辞镜里朱颜瘦。'始终不渝其志，亦可谓自信而不疑，果毅而有守矣。"[1] 近人饶宗颐则对冯词的"日日花前常病酒，不辞镜里朱颜瘦"句给出了"鞠躬尽瘁，具见开济老臣怀抱"的高度评价。二者皆认为冯延巳采用比兴寄托之法在词中表达了浓浓的爱国之情，"使之出现了类似于诗境但又有别于诗境的'词境'"[2]。

综上，我们认为，唐宋《蝶恋花》词以曲笔陈情为主、兼以直笔言情的多样抒情方式，使得作品意象深婉、托意高远，更能表达出一种隐微幽邃的内心世界和难以言说的情绪变化，营造出比诗境更为狭深悠远的词境。

第二节　唐宋《蝶恋花》词的审美意蕴

《蝶恋花》调独特的审美意蕴使其成为唐宋词坛上深受欢迎的词调之一。其审美意蕴主要涉及两个方面：整饬中富有变化的调体特征和纷繁复杂的风格特征。

一、唐宋《蝶恋花》词的调体特征：整饬中富有变化

唐宋《蝶恋花》词的调体特征表现在两点：一是大量使用七言句，兼有四言、五言句，令词作呈现出整齐均衡之美，同时又富有变化，不致呆滞；二是大量使用对仗，韵律谨严，使得词作呈现出结构整饬、音韵和谐的美感。

---

① （清）陈廷焯：《白雨斋词话》，载唐圭璋：《词话丛编》，中华书局 1986 年版，第 3780 页。

② 陈明：《冯延巳对词的抒情模式的建构及其影响》，《西南师范大学学报》2000 年第 3 期。

一方面，大量使用七言句，兼有四言、五言句，使得《蝶恋花》词呈现整饬中富有变化的美感。七言句是《蝶恋花》的句式主干，其在词中的运用多达 6 句，其七言句与总句数的比重则达到了 60%。与唐宋词坛上其他中调相比，其七言句为主的特点也较为突出。七言句的大量使用，使其在外观上具有整齐均衡之美。而且词中七言句在音节上多是"三四"或"四三"节拍，在句意上也多为"三四"或"四三"结构，读起来抑扬顿挫，从而在视觉和听觉上给人以平衡匀称之感。《蝶恋花》正体共 10 句，除七言句外，还有四言句和五言句各两句。这些句式配合有序，齐整而又灵动多变，展现出参差错落的美感。

另一方面，大量对仗手法的使用，给《蝶恋花》词作带来结构整饬、音韵和谐的美感。《蝶恋花》属于双调，60 字，分为上下两片，总数上保持了近体诗以偶数为单位的句式安排，这样的结构便于词人在创作时使用对仗。纵观唐宋 510 首《蝶恋花》词，我们可以发现，词人多使用本句对和邻句对，本句对多出现在四言句中，邻句对则是上片中最后两句，从中可见词人独具匠心的章法构思。如李冠《蝶恋花·佳人》用"柳弱花娇"的本句对来衬托深受相思之苦的主人公的柔弱和娇美，俞克成《蝶恋花·怀旧》用"报道不禁寒料峭，未教舒展闲花草"的邻句对来营造独特的意境。通过观察，发现《蝶恋花》词中的本句较为严格，这些对仗句一般是四言句，音节多为"二二"节奏，音韵和谐，配以词中的奇句，遂有回环往复、韵味悠长的艺术效果。

综上，我们认为，《蝶恋花》继承了骈文和七言诗等文体中七言句运用的传统，较为频繁地使用七言句；同时借鉴《诗经》《楚辞》和汉赋的传统，有意识地使用四言和五言句式，从而使得这一词调呈现整饬中富有灵动多变之美，又有节奏和谐、韵律匀停之妙；此外，在词中较多使用对仗，更使词作取得了回环往复、韵味悠长的艺术效果。

二、唐宋《蝶恋花》词的风格特征：纷繁复杂

唐宋《蝶恋花》词具有与众不同的审美风格，故在唐宋词坛上历久不衰。笔者通过对唐宋 510 首《蝶恋花》词逐一进行分析发现其风格丰富多彩，包含婉约、豪迈、骚雅、刚健、沉郁、俊逸、平直、俗白、明丽等多种风格，如图 5.1 所示。

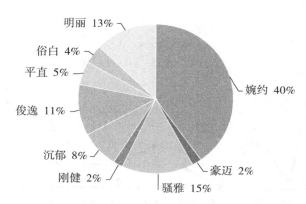

图 5.1 唐宋《蝶恋花》词的风格分布

据图 5.1，我们从宏观上整体考察唐宋《蝶恋花》词的风格特点：

第一，唐宋时期的《蝶恋花》词风格异彩纷呈，但各类风格的词作分布有失平衡。如图所示，唐宋《蝶恋花》词包括婉约、豪迈、骚雅、刚健、沉郁、俊逸、平直、俗白、明丽等 9 种审美风格，宋词的传统审美风格皆有所涉及。但是，婉约风格的词作占据了《蝶恋花》词 40%的比例，而俗白、平直、沉郁、刚健、豪迈等类风格的词作之和仍不及总量的四分之一。

第二，婉约、骚雅、明丽、俊逸是唐宋《蝶恋花》词的常见风格。据图 5.1，婉约风格的词作占总量的 40%，骚雅风格占 15%，明丽风格占 13%，俊逸风格占 11%，此四种风格的词作占总量 79%。我们结合图 4.1 可以看出：唐宋《蝶恋花》中表达恋情相思的词作，风格多婉约缠绵；表现闲愁别恨的词作，多凄怆怨慕；描写自然风物的词作，多清丽明亮；抒发友朋之谊、家国之思和人生之志的词作，多骚雅悠远。

为更直观地分析唐宋《蝶恋花》词的风格在各阶段的不同特点，现列图如图 5.2 所示。

据图 5.2，我们可以从微观上分析唐宋《蝶恋花》词的风格在唐五代、北宋和南宋三个时期的特点：

首先，唐五代《蝶恋花》词的审美风格较为单一，以婉约为主。此种风格的词作共计 13 首，所占比例约为 76.5%。这是因为唐五代时期《蝶恋花》调处

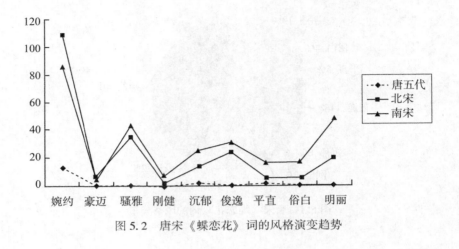

图 5.2　唐宋《蝶恋花》词的风格演变趋势

于兴起和草创阶段，其主要填制者为花间派词人冯延巳，题材是表达相思恋情、闺阁艳情和春愁秋思；再受当时社会盛行的"词为艳科""娱乐至上"观念的直接影响，此时歌咏爱情的词作呈现出绮丽香艳的特点。此外，唐五代时期的两首无名氏的敦煌曲子词，以平直为审美风格，所占比例为 11.8%。原因在于其属于民间小调，多吟咏调名本意，用浅显平直地语言表达思妇对丈夫的想念之情和游子对家乡亲友的思念之意，活泼明快，通俗易懂。到了两宋，更多文人参与到《蝶恋花》调的创作，才使该调呈现出更丰富多彩的风格面貌。

　　其次，北宋《蝶恋花》词的审美风格呈现出多样化、复杂化的特点。依次是婉约风格的词作 109 首，占北宋《蝶恋花》词作总量的 49.8%；骚雅 35 首，占 16%；俊逸 24 首，占 11%；明丽 20 首，占 9.1%；沉郁 14 首，占 6.4%；豪迈 6 首，占 2.7%；平直 5 首，占 2.3%；俗白 5 首，占 2.3%；刚健 1 首，占 0.5%。其中前四种风格约占据总数的 85% 以上，而婉约和骚雅两种风格占据 65% 以上。与唐五代相比，北宋《蝶恋花》词的数量显著增加，主要风格为婉约、骚雅、俊逸和明丽。婉约风格依旧是北宋《蝶恋花》词的主导风格，主要显现于歌咏爱情相思的词作中，这说明北宋时期的《蝶恋花》词并没有完全摆脱唐五代花间香艳绮丽词风的影响。但同时我们发现具有骚雅、俊逸等风格的词作大量涌现，打破了唐五代《蝶恋花》词婉约风格一枝独秀的局面，说明词作风格在北宋时期得到进一步的开拓和发展。其中，骚雅、俊逸风格的词作分布较为分散，主要存在于赠酬友情、祝寿庆贺、感时伤怀和吟咏风物等题材的词作中，究其原因大概是北宋词人更加"避俗尚雅"，注重词的功能性。而北宋《蝶恋花》中表达佛道修行的词作，宣传佛教和道教的教义，风格呈现出俗白。唯一的一首具有刚健风格的词为黄庭坚《蝶恋花·海角芳菲留不住》，抒发浓郁的家国情怀，格调刚健高昂。此外，平直风格的词作在总量中所占比例由唐五代的11.8%下降至北宋的2.3%，说明北宋词人更注重词调的实用性，不再关注词调的本来意义。而随着北宋词人文化水平进一步提高，他们不再用平直浅白的语言表达情感，而是开拓多种风格和艺术手法来表现内心的情感和个人的意志。

第三，南宋《蝶恋花》词的审美风格总体面貌在延续北宋的基础上，有了新的变化。依次是婉约风格的词作 86 首，占南宋《蝶恋花》词作总量的 31%；明丽 48 首，占 17.3%；骚雅 43 首，占 15.5%；俊逸 31 首，占 11.2%；沉郁 25 首，占 9%；平直 17 首，占 6.1%；俗白 16 首，占 5.8%；刚健 7 首，占 2.5%；豪迈 4 首，占 1.4%；其中前四种风格约占据总数的 75% 以上，而婉约和明丽两种风格占据 48% 以上。南宋《蝶恋花》词的主要风格与北宋相似，依然为婉约、明丽、骚雅和俊逸。所不同的是明丽风格的词作所占比例由北宋的 9.1% 上升至南宋的 17.3%，而此类风格的词作多是吟咏风物和写景游历，说明南宋时期动荡的社会环境和黑暗的政治环境使得部分词人徜徉于大自然的山水林泉中，或歌颂具有特殊形态的景物来寄托个人志向、彰显高雅格调。其他三类主要风格的词作延续了北宋以来的传统，婉约风格仍然是南宋《蝶恋花》的最主要的风格，此种风格集中在歌咏爱情和展现闲愁的词作中，原因在于南宋末期的特殊环境使得历经磨难的文人重新回到个人的情感天地，开始更加恣意享乐、放纵自己，故婉约风格的词作有了短暂的回升趋势；骚雅风格的词作所占比例与北宋不相上下，多存在于赠酬类、祝颂类和咏怀类；俊逸风格的词作所占比例比北宋略有上升，主要因为南宋时期产生了大量的隐逸词和哲理词，展现了南宋文人的心理状态以及对社会人生的深入思考。同时，南宋《蝶恋花》词具有沉郁或刚健风格的作品有所增加，不仅见于咏怀词，在祝颂、赠酬类题材中也能捕捉到其踪影。如辛弃疾《蝶恋花·送祐之弟》借兄弟间离别的凄凉来抒发自己遭到诬陷后愤疾不平之情，结句"不是离愁难整顿，被他引惹其他恨"颇见其刚健之风。再如陈亮《蝶恋花·甲辰寿元晦》一词迥异于一般充满阿谀奉承的寿词，而是沉郁顿挫地表达了"平生经济之怀"和恢复中原之志。

总之，唐宋《蝶恋花》词具有婉约、骚雅、豪迈、刚健、俊逸、沉郁、平直、俗白和明丽等多种风格，而婉约、骚雅、俊逸和明丽等风格最为突出，是唐宋《蝶恋花》词的主要风格。

通过对唐宋《蝶恋花》词作风格多样化的分析，我们得出以下结论：

首先，唐宋《蝶恋花》词作风格呈现出多样化的特征与此期多种多样的审美心理密不可分。杨海明先生曾说："在唐宋词中，多以悲为美、以艳为美、以柔为美、以文采为美和以含蓄为美。"① 唐宋《蝶恋花》词呈现出婉约、骚雅、俊逸和明丽等审美特征，完全符合唐宋时期词作为一种特殊文体形式所具有的主流风格之美，此外还有部分词作展示出沉郁豪迈的风格。弱柳扶风是一种美，豪放沉郁也是美。唐宋《蝶恋花》词"为读者展现了一片斑斓多姿、丰蕴细腻的心灵世界、精神世界或感情世界"②，极大地丰富了审美的内涵。

其次，唐宋《蝶恋花》词风格多样化，内容反映了唐宋时代纷繁多变的社会生活。纵观唐宋时期510首《蝶恋花》词，我们可以发现，在唐宋《蝶恋花》词这块百花园中，"有抒写爱国情怀、风格豪壮沉郁的爱国词，有抒写政治抱负、风格慷慨激越的咏怀词，有咏物传神而注重寄托、风格含蓄蕴藉的咏物词，有抒写男女爱恋之情、风格温丽柔婉的爱情词，有抒写朋友情谊、风格质朴淳厚的友情词，有抒写离愁别恨、风格清丽凄婉的送别词，有描写羁旅行役、风格苍凉清疏的羁旅词，有揭示物性事理、风格空灵深曲的哲理词，有描写山川景物、风格清隽秀逸的山水词，有歌咏田园风光、风格清新明丽的田园词，有描写山林隐逸、风格闲适清旷的隐逸词，有描写神仙幻境、风格偏于浪漫奇诡的游仙词，等等"③。从整体上看，唐宋《蝶恋花》词的题材范围异常广泛，涉及社会环境和文人生活的方方面面，各个题材几乎都呈现出与众不同的审美风格，即使是同一题材的词作依旧展示出迥异的风格，故形成了此期词作千姿百态异彩纷呈的审美

---

① 杨海明：《唐宋词史》，江苏大学出版社 2010 年版，第 418~425 页。
② 杨海明：《唐宋词史》，江苏大学出版社 2010 年版，第 416 页。
③ 沛然：《宋词多样化风格论略》，《四川师范学院学报》1992 年第 5 期。

风格。

最后，唐宋《蝶恋花》词风格多样化，说明由唐至宋词人的主体意识开始觉醒并得到显著增强。受唐五代"词为艳科"和冯延巳《阳春集》"娱乐至上"观念的深刻影响，最开始的《蝶恋花》词的题材内容和抒情写景渐渐呈现模式化，"诸如男欢女爱、相思离别、叹老嗟悲等内容，往往缺乏作者鲜明独特的主体意识，从中看不出作者的胸襟、怀抱、气质，创作主体的个性被消融在模式化的共性之中"①。而到了北宋时期，尤其是苏轼"以诗入词"手法的广泛运用，扩大了词作的表现范围和意境，使词不仅可以用来抒发浓郁的感情，还可以咏怀言志和阐明哲理。故词人的主体意识开始觉醒，开始在词中表现自己的主观世界。《蝶恋花》词时而悱恻缠绵，时而旖旎妩媚，时而凄怆怨慕，时而沉郁豪迈，时而明丽清婉，时而俊逸潇洒，都是词人自我意识显著增强的集中体现。如沛然在《宋词多样化风格论略》一文中所分析："大体说来，宋代词人的主体意识有：志在天下的使命意识、尽忠报国的爱国意识、关心民瘼的爱民意识、抵御外侮的民族意识、尚武杀敌的边塞意识、观今鉴古的怀古意识、怀才不遇的忧患意识、嫉恶如仇的批判意识、洁身自好的人格意识、清高孤傲的自尊意识、恬淡旷达的隐逸意识、崇尚自然的山水意识、伤悼故国的遗民意识、热烈执着的爱情意识、珍重朋谊的友情意识、感慨岁月的时间意识、崇尚风雅的审美意识，等等。这些丰富而复杂的主体意识，都在宋词中广泛地表现出来，这也正是形成宋词风格异彩纷呈的一个极其重要的因素。"②

总之，唐宋《蝶恋花》词的风格呈现多样化、复杂化的特征，是由此期开放的审美观念、反映社会生活的填词心理和词人主体意识觉醒并得到增强这三方面共同决定的。

第三节　唐宋《蝶恋花》词的修辞特征

《蝶恋花》词篇幅短小，体制整齐，在语言上精炼典雅，这就表明《蝶恋

---

① 赵义山、李修生：《中国分体文学史·诗歌卷》，上海古籍出版社 2007 年版，第 247页。

② 沛然：《宋词多样化风格论略》，《四川师范学院学报》1992 年第 5 期。

花》的填制者在修辞方面煞费苦心，故达到了言有尽而意无穷的艺术境界。

一、借鉴古诗名句

宋词化用前代古诗成句已成为一种司空见惯的文学现象。宋词大多即兴发挥，然后交由歌女传唱，化用前人诗句不仅可以提高创作速度，还可以保证词作的质量。再者，早期词乐合一，听众在演唱中听到耳熟能详的古诗名句会有一种本能的亲切感和满足感，也便于快速地接受和理解词作内容。《蝶恋花》词主要由六个七字句、两个四字句和两个五字句组成，体制上的便利，使得其对前代四言、五言和七言古诗的化用更为方便和自然。唐宋《蝶恋花》词对前代古诗的借鉴多是点化句意，即黄庭坚所谓"脱胎换骨"之法。将前人诗句加以修饰裁剪而入词，并赋予新的情感和审美内涵，不但能够达到使原诗歌"陌生化"的效果，而且使新创作的词产生似曾相识之感，便于演唱者记忆传唱、聆听者获得认同感。北宋苏轼大力倡导"以诗为词"，化用大量的前代诗歌名句入词，开创了类似于诗境的词境。如《蝶恋花·春景》中"天涯何处无芳草"化用屈原《离骚》中"何所独无芳草兮，尔何怀乎故宅"，一语双关，暗含伤春之意，同时表现了苏轼雄阔豪放的胸襟和处变不惊的人生态度。再如黄庭坚《蝶恋花》（海角芳菲留不住）中"致君事业安排取""黑发便逢尧舜主"句化用唐杜甫《奉赠韦左丞丈二十二韵》："致君尧舜上，再使风俗淳"，通过对理想社会的勾画来委婉地表达自己的家国情怀。又如贺铸《蝶恋花》一词的首句"独立江东人婉娈"化用汉代李延年"北方有佳人，绝世而独立"，借以形容歌女崔徽年少貌美。总之，化用前人诗句，将古诗的意境引入《蝶恋花》词中，使得语言瑰丽典雅，不仅提升了词的美感、扩大了词作的内涵，而且也为旧诗句开辟了新的艺术价值和审美空间。

二、精选优美意象

意象的选用直接关系到词作意境的营造和情感的表达。纵观唐宋《蝶恋花》词，发现词人较多使用的意象有：春、秋、花、草、风、云、雨、月、燕、柳、窗、楼、栏杆、秋千、梦等。这些意象多与闲适、美好、朦胧、悠远等感受相关联。此类意象的大量使用，使得《蝶恋花》词语言纯雅明艳、意境飘渺、风格婉约凄怆，便于抒发缠绵悱恻的深情、描绘旖旎妩媚的自然风光。而且这些优美景象出现的句子往往最容易出现警句和名句。如冯延巳《鹊踏枝》（谁道闲情抛弃久）中的结句"独立小楼风满袖，平林新月人归后"①，综合使用"小楼""春风""新月"等意象突出词人自信不疑、不改其志的爱国决心。再如李煜《蝶恋花》（遥夜亭皋闲信步）的过片"数点雨声风约住，朦胧淡月云来去"②，风收残雨，雨后残云来去，惟有朦胧淡月，故词人思绪在长空中循环往复，在凄凉清冷的景物中寄托心里无法言明的愁思。除了营造抒情的客观环境外，《蝶恋花》中的某些意象还有塑造人物形象的作用。如苏轼《蝶恋花·春景》中"天涯何处无芳草"，既是对春天逝去的惋惜之情，又将自己豁达乐观的人生态度物象化具体化。《蝶恋花》词中更有将意象拟人，将无知无觉之物赋予人的复杂感情，从而把物象描写得更加深情灵动，达到了情景交融的艺术境界。如晏殊《蝶恋花》起句"槛菊愁烟兰泣露，罗幕轻寒，燕子双飞去"，有情的菊兰带愁含泣，仿佛理解词人的悲伤心情，清冷的明月和双飞的燕子无情，因为触碰了词人那痛彻心扉的孤寂愁绪。"菊""兰""月""燕"等意象的使用，为全词奠定了凄凉悲怆的感情基调。可谓声声哀痛，字字惆怅。

三、大量使事用典

随着社会的发展和词体格式的规范，唐宋《蝶恋花》词作娱宾遣兴的功能逐渐消弱，抒情言志的功能却得到显著增强，而且词人多把填词作为逞才驰性的一种方式，故多在词中使事用典来表现自己的学识和见解。清代朱庭珍《筱园诗话》卷三云："使事运典，最宜细心。第一须有取义，或反或正，用来贵与题旨相浃洽，则文生于情，非强为比附，味同嚼蜡也。次则贵有剪裁融化，使旧者翻新，平者出奇，板重化为空灵，陈闷裁为巧妙。如是则笔势玲珑，兴象活泼，用典征书，悉具天工，有神无迹，如镜花水月矣。"③ 沈祥龙在《论词随笔》中亦说："词不能堆垛书卷，以夸典博，然须有书卷之气味。胸无书卷，襟怀必不高

---

① 王兆鹏、曾昭岷等：《全唐五代词》，中华书局 1999 年版，第 650 页。

② 王兆鹏、曾昭岷等：《全唐五代词》，中华书局 1999 年版，第 748 页。

③ （清）朱庭珍：《筱园诗话》卷三，载郭绍虞编选、富寿荪校点：《清诗话续编》，上海古籍出版社 1983 年版，第 2381 页。

妙，意趣必不古雅，其词非俗即腐，非粗即纤"①，即说明恰到好处地使事用典，可以增添词作的韵味，彰显词人高超的文学才华和高雅的艺术修养。唐宋《蝶恋花》中使事用典的作用主要体现在以下几个方面：

其一，化故为新。唐宋《蝶恋花》的恋情词中最常见的典故是"高唐"或"高唐云雨"，用来代指男女欢会之地或相合之事，如杜安世《凤栖梧》（惆怅留春留不住）中"梦断高唐"即暗示词人追忆男女情事，但梦断心碎。隐逸词中多出现"陶渊明"或"桃源路"等典故，因为晋代陶渊明《桃花源记》虚构了与世隔绝的理想王国桃花源，故用此代指隐居或隐逸之心，同类典故运用又如杜安世《凤栖梧》（惆怅留春留不住）中"回首桃源路"。

其二，开拓词作境界。宋代"以诗为词"手法的迅速发展，使得《蝶恋花》词的用典更加丰富多彩。如苏轼《蝶恋花·佳人》用南朝陈朝灭亡后，徐德言与妻子乐昌公主"破镜重圆"的典故来委婉地表达对佳人浓浓的思念之情；同时用唐韩翊写给柳氏的诗"章台柳"的典故，来展现词人担心佳人是否对自己还有旧情的忐忑心境。如李之仪《蝶恋花》（万事都归一梦了）用唐沈既济《枕中记》中卢生的"邯郸美梦"典故比喻世事无常、人生如梦，用西晋富豪石崇"金谷繁华"的典故来指富贵奢靡的生活，进而抒发自己醉歌排忧的情怀和及时行乐的人生态度。南宋以后，词人追求"骚雅"的艺术风格，故将诗法熟练地融入词中，使得篇幅短小的《蝶恋花》词容纳了更为丰富多彩的内涵，开拓出更深的审美意境。

其三，使用借代令语言更典雅。如晏几道《蝶恋花》（卷絮风头寒欲尽）中用"双鱼"代指书信；《蝶恋花》（初捻霜纨生怅望）中用"绿云"形容美女浓密乌黑的头发，用"新月"比喻美女的弯眉，皆形象具体，富有浓郁的美感；《蝶恋花》（喜鹊桥成催凤驾）中用"凤驾"比喻有德行的人的乘车，用"玉钩"比喻天空中的弯月，可谓浅语皆有味、浅语皆有致，从而使晏几道的词作呈现出明丽古雅的审美风格。

总之，填制词作的过程中适当地使事用典，能够含蓄蕴藉地表达自己的情感

---

① （清）沈祥龙：《论词随笔》，载唐圭璋：《词话丛编》，中华书局1986年版，第4058页。

和审美情趣，使得作品具有瑰丽典雅、隽永深刻的审美意蕴。但同时，我们也应该看到，如果用典过多或一味用典，就有卖弄才学和"掉书袋"之嫌了，难免要为后人诟病。

四、讲究对仗工整

古人认为"词中对句，正是难处"，这是因为"对句易于言景，难于言情"。出色的对仗，可以使句式整练，声调和谐，构语精美，富有感染力。《蝶恋花》词的对仗与体制有直接联系，《蝶恋花》属于双调，上下片结构相同，字数相等，各为30字，为其使用对仗提供了便利。纵观唐宋《蝶恋花》词作可以发现，其对仗方式多为本句对和邻句对。本句对者多是上下片的四字句，如周孚先《蝶恋花》（舟舣津亭何处树）中"野草闲花"，刘天迪《蝶恋花》（一剪晴波娇欲滴）中"绿怨红愁"，张炎《蝶恋花·秋莺》中"弄舌调簧"，蒋捷《蝶恋花·风莲》中"抱月飘烟"等。邻句对者多是上片的后两个七字句，如俞克成《蝶恋花·怀旧》"报道不禁寒料峭，未教舒展闲花草"，姚云文《蝶恋花》（春到海棠花几信）中的"燕认杏梁栖未稳，牡丹忽报清明近"，陈允平《蝶恋花》（楼上钟残人渐定）中的"闷倚琐窗灯炯炯，兽香闲伴银屏冷"等。通过观察，我们发现《蝶恋花》词的四言本句对较为严格，但七言的邻句对多有不工，而其多在过片处，说明词人在创作《蝶恋花》的上片结句时为了内容的需要，有时候较为随意。《蝶恋花》词的工整对仗是其修辞特征的显著特点，合理运用可以使词作呈现出驯雅整饬之美。一般来说，在一首《蝶恋花》词中，作者通常只选择一处对仗，从而避免对仗过多令词作呆板无神、失去灵动自由之美。

综上，唐宋《蝶恋花》词的修辞特征包括借鉴前人名句、精选优美意象、大量使事用典和讲究工整对仗。而在具体创作时多精雕细琢，呈现出精炼雅致之美。

第六章　唐宋《蝶恋花》之名家专论

前五章以唐宋《蝶恋花》词为主要研究对象，从宏观上考察了《蝶恋花》词的调名、音乐问题、体制、填制历程、题材特征、功用特征、文化意蕴和艺术特征。本章则从微观上分析在唐宋《蝶恋花》词史上树立了里程碑意义的名家名作，如此多角度地探讨，或有益于深入全面地展现《蝶恋花》调的巨大魅力。

第一节　冯延巳：《蝶恋花》调定体的功臣

冯延巳（903—960 年），一名延嗣，字正中。据刘尊明《唐五代词人历史地位的定量分析》统计，"冯延巳现存词 112 首，其在唐五代词人历史地位中居第 4 名，综合指数非常靠前"①。有十四首《鹊踏枝》词收录于其《阳春集》，它们不仅是《蝶恋花》调较早且最有影响的作品，也是向来词家认为最能代表冯延巳艺术成就的词作。王国维先生在《人间词话》中认为它们（十四首《鹊踏枝》）"最煊赫"，他说："冯正中（延巳）词虽不失五代风格，而堂庑特大，开北宋一代风气。"② 诚如王国维先生所言，冯延巳《鹊踏枝》十四阕在词调的体制、内容、功能和艺术特征等方面皆对后世（尤其是北宋）产生了深刻的影响。

一、在体制上，确定并完善了《蝶恋花》调的正体

冯延巳之前，鲜有文人填制《蝶恋花》词，现存两首无名氏《鹊踏枝》即最早的《蝶恋花》词。但是它们在字数、用韵、句读等方面都有一定的差异。

---

① 刘尊明：《唐五代词人历史地位的定量分析》，《社会科学战线》2011 年第 3 期。
② 王国维：《人间词话新注》，齐鲁书社 1981 年版，第 10 页。

如《鹊踏枝》（独坐更深人寂寂）61 字，10 句，74577—74587，上下片各 4 仄韵，属于第 17 部；另一首《鹊踏枝》（叵耐灵鹊多瞒语）59 字，8 句，7777—7879，上片前 4 句押第 4 部仄声韵，下片除第 3 句押第 5 部平声韵外、均押第 3 部仄声韵。这说明《蝶恋花》调在盛唐产生之初体制杂乱粗备，缺少统一的规范。

　　直到南唐冯延巳的出现，《蝶恋花》调才算有了真正意义上的正体。冯氏《鹊踏枝》（六曲阑干偎碧树）一词格律严谨、手法娴熟，被《词谱》列为正体。其体式如下：

　　　　六曲阑干偎碧树。
　　　　中仄中平平仄仄（韵）
　　　　杨柳风轻，
　　　　中仄平平（句）
　　　　展尽黄金缕。
　　　　中仄平平仄（韵）
　　　　谁把钿筝移玉柱。
　　　　中仄中平平仄仄（韵）
　　　　穿帘海燕双飞去。
　　　　中平中仄平平仄（韵）

　　　　满眼游丝兼落絮。
　　　　中仄中平平仄仄（韵）
　　　　红杏开时，
　　　　中仄平平（句）
　　　　一霎清明雨。
　　　　中仄平平仄（韵）
　　　　浓睡觉来莺乱语。
　　　　中仄中平平仄仄（韵）
　　　　惊残好梦无寻处。

中平中仄平平仄（韵）

此式为双调，60 字，上下阕各 5 句，74577—74577，各 4 仄韵，《唐宋词格律》亦将其列为"定格"。唐宋词人填写《蝶恋花》多遵此体，依照冯延巳词填制者多达 465 首，说明冯延巳词体得到了普遍认可，其影响深远、意义重大。此外，冯延巳十四首词的用韵也在一定程度上确立了唐宋《蝶恋花》词的用韵形式。冯氏《鹊踏枝》（六曲阑干偎碧树）一词的用韵属于第 4 部，正是《蝶恋花》调用韵中使用频率最高的韵部，唐宋时期依此韵部所填词作共计 143 首，占词作总量的 27.7%。冯延巳的《鹊踏枝》中有 3 首词①直接使用入声韵，韵位分别属于第 18 部、第 16 部和第 15 部，这无疑丰富了《蝶恋花》调的用韵，为后来词家留下了广阔的空间。

因此，可以说冯延巳是《蝶恋花》调定体的功臣，确定并完善了《蝶恋花》调的正体，为后世提供了范式。

二、在内容上，开拓了迥异于花间词作而又颇具深刻思想的题材

晚唐五代时期，词处于兴起和草创阶段，受"词为艳科"和"娱乐至上"观念的深刻影响，此期的词大多描写闺阁艳情或女性的容貌、服饰和仪态等，呈现出一股香艳绮丽之风，尤以花间词派为典型。刘扬忠先生在他的《唐宋词流派史》中就敏锐地指出："词之初起，本为应歌佐酒、娱宾遣兴，被目为小道，截至北宋中期之前，它普遍地只写男欢女爱和春花秋月的闲愁，尚未被用来负载政治社会人生的大题材和大感慨。但这是就一般情况而言。对于南唐几位大词人，尤其是冯延巳和李煜，应另作别论。"② 同时他又指出："他（冯延巳）在外貌与'花间'派无大异的艳体小词中，寄寓了士大夫忧生忧世的思想情感，比起'花间'派写'欢'之词，他更多地表现了士大夫意识中的另一面。这样就在同

---

① 三首词依次是《鹊踏枝》（秋入蛮蕉风半裂），韵脚为"裂、折、歇、结、月、咽、说、别"；《鹊踏枝》（叵耐为人情太薄），韵脚为"薄、却、落、约、寞、酌、作、乐"；《鹊踏枝》（芳草满园花满目），韵脚为"目、竹、簌、浴、玉、曲、足、催"。
② 刘扬忠：《唐宋词流派史》，福建人民出版社 1997 年版，第 116 页。

样的题材范围中开掘了思想深度，开拓了新的意境。"① 即刘氏认为冯延巳的词
作在一定程度上跳出了花间词派"旖旎香艳"的怪圈，并开拓了颇具深刻思想
的题材。诚如李琏生所言："冯延巳《鹊踏枝》十四阕，与西蜀花间派词人多事
于妇女容貌服饰的描绘迥然有别，而以清新流丽的语言，着力展示人物的内心世
界，表现人物难以排遣的春情和愁思，从中也隐约地流露出词人对南唐王朝岌岌
可危的国事的关心和忧伤。所写虽然仍是离情别绪，但感慨更深沉，境界更阔
大。"② 冯延巳对花间词题材的开拓主要表现在以下几方面：

其一，借"美人迟暮"表达生命有限、好景不长的人生哲理。对生命本源
和人生价值的积极探索，对家国百姓的浓郁关怀，对现实生活的无比热爱，成为
凝聚在有良知的士大夫知识分子心中难以摆脱的情结。而冯延巳就是这样一位才
华横溢且异常敏感的文人，故他将他的热情执着、对人生的深刻领悟以及自己的
独特经历诉诸笔端，娓娓道来。如他的《鹊踏枝》词：

> 篱落繁枝千万片，犹自多情，学雪随风转。昨夜笙歌容易散，酒醒添得
> 愁无限。
> 楼上春山寒四面，过尽征鸿，暮景烟深浅。一响凭拦人不见，鲛绡掩泪
> 思量遍。③

从该词上片结句可以看出，冯延巳对虚无缥缈的"昨夜笙歌"有着非常清醒的
认识，明白欢乐时光及其短暂；而"美人"正如首句容易凋零的梅花一样，美
好容颜转瞬即逝。这正象征着词人的人生体验：生命极其有限，繁华容易消逝，
好景不能长久，世事瞬息万变。因此，我们完全可以说，比起花间词的醉生梦死
来，冯延巳词无疑对人生对生命有着更深刻的体悟，"冯延巳是在南唐词人中率
先将词提升到了对整个人生的思考和反思高度的先行者"④。

---

① 刘扬忠：《唐宋词流派史》，福建人民出版社 1997 年版，第 118 页。
② 李琏生：《中国历代词分调评注〈蝶恋花〉》，四川文艺出版社 1998 年版，前言第 5 页。
③ 王兆鹏、曾昭岷等：《全唐五代词》，中华书局 1999 年版，第 649 页。
④ 万燚、欧阳俊杰：《从忧患意识到哲理意蕴——论冯延巳词抒情的哲理化倾向》，《中华文化论坛》2009 年第 3 期。

其二，于"忠爱缠绵"的恋情相思中寄寓个人政治感触。自屈原《离骚》产生"香草美人"的文学传统以来，这种借写女子闲愁相思来寄托政治情怀的作品，在历代屡见不鲜。而冯延巳算是晚唐五代时期使用此种"代言体"来表达家国情怀和政治感触的佼佼者，进一步开拓了新的境界。如其《鹊踏枝》词：

　　　　几日行云何处去？忘了归来，不道春将暮。百草千花寒食路，香车系在谁家树？

　　　　泪眼倚楼频独语，双燕飞来，陌上相逢否？撩乱春愁如柳絮，悠悠梦里无寻处。①

此词写一名女子对情郎的愁怨与期盼交织的复杂心绪。词中连续三次使用问句，而且一次更比一次问得迫切心酸，充分突出女子对情郎的牵挂和思念，极其盼望其早日归来。而结句则体现了"她的感情始终在怨叹与期待、苦闷与寻觅的交织中徘徊，层层深入地揭示出内心的一片痴情，而且越到后来越濒临绝望"②。清代常州词派张惠言认为："忠爱缠绵，宛然《骚》《辨》之义，延巳为人，专蔽嫉妒，又敢为大言，此词盖以排间异己者，其君之所以信而弗疑也。"③ 常州词派后继者谭献也认为："行云、百草、千花、香草、双燕，必有所托。"④ 晚清、民国时期的陈秋帆指出："此词牢愁抑郁之气，溢于言外，当作于周师南侵，江北失地，民怨丛生，避贤罢相之日。不然，何忧思之深也。"⑤ 刘永济《唐五代两宋词简析》也指出："此词因心中所思之人久出不归，遂疑其别有所欢，故曰'香车系在谁家树'。后半阕前三句，言消息不知，后二句，言愁思甚苦也。其中既有猜忌，又有留恋与希冀之意。其情感极其曲折，此张惠言所谓'忠爱缠绵'，能使其君信而弗疑也。"⑥ 因此，他们都认为冯延巳此词于"忠爱缠绵"

---

①　王兆鹏、曾昭岷等：《全唐五代词》，中华书局1999年版，第655页。
②　高峰：《冯延巳的人品与词境》，《南阳师范学院学报》2005年第10期。
③　叶嘉莹、黄进德：《冯延巳词新释辑评》，中国书店2006年版，第27页。
④　（清）谭献：《复堂词话》（一卷），载唐圭璋：《词话丛编》，中华书局1986年版，第3990页。
⑤　叶嘉莹、黄进德：《冯延巳词新释辑评》，中国书店2006年版，第28页。
⑥　刘永济：《唐五代两宋词简析》，中华书局2010年版，第33~34页。

的恋情相思中寄寓了个人政治感触。

三、在功能上，增强了词的抒情言志功能，转变了词的抒情角度

王国维在《人间词话》所云:"词之为体，要眇宜修，能言诗之所不能言，而不能尽言诗之所能言。诗之境阔，词之言长。"① 即揭示了词体在抒写性情、表情达意方面的优越性。与花间词人"娱宾遣兴"的创作意趣迥异，冯延巳《鹊踏枝》十四阕更注重词的抒情言志功能。这一点可以从《柳塘词话》评冯延巳词中得到佐证，其云:"诸家骈金俪玉，而阳春词为言情之作。"②

其一，冯延巳在《鹊踏枝》词中所抒之情，最突出、最动人的情感无疑是他那深深的忧患之情。关于这一点，杨海明先生在其《唐宋词史》一书中指出了冯延巳词带有鲜明的时代烙印:"文学史，就其最深刻的意义来说，是一种心理学，研究人的灵魂，是灵魂的历史……冯词在词史上的地位，就正在于它深刻而形象地揭示、再现了这一特定时代中的特殊心理、特殊灵魂。它在抒写艳情的同时，注入了相当深广的忧患意识。"③ 据统计，在其《阳春集》所存 110 首词中，"愁"字出现了 23 次，"恨"字出现了 17 次，"泪"字出现 23 次，可见其忧患之深。王国维在《人间词话》中说:"正中词品，若于其词句中求之，则'和泪试严妆'，殆近之欤?"④ 即认为冯词品格端庄秀丽，如美人"严妆"，但是佳人"和泪"则是说冯延巳的词具有浓郁的感伤色彩和强烈的忧患意识，他的词反映了身处乱世的士大夫的忧愁悲哀情绪和彷徨迷乱心理。如其《鹊踏枝》:

　　谁道闲情抛掷久? 每到春来，惆怅还依旧。日日花前常病酒，不辞镜里朱颜瘦。

　　河畔青芜堤上柳。为问新愁，何事年年有? 独立小桥风满袖，平林新月人归后。⑤

---

① 王国维:《人间词话》，上海世纪出版集团 2008 年版，第 18 页。
② 唐圭璋:《词话丛编》，中华书局 1986 年版，第 1132 页。
③ 杨海明:《唐宋词史》，江苏大学出版社 2010 年版，第 97 页。
④ 唐圭璋:《词话丛编》，中华书局 1986 年版，第 4241~4242 页。
⑤ 王兆鹏、曾昭岷等:《全唐五代词》，中华书局 1999 年版，第 650 页。

此词一反其之前依托男女爱情的表现手法，而是直接以词人自身为抒情主体，来表达心中那绵绵无尽的愁绪。"日日""年年"强调了闲愁的连续性与持久性，"朱颜瘦"则突出了闲愁极大的影响性。冯延巳本身居相位，却"高处不胜寒"，其词中常常抑制不住地流露出一股淡淡的忧伤，一种深情的叹惋，一缕无法言明却永远挥之不去的愁思。词人之愁从何而来？或许是被罢免后的失意，或是被政敌抨击后的惆怅，抑或对南唐岌岌可危国势的深深忧虑。读之，感人肺腑。

其二，转变了抒情角度，通过无知无觉的自然景物营造朦胧飘渺意境。在冯延巳《鹊踏枝》中最突出的表现手法是展现乐中之悲，即运用秾丽明艳的热烈色彩或描绘喜悦欢乐富有生机的自然环境，来衬托主人公心情的冷寞凄清和悲怆忧愁。如其《鹊踏枝》：

> 六曲阑干偎碧树。杨柳风轻，展尽黄金缕。谁把钿筝移玉柱？穿帘海燕双飞去。
>
> 满眼游丝兼落絮。红杏开时，一霎清明雨。浓睡觉来莺乱语，惊残好梦无寻处。①

全词用细腻深婉地笔触，描写了精致优美的景物：满眼的游丝、缤纷的落絮、轻盈的海燕、娇美的莺语，杨柳在春风中摆动着金黄的丝缕，红杏在微雨里绽开花瓣……所有这些词人精选的意象，综合营造出一种"金碧山水，一片空濛"②的朦胧飘渺意境，但是，其中所蕴藏着的情思，词人却不做任何说明，让读者自由联想，着实令人寻味。冯延巳的此种抒情手法对北宋词人晏殊具有直接的先导作用。清刘熙载云："冯延巳词，晏同叔得其俊，欧阳永叔得其深。"③晏殊在抒情时赋予自然景物以人的情感，创作了脍炙人口的《蝶恋花》（槛菊愁烟兰泣露），抒写离情，字字珠玑，声声哀痛。

总之，冯延巳《鹊踏枝》词中所抒发的浓浓忧思之情和弥漫的感伤色彩，

---

① 王兆鹏、曾昭岷等：《全唐五代词》，中华书局1999年版，第658页。

② （清）谭献：《复堂词话》（一卷），载唐圭璋：《词话丛编》，中华书局1986年版，第3990页。

③ （清）刘熙载：《艺概》，载唐圭璋：《词话丛编》，中华书局1986年版，第3689页。

并未让人产生丝毫消极颓废之感，而在客观效果上取得了积极的审美效益。如杨海明先生在《唐宋词史》中所言："在它（冯词）那消极低沉的伤感意绪中，我们却又从其'反面'看到了作者对生命、对生活、对人生的无限执著和眷念，在它对人生'悲凉'一面的喟叹中，我们又可以引出对人生'美好'一面的热爱：既然它对人生得出了'虚空'的结论，但'虚空'之中却又有'肯定'潜伏着，那么读者难道就不能对此再来一个'否定之否定'而从中撷取若干有益的思想因素吗？所以，应当加倍地热爱人生、加倍地珍惜生命、加倍地爱护人世间一切美好的事物。"①

四、在艺术上，大量运用比兴寄托的抒情方式和使事月典的修辞手法

南唐特定的社会背景和审美渊源以及冯延巳个人深厚的文学艺术修养，使其在创作的过程中极力追求词作情调上的"雅正"之风。而比兴寄托的抒情方式和使事用典的修辞手法恰好能够含蓄蕴藉地表达词人的情思和感受，故冯延巳在《鹊踏枝》词中大量使用，初步促成了由"伶工之词"向"士大夫之词"的转型。

其一，比兴寄托手法的使用，使《鹊踏枝》词产生了含蓄蕴藉之美。饶宗颐曾说："余诵正中词，觉有一股莽莽之气，《鹊踏枝》数首尤极沉郁顿挫。"所谓"沉郁顿挫"即指冯延巳用比兴寄托之法表达自己对南唐朝廷的一往情深和执着缠绵。如其《鹊踏枝》中的"梅落繁枝千万片，犹自多情，学雪随风转"句表达了词人极欲力挽狂澜、却无能为力的纠结与哀伤。诚如叶嘉莹先生在《从〈人间词话〉看温韦冯李四家词的风格》中所评价："此词开端'梅落繁枝千万片，犹自多情，学雪随风转'。仅只三句，便写出了所有有情之生命面临无常之际的缱绻哀伤，这正是人世千古共同的悲哀。"② 其实，除了感受世事无常，更让词人痛心疾首地是自己虽满腹才情却无法匡救南唐这个"必亡之国"。再如其《鹊踏枝》"叵耐为人情太薄"托志闺房，抒发自己失意被贬的哀怨之情。又如

---

① 杨海明：《唐宋词史》，江苏大学出版社 2010 年版，第 98 页。
② 叶嘉莹：《王国维及其文学批评》，河北教育出版社 1982 年版，第 412 页。

其《鹊踏枝》中"秋入蛮蕉风半裂，狼藉池塘，雨打疏荷折"句写秋雨之后的池塘，纯是物境"却能给与读者一种并不为景物所拘限的时序惊心众芳芜秽的对整个人生之悲慨的联想"①，蕴含了浓郁的悲剧情怀，产生了含蓄蕴藉的审美效果。

其二，使事用典，使《鹊踏枝》词的语言更加瑰丽典雅。冯延巳在《鹊踏枝》词中恰当合理地使事用典，不仅可以扩大词作的容量，增强作品的表现力和感染力，同时还可以提升词的文化品位，改变词的面貌和气质，使其呈现出瑰丽典雅的审美意蕴。如其《鹊踏枝》：

> 烦恼韶光能几许？肠断魂消，看却春还去。只喜墙头灵鹊语，不知青鸟全相误。
> 心若垂杨千万缕，水阔花飞，梦断巫山路。满眼新愁无问处，珠帘锦帐相思否？②

词的上片中"只喜墙头灵鹊语，不知青鸟全相误"，借写传说中替西王母送信的青鸟不可能出现的神话故事，来表现词人对君主的那种在重重阻碍之下无望的等待和极度期盼的心理。词的下片"心若垂杨千万缕，水阔花飞，梦断巫山路"使用了"巫山云雨"的典故。"巫山云雨"出自宋玉《高唐赋》，本意为男女相会，后来常常寄寓君臣遇合的愿望，带有强烈的象征色彩。冯词亦借此典来含蓄文雅地表达自己在政治中的感触和愿望，读起来韵味无穷。冯延巳在《鹊踏枝》词中的使事用典富含浓郁的情感，取得了"言在此而意在彼"的审美效果。

总之，冯延巳在《鹊踏枝》词中大量运用比兴寄托的抒情方式和使事用典的修辞手法，不但体现了其高度的文学艺术修养，使词作语言瑰丽典雅，极富含蓄蕴藉之美，而且巧妙地抒发了士大夫内心最诚挚的感情，流露出鲜明的情感态度和独特的个性气质，进一步推动了词的雅化进程，初步完成了《蝶恋花》词由"伶工之词"向"士大夫之词"的转型。

---

① 叶嘉莹：《王国维及其文学批评》，河北教育出版社 1982 年版，第 401 页。
② 王兆鹏、曾昭岷等：《全唐五代词》，中华书局 1999 年版，第 653～654 页。

第二节　欧阳修：唐宋时期创作《蝶恋花》词最多者

欧阳修（1007—1072 年），字永叔，号醉翁，晚年号六一居士，吉州吉水人（今属江西）人。"欧词在宋代已无定本，现如今流传颇广的大致有两种：一是南宋周必大总辑的一百五十三卷本《文忠公文集》中的《近体乐府》三卷，一为《醉翁琴趣外篇》六卷。……在这二百四十首作品中，反映男女恋情、闺中生活、离愁别绪、伤春怀远的，大约一百三十首，超过了总数的二分之一"①，说明欧词从整体上并没有完全摆脱"花间范式"。然纵观欧阳修 16 首《蝶恋花》词，其在题材内容和艺术特色方面皆与晚唐五代冯延巳的词和恩师晏殊的词存在诸多差异；其词的"诗化"倾向，对稍晚于他的苏轼最终形成"以诗为词"的写作手法具有"导夫先路"的重要作用。在这个方面，又表明作为唐宋时期创作《蝶恋花》词最多的词人欧阳修，在词的创作方面对前代既有继承也有发展，对后代影响深远。因此，其在词史上拥有显赫地位是毋庸置疑的。

一、欧阳修《蝶恋花》词的题材与风格

欧阳修是唐宋时期填制《蝶恋花》调最多的词人，其 16 首词的题材与风格如表 6.1 所示。

表 6.1　　　　　欧阳修《蝶恋花》词的题材与风格

序号	词作	题材	情感	风格
1	帘幕东风寒料峭	歌颂吟人	闲适	婉约
2	腊雪初销梅蕊绽	相思恋情	哀怨	婉约
3	海燕双来归画栋	感时伤怀	惆怅	婉约
4	面旋落花风荡漾	感时伤怀	惆怅	婉约
5	永日环堤乘彩舫	写景游历	旷达	明丽
6	越女采莲秋水畔	歌颂吟人	叹惋	婉约

---

① 叶嘉莹、邱少华：《欧阳修词新释辑评》，中国书店 2001 年版，前言第 1~2 页。

续表

序号	词作	题材	情感	风格
7	水浸秋天风皱浪	相思恋情	哀怨	婉约
8	翠苑红芳晴满目	写景游历	感慨	明丽
9	小院深深门掩亚	相思恋情	哀怨	婉约
10	欲过清明烟雨细	相思恋情	哀怨	婉约
11	画阁归来春又晚	感时伤怀	惆怅	婉约
12	尝爱西湖春色早	感时伤怀	感慨	明丽
13	几度兰房听禁漏	相思恋情	思念	婉约
14	宝琢珊瑚山样瘦	相思恋情	哀怨	婉约
15	一掬天和金粉腻	吟咏风物	颂扬	骚雅
16	百种相思千种恨	相思恋情	哀怨	婉约
17	一曲尊前开画扇	相思恋情	思慕	婉约

根据表 6.1，欧阳修《蝶恋花》词在题材和风格方面的特点如下：

一方面，欧阳修《蝶恋花》词能做到多种题材随意入词。其 17 首《蝶恋花》词就已经涉及了相思恋情（8 首）、感时伤怀（4 首）、歌颂吟人（2 首）、写景游历（2 首）和吟咏风物（1 首）5 种题材。其一，《蝶恋花》中的相思恋情词，占了欧阳修《蝶恋花》词作总量的 47%，也是欧词中最主要的题材，这表明欧阳修对晚唐五代词的继承。但是，不同于花间词的"香艳软媚"，欧阳修词更注重表现抒情主人公的细腻心理。如《蝶恋花》：

> 小院深深门掩亚。寂寞珠帘，画阁重重下。欲近禁烟微雨罢，绿杨深处秋千挂。
>
> 傅粉狂游犹未舍。不念芳时，眉黛无人画。薄幸未归春去也。杏花零落香红谢。①

---

① 唐圭璋编纂、王仲闻参订、孔凡礼补辑：《全宋词》，中华书局 1999 年版，第 162页。

此首写女子的春怨，上片用幽深的小院、重重的珠帘和寂寞的楼阁来凸显她内心源源不断的孤独感，接着用寒食节、小雨和秋千等意象更是突出了主人公的百无聊赖。下片借景抒情，交代女子春怨的主要原因是"何郎"的负心薄情，尾句以飘零的杏花和易逝的春光来描摹女子此刻挥之不去的寂寞和惆怅。其他如《蝶恋花》（几度兰房听禁漏）写男子怀旧，念昔日情人，感情真挚动人；再如《蝶恋花》（一曲尊前开画扇）则表达男子对歌女的颂扬和思慕。

其二，欧阳修用《蝶恋花》调填制感时伤怀词，表现了宋初文人士大夫的感伤情怀。如《蝶恋花》：

> 尝爱西湖春色早。腊雪方销，已见桃开小。顷刻光阴都过了。如今绿暗红英少。
>
> 且趁馀花谋一笑。况有笙歌，艳态相萦绕。老去风情应不到。凭君剩把芳尊倒。①

此词表达春光易逝的感慨。"腊雪"两句是早春景物的具体描写：刚刚融化的冰雪，含苞待放的桃花；但是这种美景顷刻间就消失了，如今却是绿叶成荫，红花稀少。作者借赏花来透出时光流逝的深深遗憾。下片"且趁"三句颇含自我宽慰之意，而"老去"二句又峰回路转表达年老的悲伤。全词"措辞命意，妙在旷达之中有伤感，伤感之中又隐隐地透露出一点旷达"②。

其三，值得称道的是欧阳修《蝶恋花》词中的写景游历和吟咏风物题材。这两类题材虽然所占比重不大，但都较深入地展现了欧阳修逍遥自由的闲情雅致。而欧阳修无疑是较早用《蝶恋花》调来描写游玩经历和咏物的少数词人之一，并使词由闺阁走向了自然。且看咏莲名作《蝶恋花》：

> 一掬天和金粉腻。莲子心中，自有深深意。意密莲深秋正媚。将花寄恨

---

① 唐圭璋编纂、王仲闻参订、孔凡礼补辑：《全宋词》，中华书局 1999 年版，第 163 页。

② 叶嘉莹、邱少华：《欧阳修词新释辑评》，中国书店 2001 年版，第 70 页。

无人会。

　　桥上少年桥下水。小棹归时，不语牵红袂。浪溅荷心圆又碎。无端欲伴相思泪。①

首句极言荷花"天然去雕饰"的美丽，"金粉"指的是荷花金黄色的花粉，"腻"写出了花瓣的润泽而细腻。"莲子"二句和"意密"二句都语意双关，写出无人理解的愁苦，从而将人心与荷心紧紧地联系起来了。下片通过写少年观赏风中摇曳多姿的荷花，故荷花不忍其离去。尾句更是将眼泪与荷"泪"融为一体，相互比拟。全词实达到王国维所谓"词之为体，要眇宜修"的要求，风格清秀淡丽，境界开阔。

　　另一方面，欧阳修《蝶恋花》词总体风格较为单一，以婉约为主，兼有明丽和骚雅。受当时"诗庄词媚"的文学观念、"享乐成风"的社会风尚和早年"游饮无节"私生活的综合影响，欧阳修在词中大胆表现男女情事、讴歌佳人歌女，故婉约柔美成为其词最主要的审美风格。在17首词中，就有12首词作呈现柔软妩媚之气，难怪有人指出作为文人士大夫的欧阳修多做"艳词"，这无疑也是晚唐五代词的遗风。但是，需要指出的是除了婉约风格，欧阳修《蝶恋花》词中的写景游历词清新明丽，并在山水景物中展现了自己的乐观精神；他吟咏风物词骚雅含蓄，表现了词人的人生情致，以上都明显体现出欧词的创新价值。

　　总之，我们认为，欧阳修《蝶恋花》词作较好地做到了多种题材随意入词，内容相对丰富；在词作整体风格上以婉约柔美为主，兼有明丽和骚雅。不管是词作内容还是风格，都体现出对晚唐五代词的继承和发展。

二、欧阳修《蝶恋花》词的艺术成就

　　欧阳修《蝶恋花》词取得了较高的艺术成就，主要表现在意境营造、修辞使用和感情抒发三方面。

　　首先，在意境营造上，色彩华美，雍容典雅。"无色不成诗歌，无彩不成

---

　　①　唐圭璋编纂、王仲闻参订、孔凡礼补辑：《全宋词》，中华书局1999年版，第190页。

词"，这就说明色彩对诗歌的重要性。而在诗人或词人的笔下，它往往融入了作者的感情以及对生活的独特感受，因此中国古代众多文人都非常重视色彩的应用，欧阳修便是其中的一位。纵观他现存的240首词中，"红""绿""青""碧""翠""金"等颜色词频频出现。表现在其17首《蝶恋花》词中，就是用"红""绿"和"金"等华美的色彩来营造雍容典雅的意境，继而衬托出自己的内心情绪。如《蝶恋花》（海燕双来归画栋）中的"绿鬓""翠被""金缕凤"和"黄莺"等，都透露主人公的装饰和身份，充满华贵之感。正如鞠玲英所言："在欧词中，色彩词的运用已不是单对外部世界的描摹和再现，而是逐渐走向表现自己的内心世界和主观情绪，色彩已蕴含了主观性、能动性，把词人的思想感情充分地展现了出来。"①

其次，在修辞使用中，巧用双关，韵味悠长。与描写富贵气象的晏殊不同，欧阳修多在词中展现平民的生活情景，关注她们内心最隐秘的情绪和愁苦。而欧词中特有的采莲咏莲词，就巧用双关来表达主人公的情感。如《蝶恋花》（越女采莲秋水畔）中"芳心只共丝争乱"的"丝"，谐音双关，这一心理描写细节隐含了采莲女的相思之苦。再如咏莲名作《蝶恋花》：

> 一掬天和金粉腻。莲子心中，自有深深意。意密莲深秋正媚。将花寄恨无人会。
>
> 桥上少年桥下水。小棹归时，不语牵红袂。浪溅荷心圆又碎。无端欲伴相思泪。②

"莲子"二句，"莲"与"怜（爱）"相关，莲心甚苦喻人心难测。"意密"二句，在这美好的秋光中，莲（怜）意深深密密；欲将此寄托仇恨，却无人能够领会理解。这种巧用双关的描写手法，将人与荷、人心与荷心融为一体，含蓄蕴藉，韵味悠长。

---

① 鞠玲英：《欧阳修词中的色彩表达》，《时代文学》2010年第1期。
② 唐圭璋编纂、王仲闻参订、孔凡礼补辑：《全宋词》，中华书局1999年版，第190页。

最后，在感情抒发时，以理节情，温婉庄重。欧阳修 17 首《蝶恋花》词，内容上甚少涉及艳情中的色情描写和有违贞操的幽会场景，取而代之的是士大夫伤春悲秋和青年男女的相思哀怨、离愁别恨。即使是歌颂吟人的题材，歌女的娇艳外貌也仅占极少的一部分，多是对歌女曼妙舞姿的欣赏和其内心感受的注目，继而抒发作者的真切情感。除了在伦理上以理节情，词人在感情抒发时也尽量控制感情，做到乐而不淫、哀而不伤、怨而不怒。如《蝶恋花》：

> 永日环堤乘彩舫。烟草萧疏，恰似晴江上。水浸碧天风皱浪。菱花荇蔓随双桨。
> 红粉佳人翻丽唱。惊起鸳鸯，两两飞相向。且把金樽倾美酿。休思往事成惆怅。①

此首写夏日游湖继而触景生情。上片主要是景物描写，用"恰似晴江上"来说明湖上清雅秀丽的美景，萧然天成。同时暗示抒情主人公沉醉在大自然的恩赐之中，内心无比愉悦满足，却并没有因为旖旎风光而乱了心性。可到了下片，笔锋一转，写到邻船佳人的美妙歌声，因受惊而双双飞起的鸳鸯，不禁勾起了作者的情思。但并未言明情思所指和心情骤变的缘由，也许是思念自己的心上人，也许被鸳鸯的心心相印和默契相爱而感动。接着以故作豪放之态做结，留给读者无限的想象空间。全词"闲愁中透着闲雅，闲雅中有旷达，旷达中有豪兴"②，抒情委婉含蓄而又不失庄重。

总之，不管是使用华美的色彩来营造雍容典雅的意境，或巧用双关达到韵味悠长的效果，还是以理节情抒发温婉而又不失庄重的情感，欧阳修《蝶恋花》词皆取得了较高的艺术成就。

三、欧阳修《蝶恋花》词的词史意义

欧阳修《蝶恋花》词在词史上具有承前启后的重要作用，主要表现在对冯

---

① 唐圭璋编纂、王仲闻参订、孔凡礼补辑：《全宋词》，中华书局 1999 年版，第 161 页。

② 陈明霞：《论欧阳修词》，西北师范大学硕士学位论文，2007 年，第 18 页。

延巳词的继承与创新、与晏殊词风的联系和差异及对苏轼"以诗为词"写作手法的深刻影响。

首先，对冯延巳词的继承与创新。就题材内容而言，根据第六章第一节所论，冯延巳《蝶恋花》词 14 首中，除少数几首涉及家国情怀，大部分是表达恋情相思和闲愁别恨；欧阳修在填制《蝶恋花》词时体现了对冯词异常明显的继承，在其 17 首词中，有 14 首词的题材与冯词相似，都表达了文人士大夫逍遥闲散的闲情雅致和感伤情怀。但宋初天下太平的社会环境，毕竟迥异于南唐岌岌可危的国情，故二人同一题材作品也呈现出较大的差异。冯词多借"男女恋情"来表达"君臣遇合"的愿望，其词充满深深的忧患和悲情意识；而欧阳修虽然在词中也表达了人生不得意时的凄凉或思妇怨女的愁苦，但总体来说，其词风和婉通达，颇含遣玩的意味。此外，欧阳修词涉及了吟咏风物这种在晚唐五代《蝶恋花》词中根本没有出现的题材，这无疑都是对冯词的创新。

其次，与晏殊词风的联系和差异。作为宋初词坛的两朵报春花，晏殊和欧阳修常被相提并论，如王灼《碧鸡漫志》："晏元献公、欧阳文忠公。风流蕴藉，一时莫及，而温润秀洁，亦无其比"①，冯煦《蒿庵论词》："独文忠与元献，学之既至，为之亦勤，翔双鹄于交衢，驰二龙于天路"②。诚如前人所论，晏、欧在题材方面确实存在诸多相似之处，如晏殊《蝶恋花》8 首中多为相思恋情词和感时伤怀题材，这与欧阳修《蝶恋花》词有着惊人的一致，究其原因，源于两人相近的社会环境和词学观念。但二人人生经历和文学素养有别，故其词风也存在诸多差异。晏殊《蝶恋花》中的相思恋情词多充满淡淡的忧伤，用清新素雅的色彩和意象来营造洁净纯美的意境，多注重景物气氛的烘托和语言的暗示，如《蝶恋花》（槛菊愁烟兰泣露）；其抒怀词多表达人生短暂的遗憾，充满理性，如《蝶恋花》（一霎秋风悲画扇）就是经典的理性探索，其《蝶恋花》词整体呈现出宁静祥和的风格，即所谓"富贵气象"。而欧阳修《蝶恋花》词多用华美浓艳的色彩和意象来建构雍容典雅的词境，重在给人视觉上的强烈冲击和感官上的刺

---

① （宋）王灼：《碧鸡漫志》，载唐圭璋：《词话丛编》，中华书局 1986 年版，第 83 页。
② （清）冯煦：《蒿庵论词》，载唐圭璋：《词话丛编》，中华书局 1986 年版，第 3585 页。

激；其恋情词巧用双关语，亦有雅俗相济的审美效果；其部分写景词，虽洋溢着人生不得意时的悲伤，但词人的乐观豁达也呼之欲出。总之，不同于晏殊词的雅致精美和圆融宁静，欧阳修词则华美细腻，亦俗亦雅。

最后，对苏轼"以诗为词"写作手法的深刻影响。诚如叶嘉莹先生所云："欧阳修以其'只如无意'的游戏笔墨写为小词，而能有沉着深远的意境，便正因为他有一种'与物有情'的缠绵锐感的诗心。"① 诗心是诗化的一种具体表现，故叶嘉莹先生点明了欧阳修词呈现出"诗化"倾向。这种倾向具体表现在其《蝶恋花》词中包括两个方面：一是改变词体功能，重视抒情和言志，淡化娱乐和遣兴。欧阳修《蝶恋花》词中有一部分歌颂秀丽的自然风光和明媚的山水景物，词人常常借景抒情，"抒发个人身世感慨，表现感伤内敛的心境，阐释时光流逝的遗憾，无疑增强了词的抒情功能，将词的娱乐功能推向抒情性功能"②。这对其学生的苏轼影响巨大，如冯煦评曰："宋至文忠，文始复古，天下翕然尊之，风尚为之一变，即以词言，亦疏隽开子瞻，深婉开少游。"③ 苏轼在填制《蝶恋花》词时，或彰显"多情却被无情恼"的人生情趣，或抒发对结发妻子的悼亡之情，或表达对国计民生的忧患之意，或展现仕途失意、怀才不遇的漂泊之感，都发自肺腑，感人至深。二是多化用前人诗句入词，给人以含蓄典雅之感。如《蝶恋花》（画阁归来春又晚）中的"芳草芊绵，尚忆江南岸"化用张泌《春日旅泊桂州》中的"暖风芳草竟芊绵"，《蝶恋花》（小院深深门掩亚）中"薄幸未归春去也"化用杜牧《遣怀》中的"十年一觉扬州梦，赢得青楼薄幸名"等。苏轼在15首《蝶恋花》中，不仅化用前人诗句，更大量使事用典，议论入词，最终形成"以诗为词"的写作手法，不得不说这是其在欧阳修词的基础上进一步创新的结果。

综上，欧阳修《蝶恋花》词在题材上虽然未完全摆脱"伤春悲秋"和"离愁别恨"的怪圈，但写景词和咏物词已崭露头角。在艺术方面，其"闲愁中有闲雅，闲雅中有旷达，旷达中有豪兴"的审美风格，对后来的苏轼甚至南宋的辛

---

① 叶嘉莹：《唐宋名家论稿》，河北教育出版社1997年版，第68页。
② 赵春蓉：《论欧阳修词的多元化审美特征》，载《乐山师范学院学报》2012年第27卷第1期。
③ 叶嘉莹、邱少华：《欧阳修词新释辑评》，中国书店2001年版，第107页。

弃疾词作风格都产生了深远影响。在词史上，他成为唐宋《蝶恋花》词中起承前启后作用的重要作家，同时也是将词的娱乐功能向抒情性功能转化的不可或缺的词人。

第三节　苏轼:《蝶恋花》词多样题材和风格的开拓者

苏轼（1037—1101年），字子瞻，号东坡居士，北宋眉州眉山（今四川省眉山县）人。纵观苏轼一生，宦海沉浮，屡遭打击，频频受挫，但他始终泰然处之，不断战胜和超越自己，成为中国文学史上一道亮丽的风景线。正如袁行霈主编的《中国文学史》所评价:"苏轼的人生态度成为后代文人景仰的范式:进退自如，宠辱不惊。"① 而苏东坡的人生态度最主要是通过其文学创作来体现的，他将自己丰富的人生经历、满腹的才情和渊博的学识寓于文学艺术。在词的创作方面，现存词集《东坡乐府》，共计351首词作，使用76种词调。东坡词一扫晚唐五代以来绮丽香艳的花间词风，"以诗为词"，为后人"指出向上一路"，取得了极其辉煌的艺术成就。苏轼《蝶恋花》词共计15首，其数量仅次于其师欧阳修所作的17首，位居唐宋《蝶恋花》词创作数量的第2名。不仅数量可观，质量亦属上乘，题材和风格异常丰富多样，在唐宋《蝶恋花》词史上具有重要的开拓意义。

一、苏轼《蝶恋花》词的主要成就

苏轼是北宋《蝶恋花》调得以流行和蓬勃发展的功臣。通过表6.2，可以更直观地考察苏轼《蝶恋花》词的题材与风格。

表6.2　　　　　　　　苏轼《蝶恋花》词的题材与风格

序号	词作	题材	情感	风格	注释
1	花褪残红青杏小	相思恋情	哀怨	婉约	春景

① 袁行霈:《中国文学史》（第三卷），高等教育出版社2005年版，第68页。

续表

序号	词作	题材	情感	风格	注释
2	一颗樱桃樊素口	闺阁艳情	叹惋	婉约	佳人
3	雨后春容清更丽	羁旅怀乡	惆怅	婉约	送春
4	簌簌无风花自弹	赠酬友情	旷达	骚雅	暮春
5	灯火钱塘三五夜	节序	忧思	沉郁	密州上元
6	帘外东风交雨霰	歌颂吟人	喜悦	婉约	密州冬夜文安国席上作
7	自古涟漪佳绝地	赠酬友情	惆怅	骚雅	过涟水军赠赵晦之
8	云水萦回溪上路	感时伤怀	感慨	俊逸	述怀
9	别酒劝君君一醉	赠酬友情	旷达	豪迈	送潘大临
10	泛泛东风初破五	祝寿贺词	喜悦	明丽	同安生日放鱼，取金光明经救鱼事
11	春事阑珊芳草歇	相思恋情	思念	婉约	
12	记得画屏初会遇	悼亡	凄婉	婉约	
13	昨夜秋风来万里	悼亡	凄婉	婉约	
14	雨霰疏疏经泼火	悼亡	凄婉	婉约	
15	蝶懒莺慵春过半	相思恋情	思念	婉约	

根据表6.2，苏轼《蝶恋花》词在题材、风格和艺术技巧等方面的成就有如下几点：

首先，苏轼《蝶恋花》词题材丰富，具有独特性。苏轼《蝶恋花》词15首涉及相思恋情、闺阁艳情、羁旅怀乡、赠酬友情、节序、歌颂吟人、感时伤怀、祝寿贺词、悼亡9种题材，极大地丰富了北宋《蝶恋花》词的题材范围，从根本上改变了唐五代时期《蝶恋花》歌咏爱情词一枝独秀的局面。苏轼《蝶恋花》词的描写对象逐渐脱离了早期《蝶恋花》词以爱情为主题和以歌女为主体的传统，而是把更多的关注点放在自己的家人好友、日常生活、平生志向和心中感受等方面。如《蝶恋花·送春》，上片与题序相呼应，极力描写雨后春天的清丽妩媚，但这种美景在离人眼中不过是"幽恨终难洗"，惆怅之情顿生；下片笔锋一转，写孤身在外的词人由一纸乡书引起的浓浓乡愁，只盼望春天快点过去，自己能早日回到家乡。再如《蝶恋花·暮春》一词写了在暮春时节送别友人李常，表达好友之间不忍离别的真挚情感，同时也体现了文人之间相互赠词的交游情况。又如《蝶恋花·密州上元》记录了密州元宵节的盛况，反映了民间在上元节祭祀的风俗。《蝶恋花·密州冬夜文安国席上作》一词通过对表演舞女的赞颂和酒宴间娱乐情景的描述，如实地反映了文人的真实生活。而《蝶恋花·述怀》是词人的咏怀之作，主要是批判北宋官场的黑暗，表达自己归隐的思想。像这种内容在历代"咏怀""述怀"诗中是屡见不鲜的，但在词中出现却前所未有。《蝶恋花·同安生日放鱼，取金光明经救鱼事》是庆祝词人继室王闰之的生日所作的祝寿贺词，情真意切。《蝶恋花》(记得画屏初会遇)、《蝶恋花》(昨夜秋风来万里) 和《蝶恋花》(雨霰疏疏经泼火) 都是苏轼思念自己已经逝世的发妻王弗而作，而苏轼是第一位用《蝶恋花》表现悼亡题材的词人。以上众多题材中，赠酬友情词、节序词和悼亡词最具独特性。

其次，苏轼《蝶恋花》词审美风格呈现多样化特征。苏轼《蝶恋花》词15首包含了婉约、骚雅、沉郁、俊逸、明丽、豪迈6种审美风格，而以婉约风格为主，共计9首。苏轼《蝶恋花》中的相思恋情词、闺阁艳情词和悼亡词等大多凄婉缠绵，这与《蝶恋花》调属于"正商调"的音乐性息息相关。其《蝶恋花·暮春》是一首送别词，结句"我思君处君思我"颇具旷达之感，体现文人之间相互唱和的"骚雅"之风。《蝶恋花·密州上远》一词借元宵盛况来表达对国计民生的忧患之情，风格沉郁悲凉。《蝶恋花·抒怀》感慨一事无成，报国无门，惟有像超凡脱俗的陶渊明一样归隐，方能真正寻到心安处，风格俊逸。《蝶恋花·同安生日放鱼，取金光明经救鱼事》一词描写的是苏轼难得的欢乐时光，妻子美貌慈爱，儿子孝顺上进，一家人齐聚一堂，共享天伦，风格明丽畅快。《蝶恋花·送潘大临》用"书中自有黄金屋，书中自有颜如玉"来勉励即将赶考的好友潘大临，激发他的雄心壮志，风格豪迈奔放。苏轼《蝶恋花》词开拓了该调多样化的风格，深化了词境，一改《蝶恋花》词自唐五代以来以婉约为主的面貌。

最后，苏轼《蝶恋花》词艺术技巧十分突出。苏轼作为北宋时期诗词文全面发展的伟大文学家，其作品的艺术技巧颇为突出，在《蝶恋花》词中表现得尤为明显。其一，格律严谨，技法娴熟。苏轼《蝶恋花》词多遵循冯延巳正体，双调，60字，10句，74577—74577，通篇押仄声韵，而且多是一韵到底，呈现出流畅舒缓的音乐美感。其二，运用对仗，工整精美。《蝶恋花》（昨夜秋风来万里）中"衣带渐宽无别意，新书报我添憔悴"。其三，化用名句，深化词境。苏轼将前人名句不着痕迹地融入《蝶恋花》词中，范围横跨诗词，深化了词境，亦使原句呈现出别具一格的审美意蕴。如《蝶恋花》（春事阑珊芳草歇）中"春事阑珊芳草歇"一句同时化用李煜《浪淘沙令》"帘外雨潺潺，春意阑珊"和谢灵运《游赤石进帆海》"首夏犹清和，芳草亦未歇"，"应是音尘绝"化用李白《忆秦娥》"乐游原上清秋节，咸阳古道音尘绝"，"角声吹落梅花月"化用李白《与史郎中饮，听黄鹤楼上吹笛》"黄鹤楼中吹玉笛，江城五月落梅花"。其四，使事用典，扩大内涵。苏轼词中使用的典故数不胜数，这与其深厚的文学艺术修养和作词追求雅正之风是密不可分的。而《蝶恋花》词中的诸多典故，都运用地恰到好处，无疑扩大了词作的内涵和容量，使词作富涵含蓄蕴藉之美。如《蝶恋花》（记得画屏初会遇）中"好梦惊回，望断高唐路"一句使用"高唐"的典故，出自《高唐赋》用来代指自己与原配王弗相识相会的甜蜜场面。《蝶恋花·抒怀》中"尊酒不空田百亩"一句同时使用"东汉孔融天天有酒可饮"和"西晋陶渊明天天有饭可吃"的典故，表达自己的归隐思想。《蝶恋花·过涟水军赠赵晦之》中用"双凫"北飞南翔比作朋友别离，语出汉代苏武别李陵诗："双凫俱北飞，一凫独南翔。"其五，构思巧妙，妙趣横生。如《蝶恋花·春景》一词，上片极力描写春景的明媚美好，下片通过"墙里佳人"和"墙外行人"的不同感受，来揭示生活中司空见惯的"襄王有意，神女无情"的现象，妙趣横生。其六，议论入词，富含哲理。如《蝶恋花·春景》一词中"枝上柳绵吹又少，天涯何处无芳草"，一语双关，既指实际的春景将要消逝，流露出伤春之意；又为下文的爱情小故事提前发表议论，用"天涯芳草"来比喻钟爱的女子，世界上的佳人千千万万，何必执着于那一根"芳草"；同时也是漂泊天涯的词人对自己仕途失意、怀才不遇的宽慰。这是苏轼以诗为词手法的尝试，已初步显露东坡本色。

　　总之，苏轼的《蝶恋花》词极大地丰富了晚唐五代以来的题材，尤其是颇具特色的节序词和悼亡词，提升了《蝶恋花》词的艺术品位和内容含量；其词作呈现出多种审美风格，尽管仍以婉约风格为主，但其他审美风格的词作也陆续产生，并取得了较高的成就；在艺术技巧方面，格律谨严、对仗工整、化用名句、使事用典、构思巧妙、议论入词皆十分突出。因此，苏轼《蝶恋花》词在题材丰富和风格多样方面具有重要的开拓意义。

二、苏轼《蝶恋花》词的词史意义

《蝶恋花》词在宋代进入蓬勃发展时期，50 位词人共填制 219 首词作。其中，北宋的苏轼，更是以自己的创作实践，作出了引领风骚的卓越贡献。苏轼《蝶恋花》词不仅数量可喜，质量亦令人称赞，在唐宋《蝶恋花》词史上产生了异常重要的影响。

首先，苏轼的名人效应使《蝶恋花》调在两宋时期得以繁荣与成熟。梁荣基曾说："诸多词人对某一词调的认同（包括对词调声情的认同），除了词调本身的音乐属性外，或可能与某些著名词人的创作上的带动有关。这和带动既有数量上的，又有质量上的。数量上的带动指的是词人对词调的特别偏好，以至填制数阕；质量上的带动是指某位词人填制出著名词作，吸引后来词人纷纷仿效。"①苏轼是北宋声名远扬的词学大家，是继欧阳修之后的词坛领军人物，他的词学创作必将影响深远。在苏轼创作《蝶恋花》词后，与之交往甚密的"苏门学士群"纷纷开始紧随其脚步，填制数量可观的《蝶恋花》词。其中包括李之仪（5 首）、黄庭坚（1 首）、晁端礼（2 首）、秦观（7 首）、赵令畤（12 首）、陈师道（1首）和毛滂（9 首）等著名文人。此外，与苏轼交游的僧人了元（1 首）、仲殊（5 首）和惠洪（1 首）也纷纷参与了该调的填制，扩大了《蝶恋花》词的创作规模。这些和苏轼有关的文人或僧人共创作了 44 首《蝶恋花》词，约占北宋《蝶恋花》词作总量的 20.1%，而且他们词作的题材风格都或多或少地受到苏词影响。因此，可以说《蝶恋花》调在北宋的流行与发展离不开苏轼的名人效应。及至南宋，苏轼《蝶恋花》词的影响更为深远，尤其是以辛弃疾为代表的辛派词人，多发扬了苏轼"以诗为词"的写作手法，在词中发表议论，针砭时弊，创作了大量的咏怀词，抒发自己的家国情怀和平生志向。

其次，苏轼促成了《蝶恋花》词的进一步雅化。苏轼《蝶恋花》词尽管还有不少婉约之作，但是情趣已经趋向高雅。如《蝶恋花·佳人》一词涉及"西

---

①　梁荣基：《词学理论综考》，北京大学出版社 1991 年版，第 117 页。

园"之事，即苏轼与王晋卿等多名文人骚客在西湖汇集欢宴。上片描绘一位擅长歌舞而容貌出众的女艺人，着重表现她情谊高尚，"不爱黄金，只爱人长久"。下片以其情郎的角度写出了这位歌女天真活泼的少女形象，结句"破镜重圆人在否？章台折尽青青柳"表达了词人对这位美貌艺人的无限同情，对其前途命运发出悲惨凄凉的叹惋。全词通过写女子的神态容貌，暗喻一位美丽歌女的普遍性的悲惨命运，文思深邃，高瞻远瞩，早已脱离晚唐五代单纯以欣赏和玩味地心理去描写女子仪态和妆容的藩篱，呈现出高雅的审美趣味。除了相思恋情，苏轼《蝶恋花》词中，或表达对朋友的依依不舍和殷殷期望，或夸赞妻子慈爱善良，或抒发报国无门的烦闷忧郁，都充满了旷达俊逸、豪迈明丽之风，完全迥异于唐五代传统词作的细腻缠绵。因此，苏轼以词来表现文人睿智的哲理思辨、高雅的审美情趣和旷达的人生态度，使正处于蓬勃发展时期的《蝶恋花》词同样"一洗绮罗香泽之态，摆脱绸缪宛转之度，使人登高望远，举手高歌，而逸怀浩气，超然乎尘垢之外"①，进一步促进了词的雅化，完成了《蝶恋花》词由"伶工之词"向"士大夫之词"的转变。

再次，苏轼开创了《蝶恋花》词的"东坡范式"。王兆鹏先生在《唐宋词史论》中曾谈到："主体意识的强化，感事性的加强，力度美的高扬，音乐性的突破，是'东坡范式'的四个主要特征。"② 在苏轼之后的《蝶恋花》词，较多地受到了苏词的影响。而苏轼的《蝶恋花》词也有着与前代截然不同的特征，主要表现在对"花间范式"的扬弃与升华。如《蝶恋花》（蝶懒莺慵春过半）：

　　　蝶懒莺慵春过半，花落狂风，小院残红满。午醉未醒红日晚，黄昏帘幕无人卷。

　　　云鬓鬏松眉黛浅，总是愁媒，欲诉谁消遣。未信此情难系绊，杨花犹有东风管。③

---

① （宋）胡寅：《酒边词》序，载金启华等：《唐宋词集序跋汇编》，江苏教育出版社1990年版，第117页。

② 王兆鹏：《唐宋词史论》，人民文学出版社2003年版，第139～153页。

③ 唐圭璋编纂、王仲闻参订、孔凡礼补辑：《全宋词》，中华书局1999年版，第161页。

上片继承了花间词的绮丽，通过懒惰的蝴蝶和莺、残红的落花、即将消逝的夕阳等意象来衬托午睡后美人的伤春愁绪。下片写美人懒于整理仪态，进一步将其心中烦闷渲染到高潮；但是，结尾两句笔锋一转，写出了女子的坚强乐观：她不相信此种愁绪难以排解，就像东风吹走杨花，自己的哀愁定会烟消云散。词中女主人公已经没有唐五代伤春少女少妇那种"寻寻觅觅，冷冷清清，凄凄惨惨戚戚"的茫然失措、期期艾艾，更多的则是"未信此情难系绊"的旷达俊逸、开朗豁达。这又何尝不是屡遭打击的词人生活态度最真实的写照呢？这首词显示出旖旎忧思与旷达情怀的完美结合，呈现出刚柔相济的艺术风格。此外，苏轼的《蝶恋花》词启发着后代词人对其竞相模仿并不断丰富，将《蝶恋花》词进一步开拓出体现人生感慨、家国情怀、写景游历和佛道修行等题材。

最后，苏轼《蝶恋花》词中大量使用题序。苏轼15首《蝶恋花》词中有2/3的作品使用了题序。他是在填《蝶恋花》词时将题序这一文学形式演绎地最充分的词人，这对后世词人有非常重要的启示意义。苏轼《蝶恋花》中的题序大都比较简略，却包含了丰富的内容。如《蝶恋花·述怀》交代了词体的题材内容，是一首咏怀词；《蝶恋花·送潘大临》《蝶恋花·过涟水军赠赵晦之》标明了词体的形式特征，是离别时赠酬唱和所创；《蝶恋花·春景》《蝶恋花·送春》和《蝶恋花·暮春》表明了词体的写作时间，是在景色旖旎的春天；《蝶恋花·密州上元》和《蝶恋花·密州冬夜文安国席上作》同时注明词体的写作时间和地点，分别是密州的元宵节或冬夜的某一天；《蝶恋花·佳人》《蝶恋花·同安生日放鱼，取金光明经救鱼事》明确了词体的情感指向，写作对象分别是一位美貌的歌女和自己慈爱善良的妻子王闰之。题序的使用提高了《蝶恋花》词的叙事功能，强化了《蝶恋花》词的诗化特征。在苏轼的带动下，后世文人多采用题序与词作互为生发的创作模式，使之成为《蝶恋花》词的创作特征之一。

总之，苏轼的名人效应带动了《蝶恋花》调在两宋时期的流行与繁荣，其词促进了《蝶恋花》词的雅化，提高了《蝶恋花》词的文化品位，进一步完成了《蝶恋花》词由"伶工之词"向"士大夫之词"的转变。苏轼在《蝶恋花》词中大量使用题序，开拓了词的内容题材和艺术风格，形成了独特的"东坡范式"，对后世影响深远。

第四节 辛弃疾：南宋《蝶恋花》词创作的集大成者

辛弃疾（1140—1207 年），字幼安，号稼轩，宋济南历城（今山东济南）人，是南宋著名的爱国词人之一。有词集《稼轩长短句》，存词 630 首，① 词作总数位居宋代第 1 位。辛弃疾《蝶恋花》词共计 12 首，是南宋创作《蝶恋花》词数量居第 2 位的词人，仅次于程垓的 15 首。但是辛弃疾《蝶恋花》词内涵丰富，风格复杂多样，艺术成就独到，尤其是在《蝶恋花》词中所表现的"柔中带刚"的审美风格，对后代词家填制《蝶恋花》词产生深远影响。因此，辛弃疾是南宋《蝶恋花》词创作的当之无愧的集大成者。

一、辛弃疾《蝶恋花》词的题材与风格

辛弃疾《蝶恋花》词的题材在前人基础上，有所丰富和拓展，如表 6.3 所示。

表 6.3　　　　　　　　　　辛弃疾《蝶恋花》词的题材与风格

序号	词作	题材	情感	风格	注释
1	衰草残阳三万顷	亲情词	旷达	沉郁	送祐之弟
2	点检笙歌多酿酒	赠酬友情	忠愤	骚雅	和杨继翁韵
3	九畹芳菲兰佩好	感时伤怀	忠愤	刚健	月下醉书两岩石浪
4	小小华年才月半	歌颂吟人	颂扬	婉约	席上赠杨继翁侍儿
5	意态憨生元自好	相思恋情	哀怨	婉约	送人行
6	谁向椒盘簪彩胜	感时伤怀	惆怅	婉约	戊申元日立春席见作
7	老去怕寻少年伴	赠酬友情	思念	骚雅	和赵景明知县韵
8	莫向城头听漏点	赠酬友情	豪放	豪迈	送郑元英
9	泪眼送君倾似雨	赠酬友情	超逸	骚雅	继杨继翁韵饯范南伯知县归京口

---

① 邓广铭：《稼轩词编年笺注》，上海古籍出版社 1993 年版。

续表

序号	词作	题材	情感	风格	注释
10	燕语莺啼人乍远	相思恋情	凄婉	婉约	客有"燕语莺啼人乍远"之句，用为首句
11	洗尽机心随法喜	隐逸闲适	闲适	俊逸	
12	何物能令公怒喜	赠酬友情	旷达	豪迈	

如表 6.3 所示，辛弃疾《蝶恋花》的题材涉及赠酬友情、相思恋情、感时伤怀、歌颂吟人、隐逸闲适和亲情词 6 类，其风格包括沉郁、骚雅、刚健、婉约、豪迈和俊逸 6 种，可谓内涵丰富，别具风格，以下分论之。

首先，辛弃疾《蝶恋花》的赠酬友情词。此类词作共计 5 首，将近占了辛弃疾《蝶恋花》词的半壁江山。南宋时期，词人们更重视词的实用功能，即用来抒情言志或交游唱和、相互赠答以增进情感的交流。但是，我们发现，辛弃疾的赠酬友情词不仅仅是一般层面上的文人唱和或即兴发挥，其词作往往将自己的主观意识和政治感受注入词中，故其词情感真挚、思想深刻。如《蝶恋花·和杨济翁韵》：

点检笙歌多酿酒，蝴蝶西园，暖日明花柳。醉倒东风眠永昼，觉来小院重携手。

可惜春残风雨又，收拾情怀，长把诗僝僽。杨柳见人离别后，腰肢近日和他瘦。①

这是一首唱和词，是和杨继翁《蝶恋花》"稼轩坐间作，首句用丘六书语词"②

———

①　唐圭璋编纂、王仲闻参订、孔凡礼补辑：《全宋词》，中华书局 1999 年版，第 2426~2427 页。

②　杨炎正《蝶恋花·稼轩坐间作，首句用丘六书中语》："点检笙歌多酿酒，不放东风，独自迷杨柳。院院翠阴停永昼，曲阑随处堪垂手。昨日解醒今夕又，消得清怀，长被春僝僽。门外马嘶人去后，乱红不管花消瘦。"参见唐圭璋编纂、王仲闻参订、孔凡礼补辑：《全宋词》，中华书局 1999 年版，第 2726 页。

的，但风流蕴藉辛词略胜一筹。词的上片主写醉酒，先写醉酒的准备工作，接着描绘春天明媚的景色来营造醉酒的环境，结句写酒醒之后携友同游、生活闲适自由。下片主写赋诗，通过"春残""风雨"和"杨柳"等意象的描绘来表达惜春之情。上片关于醉酒的诸多描绘似乎说明作者"我愿长醉不长醒"的消极思想，含有明显的愤世之意；下片写自己闲来无事只能强作赋诗怡情养性，抒发了自己报国无门的愤懑和惆怅。而其他四首《蝶恋花》赠酬友情词，多是表达与友人依依惜别之情，笔墨酣畅，情意饱满。因此，填制《蝶恋花》词俨然成为辛弃疾交游生活的重要组成部分，也是他与外界交流和抒发情感的重要媒介。

其次，辛弃疾《蝶恋花》的感时伤怀词。此类词作共计 2 首，数量虽然不多，但是都堪称佳作。如《蝶恋花·戊申元日立春席间作》：

> 谁向椒盘簪彩胜？整整韶华，争上春风鬓。往日不堪重记省，为花长把新春恨。
>
> 春未来时先借问，晚恨开迟，早又飘零近。今岁花期消息定，只愁风雨无凭准。①

此词清婉妩媚，最能代表辛弃疾婉约词的风格。上片描写立春之日，家家户户进献"椒盘"，姑娘们争戴"彩胜"等。在描写这些民俗及节日的喜庆气氛之后，词人笔锋一转，突然在结尾处写到"往日不堪重记省，为花长把新春恨"，对往事不堪回首，却并未作任何具体的说明，无疑给读者留下了深深的悬念。下片的尾句"今岁花期消息定，只愁风雨无凭准"，伤春之意，溢于言表。似乎"伤春悲秋"的儿女之态并不符合辛弃疾这位爱国词人的英雄情怀，实则不然。此种"春恨"所寄托的乃是高层次的家国之恨，"风雨"喻指朝廷政策反复无常、社会政治及其黑暗。全词寄托词人对国家和民族前途的深深忧虑之情。另一首《蝶恋花·月下醉书两岩石浪》用比兴寄托的手法，抒发了自己英雄失志的抑郁和报

---

① 唐圭璋编纂、王仲闻参订、孔凡礼补辑：《全宋词》，中华书局 1999 年版，第 2456 页。

国无门的苦闷。因此，辛弃疾《蝶恋花》已经超越了传统婉约风格的"伤春悲秋"题材。它常常是寓豪于婉，借写景感伤来表达自己的心中感受，使词境更深邃含蓄。

第三，辛弃疾《蝶恋花》的相思恋情词。此类题材共计2首，虽未摆脱传统的离愁别恨，但是格调更显高雅。如《蝶恋花·送人行》：

> 意态憨生元自好，学画鸦儿，旧日偏他巧。蜂蝶不禁花引调，西园人去春风少。
>
> 春已无情秋又老，谁管闲愁，千里青青草。今夜倩簪黄菊了，断肠明月霜天晓。①

这是送别一位董姓女子的词作。词的上片侧重写这个女子，其"生得憨态"得到主人的怜惜，"学画鸦儿"手工精巧，她的离去将使西园黯然失色、令人无心游赏。下片写词人的闲愁离恨是因为这个女子，从而点破他同这位女子的关系，为后两句直接抒发离愁提供依据；结尾两句采用"内心独白"的手法，写出了此女的离去并将使词人肝肠寸断，可见感情之深。刘熙载曾评价此词："收句非绕开，即宕开，其妙在言虽止而意无穷。"② 另一首《蝶恋花·客有燕语莺啼人乍远之句，用为首句》虽是词人的即兴之作，但风格凄婉动人，既突出了女子不忍情郎离去的痛苦心情，又表达了自己害怕像"秋风扇"一样被无情抛弃的深深忧虑，两种情感交织融合，感人肺腑。辛弃疾《蝶恋花》中的相思恋情题材，不涉及任何色情成分，没有丝毫香艳之风，有的只是作为英雄的词人那内心深处最动人的"儿女情长"，格调非常高雅。

以上三类题材在辛弃疾《蝶恋花》词中所占比重较大，但是还有其他一些词作则表现亲情、歌女和隐逸情怀等题材。如《蝶恋花·送祐之弟》表达了词人兄弟间离别时难舍难分的感情，用《蝶恋花》词来表现亲情题材，唐宋词史

---

① 唐圭璋编纂、王仲闻参订、孔凡礼补辑：《全宋词》，中华书局1999年版，第2456页。

② （清）刘熙载：《艺概》，载唐圭璋：《词话丛编》，中华书局1986年版，第3699页。

上并不多见，辛弃疾在此方面具有里程碑式的开拓作用。《蝶恋花·席上赠杨济翁侍儿》表达了词人对年龄尚小却不得不侍宴助兴的歌女的无限同情；《蝶恋花》（洗尽机心随法喜）揭示了词人在壮志难酬之后被迫隐逸的生活状态，诚如《介存斋论词杂著》讲，稼轩"不平之鸣，随处辄发"；他即使隐居在与世隔绝的山野林泉，心里念念不忘的依旧是恢复故土，同时全词洋溢着词人在乐闲自适之中的牢骚满腹、甜美平静之中的抑郁不平。

总之，辛弃疾《蝶恋花》的词作内容多是一种来自现实的主观心灵的书写，在这种心灵书写中饱含真挚情感和爱国热情。这 12 首《蝶恋花》词是辛弃疾个人形象和时代风貌的立体写照，也是作为处在特殊历史时期的优秀政治家和爱国英雄的他寄托性灵怀抱的重要工具。《词苑丛谈》引"梨庄论稼轩词"："辛稼轩当弱宋末造，负管、乐之才，不能尽展其用，一腔忠愤，无处发泄……故其悲歌慷慨，抑郁无聊之气，一寄之于词。"① 因此，辛弃疾在《蝶恋花》词中抒情咏怀，随处可见。

二、辛弃疾《蝶恋花》词的艺术成就

辛弃疾不仅从内容题材上扩大了《蝶恋花》词的境界，而且在艺术手法和审美风格上对《蝶恋花》词也有丰富和发展，如豪婉相济的审美风格，比兴寄托的抒情方式，点化名句和使事用典的修辞手法，皆取得了较高的艺术成就。

首先，豪婉相济，风格独标。辛弃疾是南宋词坛上"别树一帜"② 的伟大词人，他既是立志恢复中土的铮铮英雄，又是精神生活异常丰富的"至情至性人"③。在词的创作方面，他不仅创作抒发充满报国豪情的豪放词，也填制了不少表达离愁别恨的婉约词。而且，他的许多婉约词，就其创作成就来说，也同他的豪放词一样受到人们的一致称赞。如邹祇漠说："稼轩中调、小令，亦间作妩

---

① 唐圭璋：《词苑丛谈》，上海古籍出版社 1981 年版，第 79 页。
② （清）冯煦：《蒿庵论词》，载唐圭璋：《词话丛编》，中华书局 1986 年版，第 3592 页。
③ （清）刘熙载：《艺概》，载唐圭璋：《词话丛编》，中华书局 1986 年版，第 3693 页。

媚语，观其得意处，真有压倒古人之意。"① 辛词"清而丽，婉而妩媚，此又坡词之所无，而公词之所独也。"② 刘克庄在《辛稼轩集序》评价："其秾纤绵密者，亦不在小晏、秦郎之下。"③ 稼轩词"有雅丽语而无一点斧凿痕"④，但又"绝不作妮子态"⑤。辛弃疾《蝶恋花》词虽然以婉约风格的词作数量最多，但是有的词作则是诸种审美风格融合交织，形成《蝶恋花》词"豪婉相济"的独特风格。如《蝶恋花·送郑元英》：

> 莫向城头听漏点，说与行人，默默情千万。总是离愁无近远，人间儿女空恩怨。
>
> 锦绣心胸冰雪面，旧日诗名，曾道空梁燕。倾盖未偿平日愿，一杯早唱阳关劝。⑥

这是首表达离愁别绪的送别友人词。上片以直抒胸臆地方式泛写人世间的各种离愁，用以渲染此刻的送别氛围。前三句写词人对离人的劝和说，表达对行人依依难舍的深厚友情。"总是离愁无近远，人间儿女空恩怨"揭示世间离别司空见惯，而我们不应该像"人间儿女"那样窃窃细语、互诉衷肠，更需要一种"海内存知己，天涯若比邻"的豪爽旷达的胸怀，豪迈之气顿生。下片着重表现自己对郑元英文学、品性等方面的仰慕，可惜无缘长期共处成为至交好友，结句融惜别之情与送别之谊为一体，情真意切。整首词豪婉相济，寓豪于婉，风格独标。

---

① （清）邹祇谟：《远志斋词衷》，载徐汉明：《辛弃疾全集校注》，华中科技大学出版社 2012 年版，第 924 页。

② （宋）范开：《稼轩词序》，载徐汉明：《辛弃疾全集校注》，华中科技大学出版社 2012 年版，第 949 页。

③ （宋）刘克庄：《辛稼轩集序》，载徐汉明：《辛弃疾全集校注》，华中科技大学出版社 2012 年版，第 949 页。

④ 岳国钧：《雄放雅丽 自由本色——论稼轩词的语言特色》，载《贵州社会科学》1992 年第 5 期。

⑤ （明）毛晋：《跋六十家词本稼轩词》，载徐汉明校注：《辛弃疾全集校注》，华中科技大学出版社 2012 年版，第 953 页。

⑥ 唐圭璋编纂、王仲闻参订、孔凡礼补辑：《全宋词》，中华书局 1999 年版，第 2456 页。

其次，比兴寄托，颇具情调。比兴寄托手法原为我国诗歌史上一种古老的表达传统，往往"言在彼而意在此"，触类旁通以引起联想，继而表达作者的思想感情。这种抒情手法的使用多为时代环境所限，作家每一命笔涉及时政，往往便祸及人身。辛弃疾一生，壮烈愤激之情和忧时念乱之意最深而又不能自己，故常常借历史人物或伤春悲秋来寄托自己的一腔爱国热情。最具有代表性的作品是《蝶恋花·月下醉书两岩石浪》：

> 九畹芳菲兰佩好，空谷无人，自怨蛾眉巧。宝瑟泠泠千古调，朱丝弦断知音少。
>
> 冉冉年华吾自老，水满汀洲，何处寻芳草？唤起湘累歌未了，石龙舞罢松风晓。①

此词运用"香草美人"的寄托手法，委婉曲折地表达了自己英雄失志的抑郁、怀才不遇的幽愤、缺少政治知音的悲痛和年华空老的凄凉。词的上片用"兰佩""蛾眉"和"宝瑟"三个富有象征意义的意象，来表明自己如屈原般品性高洁；后两句暗示了自己所处的政治环境极其凶险残忍，自己备受排挤却知音寥寥、无人理解，作者的怨愤悲怒之情一览无遗。下片进一步抒发时不我待、年华空老的悲戚；水满汀州的意象和芳草无踪的感慨做对比，是一个即景兴发的比喻，它隐喻着时事如此、理想难再的无限凄苦；结尾处，在作者于月下独自哀歌弹瑟之时，有被感动的石龙为之起舞，心中的哀情无法言表，内心极度震荡不平。

再次，点化名句，独显风韵。辛弃疾文学艺术修养较高，加之南宋词人立志"骚雅"，所以他常常将前人诗词文中名句熔铸于词中，产生别具一格风韵和审美感受。再看《蝶恋花·送郑元英》一词，如"人间"句，来源于韩愈《听颖师弹琴》："昵昵儿女语，恩怨相尔汝"，此处用来勉励友人郑元英无需因为离别而徒增伤感，要保持豁达超逸的心态；"锦绣心胸"取自苏轼《寄高令》，夸赞郑元英雄才大略；"冰雪面"语见《庄子·逍遥游》，暗示其品性高洁；"旧日"

---

① 唐圭璋编纂、王仲闻参订、孔凡礼补辑：《全宋词》，中华书局 1999 年版，第 2427 页。

二句，来自薛道衡《昔昔盐》："暗牖悬蛛网，空梁落燕泥"，此处是用来称赞郑元英的诗才闻名。用"倾盖"来表示"初交相知，一见如故"，来自《史记·邹阳传》，表达未能与郑元英长期相互成为至交的深深遗憾。全词共十句却有一半的内容是点化前人名句而来，使得词作语言精致典雅，充满韵味，从中也可以窥见辛弃疾深厚扎实的文学艺术功底。

最后，使事用典，深婉含蓄。运用典故往往能扩大词境和容量，收到以少胜多的艺术效果，这是辛弃疾的"拿手好戏"，频繁出现在《蝶恋花》词中。如《蝶恋花》：

> 何物能令公怒喜，山要人来，人要山无意。恰似哀筝弦下齿，千情万意无时已。
>
> 自要溪堂韩作记，今代机云，好语花难比。老眼狂花空处起，银钩未见心先醉。①

上片化用《世说新语》中王恂和郗超凭借智术操纵桓温感情的典故，委婉含蓄地表达自己闲居以来的思想状况：情绪千变万化，长期处在矛盾之中，痛苦至极。下片先用有韩愈《郓州溪堂》诗的典故，提出希望韩元吉能为自己的"稼轩"作序；然后用晋代著名诗人陆机与陆云的典故，称赞韩元吉文章写得好，取得较高的文学才华。全词运用典故，既深婉含蓄地提出了自己的要求，又表达了朋友之谊和对韩元吉的尊崇之情。辛弃疾在《蝶恋花》词中恰当合理地使用典故，把词的意境推到了更深远的地步，扩大了词的容量和内涵。

总之，辛弃疾的《蝶恋花》词有其独特的艺术魅力，不管是其沉郁顿挫的豪放词作，还是温婉含蓄的婉约词作，都成功地切合了传统词作"要眇宜修"的美感特质，呈现出"豪婉相济"的审美风格。而比兴寄托手法、化用名句和使事用典，都使得《蝶恋花》词作富含蕴藉含蓄之美，这都是辛弃疾对《蝶恋花》词调在艺术方面的进一步发展。因此，辛弃疾是南宋《蝶恋花》词毋庸置

---

① 唐圭璋编纂、王仲闻参订、孔凡礼补辑：《全宋词》，中华书局 1999 年版，第 2528 页。

疑的集大成者。

三、辛弃疾《蝶恋花》词的词史意义

辛弃疾以其在《蝶恋花》词填制上多样性、发展性和深度性的创作实践，不仅对前代多有继承，更有多种开拓，成为《蝶恋花》词创作的集大成者。他对《蝶恋花》词的影响较大，并对《蝶恋花》词调的发展作出了不可磨灭的贡献。

首先，辛弃疾《蝶恋花》词是我们了解辛词的一个窗口。在辛弃疾为数不多的 12 首《蝶恋花》词中，如前文所论，不仅题材异常丰富，同时包含诸多审美风格。其中，表现相思恋情者，多旖旎妩媚；表现伤春悲秋、离愁别恨者，多凄怆怨慕；述志咏怀者，多健捷激袅；表现隐逸闲适者，多旷达俊逸；表现赠别酬答者，多豪迈超逸。辛弃疾《蝶恋花》词的思想内容无疑与《蝶恋花》调的音乐声情是极其适宜的。而且，其《蝶恋花》中诸多词作同时具备多种艺术风格，遂造成其词豪婉相济的独特风格，这基本代表了辛弃疾词风的类型。因此，通过《蝶恋花》词，我们可以大致窥探辛词的词风。

其次，辛弃疾《蝶恋花》词代表了南宋《蝶恋花》词创作的整体风貌和最高成就。南宋《蝶恋花》词的主要题材为相思恋情、感时伤怀、隐逸闲适、歌颂吟人和赠酬友情等，辛弃疾《蝶恋花》词基本都有涉及。南宋《蝶恋花》词成就最高的几类题材，如赠酬友情和咏怀等，辛弃疾皆有创作且艺术成就较高。南宋《蝶恋花》词风格的多样化和复杂化，在辛弃疾《蝶恋花》词中也有所体现，如其 12 首词作共涉及 6 种艺术审美风格。因此，辛弃疾《蝶恋花》词以其题材的丰富多彩、风格的多种多样和艺术成就的独到，代表了南宋《蝶恋花》词创作的整体风貌和最高成就。

再次，辛弃疾《蝶恋花》词作对前代《蝶恋花》词的继承与发展。其一，从体式上看，辛弃疾《蝶恋花》基本都遵循冯延巳《鹊踏枝》的正体，格律严谨且讲究韵部。其二，在艺术技巧方面，辛弃疾继承了欧阳修词多借景抒情的表达方式，把自己的主体意识融入相思恋情词和伤春悲秋词中，使其词境更阔大深宏。辛弃疾继承了苏轼词中多使用对仗、典故和化用名句等，使词作语言瑰丽典雅，含蓄蕴藉。其三，他是南宋词坛将题序这一文学形式演绎得最为充分成熟的

词人，其12首词中有10首皆使用了题序。以《蝶恋花·月下醉书两岩石浪》一词最为典型，其题序"月下醉书两岩石浪"不与词意重复，而又对词意形成补足和暗示："'醉书'表明他放下未醉时易有的心理伪装，纯粹抒情的词情品质；'月下'与"松风晓"呼应，即天色初晓，表明词人因沉痛难忍所激发的哀歌经历了较长的物理时间和心理时间；'石浪'又是对词境中'石龙舞罢'形成提示。"① 其四，辛弃疾继承了苏轼"以诗为词"和"以议论入词"的写作手法，将其发展为"以文为词"，在词中抒情言志、生发议论，表白心迹，抒发幽愤，从而做到了"无意不可入，无事不可言"。辛弃疾在词学创作方面对晚唐五代冯延巳、北宋大家欧阳修、苏轼的继承和发展，使其《蝶恋花》词作呈现出更为高雅的文化品位，也取得了相当高的艺术成就。

最后，辛弃疾《蝶恋花》词作在题材、风格和艺术手法等方面为后人提供了借鉴。辛弃疾扩大了《蝶恋花》词的题材内容，如他将亲人离别引入《蝶恋花》词中，描绘了在动荡社会中亲人聚少离多的辛酸生活，这对后世词人是极大的启发。在《蝶恋花》词作中既有朋友赠别时的旷达豪迈，也有恋人离去时的肝肠寸断，即使是朴素雅致的隐逸词也能让人感觉到词人浓浓的爱国热情，说明其词作富含饱满的情感和深刻的思想。另外，辛弃疾《蝶恋花》词打破了"豪放派"和"婉约派"的严格界限，许多词作呈现出"豪婉并济"的艺术风格，为后人留下了广阔的创作空间。还有，辛弃疾在《蝶恋花》词中大肆使事用典，张炎认为："词用事最难，要体任著题，融化不涩。"② 可见用典要使事实与故事相称，方为巧妙。辛弃疾在填词的过程中所使用的典故虽"非有意为之"③，但皆能做到"融化不涩"，无疑提高了词作的格调。不管是题材的开拓、风格的多样还是使事用典的艺术技巧，皆为后人提供了借鉴。

总之，辛弃疾的《蝶恋花》词是我们了解辛词的一个重要窗口，代表了南宋《蝶恋花》词作的整体风貌和最高成就。其对前代词人的继承和发展更使得自己的词作取得了独特的艺术成就，呈现出别样的风格特征。而且辛弃疾《蝶恋

---

① 朱德才、薛祥生、邓红梅：《辛弃疾词新释辑评》，中国书店2006年版，第415页。

② （宋）张炎：《词源》卷下，载唐圭璋：《词话丛编》，中华书局1986年版，第261页。

③ 王国维：《人间词话》，黄霖、周兴陆导读，上海书店出版社2009年版，第210页。

花》词在题材实用性和内容写实性、娴熟的艺术技巧方面颇具特色,深刻影响着后代词人对《蝶恋花》词的创作。

综上所述,我们认为,晚唐五代的冯延巳促成了《蝶恋花》调的定体,其内容虽仍以相思恋情和闺阁艳情题材为主,但已经初步完成《蝶恋花》词的雅化,他是《蝶恋花》词定体的功臣。北宋的欧阳修用自己的创作实践,初步转变了词的功能,成为唐宋词史上将词的娱乐功能推向抒情性功能的重要作家。苏轼以自己的文坛地位和词学成就,对《蝶恋花》词的题材和风格进行空前开拓和丰富,使得《蝶恋花》词在北宋进入蓬勃发展时期,且佳作纷纷涌现,进一步推进了《蝶恋花》词的雅化进程,他无疑是《蝶恋花》词题材和风格的最大开拓者。南宋爱国词人辛弃疾,虽以豪放词风著称,但是他用《蝶恋花》这种以"凄怆柔婉"为主要特征的词调填制了一系列"豪婉相济"的词作,使其呈现出别样的风格特征;而且他更注重在词中抒情言志、发表议论、表白心迹和抒发幽愤,是南宋《蝶恋花》词毋庸置疑的集大成者。

结语　唐宋《蝶恋花》词的词史意义

　　本书以《蝶恋花》调作为研究单位，以唐五代、北宋和南宋三期作为研究范围，从词的调名溯源和其音乐宫调问题入手。第一章和第二章从整体研究的角度探讨了《蝶恋花》调的调名、音乐问题和体制；第三章、第四章和第五章从历时的角度考察了《蝶恋花》词的填制历程、题材、功用、文化意蕴和艺术特征；第六章从个案分析的角度逐一分析了在唐宋《蝶恋花》词的发展中具有里程碑式重要地位的名家如冯延巳、欧阳修、苏轼和辛弃疾及其作品。如此，本书采取面、线、点三种研究视角相结合，较为全面和深入地分析了《蝶恋花》词在唐宋时期的发展历程及其独特的艺术魅力。唐宋《蝶恋花》词的研究，对构建《蝶恋花》词史和"中国分调词史"以及从词体体制内的视角深入审视唐宋词体文学史都有着至关重要的意义。

一、唐宋《蝶恋花》词对构建《蝶恋花》词史和"中国分调词史"的重要意义

　　对唐宋《蝶恋花》词的研究完成了构建《蝶恋花》词史的主要和关键部分，同时也为"中国分调词史"的构建打下了基础。

　　首先，对唐宋《蝶恋花》词的研究完成了构建《蝶恋花》词史的主要和关键部分。《蝶恋花》调产生于盛唐时期，源于唐教坊曲，后经晚唐五代文人冯延巳的大力推动才逐渐进入词坛。北宋是《蝶恋花》调蓬勃发展的时期，因柳永、晏殊、欧阳修、晏几道、苏轼、周邦彦等人的不断努力，此调成为北宋时期词坛上人们争相填制的流行曲调之一。词人们不仅创作了 219 首词作，而且名篇佳作纷纷涌现。到了南宋，在辛弃疾、程垓等人的创作和带动下，《蝶恋花》词的填制逐渐趋向成熟时期，不管是题材内容、功能特征还是文化意蕴、艺术技巧等方

面都获得了长足的发展；而《蝶恋花》中的祝颂词和赠酬词数量的增加，说明在南宋时期人们更重视词的实用功能，它逐渐成为文人日常生活、朋友交往中不可缺少的重要工具，这也是《蝶恋花》词调在南宋时期成熟的最显著的体现。因此，我们可以说，唐宋《蝶恋花》词是整部《蝶恋花》词史的主要和关键部分，对唐宋《蝶恋花》词的研究基本上可以反映《蝶恋花》词整体的发展情况，也完成了构建《蝶恋花》词史的主要和关键部分。

其次，对唐宋《蝶恋花》词的研究为"中国分调词史"的构建打下了基础。本书对曹辛华师提出的构建"中国分调词史"的方法理论进行实践，从词调本位出发，以《蝶恋花》调统率词作。综合运用曹辛华先生提出的"历史纵观""分别横剖""综合研究"的方法①，从音乐学的角度考察《蝶恋花》调的调名来源及其所用宫调，进而探究《蝶恋花》词的音乐问题；从文体学的角度考察了《蝶恋花》词的体制特征，如格律、句式、章法和声情等；从文化学的角度分析了《蝶恋花》词在唐宋时期的填制历程、题材、功能、文化意蕴和艺术特征，尽力描绘与再现唐宋时期《蝶恋花》调的填词历史，揭示其文学史意义和文化内蕴。如此就以唐宋《蝶恋花》调为研究单位，为构建"中国分调词史"打下了基础。

二、唐宋《蝶恋花》词对审视唐宋时期词体文学发展的重要意义

唐宋《蝶恋花》词的研究，以《蝶恋花》调为单位，构建了一个从词体的体制内进行渗透研究的视角，较为深入地审视了唐宋时期词体文学的发展。若按研究内容分类，我们对唐宋《蝶恋花》词的研究构建了《蝶恋花》词的填制史、题材史、功能史和文化史等。若将这些类部纳入整个词体文学发展的洪流中，可以发现，唐宋《蝶恋花》词的发展是唐宋时期词体文学发展的缩影和立体写照。

首先，对唐宋《蝶恋花》词进行研究，可以探讨《蝶恋花》调的填制史。《蝶恋花》调作为唐宋时期词坛最为流行的少数词调之一，其填制经历了唐五代的草创新兴期、北宋蓬勃发展期和南宋成熟鼎盛期等不同阶段。通过对唐宋《蝶

---

① 曹辛华：《论中国分调词史的建构及其意义》，《中国韵文学刊》2009 年第 1 期，第 89~96 页。

恋花》词的研究，基本可以反映《蝶恋花》词的填制历史和发展轨迹。此外，《蝶恋花》调不仅在唐宋时期甚为活跃，即使在宋以后乃至清代和民国时期都历久不衰，其中的名篇佳作代代流传，影响深远。如国学大师王国维在《人间词话》里谈治学经验时说："古今之作大事业、大学问者，必须过三种之境界：'昨夜西风凋碧树。独上高楼，望尽天涯路'。此第一境也。'衣带渐宽终不悔，为伊消得人憔悴'。此第二境也。'众里寻他千百度，蓦然回首，那人却在，灯火阑珊处'。此第三境也。"① 王国维论词不喜牵强附会，对常州词派"寄托说"不以为然，但他甚为重视象征手法，尤其善于运用词中形象表现主观联想。这里，王氏截取晏殊《蝶恋花》（槛菊愁烟兰泣露）、柳永《凤栖梧》（独倚危楼风细细）和辛弃疾《青玉案·元夕》中的若干片段，重新组合，用原是表达爱情的词句来阐述古今成就大事业、大学问的三个境界——"悬思—苦索—顿悟"。如此，唐宋《蝶恋花》词就经王国维之手由爱情领域推演到治学领域，并被赋予了深刻的内涵，自然妙趣横生、脍炙人口。因此，直至当代依然有无数人钟爱《蝶恋花》调并不断填制《蝶恋花》词。

其次，在题材上，唐宋《蝶恋花》词的题材特点在很大程度上是这一时期词坛创作风貌的典型代表。由于《蝶恋花》调的声情偏向"凄怆柔婉"，其发展初期是思妇盼归的主题，故在唐五代和北宋时期，其歌咏爱情和伤春悲秋的词作所占比重较大，这与唐宋词题材演进的整体趋势是相一致的。但是在南宋时期，祝寿词大盛②，《蝶恋花》中祝寿贺词和赠酬友情等题材的数量显著上升，这正是南宋时期祝颂和交游之风大盛的缩影。另外，南渡之后特殊的社会和政治环境，使众多爱国志士无法施展才能，徜徉隐逸在大自然的山水林泉中，故产生了大量咏物词、写景词和隐逸词，南宋《蝶恋花》中这几类词作的数量分别是第1位、第2位和第5位。因此，唐宋《蝶恋花》词的题材特点是这一时期词坛创作风貌的典型代表。

再次，在词体功能上，唐宋《蝶恋花》词的功能演进典型地体现了这一时

---

① 施议对：《人间词话译注》，岳麓书社2008年版，第68页。

② 据统计，《全宋词》中寿词总数达2444首，有姓名可考的作者约431人，其中，北宋寿词仅占180首左右，作者约为32人，其余皆为南宋词人词作。见刘尊明、甘松：《唐宋词与唐宋文化》，凤凰出版社2009年版，第312~313页。

期词体的功能演进。纵观唐宋《蝶恋花》词的功能，主要有音乐、娱乐、审美、社交和抒情言志等。在唐五代和北宋前期，《蝶恋花》词多以娱乐和审美功能为主，但是苏轼在《蝶恋花》词中开始引入诗体言志功能，《蝶恋花》词逐渐偏向抒情言志功能。到了南宋，辛弃疾等词人用词来赠别酬答、相互唱和，因此使《蝶恋花》词呈现了较为明显的社交功能，其实用性也得到了增强。其实，《蝶恋花》词的诸多功能是一个有力的整体，只是某个时期某种功能比较突出，其他功能也是伴随发展的，往往几种功能相互交织。纵观词体文学的功能演进，是一个不断摆脱"词为艳科"的藩篱，由以娱乐、审美为主要功能的伶工之词向以言志抒怀、社交为主要功能的士大夫之词演进的过程。由此可见，从唐宋《蝶恋花》词的功能特征的演进足可一览这一时期词体功能演进的全貌。

最后，对唐宋《蝶恋花》词进行研究，可以窥探唐宋时期的文化史。唐宋《蝶恋花》词或反映文人士大夫高雅的文艺生活和富有情趣的日常生活，或描绘明丽旖旎的自然风光，或歌咏高洁脱俗的景物，或描写琴棋书画，都体现了士大夫雅文化。其中，唐宋《蝶恋花》中交游唱和词、亲友送别词和人生感慨词，则表现了宋人对亲情友情的重视和对生命永恒的渴望，是唐宋伦理文化的缩影。唐宋《蝶恋花》中的隐逸闲适词，反映了唐宋文人对不合理社会现实的消极抗争，体现了文人的隐逸情结和唐宋的隐逸文化。唐宋《蝶恋花》中庆祝节令和描绘节日风俗的词作，则涉及了唐宋时期丰富多彩的民俗文化，也侧面反映了当时人们的社会生活状态。而唐宋《蝶恋花》词中的佛道修行词数量和质量虽然都不算太高，却可以给我们研究唐宋时期的宗教文化提供一个参照。因此，唐宋《蝶恋花》词中所涉及的士大夫雅文化、伦理文化、隐逸文化、民俗文化和宗教文化，对我们研究唐宋时期的文化史具有至关重要的作用。

总之，研究唐宋《蝶恋花》词，可以了解《蝶恋花》词的填制史、题材史、功能史和唐宋时期的文化史，从而在宏观上审视了唐宋时期词体文学的发展。

综上所述，我们认为，对唐宋《蝶恋花》词的研究回归到了词调与词作相辅相成的"原生态"。以《蝶恋花》调统领词作，全面、系统、深入地考察了《蝶恋花》调的原理、规律以及其在唐宋词史上的演进与意义，为《蝶恋花》词史的构建乃至"中国分调词史"的构建打下了基础，并以唐宋《蝶恋花》词的演进与发展为视角，重新审视了这一阶段词体文学的发展。

附录一：唐五代《蝶恋花》词统计

据王兆鹏、曾昭岷等编《全唐五代词》（中华书局 1999 年版）统计整理，凡 17 首。

1. 冯延巳《鹊踏枝》P649

篱落繁枝千万片。犹自多情，学雪随风转。昨夜笙歌容易散。酒醒添得愁无限。

楼上春寒山四面。过尽征鸿，暮景烟深浅。一饷凭阑人不见。红绡掩泪思量遍。

2. 冯延巳《鹊踏枝》P650

谁道闲情抛掷久。每到春来，惆怅还依旧。日日花前常病酒。敢辞镜里朱颜瘦。

河畔青芜堤上柳。为问新愁，何事年年有。独上小楼风满袖。平林新月人归后。

3. 冯延巳《鹊踏枝》P652

秋入蛮蕉风半裂。狼藉池塘，雨打疏荷折。绕砌蛩声芳草歇。愁肠学尽丁香结。

回首西南看晓月。孤雁来时，塞管声呜咽。历历前欢无处说。关山何日休离别。

4. 冯延巳《鹊踏枝》P652

花外寒鸡天欲曙。香印成灰，起坐浑无绪。檐际高桐凝宿雾。卷帘双鹊惊飞去。

屏上罗衣闲绣缕。一晌关情。忆遍江南路。夜夜梦魂休谩语。已知前事无寻处。

5. 冯延巳《鹊踏枝》P653

叵耐为人情太薄。几度思量，真拟浑抛却。新结同心香未落。怎生负得当初约。

休向尊前情索寞。手举金罍，凭仗深深酌。莫作等闲相斗作。与君保取长欢乐。

6. 冯延巳《鹊踏枝》P653

萧索清秋珠泪坠。枕簟微凉，展转浑无寐。残酒欲醒中夜起。月明如练天如水。

阶下寒声啼络纬。庭树金风，悄悄重门闭。可惜旧欢携手地。思量一夕成憔悴。

7. 冯延巳《鹊踏枝》P653-654

烦恼韶光能几许。肠断魂销，看却春还去。只喜墙头灵鹊语。不知青鸟全相误。

心若垂杨千万缕。水阔花飞，梦断巫山路。开眼新愁无问处。珠帘锦帐相思否。

8. 冯延巳《鹊踏枝》P654

霜落小园瑶草短。瘦叶和风，惆怅芳时换。旧恨年年秋不管。朦胧如梦空肠断。

独立荒池斜日岸。墙外遥山，隐隐连天汉。忽忆当年歌舞伴。晚来双脸啼痕满。

9. 冯延巳《鹊踏枝》P654

芳草满园花满目。帘外微微，细雨笼庭竹。杨柳千条珠景觳。碧池波皱鸳鸯浴。

窈窕人家颜似玉。絃管泠泠，齐奏云和曲。公子欢筵犹未足。斜阳不用相催促。

10. 冯延巳《鹊踏枝》P654

几度凤楼同饮宴。此夕相逢，却胜当时见。低语前欢频转面。双眉敛恨春山远。

蜡烛泪流羌笛怨。偷整罗衣，欲唱情犹懒。醉里不辞金盏满。阳关一曲肠千断。

11. 冯延巳《鹊踏枝》P655

几日行云何处去。忘却归来，不道春将暮。百草千花寒食路。香车系在谁家树。

泪眼倚楼频独语。双燕飞来，陌上相逢否。撩乱春愁如柳絮。悠悠梦里无寻处。

12. 冯延巳《鹊踏枝》P656

庭院深深深几许。杨柳堆烟，帘幕无重数。玉勒雕鞍游冶处。楼高不见章台路。

雨横风狂三月暮。门掩黄昏，无计留春住。泪眼问花花不语。乱红飞入秋千去。

13. 冯延巳《鹊踏枝》P657

粉映墙头寒欲尽。宫漏长时，酒醒人犹困。一点春心无限恨。罗衣印满啼妆粉。

柳岸花飞寒食近。陌上行人，杳不传芳信。楼上重檐山隐隐。东风尽日吹蝉鬓。

14. 冯延巳《鹊踏枝》P658

六曲阑干偎碧树。杨柳风轻，展尽黄金缕。谁把钿筝移玉柱。穿帘海燕惊飞去。

满眼游丝兼落絮。红杏开时，一霎清明雨。浓睡觉来慵不语。惊残好梦无寻处。

15. 李煜《蝶恋花》P748

遥夜庭皋闲信步。乍过清明，早觉伤春暮。数点雨声风约住。朦胧淡月云来去。

桃李依依春暗度。谁在秋千，笑里低低语。一片芳心千万绪，人间没个安排处。

16. 无名氏《鹊踏枝》P930

独坐更深人寂寂。忆恋家乡，路远关山隔。寒雁飞来无消息。交儿牵断心肠忆。

仰告三光珠泪滴。交他耶孃，甚处传书觅。自叹宿缘作他邦客。辜负尊亲虚劳力。

17. 无名氏《鹊踏枝》P935

叵耐灵鹊多瞒语。送喜何曾有凭据。几度飞来活捉取。锁上金笼休共语。

比拟好心来送喜。谁知锁我在金笼里。欲他征夫早归来，腾身却放我向青云里。

附录二：宋代《蝶恋花》词统计

据唐圭璋编纂、王仲闻参订、孔凡礼补辑：《全宋词》（中华书局 1999 年版）统计整理，凡 507 首。

1. 丁谓《凤栖梧》P9

十二层楼春色早。三殿笙歌，九陌风光好。堤柳岸花连复道。玉梯相对开蓬岛。

莺啭乔林鱼在藻。太液微波，绿斗王孙草。南阙万人瞻羽葆。后天祝圣天难老。

2. 丁谓《凤栖梧》P9

朱阙玉城通阆苑。月桂星榆，春色无深浅。箫瑟篌笙仙客宴。蟠桃花满蓬莱殿。

九色明霞裁羽扇。云雾为车，鸾鹤骖雕辇。路指瑶池归去晚。壶中日月如天远。

3. 柳永《凤栖梧》P31

帘下清歌帘外宴。虽爱新声，不见如花面。牙板数敲珠一串，梁尘暗落琉璃盏。

桐树花深孤凤怨。渐遏遥天，不放行云散。坐上少年听不惯。玉山未倒肠先断。

4. 柳永《凤栖梧》P31

伫倚危楼风细细。望极春愁，黯黯生天际。草色烟光残照里。无言谁会凭阑意。

拟把疏狂图一醉。对酒当歌，强乐还无味。衣带渐宽终不悔。为伊消得人憔悴。

5. 柳永《凤栖梧》P31

蜀锦地衣丝步障。屈曲回廊，静夜闲寻访。玉砌雕阑新月上。朱扉半掩人相望。

旋暖熏炉温斗帐。玉树琼枝，迤逦相偎傍。酒力渐浓春思荡。鸳鸯绣被翻红浪。

6. 张先《凤栖梧》P83

密宴厌厌池馆暮。天汉沉沉，借得春光住。红翠斗为长袖舞。香檀拍过惊鸿翥。

明日不知花在否。今夜圆蟾，后夜忧风雨。可惜歌云容易去。东城杨柳东城路。

7. 张先《蝶恋花》P84

临水人家深宅院。阶下残花，门外斜阳岸。柳舞翙尘千万线。青楼百尺临天半。

楼上东风春不浅。十二阑干，尽日珠帘卷。有个离人凝泪眼。淡烟芳草连云远。

8. 张先《蝶恋花》P85

槛菊愁烟兰泣露。罗幕轻寒，燕子双飞去。明月不谙离恨苦。斜光到晓穿朱户。

昨夜西风凋碧树。独上高楼，望尽天涯路。欲寄彩笺兼尺素。山长水阔知何处。

9. 张先《蝶恋花》P85

绿水波平花烂漫。照影红妆，步转垂杨岸。别后深情将为断。相逢添得人留恋。

絮软丝轻无系绊。烟惹风迎，并入春心乱。和泪语娇声又颤。行行尽远犹回面。

10. 张先《蝶恋花》P85

移得绿杨栽后院。学舞宫腰，二月青犹短。不比灞陵多送远。残丝乱絮东西岸。

几叶小眉寒不展。莫唱阳关，真个肠先断。分付与春休细看。条条尽是离人怨。

11. 晏殊《鹊踏枝》P115

槛菊愁烟兰泣露。罗幕轻寒，燕子双飞去。明月不谙离恨苦。斜光到晓穿朱户。

昨夜西风凋碧树。独上高楼，望尽天涯路。欲寄彩笺兼尺素。山长水阔知何处。

12. 晏殊《鹊踏枝》P115

紫府群仙名籍秘。五色斑龙，暂降人间世。海变桑田都不记。蟠桃一熟三千岁。

露滴彩旌云绕袂。谁信壶中，别有笙歌地。门外落花随水逝。相看莫惜尊前醉。

13. 晏殊《蝶恋花》P131

一霎秋风惊画扇。艳粉娇红，尚拆荷花面。草际露垂虫响遍。珠帘不下留归燕。

扫掠亭台开小院。四坐清欢，莫放金杯浅。龟鹤命长松寿远。阳春一曲情千万。

14. 晏殊《蝶恋花》P131-132

紫菊初生朱槿坠。月好风清，渐有中秋意。更漏乍长天似水。银屏展尽遥山翠。

绣幕卷波香引穗。急管繁弦，共庆人间瑞。满酌玉杯萦舞袂。南春祝寿千千岁。

15. 晏殊《蝶恋花》P132

帘幕风轻双语燕。午醉醒来，柳絮飞撩乱。心事一春犹未见。余花落尽青苔院。

百尺朱楼闲倚遍。薄雨浓云，抵死遮人面。消息未知归早晚。斜阳只送平波远。

16. 晏殊《蝶恋花》P132

玉碗冰寒消暑气。碧簟纱厨，向午朦胧睡。莺舌惺松如会意。无端画扇惊飞起。

雨后初凉生水际。人面荷花，的的遥相似。眼看红芳犹抱蕊。丛中已结新莲子。

17. 晏殊《蝶恋花》P132

梨叶疏红蝉韵歇。银汉风高，玉管声凄切。枕簟乍凉铜漏咽。谁教社燕轻离别。

草际蛩吟珠露结。宿酒醒来，不记归时节。多少衷肠犹未说。朱帘一夜朦胧月。

18. 晏殊《蝶恋花》P132

南雁依稀回侧阵。雪霁墙阴，偏觉兰芽嫩。中夜梦馀消酒困。炉香卷穗灯生晕。

急景流年都一瞬。往事前欢，未免萦方寸。腊后花期知渐近。寒梅已作东风信。

19. 晏殊《蝶恋花》P140

南园春半踏青时。风和闻马嘶。青梅如豆柳如眉。日长蝴蝶飞。

花露重，草烟低。人家帘幕垂。秋千慵困解罗衣。画梁双燕归。①

20. 晏殊《蝶恋花》P140

六曲阑干偎碧树。杨柳风轻，展尽黄金缕。谁把钿筝移玉柱。穿帘海燕惊飞去。

满眼游丝兼落絮。红杏开时，一霎清明雨。浓睡觉来莺乱语。惊残好梦无寻处。

21. 李冠《蝶恋花·春暮》P145

遥夜亭皋闲信步。才过清明，渐觉伤春暮。数点雨声风约住。朦胧淡月云来去。

桃杏依稀香暗度。谁在秋千，笑里轻轻语。一寸相思千万绪。人间没个安排处。

22. 李冠《蝶恋花·佳人》P146

---

① 此处调名实为《阮郎归》，误收为《蝶恋花》，请参考附录三：《全宋词》及补辑中《蝶恋花》词重收误收辑录。

贴鬓香云双绾绿。柳弱花娇，一点春心足。不肯玉箫闲度曲。恼人特把青蛾蹙。

静夜溪桥霜薄屋。独影行歌，惊起双鸳宿。愁破酒阑闺梦熟。月斜窗外风敲竹。

23. 宋祁《蝶恋花》P148

雨过蒲萄新涨绿。苍玉盘倾，堕碎珠千斛。姬监拥前红簇簇。温泉初试真妃浴。

驿使南来丹荔熟。故剪轻绡，一色颁时服。娇汗易晞凝醉玉。清凉不用香绵扑。

24. 宋祁《蝶恋花·情景》P148

绣幕茫茫罗帐卷。春睡腾腾，困入娇波慢。隐隐枕痕留玉脸。腻云斜溜钗头燕。

远梦无端欢又散。泪落胭脂，界破蜂黄浅。整了翠鬟匀了面。芳心一寸情何限。

25. 欧阳修《蝶恋花》P159

帘幕东风寒料峭。雪里香梅，先报春来早。红蜡枝头双燕小。金刀剪彩呈纤巧。

旋暖金炉薰蕙藻。酒入横波，困不禁烦恼。绣被五更春睡好。罗帏不觉纱窗晓。

26. 欧阳修《蝶恋花》P159-160

南雁依稀回侧阵。雪霁墙阴，遍觉兰芽嫩。中夜梦馀消酒困。炉香卷穗灯生晕。

急景流年都一瞬。往事前欢，未免萦方寸。腊后花期知渐近。东风已作寒梅信。

27. 欧阳修《蝶恋花》P160

腊雪初销梅蕊绽。梅雪相和，喜鹊穿花转。睡起夕阳迷醉眼。新愁长向东风乱。

瘦觉玉肌罗带缓。红杏梢头，二月春犹浅。望极不来芳信断。音书纵有争如见。

28. 欧阳修《蝶恋花》P160

海燕双来归画栋。帘影无风，花影频移动。半醉腾腾春睡重。绿鬟堆枕香云拥。

翠被双盘金缕凤。忆得前春，有个人人共。花里黄莺时一弄。日斜惊起相思梦。

29. 欧阳修《蝶恋花》P160

面旋落花风荡漾。柳重烟深，雪絮飞来往。雨后轻寒犹未放。春愁酒病成惆怅。

枕畔屏山围碧浪。翠被华灯，夜夜空相向。寂寞起来褰绣幌。月明正在梨花上。

30. 欧阳修《蝶恋花》P160

帘幕风轻双语燕。午后醒来，柳絮飞撩乱。心事一春犹未见。红英落尽青苔院。

百尺朱楼闲倚遍。薄雨浓云，抵死遮人面。羌管不须吹别怨。无肠更为新声断。

31. 欧阳修《蝶恋花》P161

永日环堤乘彩舫。烟草萧疏，恰似晴江上。水浸碧天风皱浪。菱花荇蔓随双桨。

红粉佳人翻丽唱。惊起鸳鸯，两两飞相向。且把金尊倾美酿。休思往事成惆怅。

32. 欧阳修《蝶恋花》P161

越女采莲秋水畔。窄袖轻罗，暗露双金钏。照影摘花花似面。芳心只共丝争乱。

鸂鶒滩头风浪晚。雾重烟轻，不见来时伴。隐隐歌声归棹远。离愁引著江南岸。

33. 欧阳修《蝶恋花》P161

水浸秋天风皱浪。缥缈仙舟，只似秋天上。和露采莲愁一饷。看花却是啼妆样。

折得莲茎丝未放。莲断丝牵，特地成惆怅。归棹莫随花荡漾。江头有个人相望。

34. 欧阳修《蝶恋花》P161

梨叶初红蝉韵歇。银汉风高，玉管声凄切。枕簟乍凉铜漏彻。谁教社燕轻离别。

草际虫吟秋露结。宿酒醒来，不记归时节。多少衷肠犹未说。珠帘夜夜朦胧月。

35. 欧阳修《蝶恋花》P161-162

独倚危楼风细细。望极离愁，黯黯生天际。草色山光残照里。无人会得凭阑意。

也拟疏狂图一醉。对酒当歌，强饮还无味。衣带渐宽都不悔。况伊销得人憔悴。

36. 欧阳修《蝶恋花》P162

帘下清歌帘外宴。虽爱新声，不见如花面。牙板数敲珠一串。梁尘暗落琉璃盏。

桐树花深孤凤怨。渐遏遥天，不放行云散。坐上少年听未惯。玉山将倒肠先断。

37. 欧阳修《蝶恋花》P162

翠苑红芳晴满目。绮席流莺，上下长相逐。紫陌闲随金辂辘。马蹄踏遍春郊绿。

一觉年华春梦促。往事悠悠，百种寻思足。烟雨满楼山断续。人闲倚遍阑干曲。

38. 欧阳修《蝶恋花》P162

小院深深门掩亚。寂寞珠帘，画阁重重下。欲近禁烟微雨罢。绿杨深处秋千挂。

傅粉狂游犹未舍。不念芳时，眉黛无人画。薄幸未归春去也。杏花零落香红谢。

39. 欧阳修《蝶恋花》P162

欲过清明烟雨细。小槛临窗，点点残花坠。梁燕语多惊晓睡。银屏一半堆香被。

新岁风光如旧岁。所恨征轮，渐渐程迢递。纵有远情难写寄。何妨解有相思泪。

40. 欧阳修《蝶恋花》P162-163

画阁归来春又晚。燕子双飞，柳软桃花浅。细雨满天风满院。愁眉敛尽无人见。

独倚阑干心绪乱。芳草芊绵，尚忆江南岸。风月无情人暗换。旧游如梦空肠断。

41. 欧阳修《蝶恋花》P163

尝爱西湖春色早。腊雪方销，已见桃开小。顷刻光阴都过了。如今绿暗红英少。

且趁馀花谋一笑。况有笙歌，艳态相萦绕。老去风情应不到。凭君剩把芳尊倒。

42. 欧阳修《蝶恋花》P190

几度兰房听禁漏。臂上残妆，印得香盈袖。酒力融融香汗透。春娇入眼横波溜。

不见些时眉已皱。水阔山遥，乍向分飞后。大抵有情须感旧。肌肤拚为伊销瘦。

43. 欧阳修《蝶恋花·咏枕儿》P190

宝琢珊瑚山样瘦。缓髻轻拢，一朵云生袖。昨夜佳人初命偶。论情旋旋移相就。

几叠鸳衾红浪皱。暗觉金钗，磔磔声相扣。一自楚台人梦后。凄凉暮雨沾茵绣。

44. 欧阳修《蝶恋花》P190

一掬天和金粉腻。莲子心中，自有深深意。意密莲深秋正媚。将花寄恨无人会。

桥上少年桥下水。小棹归时，不语牵红袂。浪溅荷心圆又碎。无端欲伴相思泪。

45. 欧阳修《蝶恋花》P190

百种相思千种恨。早是伤春，那更春醲困。薄幸辜人终不愤。何时枕畔分明问。

懊恼风流心一寸。强醉偷眠，也即依前闷。此意为君君不信。泪珠滴尽愁难尽。

46. 欧阳修《鹊踏枝》P193

一曲尊前开画扇。暂近还遥，不语仍低面。直至情多缘少见。千金不直双回昐。

苦恨行云容易散。过尽佳期，争向年芳晚。百种寻思千万遍。愁肠不似情难断。

47. 杜安世《凤栖梧》P229

整顿云鬟初睡起。庭院无风，尽日帘垂地。画阁巢新燕声喜。杨花狂散无拘系。

近来早是添憔悴。金缕衣宽，赛过宫腰细。苒苒光阴似流水。春残莺老人千里。

48. 杜安世《凤栖梧》P229

池上新秋帘幕卷。菡萏娇红，鉴里西施面。衰柳摇风尚柔软。眠沙鸂鶒临清浅。

新翻归翅云间燕。满地槐花，尽日蝉声乱。独倚阑干暮山远。一场寂寞无人见。

49. 杜安世《凤栖梧》P229

闲上江楼初雨过。满袖清风，微散谁知我。莲脸佳人颜未破。沙洲两两鸳鸯卧。

时有渔歌相应和。叠秀危横，黛拨山千朵。一片凄凉无计那。离愁还有些些个。

50. 杜安世《凤栖梧》P229

惆怅留春留不住。欲到清和，背我堂堂去。飞絮落花和细雨。凄凉庭院流莺度。

更被闲愁相赚误。梦断高唐，回首桃源路。一饷沉吟无意绪。分明往事今何处。

51. 杜安世《凤栖梧》P237

秋日楼台在空际。画角声沉，历历寒更起。深院黄昏人独自。想伊遥共伤前事。

懊恼当初无算计。些子欢娱，多少凄凉味。相去江山千万里。一回东望心如醉。

52. 杜安世《凤栖梧》P237

任在芦花最深处。浪静风恬，又泛轻舟去。去到滩头遇俦侣。散唱狂歌鱼未取。

不把身心干时务。一副轮竿，莫笑闲家具。待拟观光佐明主。将甚医他民病苦。

53. 杜安世《凤栖梧》P237

别浦迟留恋清浅。菱蔓荷花，尽日妨钩线。向晚澄江静如练。风送归帆飞似箭。

鸥鹭相将是家眷。坐对云山，一任炎凉变。定是寰区又清宴。不见龙骧波上战。

54. 杜安世《凤栖梧》P237

闲把浮生细思算。百岁光阴，梦里销除半。白首为郎休浩叹。偷安自喜身强健。

多少英贤裨圣旦。一个非才，深谢容疏懒。席上清歌珠一串。莫教欢会轻分散。

55. 杜安世《凤栖梧》P237

新月羞光影庭树。窗外芭蕉，数点黄昏雨。何事秋来无意绪。玉容寂寞双眉聚。

一点银釭扃绣户。莎砌寒蛩，历历啼声苦。孤枕夜长君信否。披衣颥坐魂飞去。

56. 卢氏《凤栖梧·题泥溪驿》P250

登山临水，不费于讴吟。易羽移商，聊舒于羁思。因成凤栖梧曲子一阕，聊书于壁。后之君子览者，毋以妇人窃弄翰墨为罪。

蜀道青天烟霭翳。帝里繁华、迢递何时至。回望锦川挥粉泪。凤钗斜弹乌云腻。

钿带双垂金缕细。玉珮玎珰，露滴寒如水。从此鸾妆添远意。亘眉学得遥山翠。

57. 韩缜姬《蝶恋花》P261

香作风光浓著露，正恁双栖，又遣分飞去。密诉东君应不许。泪波一洒奴衷素。（下阕）

58. 滕甫《蝶恋花·次长汀壁间韵》P263

叶底无风池面静。掬水佳人，拍破青铜镜。残月朦胧花弄影。新梳斜插乌云鬓。

拍索闷怀添酒兴。旋撷园蔬，随分成盘饤。说与翠微休急性。功名富贵皆前定。

59. 滕甫《蝶恋花·再和》P263

昼永无人深院静。一枕春醒，犹未忺临镜。帘卷新蟾光射影。速忙掠起蓬松鬓。

对景沉吟嗟没兴。薄幸不来，空把杯盘饤。休道妇人多水性。今宵独自言无定。

60. 晏几道《蝶恋花》P287

卷絮风头寒欲尽。坠粉飘红，日日香成阵。新酒又添残酒困。今春不减前春恨。

蝶去莺飞无处问。隔水高楼，望断双鱼信。恼乱层波横一寸。斜阳只与黄昏近。

61. 晏几道《蝶恋花》P287

初捻霜纨生怅望。隔叶莺声，似学秦娥唱。午睡醒来慵一饷。双纹翠簟铺寒浪。

雨罢蘋风吹碧涨。脉脉荷花，泪脸红相向。斜贴绿云新月上。弯环正是愁眉样。

62. 晏几道《蝶恋花》P287

庭院碧苔红叶遍。金菊开时，已近重阳宴。日日露荷凋绿扇。粉塘烟水澄如练。

试倚凉风醒酒面。雁字来时，恰向层楼见。几点护霜云影转。谁家芦管吹秋怨。

63. 晏几道《蝶恋花》P287-288

喜鹊桥成催凤驾。天为欢迟，乞与初凉夜。乞巧双蛾加意画。玉钩斜傍西南挂。

分钿擘钗凉叶下。香袖凭肩，谁记当时话。路隔银河犹可借。世间离恨何年罢。

64. 晏几道《蝶恋花》P288

碧草池塘春又晚。小叶风娇，尚学娥妆浅。双燕来时还念远。珠帘绣户杨花满。

绿柱频移弦易断。细看秦筝，正似人情短。一曲啼乌心绪乱。红颜暗与流年换。

65. 晏几道《蝶恋花》P288

碾玉钗头双凤小。倒晕工夫，画得宫眉巧。嫩趓罗裙胜碧草。鸳鸯绣字春衫好。

三月露桃芳意早。细看花枝，人面争多少。水调声长歌未了。掌中杯尽东池晓。

66. 晏几道《蝶恋花》P288

醉别西楼醒不记。春梦秋云，聚散真容易。斜月半窗还少睡。画屏闲展吴山翠。

衣上酒痕诗里字。点点行行，总是凄凉意。红烛自怜无好计。夜寒空替人垂泪。

67. 晏几道《蝶恋花》P288

欲减罗衣寒未去。不卷珠帘，人在深深处。残杏枝头花几许。啼红正恨清明雨。

尽日沉香烟一缕。宿酒醒迟，恼破春情绪。远信还因归燕误。小屏风上西江路。

68. 晏几道《蝶恋花》P288-289

千叶早梅夸百媚。笑面凌寒，内样妆先试。月脸冰肌香细腻。风流新称东君意。

一捻年光春有味。江北江南，更有谁相比。横玉声中吹满地。好枝长恨无人寄。

69. 晏几道《蝶恋花》P289

金蕖刀头芳意动。彩蕊开时，不怕朝寒重。晴雪半消花鬓鬓。晓妆呵尽香酥冻。

十二楼中双翠凤。缥缈歌声，记得江南弄。醉舞春风谁可共。秦云已有鸳屏梦。

70. 晏几道《蝶恋花》P289

笑艳秋莲生绿浦。红脸青腰，旧识凌波女。照影弄妆娇欲语。西风岂是繁华主。

可恨良辰天不与。才过斜阳，又是黄昏雨。朝落暮开空自许。竟无人解知心苦。

71. 晏几道《蝶恋花》P289

碧落秋风吹玉树。翠节红旌，晚过银河路。休笑星机停弄杼。凤帏已在云深处。

楼上金针穿绣缕。谁管天边，隔岁分飞苦。试等夜阑寻别绪。泪痕千点罗衣露。

72. 晏几道《蝶恋花》P289

碧玉高楼临水住。红杏开时，花底曾相遇。一曲阳春春已暮。晓莺声断朝云去。

远水来从楼下路。过尽流波，未得鱼中素。月细风尖垂柳渡。梦魂长在分襟处。

73. 晏几道《蝶恋花》P289-290

梦入江南烟水路，行尽江南，不与离人遇。睡里消魂无说处。觉来惆怅消魂误。

欲尽此情书尺素。浮雁沉鱼，终了无凭据。却倚缓弦歌别绪。断肠移破秦筝柱。

149

74. 晏几道《蝶恋花》P290

黄菊开时伤聚散。曾记花前，共说深深愿。重见金英人未见。相思一夜天涯远。

罗带同心闲结遍。带易成双，人恨成双晚。欲写彩笺书别怨。泪痕早已先书满。

75. 魏夫人《卷珠帘》P348

记得来时春未暮。执手攀花，袖染花梢露。暗卜春心共花语。争寻双朵争先去。

多情因甚相辜负。轻拆轻离，欲向谁分诉。泪湿海棠花枝处。东君空把奴分付。

76. 王诜《蝶恋花》P353

钟送黄昏鸡报晓。昏晓相催，世事何时了。万恨千愁人自老。春来依旧生芳草。

忙处人多闲处少。闲处光阴，几个人知道。独上高楼云渺渺。天涯一点青山小。

77. 王诜《蝶恋花》P355

小雨初晴回晚照。金翠楼台，倒影芙蓉沼。杨柳垂垂风袅袅。嫩荷无数青钿小。

似此园林无限好。流落归来，到了心情少。坐到黄昏人悄悄。更应添得朱颜老。

78. 苏轼《蝶恋花·春景》P387

花褪残红青杏小。燕子飞时，绿水人家绕。枝上柳绵吹又少。天涯何处无芳草。

墙里秋千墙外道。墙外行人，墙里佳人笑。笑渐不闻声渐悄。多情却被无情恼。

79. 苏轼《蝶恋花·佳人》P387

一颗樱桃樊素口。不爱黄金，只爱人长久。学画鸦儿犹未就。眉尖已作伤春皱。

扑蝶西园随伴走。花落花开，渐解相思瘦。破镜重圆人在否。章台折尽青青柳。

80. 苏轼《蝶恋花·送春》P387

雨后春容清更丽。只有离人，幽恨终难洗。北固山前三面水。碧琼梳拥青螺髻。

一纸乡书来万里。问我何年，真个成归计。白首送春拼一醉。东风吹破千行泪。

81. 苏轼《蝶恋花·暮春》P387-388

簌簌无风花自堕。寂寞园林，柳老樱桃过。落日多情还照坐。山青一点横云破。

路尽河回千转柂。系缆渔村，月暗孤灯火。凭仗飞魂招楚些。我思君处君思我。

82. 苏轼《蝶恋花·密州上元》P388

灯火钱塘三五夜。明月如霜，照见人如画。帐底吹笙香吐麝。此般风味应无价。

寂寞山城人老也。击鼓吹箫，乍入农桑社。火冷灯稀霜露下。昏昏雪意云垂野。

83. 苏轼《蝶恋花·密州冬夜文安国席上作》P388

帘外东风交雨霰。帘里佳人，笑语如莺燕。深惜今年正月暖。灯光酒色摇金盏。

掺鼓渔阳挝未遍。舞褪琼钗，汗湿香罗软。今夜何人吟古怨。清诗未就冰生砚。

84. 苏轼《蝶恋花·过涟水军赠赵晦之》P388

自古涟漪佳绝地。绕郭荷花，欲把吴兴比。倦客尘埃何处洗。真君堂下寒泉水。

左海门前酤酒市。夜半潮来，月下孤舟起。倾盖相逢拼一醉。双凫飞去人千里。

85. 苏轼《蝶恋花·述怀》P388

云水萦回溪上路。叠叠青山，环绕溪东注。月白沙汀翘宿鹭。更无一点尘来处。

溪叟相看私自语。底事区区，苦要为官去。尊酒不空田百亩。归来分得闲中趣。

86. 苏轼《蝶恋花·送潘大临》P414

别酒劝君君一醉。清润潘郎，又是何郎婿。记取钗头新利市。莫将分付东邻子。

回首长安佳丽地。三十年前，我是风流帅。为向青楼寻旧事。花枝缺处馀名字。

87. 苏轼《蝶恋花·同安生日放鱼，取金光明经救鱼事》P414

泛泛东风初破五。江柳微黄，万万千千缕。佳气郁葱来绣户。当年江上生奇女。

一笺寿觞谁与举。三个明珠，膝上王文度。放尽穷鳞看圉圉。天公为下曼陀雨。

88. 苏轼《蝶恋花》P422

春事阑珊芳草歇。客里风光，又过清明节。小院黄昏人忆别。落红处处闻啼鴂。

咫尺江山分楚越。目断魂销，应是音尘绝。梦破五更心欲折。角声吹落梅花月。

89. 苏轼《蝶恋花》P423

记得画屏初会遇。好梦惊回，望断高唐路。燕子双飞来又去。纱窗几度春光暮。

那日绣帘相见处。低眼佯行，笑整香云缕。敛尽春山羞不语。人前深意难轻诉。

90. 苏轼《蝶恋花》P423

昨夜秋风来万里。月上屏帏，冷透人衣袂。有客抱衾愁不寐。那堪玉漏长如岁。

羁舍留连归计未。梦断魂销，一枕相思泪。衣带渐宽无别意。新书报我添憔悴。

91. 苏轼《蝶恋花》P423

雨霰疏疏经泼火。巷陌秋千，犹未清明过。杏子梢头香蕾破。淡红褪白胭脂涴。

苦被多情相折挫。病绪厌厌，浑似年时个。绕遍回廊还独坐。月笼云暗重门锁。

92. 苏轼《蝶恋花》P423

蝶懒莺慵春过半。花落狂风，小院残红满。午醉未醒红日晚。黄昏帘幕无人卷。

云鬓鬅松眉黛浅。总是愁媒，欲诉谁消遣。未信此情难系绊。杨花犹有东风管。

93. 李之仪《蝶恋花》P444

天淡云闲晴昼永。庭户深沉，满地梧桐影。骨冷魂清如梦醒。梦回犹是前时景。

取次杯盘催酩酊。醉帽频欹，又被风吹正。踏月归来人已静。恍疑身在蓬莱顶。

94. 李之仪《蝶恋花》P444

玉骨冰肌天所赋。似与神仙，来作烟霞侣。枕畔拈来亲手付。书窗终日常相顾。

几度离披留不住。依旧清香，只欠能言语。再送神仙须爱护。他时却待亲来取。

95. 李之仪《蝶恋花》P444

万事都归一梦了。曾向邯郸，枕上教知道。百岁年光谁得到。其间忧患知多少。

无事且频开口笑。纵酒狂歌，销遣闲烦恼。金谷繁华春正好。玉山一任樽前倒。

96. 李之仪《蝶恋花》P444

为爱梅花如粉面。天与工夫，不似人间见。几度拈来亲比看。工夫却是花枝浅。

觅得归来临几砚。尽日相看，默默情无限。更不嗅时须百遍。分明销得人肠断。

97. 李之仪《蝶恋花·席上代人送客，因载其语》P455-456

帘外飞花湖上语。不恨花飞，只恨人难住。多谢雨来留得住。看看却恐晴催去。

寸寸离肠须会取。今日宁宁，明日从谁诉。怎得此身如去路。迢迢长在君行处。

98. 舒亶《蝶恋花·置酒别公度座间探题得梅》P471

雪后江城红日晚。暖入香梢，渐觉玲珑满。仿佛临风妆半面。冰帘斜卷谁庭院。

折向樽前君细看。便是江南，寄我人还远。手把此枝多少怨。小楼横笛吹肠断。

99. 舒亶《蝶恋花》P472

深炷熏炉扃小院。手捻黄花，尚觉金犹浅。回首画堂双语燕。无情渐渐看人远。

相见争如初不见。短鬓潘郎，斗觉年华换。最是西风吹不断。心头往事歌中怨。

100. 了元《蝶恋花》P478

执板娇娘留客住。初整金钗，十指纤纤露。歌断一声天外去。清音已遏行云住。

耳有姻缘能听事。眼见姻缘，便得当前觑。眼耳姻缘都已是。姻缘别有知何处。

101. 黄裳《蝶恋花·牡丹》P486

每到花开春已暮。况是人生，难得长欢聚。一日一游能几度。看看背我堂堂去。

蝶乱蜂忙红粉妒。醉眼吟情，且与花为主。雪怨云愁无问处。芳心待向谁分付。

102. 黄裳《蝶恋花》P486

兴到浓时春不住。昨夜雕栏，放了花无数。谈笑急邀吟醉侣。青娥也合随轩去。

媚恐情生娇恐妒。今日开尊，多幸无风雨。休唱宴琼林一句。来年花共人何处。

103. 黄裳《蝶恋花·东湖》P486

南北两山骄欲斗。中有涟漪，莫道壶山小。落落情怀临漂渺。驾言来处铃斋悄。

行到桃溪花解笑。人面相逢，竞好窥寒照。醉步欹斜西日少。欢声犹唱多情调。

104. 黄裳《蝶恋花》P486

高下亭台山水境。两畔清辉，中有垂杨径。鹭点前汀供雪景。花乘流水传春信。

不醉无归先说定。醉待言归，又被风吹醒。月下壶天游未尽。广寒宫是波中影。

105. 黄裳《蝶恋花》P486

杳杳晴虚寒漫漫。放下尘劳，相共游银汉。便入醉乡休浩叹。神仙只在云门馆。

饮兴偏宜流水畔。时有红蕖，落在黄金盏。鹭未忘机移别岸。画船更上前汀看。

106. 黄裳《蝶恋花》P486

水鉴中看尤未老。乘兴拏舟，更向湘江过。俯仰太虚都一个。九春风思谁吟到。

闲上钓台云外坐。待得金鳞，始放芳尊倒。醉后言归犹更早。素纤有数君须道。

107. 黄裳《蝶恋花·月词》P492

伏以合欢开宴，奉乐国之宾朋；对景摅怀，待良时之风月。此者偶届三益，幸逢四并。六幕星稀，万棂风细。天发金精之含蓄，地扬银色之光华。远近万情，若知而莫诘。满虚一色，可揽以□将。是故无累而玩之者，喜乐之心生；不足而对之者，悲伤之态作。感群动以无意，涵长空而不流。对坐北堂，方入陆生之牖。共离南馆，便登韩子之台。愿歌三五之清辉，誓倒十千之芳醖。

忽破黄昏还太素。寒浸楼台，缥缈非烟雾。江上分明星汉路。金银闪闪神仙府。

影卧清光随我舞。邂逅三人，只愿长相聚。今月亭亭曾照古。古人问月今何处。

108. 黄裳《蝶恋花》P492

满到十分人望尽。仙桂无根，到处留光景。听我尊前欢未竟。金厄已弄寒蟾影。

银色界中风色定。散了浮云，宝匣初开镜。归去不须红烛影。天边自与人相趁。

109. 黄裳《蝶恋花》P492

古往今来忙里过。今古清光，静照人行道。难似素娥长见好。见频只是催人老。

欲驻征轮无计那。世上多情，却被无情恼。夜夜乌飞谁识破。满头空恨霜华早。

110. 黄裳《蝶恋花》P493

俄落盏中如有恋。盏未乾时，还见霜娥现。说向翠鬟斟莫浅。殷勤此意应相劝。

光景尤宜年少面。千里同看，不与人同怨。席上笑歌身更健。良时只愿长相见。

111. 黄裳《蝶恋花》P493

千二百回圆未半。人世悲欢，此景长相伴。行到身边琼步款。金船载酒银河畔。

谁为别来音信断。那更蟾光，一点窥孤馆。静送忘言愁一段。会须莫放笙歌散。

112. 黄裳《蝶恋花》P493

人逐金乌忙到夜。不见金乌，方见人闲暇。天汉似来尊畔泻。须知闲暇欢无价。

银色满身谁可画。两腋风生，爽气骎骎马。待入蟾宫偷造化。姮娥已许仙方借。

113. 黄裳《蝶恋花·劝酒致语》P493

　　适来已陈十二短章，辄歌三五盛景。累累清韵，尚惭梁上之飞尘；抑抑佳宾，须作乡中之醉客。同乐当勤于今夕，相从或系于他年。更赋幽情，再声佳咏。

万籁无声天地静。清抱朱弦，不愧丹霄镜。照到林梢风有信。抬头疑是梅花领。

万感只应闲对景。独倚危栏，扰扰人初定。吟不尽中愁不尽。溪山千古沉沉影。

114. 黄裳《蝶恋花》P493-494

谁悟月中真火冷。能引尘缘，遂出轮回境。争奈多情都未醒。九回肠断花间影。

万古兴亡闲事定。物是人非，杳杳无音信。问月可知谁可问。不如且醉尊前景。

115. 黄裳《蝶恋花》P494

忽送林光禽有语。飞入遥空，失素归洲鹭。照处无私清望富。馀辉不惜人人与。

玉绳欲到中天路。且待飞觞，缓缓移琼步。花下影圆良夜午。东南楼上还相顾。

116. 黄裳《蝶恋花》P492

一望瑶华初委地。更约幽人，共赏岩边翠。试把方诸聊与试。无情争得无中泪。

飞瀑恐从星汉至。渐向宾筵，但觉寒如水。自爱一轮方得意。轻随箕毕还成累。

117. 黄庭坚《蝶恋花》P533

海角芳菲留不住。笔下风生，吹入青云去。仙籍有名天赐与。致君事业安排取。

要识世间平坦路。当使人人，各有安身处。黑发便逢尧舜主。笑人白首耕南亩。

118. 晁端礼《蝶恋花》P554

潋滟长波迎鹢首。雨淡烟轻，过了清明候。岸草汀花浑似旧。行人只是添清瘦。

沉水香消罗袂透。双橹声中，午梦初惊后。枕上懵腾犹病酒。卷帘数尽长堤柳。

119. 晁端礼《蝶恋花》P554

骨秀肌香冰雪莹。潇洒风标，赋得温柔性。松髻遗钿慵不整。花时长是厌厌病。

枕上晓来残酒醒。一带屏山，千里江南景。指点烟村横小艇。何时携手重寻胜。

120. 秦观《蝶恋花》P593

晓日窥轩双燕语。似与佳人，共惜春将暮。屈指艳阳都几许。可无时霎闲风雨。

流水落花无问处。只有飞云，冉冉来还去。持酒劝云云且住。凭君碍断春归路。

121. 秦观《蝶恋花》P615

紫燕双飞深院静。簟枕纱厨，睡起娇如病。一线碧烟萦藻井。小鬟茶进龙香饼。

拂拭菱花看宝镜。玉指纤纤，捻唾撩云鬓。闲折海榴过翠径。雪猫戏扑风花影。

122. 秦观《蝶恋花·题二乔观书图》P615

并倚香肩颜斗玉。鬟角参差，分映芭蕉绿。厌见兵戈争鼎足。寻芳共把遗编蹋。

闺阁风流谁可续。沉想清标，合贮黄金屋。江左百年传旧俗。后宫只解呈新曲。

123. 秦观《蝶恋花》P615

新草池塘烟漠漠。一夜轻雷，拆破夭桃萼。骤雨隔帘时一作。馀寒犹泥罗衫薄。

斜日高楼明锦幕。楼上佳人，痴倚阑干角。心事不知缘底恶。对花珠泪双双落。

124. 秦观《蝶恋花》P615

金凤花开红落砌。帘卷斜阳，雨后凉风细。最是人间佳景致。小楼可惜人孤倚。

蛱蝶飞来花上戏。对对飞来，对对还飞去。到眼物情都触意。如何制得相思泪。

125. 秦观《蝶恋花》P615

语燕飞来惊昼睡。起步花阑，更觉无情绪。绿草离离蝴蝶戏。南园正是相思地。

池上晚来微雨霁。杨柳芙蓉，已作新凉味。目断云山君不至。香醪著意催人醉。

126. 秦观《蝶恋花》P616

今岁元宵明月好。想见家山，车马应填道。路远梦魂飞不到。清光千里空相照。

花满红楼珠箔绕。当日风流，更许谁同调。何事霜华催鬓老。把杯独对嫦娥笑。

127. 秦观《蝶恋花》P616

舟泊浔阳城下住。杳霭昏鸦，点点云边树。九派江分从此去。烟波一望空无际。

今夜月明风细细。枫叶芦花，的是凄凉地。不必琵琶能触意。一樽自湿青衫泪。

128. 米芾《蝶恋花·海岱楼玩月作》P627-628

千古涟漪清绝地。海岱楼高，下瞰秦淮尾。水浸碧天天似水。广寒宫阙人间世。

霭霭春和生海市。鳌戴三山，顷刻随轮至。宝月圆时多异气。夜光一颗千金贵。

129. 赵令畤《商调蝶恋花》P633

（夫传奇者，唐元微之所述也。以不载于本集而出于小说，或疑其非是。今观其词，自非大手笔孰能与于此。至今士大夫极谈幽玄，访奇述异，无不举此以为美话。至于娼优女子，皆能调说大略。惜乎不被之以音律，故不能播之声乐，形之管弦。好事君子极饮肆欢之际，愿欲一听其说，或举其末而忘其本，或纪其略而不及终其篇，此吾曹之所共恨者也。今于暇日，详观其文，略其烦褻，分之为十章。每章之下，属之以词。或全摭其文，或止取其意。又别为一曲，载之传前，先叙前篇之义。调曰商调，曲名蝶恋花。句句言情，篇篇见意。奉劳歌伴，先定格调，后听芜词。）

丽质仙娥生月殿。谪向人间，未免凡情乱。宋玉墙东流美盼。乱花深处曾相见。

密意浓欢方有便。不奈浮名，旋遣轻分散。最恨多才情太浅。等闲不念离人怨。

130. 赵令畤《商调蝶恋花》P633-634

（传曰：余所善张君，性温茂，美丰仪，寓于蒲之普救寺。适有崔氏孀妇，将归长安，路出于蒲，亦止兹寺。崔氏妇，郑女也。张出于郑，绪其亲，乃异派之从母。是岁，丁文雅不善于军，军人因丧而扰，大掠蒲人。崔氏之家，财产甚厚，多奴仆。旅寓惶骇，不知所措。先是张与蒲将之党有善，请吏护之，遂不及于难。郑厚张之德甚，因饰馔以命张，中堂燕之。复谓张曰：姨之孤嫠未亡，提携幼稚。不幸属师徒大溃，实不保其身。弱子幼女，犹君之所生也，岂可比常恩哉。今俾以仁兄之礼奉见，冀所以报恩也。乃命其子曰欢郎，可十馀岁，容甚温美。次命女曰：莺莺，出拜尔兄。尔兄活尔。久之，辞疾。郑怒曰：张兄保尔之命。不然，尔且虏矣，能复远嫌乎。又久之，乃至。常服晬容，不加新饰。垂鬟浅黛，双脸断红而已。颜色艳异，光辉动人。张惊，为之礼。因坐郑旁，凝睇怨绝，若不胜其礼。张问其年几。郑曰：十七岁矣。张生稍以词导之，不对，终席而罢。奉劳歌伴，再和前声。）

锦额重帘深几许。绣履弯弯，未省离朱户。强出娇羞都不语。绛绡频掩酥胸素。

黛浅愁红妆淡伫。怨绝情凝，不肯聊回顾。媚脸未匀新泪污。梅英犹带春朝露。

131. 赵令畤《商调蝶恋花》P634

（张生自是惑之，愿致其情，无由得也。崔之婢曰红娘，生私为之礼者数四，乘间遂道其衷。翌日，复至，曰：郎之言，所不敢言，亦不敢泄。然而崔之族姻，君所详也，何不因其媒而求娶焉。张曰：予始自孩提时，性不苟合。昨日一席间，几不自持。数日来，行忘止，食忘饭，恐不能逾旦暮。若因媒氏而娶，纳采问名，则三数月间，索我于枯鱼之肆矣。婢曰：崔之贞顺自保，虽所尊不可以非语犯之。然而善属文，往往沉吟章句，怨慕者久之。君试为谕情诗以乱之。不然，无由得也。张大喜，立缀春词二首以授之。奉劳歌伴，再和前声。）

懊恼娇痴情未惯。不道看看，役得人肠断。万语千言都不管。兰房跬步如天远。

废寝忘餐思想遍。赖有青鸾，不必凭鱼雁。密写香笺论缱绻。春词一纸芳心乱。

132. 赵令畤《商调蝶恋花》P634

（是夕，红娘复至，持彩笺以授张曰：崔所命也。题其篇云："明月三五夜。"其词曰："待月西厢下，迎风户半开。拂墙花影动，疑是玉人来。"奉劳歌伴，再和前声。）

庭院黄昏春雨霁。一缕深心，百种成牵系。青翼蓦然来报喜。鱼笺微谕相容意。

待月西厢人不寐。帘影摇光，朱户犹慵闭。花动拂墙红萼坠。分明疑是情人至。

133. 赵令畤《商调蝶恋花》P634-635

张亦微谕其旨。（是夕，岁二月旬又四日矣。崔之东墙有杏花一树，攀援可逾。既望之夕，张因梯树而逾焉。达于西厢，则户半开矣。无几，红娘复来，连曰：至矣，至矣。张生且喜且骇，谓必获济。及女至，则端服俨容，大数张曰：兄之恩，活我家厚矣，由是慈母以弱子幼女见依。奈何因不令之婢，致淫泆之词。始以护人之乱为义，而终掠乱而求之。是以乱易乱，其去几何。诚欲寝其词，则保人之奸不义。明之母，则背人之惠不祥；将寄于婢妾，又恐不得发其真诚。是用托于短章，愿自陈启。犹惧兄之见难，是用鄙靡之词以求其必至。非礼之动，能不愧心。特愿以礼自持，毋及于乱。言毕，翻然而逝。张自失者久之，复逾而出，由是绝望矣。奉劳歌伴，再和前声。）

屈指幽期惟恐误。恰到春宵，明月当三五。红影压墙花密处。花阴便是桃源路。

不谓兰诚金石固。敛袂怡声，恣把多才数。惆怅空回谁共语。只应化作朝云去。

134. 赵令畤《商调蝶恋花》P635

（后数夕，张君临轩独寝，忽有人惊之。惊欤而起，则红娘敛衾携枕而至。抚张曰：至矣，至矣，睡何为哉。并枕重衾而去。张生拭目危坐久之，犹疑梦寐。俄而红娘捧崔而至，则娇羞融冶，力不能运支体。曩时之端庄，不复同矣。是夕，旬有八日，斜月晶荧，幽辉半床。张生飘飘然，且疑神仙之徒，不谓从人间至也。有顷，寺钟鸣晓，红娘促去。崔氏娇啼宛转，红娘又捧而去。终夕无一言。张生辨色而兴，自疑曰：岂其梦耶。所可明者，妆在臂，香在衣，泪光荧荧然，犹莹于茵席而已。奉劳歌伴，再和前声。）

数夕孤眠如度岁。将谓今生，会合终无计。正是断肠凝望际。云心捧得嫦娥至。

玉困花柔羞抆泪。端丽妖娆，不与前时比。人去月斜疑梦寐。衣香犹在妆留臂。

135. 赵令畤《商调蝶恋花》P635

（是后又十数日，杳不复知。张生赋会真诗三十韵，未毕，红娘适至，因授之以贻崔氏，自是复容之。朝隐而出，暮隐而入，同安于曩所谓西厢者，几一月矣。张生将之长安，先以情谕之。崔氏宛无难词，然愁怨之容动人矣。欲行之再夕，不复可见，而张生遂西。奉劳歌伴，再和前声。）

一梦行云还暂阻。尽把深诚，缀作新诗句。幸有青鸾堪密付。良宵从此无虚度。

两意相欢朝又暮。争奈郎鞭，暂指长安路。最是动人愁怨处。离情盈抱终无语。

136. 赵令畤《商调蝶恋花》P636

（不数月，张生复游于蒲，舍于崔氏者又累月。张雅知崔氏善属文，求索再三，终不可见。虽待张之意甚厚，然未尝以词继之。异时，独夜操琴，愁弄凄恻。张窃听之，求之，则不复鼓矣。以是愈惑之。张生俄以文调及期，又当西去。当去之夕，崔恭貌怡声，徐谓张曰：始乱之，今弃之，固其宜矣，愚不敢恨。必也君始之，君终之，君之惠也。则没身之誓，其有终矣，又何必深憾于此行。然而君既不怿，无以奉宁。君尝谓我善鼓琴，今且往矣。既达君此诚。因命拂琴，鼓霓裳羽衣序，不数声，哀音怨乱，不复知其是曲也。左右皆欷歔，张亦遽止之。崔投琴拥面，泣下流涟，趣归郑所，遂不复至。奉劳歌伴，再和前声。）

碧沼鸳鸯交颈舞。正恁双栖，又遣分飞去。洒翰赠言终不许。援琴请尽奴衷素。

曲未成声先怨慕。忍泪凝情，强作霓裳序。弹到离愁凄咽处。弦肠俱断梨花雨。

137. 赵令畤《商调蝶恋花》P636

（诘旦，张生遂行。明年，文战不利，遂止于京。因贻书于崔，以广其意。崔氏缄报之词，粗载于此，曰："捧览来问，抚爱过深。儿女之情，悲喜交集。兼惠花胜一合，口脂五寸。致耀首膏唇之饰，虽荷多惠，谁复为容。睹物增怀，但积悲叹耳。伏承便于京中就业，于进修之道，固在便安。但恨鄙陋之人，永以遐弃。命也如此，知复何言。自去秋以来，尝忽忽如有所失。于喧哗之下，或勉为笑语。闲宵自处，无不泪零。乃梦寐之间，亦多叙感咽离忧之思。绸缪缱绻，暂若寻常，幽会未终，惊魂已断。虽半衾如暖，而思之甚遥。一昨拜辞，倏逾旧岁。长安行乐之地，触绪牵情。何幸不忘幽微，眷念无斁。鄙薄之志，无以奉酬。至于终始之盟，则固不忒。鄙昔中表相因，或同宴处。婢仆见诱，遂致私诚。儿女之情，不能自固。君子有援琴之挑，鄙人无投梭之拒。及荐枕席，义盛恩深。愚幼之情，永谓终托。岂期既见君子，不能以礼定情，致有自献之羞，不复明侍巾帻。没身永恨，含叹何言。倘若仁人用心，俯遂幽劣，虽死之日，犹生之年。如或达士略情，舍小从大，以先配为丑行，谓要盟之可欺，则当骨化形销，丹忱不泯，因风委露，犹托清尘。存殁之诚，言尽于此。临纸鸣咽，情不能申，千万珍重。"奉劳歌伴，再和前声。）

别后相思心目乱。不谓芳音，忽寄南来雁。却写花笺和泪卷。细书方寸教伊看。

独寐良宵无计遣。梦里依稀，暂若寻常见。幽会未终魂已断。半衾如暖人犹远。

138. 赵令畤《商调蝶恋花》P636-637

（"玉环一枚，是儿婴年所弄，寄充君子下体之佩。玉取其坚洁不渝，环取其终始不绝。兼致彩丝一绚，文竹茶合碾子一枚。此数物不足见珍，意者欲君子如玉之洁，鄙志如环不解。泪痕在竹，愁绪萦丝。因物达诚，永以为好耳。心迹身遐，拜会无期。幽愤所钟，千里神合。千万珍重。春风多厉，强饭为佳。慎言自保，毋以鄙为深念也。"奉劳歌伴，再和前声。）

尺素重重封锦字。未尽幽闺，别后心中事。佩玉彩丝文竹器。愿君一见知深意。

环玉长圆丝万系。竹上斓斑，总是相思泪。物会见郎人永弃。心驰魂去神千里。

139. 赵令畤《商调蝶恋花》P637

（张之友闻之，莫不耸异。而张之志固绝之矣。岁馀，崔已委身于人，张亦有所娶。适经其所居，乃因其夫言于崔，以外兄见。夫已谕之，而崔终不为出。张怨念之诚，动于颜色。崔知之，潜赋一诗寄张曰："自从消瘦减容光。万转千回懒下床。不为旁人羞不起，为郎憔悴却羞郎。"竟不之见。后数日，张君将行，崔又赋一诗以谢绝之。词曰："弃置今何道，当时且自亲。还将旧来意，怜取眼前人。"奉劳歌伴，再和前声。）

梦觉高唐云雨散。十二巫峰，隔断相思眼。不为旁人移步懒。为郎憔悴羞郎见。

青翼不来孤凤怨。路失桃源，再会终无便。旧恨新愁无计遣。情深何似情俱浅。

140. 赵令畤《商调蝶恋花》P637

（逍遥子曰：乐天谓微之能道人意中语。仆于是益知乐天之言为当也。何者？夫崔之才华婉美，词彩艳丽，则于所载缄书诗章尽之矣。如其都愉淫冶之态，则不可得而见。及观其文，飘飘然仿佛出于人目前。虽丹青摹写其形状，未知能如是工且至否？仆尝采摭其意，撰成鼓子词十一章，示余友何东白先生。先生曰：文则美矣，意犹有不尽者，胡不复为一章于其后，具道张之于崔，既不能以理定其情，又不能合之于义。始相遇也，如是之笃。终相失也，如是之遽。必及于此，则完矣。余应之曰：先生真为文者也。言必欲有终始箴戒而后已。大抵鄙靡之词，止歌其事之可歌，不必如是之备。若夫聚散离合，亦人之常情，古今所共惜也。又况崔之始相得而终至相失，岂得已哉。如崔已他适，而张诡计以求见。崔知张之意，而潜赋诗以谢之，其情盖有未能忘者矣。乐天曰"天长地久有时尽，此恨绵绵无尽期"，岂独在彼者耶。予因命此意，复成一曲，缀于传末云。)

镜破人离何处问。路隔银河，岁会知犹近。只道新来消瘦损。玉容不见空传信。

弃掷前欢俱未忍。岂料盟言，陡顿无凭准。地久天长终有尽，绵绵不似无穷恨。

141. 赵令畤《蝶恋花》P639

欲减罗衣寒未去。不卷珠帘，人在深深处。红杏枝头花几许。啼痕止恨清明雨。

尽日沉烟香一缕。宿雨醒迟，恼破春情绪。飞燕又将归信误。小屏风上西江路。

142. 赵令畤《蝶恋花》P639

卷絮风头寒欲尽。坠粉飘香，日日红成阵。新酒又添残酒困。今春不减前春恨。

蝶去莺飞无处问。隔水高楼，望断双鱼信。恼乱横波秋一寸。斜阳只与黄昏近。

143. 贺铸《桃源行》（《凤栖梧》三首）P650

流水长烟何缥缈。诘□□□，□逗渔舟小。夹岸桃花烂□□。□□□□□□□。

萧闲村落田畴好。避地移家，□□□□□。□□殷勤送归棹。闲边勿为他人道。

144. 贺铸《西笑吟》P650

桃叶园林风日好。曲径珍丛，处处闻啼鸟。翠珥金丸委芳草。袜罗尘动香裙扫。

片帆乘兴东流早。每话长安，引领犹西笑。离索年多故人少。江南有雁无书到。

145. 贺铸《望长安》P650

排办张灯春事早。十二都门，物色宜新晓。金犊车轻玉骢小。拂头杨柳穿驰道。

莼羹鲈鲙非吾好。去国讴吟，半落江南调。满眼青山恨西照。长安不见令人老。

146. 贺铸《江如练（蝶恋花）》P663

睡鸭炉寒熏麝煎。寂寂歌梁，无计留归燕。十二曲阑闲倚遍。一杯长待何人劝。

不识当年桃叶面。吟咏佳词，想像犹曾见。两桨往来风与便。潮平月上江如练。

147. 贺铸《凤栖梧》P666

独立江东人婉娈。粉本花真，千里依稀见。闲弄彩毫濡玉砚。缠绵春思□歌扇。

爱我竹窗新句炼。小研绫笺、偷寄西飞燕。乍可问名赊识面。十年多病风情浅。

148. 贺铸《凤栖梧》P673

挑菜踏青都过却。杨柳风轻，摆动秋千索。啼鸟自惊花自落。有人同在真珠箔。

淡净衣裳妆□薄。闲凭银筝，睡鬓慵梳掠。试问为谁添瘦弱。娇羞只把眉鬟著。

149. 贺铸《蝶恋花》P695

小院朱扉开一扇。内样新妆，镜里分明见。眉晕半深唇注浅。朵云冠子偏宜面。

被掩芙蓉熏麝煎。帘影沉沉，只有双飞燕。心事向人犹勔觍。强来窗下寻针线。

150. 贺铸《凤栖梧》P696

为问宛溪桥畔柳。拂水倡条，几赠行人手。一样叶眉偏解皱。白绵飞尽因谁瘦。

今日离亭还对酒。唱断青青，好去休回首。美荫向人疏似旧。何须更待秋风后。

151. 贺铸《蝶恋花·改徐冠卿词》P697

几许伤春春复暮。杨柳清阴，偏碍游丝度。天际小山桃叶步。白蘋花满湔裙处。

竟日微吟长短句。帘影灯昏，心寄胡琴语。数点雨声风约住。朦胧淡月云来去。

152. 仲殊《鹊踏枝》P701

斜日平山寒已薄。雪过松梢，犹有残英落。晚色际天天似幕。一尊先与东风约。

邀得红梅同宴乐。酒面融春，春满纤纤萼。客意为伊浑忘却。归船且傍花阴泊。

153. 仲殊《蝶恋花》P703

北固山前波浪远。铁瓮城头，画角残声短。促酒溅金催小宴。灯摇蜡焰香风软。

落日烟霞晴满眼。欲仗丹青，巧笔彤牙管。解写伊川山色浅。谁能画得江天晚。

154. 仲殊《鹊踏枝》P708

开到杏花寒食近。人在花前，宿酒和春困。酒有尽时情不尽。日长只恁厌厌闷。

经岁别离闲与问。花上啼莺，解道深深恨。可惜断云无定准。不能为寄蓝桥信。

155. 仲殊《鹊踏枝》P4977

几日中元初过复。七叶冀疏，佳气生晴昼。称庆源深流福厚。天精储粹干星斗。

喜入高堂罗燕豆。风弄微凉，帘幕披香绣。暂倩灵龟言永寿。蟠桃花送长生酒。

156. 仲殊《鹊踏枝》P4977-4978

一霎雕栏疏雨罢。三月十三，曾是寒食夜。尽日暖香熏柏麝。西施醉起留归驾。

酒满玻璃花艳冶。莫负春心，快饮千钟罢。春在燕堂帘幕下。年芳不问东君借。

157. 陈师道《蝶恋花·送彭舍人罢徐》P759

九里山前千里路。流水无情，只送行人去。路转河回寒日暮。连峰不许重回顾。

水解随人花却住。衾冷香销，但有残妆污。泪入长江空几许。双洪一抹无寻处。

158. 陈师道《蝶恋花·送彭舍人罢徐》P759

戏马台前京洛路。车马喧喧，蹙踏尘如雾。借问使君天不语。朝云旋作留人雨。

尘断山青人已去。老幼扶携，泪眼仍回顾。泪入长江空几许。双洪一抹无寻处。

159. 周邦彦《蝶恋花·商调 柳》P787

爱日轻明新雪后。柳眼星星，渐欲穿窗牖。不待长亭倾别酒。一枝已入骚人手。

浅浅揉蓝轻蜡透。过尽冰霜，便与春争秀。强对青铜簪白首。老来风味难依旧。

160. 周邦彦《蝶恋花·商调 柳》P787

桃萼新香梅落后。暗叶藏鸦，苒苒垂亭牖。舞困低迷如著酒。乱丝偏近游人手。

雨过朦胧斜日透。客舍青青，特地添明秀。莫话扬鞭回别首。渭城荒远无交旧。

161. 周邦彦《蝶恋花·商调 柳》P787

蠢蠢黄金初脱后。暖日飞绵，取次粘窗牖。不见长条低拂酒。赠行应已输先手。

莺掷金梭飞不透。小榭危楼，处处添奇秀。何日隋堤萦马首。路长人倦空思旧。

162. 周邦彦《蝶恋花·商调 柳》P787

小阁阴阴人寂后。翠幕赛风，烛影摇疏牖。夜半霜寒初索酒。金刀正在柔黄手。

彩薄粉轻光欲透。小叶尖新，未放双眉秀。记得长条垂鹢首。别离情味还依旧。

163. 周邦彦《蝶恋花·商调 秋思》P791

月皎惊乌栖不定。更漏将残，辘轳牵金井。唤起两眸清炯炯。泪花落枕红棉冷。

执手霜风吹鬓影。去意徊徨，别语愁难听。楼上阑干横斗柄。露寒人远鸡相应。

164. 周邦彦《蝶恋花》P803-804

鱼尾霞生明远树。翠壁粘天，玉叶迎风举。一笑相逢蓬海路。人间风月如尘土。

剪水双眸云鬓吐。醉倒天瓢，笑语生青雾。此会未阑须记取。桃花几度吹红雨。

165. 周邦彦《蝶恋花》P804

美盼低迷情宛转。爱雨怜云，渐觉宽金钏。桃李香苞秋不展。深心黯黯谁能见。

宋玉墙高才一觇。絮乱丝繁，苦隔春风面。歌板未终风色便。梦为蝴蝶留芳甸。

166. 周邦彦《蝶恋花》P804

晚步芳塘新霁后。春意潜来，迤逦通窗牖。午睡渐多浓似酒。韶华已入东君手。

嫩绿轻黄成染透。烛下工夫，泄漏章台秀。拟插芳条须满首。管交风味还胜旧。

167. 周邦彦《蝶恋花》P804

叶底寻花春欲暮。折遍柔枝，满手真珠露。不见旧人空旧处。对花惹起愁无数。

却倚阑干吹柳絮。粉蝶多情，飞上钗头住。若遣郎身如蝶羽。芳时争肯抛人去。

168. 周邦彦《蝶恋花》P804

酒熟微红生眼尾。半额龙香，冉冉飘衣袂。云压宝钗撩不起。黄金心字双垂耳。

愁入眉痕添秀美。无限柔情，分付西流水。忽被惊风吹别泪。只应天也知人意。

169. 陈瓘《蝶恋花》P817

海角芳菲留不住。笔下风生，飞入青云去。仙箓有名天赐与。致君事业安排取。

要识世间平坦路。当使人人，各有安心处。黑发便逢尧舜主。笑人白首归南亩。

170. 陈瓘《蝶恋花》P817

有个胡儿模样别。满颔髭须，生得浑如漆。见说近来头也白。髭须那得长长黑。

□□□□□□□。笊子镊来，须有千堆雪。莫向细君容易说。恐他嫌你将伊摘。

171. 谢逸《蝶恋花》P829

豆蔻梢头春色浅。新试纱衣，拂袖东风软。红日三竿帘幕卷。画楼影里双飞燕。

拢鬓步摇青玉碾。缺样花枝，叶叶蜂儿颤。独倚阑干凝望远。一川烟草平如剪。

172. 毛滂《蝶恋花·听周生鼓琵琶》P877

闻说君家传窈窕。秀色天真，更夺丹青妙。细意端相都总好。春愁春媚生颦笑。

琼玉胸前金凤小。那得殷勤，细托琵琶道。十二峰云遮醉倒。华灯翠帐花相照。

173. 毛滂《蝶恋花·秋晚东归，留吴会甚久，无一人往还者》P877

江接寒溪家已近。想见秋来，松菊荒三径。目送吴山秋色尽。星星却入双蓬鬓。

凫短鹤长真个定。勋业来迟，不用频看镜。懒出问人人不问。绿尊倒尽横书枕。

174. 毛滂《蝶恋花·戊寅秋寒秀亭观梅》P877

相见江南情不少。尔许多时，怪得无消耗。淡日暖云句引到。阑干寂寞怜春小。

宫面可忺匀画了。粉瘦酥寒，一段天真好。唤起玉儿娇睡觉。半山残月南枝晓。

175. 毛滂《蝶恋花·寒食》P878

红杏梢头寒食雨。燕子泥新，不住飞来去。行傍柳阴闻好语。莺儿穿过黄金缕。

桑落酒寒杯懒举。总被多情，做得无情绪。春过二分能几许。银台新火重帘暮。

176. 毛滂《蝶恋花·东堂下牡丹，仆所栽者，清明后见花》P878

三叠阑干铺碧甃。小雨新晴，才过清明后。初见花王披衮绣。娇云瑞日明春昼。

彩女朝真天质秀。宝髻微偏，风卷霞衣皱。莫道东君情最厚。韶光半在东堂手。

177. 毛滂《蝶恋花·春夜不寐》P878

红影斑斑吹锦片。露叶烟梢，寒月娟娟满。更起绕庭行百遍。无人只有栖莺见。

觅个薄情心对换。愁绪偏长，不信春宵短。正是碧云音信断。半衾犹赖香熏暖。

178. 毛滂《蝶恋花·席上和孙使君。孙暮春当受代》P878

城上春云低阁雨。渐觉春随，一片花飞去。素颈圆吭莺燕语。不妨缓缓歌金缕。

堕纪颓纲公已举。但见清风，萧瑟随谈绪。借寇假饶天不许。未须忙遣韶华暮。

179. 毛滂《蝶恋花·送茶》P878

花里传觞飞羽过。渐觉金槽，月缺圆龙破。素手转罗酥作颗。鹅溪雪绢云腴堕。

七盏能醒千日卧。扶起瑶山，嫌怕香尘涴。醉色轻松留不可。清风停待些时过。

180. 毛滂《蝶恋花·欹枕》P879

不雨不晴秋气味。酒病秋怀，不做醒松地。初换夹衣围翠被。蔷薇水润衙香腻。

旋折秋英餐露蕊。金缕虬团，更试康王水。幽梦不来寻小睡。无言划尽屏山翠。

181. 司马櫄《黄金缕》P901

家在钱塘江上住。花落花开，不管年华度。燕子又将春色去。纱窗一阵黄昏雨。

斜插犀梳云半吐。檀板清歌，唱彻黄金缕。望断云行无去处。梦回明月生春浦。

182. 王重《蝶恋花》P902

去岁花前曾记有。坐醉嬉游，花下携纤手。粉面与花相间斗。星眸一转晴波溜。

一见新花还感旧。泪眼逢春，忍更看花柳。春恨厌厌如永昼。□□寂寞黄昏后。

183. 王棻《蝶恋花》（《全芳备祖》注曰牡丹门）P904

燕子来时春未老。红蜡团枝，费尽东君巧。烟雨弄晴芳意恼。雨馀特地残妆好。

斜倚青楼临远道。不管傍人，密共东君笑。都见娇多情不少。丹青传得倾城貌。

184. 王棻《蝶恋花》（《全芳备祖》注曰海棠门）P904

濯锦江头春欲暮。枝上繁红，着意留春住。只恐东君嫌面素。新妆剩把胭脂傅。

晓梦惊寒初过雨。寂寞珠帘，问有馀花否。怅望草堂无一语。丹青传得凝情处。

185. 王棻《蝶恋花》（《全芳备祖》注曰桃花门）P904

秾艳娇春春婉娩。雨惜风饶，学得宫妆浅。爱把绿眉都不展。无言脉脉情何限。

花下当时红粉面。准拟新年，都向花前见。争奈武陵人易散。丹青传得闺中怨。

186. 王寀《蝶恋花》（《全芳备祖》注曰梨花门）P904

镂雪成花檀作蕊。爱伴秋千，摇曳东风里。翠袖年年寒食泪。为伊牵惹愁无际。

幽艳偏宜春雨细。红粉阑干，有个人相似。钿合金钗谁与寄。丹青传得凄凉意。

187. 王寀《蝶恋花》（《全芳备祖》注曰木瓜门）P904

晕绿抽芽新叶斗。掩映娇红，脉脉群芳后。京兆画眉樊素口。风姿别是闺房秀。

新篆题诗霜实就。换得琼琚，心事偏长久。应是春来初觉有。丹青传得厌厌瘦。

188. 王寀《蝶恋花》（《全芳备祖》注曰棣棠门）P904

花为年年春易改。待放柔条，系取长春在。宫样妆成还可爱。鬓边斜作拖枝戴。

每到无情风雨大。检点群芳，却是深丛耐。摇曳绿萝金缕带。丹青传得妖娆态。

189. 谢薖《蝶恋花·留董之南过七夕》P912-913

一水盈盈牛与女。目送经年，脉脉无由语。后夜鹊桥知暗度。持杯乞与开愁绪。

君似庾郎愁几许。万斛愁生，更作征人去。留定征鞍君且住。人间岂有无愁处。

190. 沈会宗《转调蝶恋花》P916-917

溪上清明初过雨。春色无多，叶底花如许。轻暖时闻燕双语。等闲飞入谁家去。

短墙东畔新朱户。前日花前，把酒人何处。仿佛桥边船上路。绿杨风里黄昏鼓。

191. 沈会宗《转调蝶恋花》P916-917

渐近朱门香夹道。一片笙歌，依约楼台杪。野色和烟满芳草。溪光曲曲山回抱。

物华不逐人间老。日日春风，在处花枝好。莫恨云深路难到。刘郎可惜归来早。

192. 惠洪《凤栖梧》P921

碧瓦笼晴烟雾绕。水殿西偏，小立闻啼鸟。风度女墙吹语笑。南枝破腊应开了。

道骨不凡江瘴晓。春色通灵，医得花重少。爆暖酿寒空杳杳。江城画角催残照。

193. 葛胜仲《蝶恋花·二月十三日同安人生日作二首》P926

雨后春光浓似醉。著柳催花，节物侵龙忌。绣裸香闺当日珮。紫兰宫堕人间世。

歌管停云香吐穗。碧酒红裳，共祝鱼轩贵。天上阿环金篆秘。龟龄鹤寿三千岁。

194. 葛胜仲《蝶恋花》P926

共乐堂深帘不卷。恻恻寒轻，二月春犹浅。续寿竞来歌舞院。龙涎香衬鲛绡段。

画栋朝飞双语燕。端似知人，著意窥金盏。柳外花前同祝愿。朱颜长在年龄远。

195. 葛胜仲《蝶恋花·和王廉访》P931

风过涟漪纹縠细。十指香檀，惊破交禽睡。野藄溪毛真易致。风流未减兰亭会。

击汰千艘供洛禊。映水垂杨，万缕拖浓翠。小海一声波上戏。殷勤留客千金意。

196. 葛胜仲《蝶恋花·章道祖倅生日》P936

安石榴花浓绿映。解愠风轻，乍改朱明令。衮绣元臣门户盛。童孙此日悬弧庆。

夜宴华堂添酒兴。黄纸除书，远带天香剩。欲挹若波供续命。不须龙护江心镜。

197. 葛胜仲《蝶恋花·次韵张千里驹照花》P940

二月春游须烂漫。秉烛看花，只为晨曦短。高举蜡薪通夕看。红光万丈腾天半。

寄语平时游冶伴。不负分阴，胜事输今段。灯火休催归小院。殷勤更照桃花面。

198. 葛胜仲《蝶恋花》P940

只恐夜深花睡去。火照红妆，满意留宾住。凤烛千枝花四顾。消愁更待寻何处。

汉苑红光非浪语。栖静亭前，都是珊瑚树。便请催尊鸣醽鼓。明朝风恶飘红雨。

199. 葛胜仲《蝶恋花·再次韵千里照花》P941

百紫千红今烂熳。举烛辉花，莫厌烧令短。酒里逢花须细看。人生谁似英雄半。

安得红颜为老伴。妙舞花前，杨柳夸身段。已倒玉山迥竹院。清香不断风吹面。

200. 葛胜仲《蝶恋花》P941

已过春分春欲去。千炬花间，作意留春住。一曲清歌无误顾。绕梁馀韵归何处。

尽日劝春春不语。红气蒸霞，且看桃千树。才子霏谈更五鼓。剩看走笔挥风雨。

201. 王安中《蝶恋花·六花冬词》P967

长春花口号

露桃烟杏逐年新。回首东风迹已陈。顷刻开花公莫爱，四时俱好是长春。

词

曲径深丛枝袅袅。晕粉揉绵，破蕊烘清晓。十二番开寒最好。此花不惜春归早。

青女飞来红翠少。特地芳菲，绝艳惊衰草。只瘤东风终甚了。久长欲伴姮娥老。

202. 王安中《蝶恋花》P967

山茶口号

无穷芳草度年华。尚有寒来几种花。好在朱朱兼白白，一天飞雪映山茶。

词

巧剪明霞成片片。欲笑还顰，金蕊依稀见。拾翠人寒妆易浅。浓香别注唇膏点。

竹雀喧喧烟岫远。晚色溟濛，六出花飞遍。此际一枝红绿眩。画工谁写银屏面。

203. 王安中《蝶恋花》P967

蜡梅口号

雪里园林玉作台。侵寒错认暗香回。化工清气先谁得，品格高奇是蜡梅。

词

剪蜡成梅天著意。黄色浓浓，对萼匀装缀。百和薰肌香旖旎。仙裳应渍蔷薇水。

雪径相逢人半醉。手折低枝，拥髻云争翠。嗅蕊捻枝无限思。玉真未洒梨花泪。

204. 王安中《蝶恋花》P967

红梅口号

千林腊雪缀瑶瑰。晴日南枝暖独回。知有和羹寻鼎实，未春先发看红梅。

词

青玉一枝红类吐。粉颊愁寒，浓与胭脂傅。辨杏猜桃君莫误。天姿不到风尘处。

云破月来花下住。要伴佳人，弄影参差舞。只有暗香穿绣户。昭华一曲惊吹去。

205. 王安中《蝶恋花》P967

　迎春口号

　年年节物欲争新。玉颊朱颜一笑频。勾引东风到池馆，春前花发自迎春。

词

雪霁花梢春欲到。饯腊迎春，一夜花开早。青帝回舆云缥缈。鲜鲜金雀来飞绕。

绣阁纱窗人窈窕。翠缕红丝，斗剪幡儿小。戴在花枝争笑道。愿人常共春难老。

206. 王安中《蝶恋花》P967

　小桃口号

　鸳瓦铺霜朔吹高。画堂歌管醉香醪。小春特地风光好，艳粉娇红看小桃。

词

秾艳夭桃春信漏。弄粉飘香，枫叶飞丹后。酒入冰肌红欲透。无言不许群芳斗。

楼外何人揎翠袖。剪落金刀，插处浓云覆。肯与刘郎仙去否。武陵回路相思瘦。

207. 王安中《蝶恋花·梁才甫席上次韵》P967

翠袖盘花金捻线。晓炙银簧，劝饮随深浅。复幕重帘谁得见。馀醺微觉红浮面。

别唤清商开绮宴。玉管双横，抹起梁州遍。白苎歌前寒莫怨。湘梅萼里春那远。

208. 王安中《蝶恋花》P967

千古铜台今莫问。流水浮云，歌舞西陵近。烟柳有情开不尽。东风约定年年信。

天与麟符行乐分。带缓球纹，雅宴催云鬓。翠雾萦纤销篆印。筝声恰度秋鸿阵。

209. 王安中《蝶恋花》P967

未帖宜春双彩胜。手点酥山，玉箸人争莹。节过日长心自准。迟留碧瓦看红影。

楼外尖风吹鬓冷。一望平林，霎雾花相映。落粉筛云晴未定。朝酲只凭阑干醒。

210. 叶梦得《蝶恋花》P1011

薄雪消时春已半。踏遍苍苔，手挽花枝看。一缕游丝牵不断。多情更觉蜂儿乱。

尽日平波回远岸。倒影浮光，却记冰初泮。酒力无多吹易散。馀寒向晚风惊幔。

211. 曹组《蝶恋花》P1043

帘卷真珠深院静。满地槐阴，镂日如云影。午枕花前情思凝。象床冰簟光相映。

过面风情如酒醒。沉水瓶寒，带缓来金井。涤尽烦襟无睡兴。阑干六曲还重凭。

212. 王庭珪《凤栖梧·王克恭生日》P1057

琼海无边银浪卷。画戟朱楼，缥缈云间见。当日使君曾拥传。海霞光里时开宴。

翠辂红鳞吹酒面。莫谓今朝，人在天涯远。彩凤衔书应不晚。愿公难老身长健。

213. 王庭珪《蝶恋花》P1061

月落灯残人散后。忽到尊前，但觉眉儿皱。数日不来如许瘦。裙腰减尽君知否。

公子风流应自有。占断春光，肯落谁人手。已是许多时做就。重教舞彻双罗袖。

214. 王庭珪《蝶恋花》P1061

罨画楼中人已醉。别院微闻，笑语帘垂地。催唤倾城香雾起。翠帷双卷春风里。

妆样尖新歌妙丽。满酌金尊，不信人憔悴。饥客眼寒谁管你。主人见惯浑闲事。

215. 王庭珪《蝶恋花·赠丁爽、丁旦及第》P1061

桂树新生都几许。兄弟骑龙，双入蟾宫去。一日两枝同折处。姮娥拍手都分与。

杨柳江头春色暮。白马青衫，两郡文章主。只恐远方难久住。高宗梦觉思霖雨。

216. 周紫芝《蝶恋花》P1148

天意才晴风又雨。催得风前，日日吹轻絮。燕子不飞莺不语。满庭芳草空无数。

春去可堪人也去。枝上残红，不忍抬头觑。假使留春春肯住。唤谁相伴春同处。

217. 张纲《凤栖梧·安人生日》P1198

五日小春休屈指。花发西轩，早已传春意。应为高堂催燕喜。一枝得得来呈瑞。

绮席初开云幕邃。兰蕙腾芳，人在蓬壶里。寿酒满斟那惜醉。锦囊行拜恩封贵。

218. 张纲《凤栖梧》P1198

雨洗轩庭迎晚照。黄菊才芳，未觉秋光老。怪底烘堂添语笑。姮娥此夜来蓬岛。

献寿新词谁解道。满眼儿孙，著语皆争巧。潋滟金杯休惜醮。追欢不怕霜天晓。

219. 张纲《凤栖梧·婺州席上》P1198

风动飞霙迎晓霁。银海光浮，宴启群仙会。骑省流芳谁可继。尊前看取连枝贵。

华发衰翁羞晚岁。未报皇恩，尚忝专城寄。酒入愁肠应易醉。已拚一醉酬君意。

220. 张纲《凤栖梧·癸未生日》P1198

老去光阴惊掣电。生长元丰，试数今谁健。多谢天公怜岁晚。清时乞得身闲散。

忆昔生朝叨睿眷。台馈颁恩，内酒当筵劝。今日衰残欢意鲜。举杯目断尧天远。

221. 张纲《凤栖梧·丁宅二侍儿》P1198-1199

缓带垂红双侍女。彩凤衔来，秀色生庭户。转蕙光风香暗度。回眸绰约神仙侣。

寡和清歌声激楚。夜饮厌厌，劝我杯频举。只恐酒阑催暮雨。凭谁约断阳台路。

222. 李清照《蝶恋花》P1204

泪湿罗衣脂粉满。四叠阳关，唱到千千遍。人道山长山又断。萧萧微雨闻孤馆。

惜别伤离方寸乱。忘了临行，酒盏深和浅。好把音书凭过雁。东莱不似蓬莱远。

223. 李清照《蝶恋花》P1204

暖日晴风初破冻。柳眼梅腮，已觉春心动。酒意诗情谁与共。泪融残粉花钿重。

乍试夹衫金缕缝。山枕斜欹，枕损钗头凤。独抱浓愁无好梦。夜阑犹剪灯花弄。

224. 李清照《蝶恋花·上巳召亲族》P1209

永夜恹恹欢意少。空梦长安，认取长安道。为报今年春色好。花光月影宜相照。

随意杯盘虽草草。酒美梅酸，恰称人怀抱。醉莫插花花莫笑。可怜春似人

181

将老。

225. 吕本中《蝶恋花·春词》P1218

巧语娇莺春未暮。杨柳风流，恰过池塘雨。芳草满庭花满树。无情胡蝶飞来去。

睡起小奁香一缕。玉篆回纹，等个人分付。桃叶不言人不语。眉尖一点君知否。

226. 赵鼎《蝶恋花》P1221

　　长道县和元彦修梅词。彦修，钱塘人，名时敏。坐张天觉党，自户部员外郎，谪监长道之白石镇

一朵江梅春带雪。玉软云娇，姑射肌肤洁。照影凌波微步怯。暗香浮动黄昏月。

谩道广平心似铁。词赋风流，不尽愁千结。望断江南音信绝。陇头行客空情切。

227. 赵鼎《蝶恋花·河中作》P1221-1222

尽日东风吹绿树。向晚轻寒，数点催花雨。年少凄凉天付与。更堪春思萦离绪。

临水高楼携酒处。曾倚哀弦，歌断黄金缕。楼下水流何处去。凭栏目送苍烟暮。

228. 向子諲《蝶恋花·和曾端伯使君，用李久善韵》P1239

推上百花如锦绣。水满池塘，更作溅溅溜。断送风光惟有酒。苦吟不怕因诗瘦。

寻壑经丘长是久。晚晚归来，稚子柴门候。万事付之醒梦后。眉头不为闲愁皱。

229. 向子諲《蝶恋花·百花洲老桂盛开，张师明、程德远携酒来醉花下，有唱酹蝶恋花，亦次其韵》P1239

岩桂秋风南埭路。墙外行人，十里香随步。此是芗林游戏处。谁知不向根尘住。

今日对花非浪语。忆昨明光，早辱君王顾。生怕青蝇轻点污。思鲈何似思花去。

230. 蔡楠《凤栖梧·寄贺司户》P1285

狂滥生涯今几许。敕赐湖天，万顷烟波主。约我小舟同老去。耍前一叶风掀舞。

邂逅同寻溪上路。淡墨题诗，正在云深处。别后作书频寄语。无忘林下萧萧雨。

231. 李久善《蝶恋花》P1285

莺掷垂杨，一点黄金溜。

232. 宝月《鹊踏枝》P1286

斜日平山寒已薄。雪过松梢，犹有残英落。晚色际天天似幕。一尊先与东风约。

邀得红梅同宴乐。酒面融春，春满纤纤萼。客意为伊浑忘却。归船且傍花阴泊。

233. 石耆翁《蝶恋花》P1296

半夜六龙飞海峤。泫漾鳌波，露出珊瑚小。玉粉枝头春意早。东风未绿瀛洲草。

姑射仙人真窈窕。净练明妆，如伴商岩老。梦入水云闲缥缈。一楼明月千山晓。

234. 李弥逊《蝶恋花·拟古》P1368

百尺游丝当绣户。不系春晖，只系闲愁住。拾翠归来芳草路。避人蝴蝶双飞去。

困脸羞眉无意绪。陌上行人，记得清明否。消息未来池阁暮。濛濛一饷梨花雨。

235. 李弥逊《蝶恋花·游南山过陈公立后亭作》P1368

足力穷时山已晦。却上轻舟，急棹穿沙背。云影渐随风力退。一川月白寒光碎。

唤客主人陶谢辈。拂石移尊，不管游人醉。罗绮丛中无此会。只疑身在烟霞外。

236. 李弥逊《蝶恋花·新晴用前韵》P1368

清晓天容争显晦。溪上群山，戢戢分驼背。谁似浮云知进退。疏林嫩日黄金碎。

夜枕不眠憎鼠辈。困眼贪晴，抔被风烟醉。天意有情人不会。分明置我风波外。

237. 李弥逊《蝶恋花·福州横山阁》P1368-1369

百叠青山江一缕。十里人家，路绕南台去。榕叶满川飞白鹭。疏帘半卷黄昏雨。

楼阁峥嵘天尺五。荷芰风清，习习消祥暑。老子人间无著处。一尊来作横山主。

238. 李弥逊《蝶恋花·西山小湖，四月初，莲有一花》P1369

小小芙蕖红半展。占早争先，不奈腰肢软。罗袜凌波娇欲颤。向人如诉闺中怨。

把酒与君成眷恋。约束新荷，四面低歌扇。不放游人偷眼盼。鸳鸯叶底潜窥见。

239. 张元干《蝶恋花》P1402

窗暗窗明昏又晓。百岁光阴，老去难重少。四十归来犹赖早。浮名浮利都经了。

时把青铜闲自照。华发苍颜，一任傍人笑。不会参禅并学道。但知心下无烦恼。

240. 张元干《蝶恋花》P1402

燕去莺来春又到。花落花开，几度池塘草。歌舞筵中人易老。闭门打坐安闲好。

败意常多如意少。著甚来由，入闹寻烦恼。千古是非浑忘了。有时独自掀髯笑。

241. 邓肃《蝶恋花·代送李状元》P1440

执手长亭无一语。泪眼汪汪，滴下阳关句。牵马欲行还复住。春风吹断梨花雨。

海角三千千叠路。归侍玉皇，那复回头顾。旌旆已因风月驻。何妨醉过清明去。

242. 吕渭老《蝶恋花》P1453

风洗游丝花皱影。碧草初齐，舞鹤闲相趁。短梦乍回慵理鬓。惊心忽数清明近。

逐伴强除眉上恨。趁蝶西园，不觉鞋儿褪。醉笑眼波横一寸。微微酒色生红晕。

243. 吕渭老《蝶恋花》P1453

花色撩人红入眼。可是东君，要得人肠断。欲诉深情春不管。风枝雨叶空撩乱。

谩插一枝飞一盏。小赏幽期，破我平生愿。珍约未成春又短。但凭蝴蝶传深怨。

244. 王之道《蝶恋花·和张文伯魏园行春》P1473

春入花梢红欲半。水外绿杨，掩映笙歌院。霁日迟迟风扇暖。天光上下青浮岸。

归去画楼烟暝晚。步拾梅英，点缀宫妆面。美目碧长眉翠浅。消魂正值回头看。

245. 王之道《蝶恋花·和张文伯上巳雨》P1473

檐溜潺潺朝复暮。燕子衔泥，穿幕来还去。素锦青袍知有处。花光草色迷汀渚。

春不负人人自负。君看流觞，只恁良宵度。厌浥小桃如泣诉。东风莫漫飘红雨。

246. 王之道《蝶恋花》P1473

城上春旗催日暮。柳絮沾泥，花蕊随流去。记得前时行乐处。小桥水渌初平渚。

玉子纹楸谁胜负。不道光阴，暗向闲中度。天若有情容我诉。春来底事多阴雨。

247. 王之道《蝶恋花·和王冲之木犀》P1473-1474

庭院雨馀秋意晚。一阵风来，到处清香遍。把酒对花情不浅。花前敢避金杯满。

蔷萄酥醾虽惯见。常恨搀先，不是君徒伴。莫把龙涎轻斗远。流芳肯逐炉烟断。

248. 王之道《蝶恋花·和张文伯海棠》P1474

碧雾暗消香篆半。花影穿帘，厌浥苍苔院。鸂鶒一双塘水暖。浮沉时近垂杨岸。

雨过不知春事晚。但怪朱唇，得酒红潮面。野蔌山肴三四盏。携尊更向花前看。

249. 王之道《蝶恋花·和鲁如晦围棋》P1474

玉子纹楸频较路。胜负等闲，休冶黄金注。黑白斑斑乌间鹭。明窗净几谁知处。

逼剥声中人不语。见可知难，步武来还去。何日挂冠宫一亩。相从识取棋中趣。

250. 王之道《蝶恋花·和鲁如晦梅花二首》P1474

曾向水边云外见。争似霜蕤，照映苍苔院。檀口半开金裛线。端相消得纶巾岸。

点缀南枝红旋旋。准拟杯盘，日向花前宴。飞雪飘飘云不卷。何人览镜凭阑看。

251. 王之道《蝶恋花》P1474

杏靥桃腮俱有靦。常避孤芳，独斗红深浅。犯雪凌霜芳意展。玉容似带春寒怨。

分得数枝来小院。依倚铜瓶，标致能清远。淡月帘栊疏影转。骚人为尔柔肠断。

252. 王之道《蝶恋花·追和东坡，时留滞富池》P1474-1475

寒雨霏霏江上路。不见书邮，病目空凝注。沙觜尽头飞白鹭。篙师指似人来处。

自笑自怜还自语。钝滞如君，只合归田去。竹屋数间环畎亩。个中自有无穷趣。

253. 朱松《蝶恋花·醉宿郑氏阁》P1518

清晓方塘开一镜。落絮飞花，肯向春风定。点破翠奁人未醒。馀寒犹倚芭蕉劲。

拟托行云医酒病。帘卷闲愁，空占红香径。青鸟呼君君莫听。日边幽梦从来正。

254. 欧阳澈《蝶恋花·拉朝宗小饮》P1520

红叶飘风秋欲暮。送目层楼，帘卷西山雨。解榻聚宾挥玉尘。风流只欠王夷甫。

质剑为公沽绿醑。涤濯吟魂，拟摘黄花句。醉眼膏腾携手处。谢池风月谁分付。

255. 杨无咎《蝶恋花·曾韵鞋词》P1535

端正纤柔如玉削。窄袜宫鞋，暖衬吴绫薄。掌上细看才半搦。巧偷强夺尝春酌。

稳称身材轻绰约。微步盈盈，未怕香尘觉。试问更谁如样脚。除非借与嫦娥著。

256. 杨无咎《蝶恋花·牛楚》P1535

春睡腾腾长过午。楚梦云收，雨歇香风度。起傍妆台低笑语。画檐双鹊尤偷顾。

笑指遥山微敛处。问我清癯，莫是因诗苦。不道别来愁几许。相逢更忍从头诉。

257. 杨无咎《蝶恋花》P1535

昔在仁皇当极治。南极星官，曾降为嘉瑞。犹有画图传好事。身材只恐君今是。

对酒不妨同看戏。他日功名，晏子堪为比。更愿远孙逢九世。安排君在鸡窠里。

258. 杨无咎《蝶恋花》P1536

万里无云秋色静。上下天光，共水交辉映。坐对冰轮心目莹。此身不在尘寰境。

扑漉文禽飞不定。勾引离人，分外添归兴。来往悠悠重记省。夜阑人散花移影。

259. 何大圭《蝶恋花》P1610-1611

鱼尾霞收明远树。翠色粘天，一叶迎风举。一笑相逢蓬海路。人间风月如尘土。

剪水双眸云鬓吐。醉倒天瓢，笑语生香雾。此会未阑须记取。蟠桃几度吹红雨。

260. 史浩《蝶恋花·扇鼓》P1643

桂影团团光正满。更似菱花，齐把匀娇面。非镜非蟾君细看。元来却是吴姬扇。

一曲阳春犹未遍。惊落梁尘，不数莺喉啭。好著红绡笼玉腕。轻敲引入笙歌院。

261. 史浩《蝶恋花》P1655-1656

玉瓮新醅翻绿蚁。滴滴真珠，便有香浮鼻。欲把盈尊成雅会。更须寻个无愁地。

况是赏心多乐事。美景良辰，又复来相值。料得天家深有意。教人长寿花前醉。

262. 曾觌《蝶恋花·惜春》P1706

翠箔垂云香喷雾。年少疏狂，载酒寻芳路。多少惜花春意绪。劝人金盏歌金缕。

桃李飘零风景暮。只有闲愁，不逐流年去。旧事而今谁共语。画楼空指行云处。

263. 曾觌《蝶恋花·三月上巳应制》P1706

御柳风柔春正暖。紫殿朱楼，赫奕祥光远。十二玉龙迎风辇。香腾锦绣闻弦管。

扇却双鸾开宝宴。绿绕红围，宣劝金卮满。万岁千秋流宠眷。此身欲备昭阳燕。

264. 倪偁《蝶恋花·读东坡蝶恋花词，有会于予心，依韵和之。予方贸地筑亭于光远庵之侧，他日将老焉。植梅种竹，以委肖韩，故句尾及之，使知鄙意未尝一日不在兹亭也》P1727

长羡东林山下路。万叠云山，流水从倾注。两两三三飞白鹭。不须更觅神仙处。

夜久望湖桥上语。款乃渔歌，深入荷花去。修竹满山梅十亩。烦君为我成幽趣。

265. 倪偁《蝶恋花·肖韩见和，复次韵酬之四首》P1728

紫翠空濛庵畔路。满室松声，错认潺湲注。萧洒蘋汀清立鹭。溪山真我归休处。

老子平生无妄语。梅竹阴成，肯舍斯亭去。种秫会须盈百亩。非君谁识渊明趣。

266. 倪偁《蝶恋花》P1728

我爱西湖湖上路。万顷沧波，河汉连天注。一片寒光明白鹭。依稀似我登临处。

报答溪山须好语。痛饮高歌，何必骑鲸去。环舍清阴消几亩。无人肯办归来趣。

267. 倪偁《蝶恋花》P1728

绿叶阴阴亭下路。修竹乔松，中有飞泉注。水满寒溪清照鹭。个中不住归何处。

枝上幽禽相对语。细听声声，道不如归去。只待小园成数亩。归来占尽山中趣。

268. 倪偁《蝶恋花》P1728

茅屋三间临水路。槑几明窗，待把虫鱼注。我已忘机狎鸥鹭。溪山买得幽深处。

小雨招君连夜语。野服纶巾，胜日寻君去。借问良田千万亩。何如乐取林泉趣。

269. 葛立方《蝶恋花·冬至席上作》P1740

缇室群阴清晓散。灰动葭莩，渐觉微阳扇。日永绣工才一线。挈壶已报添银箭。

六幕无尘开碧汉。非雾非烟，仿佛登台见。梅萼飘香萦小宴。霞浆莫放琉璃浅。

270. 曾协《凤栖梧·西溪道中作》P1757

柳弄轻黄花泣露。万叠春山，不记尘寰路。日射霜林烟罩素。长空不著纤

189

云污。

历历远村明可数。绿涨前溪，渺渺迷津渡。客子光阴能几许。画图拟卷晴川去。

271. 毛开《蝶恋花》P1769

罗袜匆匆曾一遇。乌鹊归来，怨感流年度。别袖空看啼粉污。相思待倩谁分付。

残雪江村回马路。袅袅春寒，帘晚空凝伫。人在梅花深处住。梅花落尽愁无数。

272. 洪适《蝶恋花》P1778

漠漠水田飞白鹭。夏木阴阴，巧啭黄鹂语。金匮诗人新得句。江山应道来何暮。

好向金门联步武。何事双旌，却为丹丘驻。琼斝十分须一举。看看紫诏催归去。

273. 朱淑真《蝶恋花·送春》P1820

楼外垂杨千万缕。欲系青春，少住春还去。犹自风前飘柳絮。随春且看归何处。

绿满山川闻杜宇。便做无情，莫也愁人苦。把酒送春春不语。黄昏却下潇潇雨。

274. 张抡《蝶恋花》P1825

前日海棠犹未破。点点胭脂，染就真珠颗。今日重来花下坐。乱铺宫锦春无那。

剩摘繁枝簪几朵。痛惜深怜，只恐芳菲过。醉倒何妨花底卧。不须红袖来扶我。

275. 张抡《蝶恋花》（神仙十首）P1843

碧海沉沉西极远。闲访□□，□□□□□。恰值群仙来阆苑。相将□□□□□。

□□□□谁得见。五彩□□，□□□□□。□□□□□□□。人间几度□□□。

276. 张抡《蝶恋花》P1843

□□□□□□□□。□□□□，□□□□□。□影□□□□□。□□□□□
□□。

□□□□长不老。天□□□，□□□□□。□□□□□物表。广寒宫殿□
□□。

277. 张抡《蝶恋花》P184-1844

碧落浮黎光景异。琼□□□，□□□□□。□有宝珠如黍米。天真□□□
□□。

□□□□凭玉几。花雨霏霏，散入诸天□。□□□□传妙旨。至今流演无
终纪。

278. 张抡《蝶恋花》P1844

弱水茫茫三万里。遥望蓬莱，浮动烟霄外。若问蓬莱何处是。珠楼玉殿金
鳌背。

惟是飞仙能驭气。霞袖飘飘，来往如平地。除□飞仙谁得至。只缘山在波
涛底。

279. 张抡《蝶恋花》P1844

绝想凝真天地表。九□□□，□□□□□。行处旌幢参羽葆。五云随□□
□□。

□□神仙春不老。烟□□□，□□□□□。□□□□多与少。下窥海□□
□□。

280. 张抡《蝶恋花》P1844

□□□□□□□。□□□□，□□□□□。□□□□□□。□□□□□□
□□。

□□□□□露采。□□□□，□□□□□。□□□□□□。飘然直□□
□□。

281. 张抡《蝶恋花》P1844

碧海灵桃花朵朵。阿母□□，□□□□□。昨夜海风吹玉颗。分明□□□
□□。

□□□□苞已破。散液流□，馥郁□□□。□□三偷谁可那。如今先手还
输我。

191

282. 张抡《蝶恋花》P1844

莫笑一瓢门户隘。任意游行，出入俱无碍。玉殿珠宫都不爱。别藏大地非尘界。

东海扬尘瓢不坏。寒暑□移，瑞日何曾改。一住如今知几载。主人不老长春在。

283. 张抡《蝶恋花》P1845

清夜凝然□□□。□□□□，□□□□□。□界森罗星□□。□□□□□□□。

□□□□紫碧雾。上□□□，□□□□□。□□□□□紫府。归来□□□□□。

284. 张抡《蝶恋花》P1845

不假□□□□□。□□□□，□□□□□。□□□□□□□。□□□□□□□。

□□□□□□□。□□□□，□□□□□。□□□□□□□。□□□□□□□。

285. 侯寘《蝶恋花·次韵张子原寻梅》P1852-1853

雪压小桥溪路断。独立无言，雾鬓风鬟乱。拂拭冰霜君试看。一枝堪寄天涯远。

拟向南邻寻酒伴。折得花归，醉著歌声缓。姑射梦回星斗转。依然月下重相见。

286. 赵彦端《蝶恋花·赠别赵邦才席上作》P1878

堂外溪桥杨柳畔。满树东风，更著流莺唤。时节清明寒暖半。秦筝欲妒歌珠贯。

一寸离肠无可断。旧管新收，尽记双帷卷。赖得今年春较晚。送人犹有馀红乱。

287. 赵彦端《蝶恋花》P1879

雪里珠衣寒未动。雪后清寒，惊损幽帷梦。风撼海牛帘幕重。画檐冰箸如流汞。

一穗香云佳客共。溜溜金槽，政尔新词送。酒戏诗阄忘百中。烛间有个人非众。

288. 李吕《凤栖梧》P1917

一岁光阴寒共暑。一日光阴，只个朝还暮。有物分明能唤痞。晓钟晨角君听取。

扰扰胶胶劳百虑。究竟思量，没个相干处。只有一般携得去。廿人唤作闲家具。

289. 陈从古《蝶恋花》（芍药门）P1920

日借轻黄珠缀露。困倚东风，无限娇春处。看尽夭红浑漫语。淡妆偏称泥金缕。

不共铅华争胜负。殿后开时，故欲寻春去。去似朝霞无定所。那堪更著催花雨。

290. 袁去华《蝶恋花·次韩幹梦中韵》P1950

细雨斜风催日暮。一梦华胥，记得惊人句。雾阁云窗歌舞处。翠峰青嶂无重数。

解佩江头元有路。流水茫茫，尽日无人渡。一点相思愁万缕。几时却跨青鸾去。

291. 袁去华《蝶恋花》P1950

十二峰前朝复暮。空忆兰台，公子高唐句。断雨残云无觅处。古来离合归冥数。

咫尺明河无限路。牛女佳期，犹解年年渡。细写罗笺情缕缕。雁飞不到谁将去。

292. 向滈《蝶恋花》P1966

费尽东君无限巧。玉减香销，回首令人老。梦绕岭头归未到。角声吹断江天晓。

燕子来时春正好。寸寸柔肠，休问愁多少。从此欢心还草草。凭栏一任桃花笑。

293. 曹冠《凤栖梧·牡丹》P1983

魏紫姚黄凝晓露。国艳天然，造物偏钟赋。独占风光三月暮。声名都压花无数。

蜂蝶寻香随杖屦。睍睆莺声，似劝游人住。把酒留春春莫去。玉堂元是常春处。

294. 曹冠《凤栖梧·兰溪》P1983

桂棹悠悠分浪稳。烟幂层峦，绿水连天远。赢得锦囊诗句满。兴来豪饮挥金碗。

飞絮撩人花照眼。天阔风微，燕外晴丝卷。翠竹谁家门可款。舣舟闲上斜阳岸。

295. 曹冠《凤栖梧·会于秋香阁，适令丞有违言，赋此词劝之》P1984

昨夜西畴新足雨。玉露金飙，著意麾残暑。画阁登临凝望处。馀霞晚照明烟浦。

闲是闲非知几许。物换星移，风景都如故。耳听是非萦意绪。争如挥麈谈千古。

296. 曹冠《凤栖梧·寻芳，饮于小园元名蝶恋花》P1984

桃杏争妍韶景媚。雨霁烟轻，山色按蓝翠。绿竹青松依涧水。了无一点尘埃气。

忙里偷闲真得计。乘兴携壶，文饮欣同志。对景挥毫聊寓意。赏花对月拚深醉。

297. 管鉴《蝶恋花·辛卯重九，余在试闱，闻张子仪、文元益诸公登舟青阁分韵作词。既出院，方见所赋，以"玉山高并两峰寒"为韵，尚馀并字，因为足之》P2028

楼倚云屏江泻镜。尊俎风流，地与人俱胜。酒力易消风力劲。归时城郭烟生暝。

幕府俊游常许并。可惜佳辰，独阻登临兴。妙语流传空叹咏。一时珠玉交相映。

298. 陆游《蝶恋花·离小益作》P2051

陌上箫声寒食近。雨过园林，花气浮芳润。千里斜阳钟欲暝。凭高望断南楼信。

海角天涯行略尽。三十年间，无处无遗恨。天若有情终欲问。忍教霜点相思鬓。

299. 陆游 《蝶恋花》 P2051

桐叶晨飘蛩夜语。旅思秋光，黯黯长安路。忽记横戈盘马处。散关清渭应如故。

江海轻舟今已具。一卷兵书，叹息无人付。早信此生终不遇。当年悔草长杨赋。

300. 陆游 《蝶恋花》 P2051

水漾萍根风卷絮。倩笑娇颦，忍记逢迎处。只有梦魂能再遇。堪嗟梦不由人做。

梦若由人何处去。短帽轻衫，夜夜眉州路。不怕银缸深绣户。只愁风断青衣渡。

301. 陆游 《蝶恋花》 P2069

禹庙兰亭今古路。一夜清霜，染尽湖边树。鹦鹉杯深君莫诉。他时相遇知何处。

冉冉年华留不住。镜里朱颜，毕竟消磨去。一句丁宁君记取。神仙须是闲人做。

302. 姜特立 《蝶恋花·送妓》 P2077

飘粉吹香三月暮。病酒情怀，愁绪浑无数。有个人人来又去。归期有恨难留驻。

明日尊前无觅处。咿轧篮舆，只向双溪路。我辈情钟君谩与。为云为雨应难据。

303. 范成大 《蝶恋花》 P2087

春涨一篙添水面。芳草鹅儿，绿满微风岸。画舫夷犹湾百转。横塘塔近依前远。

江国多寒农事晚。村北村南，谷雨才耕遍。秀麦连冈桑叶贱。看看尝面收新茧。

304. 张孝祥 《蝶恋花·行湘阴》 P2189

漠漠飞来双属玉。一片秋光，染就潇湘绿。雪转寒芦花簌簌。晚风细起波纹縠。

落日闲云归意促。小倚蓬窗，写作思家曲。过尽碧湾三十六。扁舟只在滩头宿。

305. 张孝祥《蝶恋花·怀于湖》P2189

恰则杏花红一树。捻指来时，结子青无数。漠漠春阴缠柳絮。一天风雨将春去。

春到家山须小住。芍药樱桃，更是寻芳处。绕院碧莲三百亩。留春伴我春应许。

306. 张孝祥《蝶恋花·送刘恭父》P2189

画戟戎闲刀入鞘。安石榴花，影落红栏小。似劝先生须饮醮。枕中鸿宝微传妙。

衮衮锋车还急诏。满眼潇湘，总是恩波渺。归去槐庭思楚峤。舻棱月晓期分照。

307. 张孝祥《蝶恋花·送姚主管横州》P2189

君泛仙槎银海去。后日相思，地角天涯路。草草杯盘深夜语。冥冥四月黄梅雨。

莫拾明珠并翠羽。但使邦人，爱我如慈母。待得政成民按堵。朝天衣袂翩翩举。

308. 张孝祥《蝶恋花·秦乐家赏花》P2220

烂烂明霞红日暮。艳艳轻云，皓月光初吐。倾国倾城恨无语。彩鸾祥凤来还去。

爱花常为花留住。今岁风光，又是前春处。醉倒扶归也休诉。习池人笑山翁语。

309. 陈造《蝶恋花·范参政游石湖作命次韵》P2232

山立翠屏开几面。画舸经行，蒲茸□□岸。想过溪门帆影转。湖光忽作浮天远。

诗卷来时春腕晚。愁把钓游，佳处寻思遍。不许冷官人所贱。拘缠自叹冰蚕茧。

310. 丘岱《蝶恋花·为钱守寿》P2258

梅子著花当献寿。得得天工，有意还知否。教在岁寒霜雪后。长年不羡松筠茂。

莫厌杯深歌舞奏。约略丝纶，正是来时候。富贵明年公自有。天香宫烛黄封酒。

311. 丘岌《蝶恋花·送岳明州》P2258

鼓吹东方天欲晓。打彻伊州，梅柳都开了。尽道鄞江春许早。使君未到春先到。

号令只凭花信报。旗垒精明，家世临淮妙。遥想明年元夕好。玉人更著华灯照。

312. 丘岌《蝶恋花·西堂竹阁，日气温然，戏作》P2258

逼砌筠窗围小院。日照花枝，疏影重重见。金鸭无风香自暖。腊寒才比春寒浅。

昼景温温烘笔砚。闲把安西，六纸都临遍。茗碗不禁幽梦远。鹊来唤起斜阳晚。

313. 吕胜己《蝶恋花》P2266

墙角栽梅分两下。夹竹穿松，巧傍柴门亚。不似西湖明月夜。展开一片江南画。

老子寻芳心已罢。为爱孤高，结约如莲社。清静界中观物化。憧憧门外驰车马。

314. 吕胜己《蝶恋花（一名凤栖梧长沙作）》P2266

天际行云红一缕。无尽青山，江水悠悠去。更上层楼凭远处。凄凉今古悲三楚。

心事多端谁共语。酒醒愁来，望望家何所。薄宦漂零成久旅。天涯却羡鸿遵渚。

315. 吕胜己《蝶恋花·观雪作》P2267

姑射真仙蓬海会。驭气乘龙，作意游方外。冬后蓊花飞素彩。腊前陨璞抛团块。

幂幂绵云相映带。川谷林峦，混一乾坤大。白玉装成全世界。江湖点染微瑕颣。

316. 吕胜己《蝶恋花·长沙送同官先归邵武》P2267

屈指瓜期犹渺渺。羡子征鞍，去上长安道。到得故园春正好。桃腮杏脸迎门笑。

闻道难兄登显要。雁字云霄，花萼应同调。旧恨新愁须拚了。功名趁取方年少。

317. 吕胜己《蝶恋花》P2267

眼约心期常未足。邂逅今朝，暂得论心曲。忽堕鲛珠红簌簌。双眸翦水明如烛。

可恨匆匆归去速。去去行云，望断凄心目。何似当初情未熟。免教添得愁千斛。

318. 吕胜己《蝶恋花·霰雨雪词》P2267

天色沉沉云色赭。风搅阴寒，浩荡吹平野。万斛珠玑天弃舍。长空撒下鸣鸳瓦。

玉女凝愁金阙下。褪粉残妆，和泪轻挥洒。欲降尘凡飙驭驾。翩翩白凤先来也。

319. 赵长卿《蝶恋花·春深》P2288

宿雨新晴天色好。秾李夭桃，一霎都开了。燕子归来深院悄。柳绵铺径无人扫。

咫尺莺花还又老。绿入闲阶，只有青青草。参揣前期谁可表。此情不语知多少。

320. 赵长卿《蝶恋花·暮春》P2291

芍药开残春已尽。红浅香干，蝶子迷花阵。阵是清和人正困。行云散后空留恨。

小字金书频与问。意曲心诚，未必他能信。千结柔肠愁寸寸。钿钗几日重相近。

321. 赵长卿《蝶恋花·春残》P2300

绿尽烧痕芳草遍。不暖不寒，切莫辜良宴。罨画屏风开羽扇。薄罗衫子仙衣练。

晚雨小池添水面。戏跃赪鳞，又向波心见。持酒伊听声宛转。樽前唱彻昭阳怨。

322. 赵长卿《蝶恋花·初夏》P2311

乱叠青钱荷叶小。浓绿阴阴，学语雏莺巧。小树飞花芳径草。堆红衬碧于中好。

梅子弄黄枝上早。春已归时，戏蝶游蜂少。细把新词才和了。鸡声已唤纱窗晓。

323. 赵长卿《蝶恋花·和任路分荷花》P2315

忆昔临平山下过。无数荷花，照水无纤颣。短艇直疑天上坐。醉眠花里香无那。

雨浥红妆娇娜娜。脉脉含情，欲向风前破。莫道晚来风景可。青房著子千千颗。

324. 赵长卿《蝶恋花·深秋》P2323-2324

一梦十年劳忆记。社燕宾鸿，来去何容易。宿酒半醒便午睡。芭蕉叶映纱窗翠。

衬粉泥书双合字。鸾凰鸳鸯，总是双双意。已作吹箫长久计。鸳衾空有中宵泪。

325. 赵长卿《蝶恋花·登楼晚望，闻歌声清婉而作此》P2339

闲上西楼供远望。一曲新声，巧媚谁家唱。独倚危栏听半饷。长江快泻澄无浪。

清泪恰同春水涨。拭尽重流，触事如何向。不觉黄昏灯已上。旧愁还是新愁样。

326. 赵长卿《蝶恋花》P2339

天净姮娥初整驾。桂魄蟾辉，来趁清和夜。费尽丹青无计画。纤纤侧向疏桐挂。

人在扶疏桐影下。耳畔轻轻，细说家常话。年少难留应不借。未歌先咽歌还罢。

327. 赵长卿《蝶恋花·宁都半岁归家，欲别去而意终不决也》P2339

叶底蜂衔催日晚。向晚匀妆，巧画宫眉浅。翠幕无风香自远。金船酌酒须教满。

未说别离魂已断。雨幌云屏，只恐良宵短。心事不随飞絮乱。宦情肯把恩情换。

328. 廖行之《凤栖梧·寿长嫂》P2375

吾母慈祥膺上寿。福庇吾家，近世真希有。丘嫂今年逾六九。康宁可嗣吾慈母。

我愿慈闱多福厚。更祝遐龄，与母齐长久。鸾诰联翩双命妇。华堂千岁长生酒。

329. 廖行之《凤栖梧：寿外舅》P2375

破腊先春梅有意。管领年华，总在清香蕊。不逐浮花红与紫。岁寒来寿仙翁醉。

衮衮诸公名又利。谁似高标，摆却人间事。长对南枝添兴致。尊前好在三千岁。

330. 张震《蝶恋花·惜春》P2391

梅子初青春已暮。芳草连云，绿遍西池路。小院绣垂帘半举。衔泥紫燕双飞去。

人在赤阑桥畔住。不解伤春，还解相思否。清梦欲寻犹间阻。纱窗一夜萧萧雨。

331. 王炎《蝶恋花·崇阳县圃夜饮》P2392

纤手行杯红玉润。满眼花枝，雨过胭脂嫩。新月一眉生浅晕。酒阑无奈添春困。

唤起醉魂君不问。憔悴颜容，羞与花相近。人自无情花有韵。风光易老何须恨。

332. 王炎《蝶恋花》P2392-2393

柳暗西湖春欲暮。无数青丝，不系行人住。一点心情千万绪。落花寂寂风吹雨。

唤起声中人独睡。千里明驼，不踏山间路。谩道遣愁除是醉。醉还易醒愁难去。

333. 杨冠卿《蝶恋花·次张俊臣韵》P2408

舞处曾看花满面。独倚东风，往事思量遍。绿怨红愁春不管。天涯芳草人肠断。

一纸云笺鱼雁远。归凤求凰，谁识琴心怨。臂枕香消眉黛敛。也应为我宽金钏。

334. 杨冠卿《蝶恋花》P2408

月冷花寒宫漏促。人在虚檐，玉体温无粟。弦断鸾胶还再续。娇云时霎情难足。

解道双鸳愁独宿。宿翠偎红，蛱蝶元相逐。蓬海路遥天六六。终须伴我骑黄鹄。

335. 辛弃疾《蝶恋花·送祐之弟》P2426

衰草残阳三万顷。不算飘零，天外孤鸿影。几许凄凉须痛饮。行人自向江头醒。

会少离多看两鬓。万缕千丝，何况新来病。不是离愁难整顿。被他引惹其他恨。

336. 辛弃疾《蝶恋花·和杨济翁韵》P2426-2427

点检笙歌多酿酒。蝴蝶西园，暖日明花柳。醉倒东风眠永昼。觉来小院重携手。

可惜春残风雨又。收拾情怀，长把诗僝僽。杨柳见人离别后。腰肢近日和他瘦。

337. 辛弃疾《蝶恋花·月下醉书两岩石浪》P2427

九畹芳菲兰佩好。空谷无人，自怨蛾眉巧。宝瑟泠泠千古调。朱丝弦断知音少。

冉冉年华吾自老。水满汀洲，何处寻芳草。唤起湘累歌未了。石龙舞罢松风晓。

338. 辛弃疾《蝶恋花·席上赠杨济翁侍儿》P2427

小小华年才月半。罗幕春风，幸自无人见。刚道羞郎低粉面。傍人瞥见回娇盼。

昨夜西池陪女伴。柳困花慵，见说归来晚。劝客持觞浑未惯。未歌先觉花枝颤。

339. 辛弃疾《蝶恋花·送人行》P2456

意态憨生元自好。学画鸦儿，旧日偏他巧。蜂蝶不禁花引调。西园人去春风少。

春已无情秋又老。谁管闲愁，千里青青草。今夜倩簪黄菊了。断肠明月霜天晓。

340. 辛弃疾《蝶恋花·戊申元日立春席间作》P2456

谁向椒盘簪彩胜。整整韶华，争上春风鬓。往日不堪重记省。为花长把新春恨。

春未来时先借问。晚恨开迟，早又飘零近。今岁花期消息定。只愁风雨无凭准。

341. 辛弃疾《蝶恋花·和江陵赵宰》P2456

老去怕寻年少伴。画栋珠帘，风月无人管。公子看花朱碧乱。新词搅断相思怨。

凉夜愁肠千百转。一雁西风，锦字何时遣。毕竟啼乌才思短。唤回晓梦天涯远。

342. 辛弃疾《蝶恋花·送郑元英》P2456

莫向城头听漏点。说与行人，默默情千万。总是离愁无近远。人间儿女空恩怨。

锦绣心胸冰雪面。旧日诗名，曾道空梁燕。倾盖未偿平日愿。一杯早唱阳关劝。

343. 辛弃疾《蝶恋花·继杨济翁韵饯范南伯知县归京口》P2528

泪眼送君倾似雨。不折垂杨，只倩愁随去。有底风光留不住。烟波万顷春江橹。

老马临流痴不渡。应惜障泥，忘了寻春路。身在稼轩安稳处。书来不用多行数。

344. 辛弃疾《蝶恋花·客有燕语莺啼人乍远之句，用为首句》P2528

燕语莺啼人乍远。却恨西园，依旧莺和燕。笑语十分愁一半。翠围特地春光暖。

只道书来无过雁。不道柔肠，近日无肠断。柄玉莫摇湘泪点。怕君唤作秋风扇。

345. 辛弃疾《蝶恋花》P2528-2529

洗尽机心随法喜。看取尊前，秋思如春意。谁与先生宽发齿。醉时惟有歌而已。

岁月何须溪上记。千古黄花，自有渊明比。高卧石龙呼不起。微风不动天如醉。

346. 辛弃疾《蝶恋花》P2528

何物能令公怒喜。山要人来，人要山无意。恰似哀筝弦下齿。千情万意无时已。

自要溪堂韩作记。今代机云，好语花难比。老眼狂花空处起。银钩未见心先醉。

347. 程垓《凤栖梧·客临安，连日愁霖，旅枕无寐，起作》P2575

九月江南烟雨里。客枕凄凉，到晓浑无寐。起上小楼观海气。昏昏半约渔樵市。

断雁西边家万里。料得秋来，笑我归无计。剑在床头书在几。未甘分付黄花泪。

348. 程垓《凤栖梧》P2575

有客钱塘江上住。十日斋居，九日愁风雨。断送一春弹指去。荷花又绕南山渡。

湖上幽寻君已许。消息不来，望得行云暮。芳草梦魂应记取。不成忘却池塘句。

349. 程垓《凤栖梧》P2575

门外飞花风约住。消息江南，已酿黄梅雨。蜀客望乡归不去。当时不合催南渡。

忧国丹心曾独许。纵吐长虹，不奈斜阳暮。莫道春光难揽取。少陵辨得寻花句。

350. 程垓《凤栖梧·南窗偶题》P2575

薄薄窗油清似镜。两面疏帘，四壁文书静。小篆焚香消日永。新来识得闲中性。

人爱人嫌都莫问。絮自沾泥，不怕东风紧。只有诗狂消不尽。夜来题破窗花影。

351. 程垓《凤栖梧·送子廉倅南下》P2575

九月重湖寒意早。目断黄云，冉冉连衰草。惨别临江愁满抱。酒尊时事都相恼。

闻道吴天消息好。鸳鸯西池，咫尺君应到。若见故人相问劳。为言未分书舟老。

352. 程垓《蝶恋花》P2587

日下船篷人未起。一个燕儿，说尽伤春意。江上残花能有几。风催雨促成容易。

湖海客心千万里。著力东风，推得人行未。相次桃花三月水。菱歌谁伴西湖醉。

353. 程垓《蝶恋花》P2588

满路梅英飞雪粉。临水人家，先得春光嫩。楼底杏花楼外影。墙东柳线墙西恨。

撷翠揉红何处问。暖入眉峰，已作伤春困。归路月痕弯一寸。芳心只为东风损。

354. 程垓《蝶恋花·春风一夕浩荡，晓来柳色一新》P2588

寒意勒花春未足。只有东风，不管春拘束。杨柳满城吹又绿。可人青眼还相属。

小叶星星眠未熟。看尽行人，唱彻阳关曲。心事一春何计续。芳条未展眉先蹙。

355. 程垓《蝶恋花·自东江乘晴过蟆颐渚园小饮》P2588

晴带溪光春自媚。绕翠萦青，来约东风醉。云补断山疏复缀。雨回绿野清还丽。

拄杖不妨舒客意。临水人家，问有花开未。江左风流今有几。逢春不要人憔悴。

356. 程垓《蝶恋花》P2588

翠幕成阴帘拂地。池馆无人，四面生凉意。荷气竹香俱细细。分明著莫清风袂。

玉枕如冰筝似水。才揎横钗，早被莺呼起。今夜月明人未睡。只消三四分来醉。

357. 程垓《蝶恋花》P2588

画阁红炉屏四向。梅拥寒香，次第侵帷帐。烛影半低花影幌。修眉正在花枝傍。

殢粉偎香羞一饷。未识春风，已觉春情荡。醉里不知霜月上。归来已踏梅花浪。

358. 程垓《蝶恋花》P2589

楼角吹花烟月堕。的皪韶妍，又向梅心破。钗上彩幡看一个。赏心已觉春生坐。

莫恨年华风雨过。人日嬉游，次第连灯火。翠幄高张金盏大。已拚醉袖随香弹。

359. 程垓《蝶恋花》P2589

小院菊残烟雨细。天气凄凉，恼得人憔悴。被暖橙香羞早起。玉钗一任慵云坠。

楼上珠帘钩也未。数尺遥山，供尽伤高意。伫立不禁残酒味。绣罗依旧和香睡。

360. 程垓《蝶恋花·月下有感》P2589

小院秋光浓欲滴。独自钩帘，细数归鸿翼。鸿断天高无处觅。矮窗催暝蛩催织。

凉月去人才数尺。短发萧骚，醉傍西风立。愁眼望天收不得。露华衣上三更湿。

361. 程垓《蝶恋花》P2589

晴日溪山春可数。水绕池塘，知有人家住。寻日寻花花不语。旧时春恨还如许。

苦恨东风无意绪。只解催花，不解催人去。日晚荒烟迷古戍。断魂正在梅花浦。

362. 陈三聘《蝶恋花》P2608

阊阖城西山四面。鸭绿鳞鳞，轻拍横塘岸。一阵东风羊角转。望中已觉孤帆远。

独恨寻芳来较晚。柘老桑稠，农务村村遍。山鸟劝酤官酒贱。炊烟深巷听缲茧。

363. 石孝友《蝶恋花》P2647

别后相思无限忆，欲说相思，要见终无计。拟写相思持送似。如何尽得相思意。

眼底相思心里事。纵把相思，写尽凭谁寄。多少相思都做泪。一齐泪损相思字。

364. 石孝友《蝶恋花》P2647

寒卸园林春已透。红著溪梅，绿染前堤柳。见个人人今感旧。引杯相属蒲塘酒。

金缕歌中眉黛皱。多少闲愁，借与伤春瘦。明日马蹄浮野秀。柳颦梅惨空回首。

365. 石孝友《蝶恋花》P2648

薄幸人人留不住。杨柳花时，还是成虚度。一枕梦回春又去。海棠吹落胭脂雨。

金鸭未销香篆吐。断尽柔肠，看取沉烟缕。独上危楼凝望处。西山暝色连南浦。

366. 赵师侠《蝶恋花·戊戌和邓南秀》P2679

柳眼窥春春渐吐。又是东风，摇曳黄金树。宜入新春闻好语。一犁处处催耕雨。

未有花须金缕缕。醉梦悠飏，似蝶翩跹舞。一枕仙游何处去。觉来依旧江南住。

367. 赵师侠《蝶恋花·己亥同常监游洪阳洞题肯堂壁》P2680

春到园林能几许。昨夜疏疏，过却催花雨。暖日晴岚原上路。雕鞍暂系芳菲树。

仙洞同游皆胜侣。翻忆年时，醉里曾寻句。要与龙江春作主。翩然又趁东风去。

368. 赵师侠《蝶恋花·癸卯信丰赋芙蓉》P2680

剪剪西风催碧树。乱菊残荷，节物惊秋暮。绿叶红苞迎晓露。锦屏绣幄围芳圃。

尘世鸾骖那肯驻。尚忆层城，仙苑飞琼侣。能共牡丹争几许。惜花对景聊为主。

369. 赵师侠《蝶恋花·道中有簪二色菊花》P2680

百叠霜罗香蕊细。袅袅垂铃，缀簇黄金碎。独占九秋风露里。芳心不与群英比。

采采东篱今古意。秀色堪餐，更惹兰膏腻。不用南山横紫翠。悠然消得因花醉。

370. 赵师侠《蝶恋花·临安道中赋梅》P2680

剪水凌虚飞雪片。认得清香，雪树深深见。傅粉凝酥明玉艳。含章檐下春风面。

照影溪桥情不浅。羌管声中，叠恨传幽怨。陇首人归芳信断。万重云水江南远。

371. 赵师侠《蝶恋花·戊申秋夜》P2680

夜雨鸣檐声录蔌。薄酒浇愁，不那更筹促。感旧伤今难举目。无聊独剪西窗烛。

弹指光阴如电速。富贵功名，本自无心逐。粝食粗衣随分足。此身安健他何欲。

372. 赵师侠《蝶恋花·丙辰嫣然赏海棠》P2681

春入园林新雨过。次第芳菲，惹起情无那。蜀锦青红初剪破。枝头点点胭脂颗。

柳带随风金袅娜。隐映馀霞，灿灿红云堕。高烛夜寒光照坐。只愁沉醉谁扶我。

373. 赵师侠《蝶恋花·用宜笑之语作》P2681

解语花枝娇朵朵。不为伤春，爱把眉峰锁。宜笑精神偏一个。微涡媚靥樱桃破。

先自腰肢常袅娜。更被新来，酒饮频过火。茶饭不忺犹自可。脸儿瘦得些娘大。

374. 陈亮《蝶恋花·甲辰寿元晦》P2706

手捻黄花还自笑。笑比渊明，莫也归来早。随世功名浑草草。五湖却共繁华老。

冷淡家生冤得道。旖旎妖娆，春梦如今觉。管个岁华须到了。此花之后花应少。

375. 杨炎正《蝶恋花·别范南伯》P2726

离恨做成春夜雨。添得春江，划地东流去。弱柳系船都不住。为君愁绝听橹橹。

君到南徐芳草渡。想得寻春，依旧当年路。后夜独怜回首处。乱山遮隔无重数。

376. 杨炎正《蝶恋花·稼轩坐间作，首句用丘六书中语》P2726

点检笙歌多酿酒。不放东风，独自迷杨柳。院院翠阴停永昼。曲栏随处堪垂手。

昨日解醒今夕又。消得情怀，长被春侪偬。门外马嘶人去后。乱红不管花消瘦。

377. 杨炎正《蝶恋花》P2726

万点飞花愁似雨。峭杀轻寒，不会留春住。满地乱红风扫聚。只教燕子衔将去。

独倚阑干闲自觑。深院无人，行到无情处。帘外丝丝杨柳舞。又还装点人情绪。

378. 张镃《蝶恋花》P2748

杨柳秋千旗斗舞。漠漠轻烟，罩定黄鹂语。红滴海棠娇半吐。燕脂水似朝来雨。

行过池边携手路。都把多情，变作无情绪。惟有东风知住处。凭君送取温存去。

379. 张镃《蝶恋花·南湖》P2748

门外沧州山色近。鸥鹭双双，恼乱行云影。翠拥高筼阴满径。帘垂尽日林堂静。

明月飞来烟欲暝。水面天心，两个黄金镜。慢飔轻摇风不定。渔歌欸乃谁同听。

380. 张镃《蝶恋花·挟翠桥》P2748

洒面松风凉似水。下看冰泉，喷薄溪桥底。叠叠层峰相对起。家居却在深山里。

枝上凌霄红绕翠。飘下红英，翠影争摇曳。今夜岩扉休早闭。月明定有飞仙至。

381. 刘过《蝶恋花·赠张守宠姬》P2770

帘幕闻声歌已妙。一曲尊前，真个梅花早。眉黛两山谁为扫。风流京兆江南调。

醉得白须人易老。老去侯鲭，旧也曾年少。后夜短蓬霜月晓。梦魂依约云山绕。

382. 刘过《蝶恋花》P2770

宝鉴年来微有晕。懒照容华，人远天涯近。昨夜灯花还失信。无心更唱江城引。

行过短墙回首认。醉撼花梢，红雨飞成阵。拌了为郎憔悴损。庞儿恰似江梅韵。

383. 卢炳《蝶恋花·和彭孚先韵》P2789

满架冰葵开遍了。试问花神，留得春多少。清胜荀香娇韵好。谢庭风月应难到。

酒酿新醅名不老。醉倒花前，真个无烦恼。满座清欢供一笑。春醒拚却明窗晓。

384. 卢炳《蝶恋花·和人探梅》P2791

罗幕护寒遮晓雾。爱日烘晴，又是年华暮。潇洒江梅争欲吐。暗香漏泄春来处。

何日寻芳溪畔路。挈榼携筇，写景论心素。千里相逢真会遇。羡君解道江南句。

385. 刘翰《蝶恋花》P2838

团扇题诗春又晚。小梦惊残，碧草池塘满。一曲银钩帘半卷。绿窗睡足莺声软。

瘦损衣围罗带减。前度风流，陡觉心情懒。谁品新腔拈翠管。画楼吹彻江南怨。

386. 刘仙伦《蝶恋花》P2845

小立东风谁共语。碧尽行云，依约兰皋暮。谁问离怀知几许。一溪流水和烟雨。

媚荡杨花无著处。才伴春来，忙底随春去。只恐游蜂黏得住。斜阳芳草江头路。

387. 韩淲《蝶恋花·三十日归途村店市酒，成季、子任同酌而歌》P2893

道上疏梅花一树。人去人来，不管流年度。闲过南衢同散步。东风为我吹香去。

试问青春今几许。明日新正，溪影横山暮。遮莫攀翻君且住。心儿却在题诗处。

388. 韩淲《蝶恋花（细雨吹池沼）》P2893

尽道今年春较早。梅与人情，觉得梅偏好。一树南衢香未老。春风已自生芳草。

来自城中犹带晓。行到君家，细雨吹池沼。怅望沙坑须会到。玉溪此意年时少。

389. 韩淲《蝶恋花·野趣轩看玉色木犀》P2894

斜日清霜山薄暮。行到桥东，林竹疑无路。小院横窗香噀雾。胆屏曲几花如雨。

细酌心情因少驻。九万刚风，寒影吹琼素。不是月宫那有许。霓裳舞彻凌波步。

390. 韩淲《蝶恋花·次韵伊一》P2914

未就丹砂须九转。谁把新词，歌绕梁尘遍。拍拍韶华春意满。揆予初度文何健。

恰是山花汀草远。独乐园林，不梦笙歌殿。灵气仙才非小见。霞杯漫道蟠桃献。

391. 韩淲《蝶恋花·次韵郑一》P2914

千叶香梅春在手。日薄帘栊，花影遮前后。小立徐行还易久。微吟莫厌伤多酒。

拾翠流红弦管透。望断青青，休问行人柳。往事如云如梦否。连天芳草惊依旧。

392. 吴礼之《蝶恋花·春思》P2933

睡思厌厌莺唤起。帘卷东风，犹未忺梳洗。眼细眉长云拥髻。笑垂罗袖熏沉水。

媚态盈盈闲举止。只有江梅，清韵能相比。诗酒琴棋歌舞地。又还同醉春风里。

393. 吴礼之《蝶恋花·别恨》P2933

急水浮萍风里絮。恰似人情，恩爱无凭据。去便不来来便去。到头毕竟成轻负。

帘卷春山朝又暮。莺燕空忙，不念花无主。心事万千谁与诉。断云零雨知何处。

394. 吴礼之《蝶恋花·春思》P2933

满地落红初过雨。绿树成阴，紫燕风前舞。烟草低迷萦小路。昼长人静扃朱户。

沉水香销新剪苎。欹枕朦胧，花底闻莺语。春梦又还随柳絮。等闲飞过东墙去。

395. 汪晫《蝶恋花·秋夜简赵尉借韵》P2942

午夜凉生风不住。河汉无声，时见疏星度。佳客伴君知未去。对床只欠潇潇雨。

素月四更山外吐。金鸭慵添，消尽沉烟缕。料想玉楼人念处。归舟日望荷花浦。

396. 史达祖《蝶恋花》P3006

二月东风吹客袂。苏小门前，杨柳如腰细。胡蝶识人游冶地。旧曾来处花开未。

几夜湖山生梦寐。评泊寻芳，只怕春寒里。今岁清明逢上巳。相思先到溅裙水。

397. 高观国《凤栖梧》P3021

云唤阴来鸠唤雨。谢了江梅，可踏江头路。拼却一番花信阻。不成日日春寒去。

见说东风桃叶渡。岸隔青山，依旧修眉妩。归雁不如筝上柱。一行常见相思苦。

398. 高观国《凤栖梧·题岩室》P3022

岩室归来非待聘。渺渺千崖，漠漠江千顷。明月清风休弄影。只愁踏破苍苔径。

摘取香芝医鹤病。正要臞仙，相伴清闲性。朝市不闻心耳静。一声长啸烟霞冷。

399. 高观国《凤栖梧·湖头即席，长翁同赋》P3022

西子湖边眉翠妩。魂冷孤山，谁是风烟主。相唤吟诗天欲雨。嫩凉不隔鸥飞处。

移下天孙云锦渚。翠盖牵风，绰约凌波女。清约已成君记取。月明夜半鱼龙舞。

400. 魏了翁《蝶恋花·和孙蒲江□□上元词》P3041

又见王正班玉瑞。霁月光风，恰与元宵际。横玉一声天似水。阳春到处皆生意。

十载奔驰今我里。昔□元非，未信今皆是。风月惺惺人自醉。却将醉眼看荣悴。

401. 魏了翁《蝶恋花·和费五九丈□□见惠生日韵》P3060

早岁腾身隋辇路。秋月春风，只作浑闲度。手挟雷公驱电母。袖中双剑蛟龙舞。

如此壮心空浪许。四十明朝，忍把流年数。又过一番生日去。寿觥羞对亲朋举。

402. 魏了翁《蝶恋花·饯汪漕使杲劝酒》P3074

可煞潼人真慕顾。接得官时，只道来何暮。岁岁何曾撺得住。遂人又见迎将去。

谩自儿曹相尔汝。心事同时，千里元相梧。况是棠阴随处处。秋江夜月春空雾。

403. 真德秀《蝶恋花》（红梅门）P3109

两岸月桥花半吐。红透肌香，暗把游人误。尽道武陵溪上路。不知迷入江

212

南去。

先自冰霜真态度。何事枝头，点点胭脂汗。莫是东君嫌淡素。问花花又娇无语。

404. 刘学箕《蝶恋花·北津夜雪》P3122

灯火已收正月半。一夜东风，吹得寒威转。怪得美人贪睡暖。飞瑛积玉千林变。

道是柳绵春尚浅。比著梅花，花已都零乱。漠漠一天迷望眼。多情更把征衣点。

405. 洪咨夔《蝶恋花》P3158

画斛黄花寒更好。人爱花繁，却被花催老。旧恨新愁谁酝造。带围暗减知多少。

开眼万般浑是恼。只仗微醺，假寐宽怀抱。隔屋愁眉春思早。数声啼破池塘草。

406. 刘镇《蝶恋花·丁丑七夕》P3165

谁送凉蟾消夜暑。河汉迢迢，牛女何曾渡。乞得巧来无用处。世间枉费闲针缕。

人在江南烟水路。头白鸳鸯，不道分飞苦。信远翻嗔乌鹊误。眉山暗锁巫阳雨。

407. 方千里《蝶恋花》P3203

漏泄东君消息后。短叶长条，著意遮轩牖。嫩比鹅黄初熟酒。染匀巧费春风手。

万缕筛金新月透。入夜柔情，还胜朝来秀。彩笔雕章知几首。可人标韵无新旧。

408. 方千里《蝶恋花》P3203

一搦腰肢初见后。恰似娉婷，十五藏朱牖。春色恼人浓抵酒。风前脉脉如招手。

黛染修眉蛾绿透。态婉仪闲，自是闺房秀。堪惜年华同转首。女郎台畔春依旧。

409. 方千里《蝶恋花》P3204

碎玉飞花寒食后。薄影行风，终日穿疏牖。有客思归还把酒。闲吹倦絮轻黏手。

雪满愁城寒欲透。飘尽残英，翠幄成秾秀。张绪风流今白首。少年襟度难如旧。

410. 方千里《蝶恋花》P3204

翠浪蓝光新雨后。整整斜斜，高下笼窗牖。万斛深倾重碧酒。量愁知落何人手。

枕雾梳烟晴色透。照影回风，一段嫣然秀。白下门东空引首。藏鸦枝叶长怀旧。

411. 黄机《蝶恋花》P3244

碧树凉飔惊画扇。窗户齐开，秋意参差满。先自离愁裁不断。蛩螀更作声声怨。

山绕千重溪百转。隔了溪山，梦也无由见。归计凭谁占近远。银缸昨夜花如糁。

412. 严仁《蝶恋花·快阁》P3255-3256

杰阁青红天半倚。万里归舟，更近阑干舣。木落山寒凫雁起。一声渔笛沧洲尾。

千古文章黄太史。扪虱高风，长照冰壶里。何以荐君秋菊蕊。癯瓢为酌西江水。

413. 严仁《蝶恋花·春情》P3256

院静日长花气暖。一簇娇红，得见春深浅。风送生香来近远。笑声只在秋千畔。

目力未穷肠已断。一寸芳心，更逐游丝乱。朱户对开帘卷半。日斜江上春风晚。

414. 葛长庚《蝶恋花·题爱阁》P3302

冷雨疏风凉漠漠。云去云来，万里秋阴薄。笑倚玉阑呼白鹤。烟笼素月青天角。

竹影松声浑似昨。醉胆如天，谁道词源涸。满地苍苔霜叶落。今宵不饮何时乐。

415. 葛长庚《蝶恋花》P3302

绿暗红稀春已暮。燕子衔泥，飞入谁家去。柳絮欲停风不住。杜鹃声里山无数。

白马青衫无定据。好底林泉，信脚随缘寓。拚却此生心已许。一川风月聊为主。

416. 葛长庚《蝶恋花》P3302-3303

楼上风光都占断。楼下风光，还许诗人管。管领风光谁是伴。一堤杨柳开青眼。

波面琉璃花影乱。玉笋持杯，画舸歌声颤。醉里寻春春不见。夕阳芳草连天远。

417. 冯取洽《蝶恋花·和玉林韵》P3387

秋到双溪溪上树。叶叶凉声，未省来何许。尽拓溪楼窗与户。倚阑清夜窥河鼓。

那得吟朋同此住。独对秋芳，欲寄花无处。杖屦相从曾有语。未来先自愁君去。

418. 吴潜《蝶恋花·吴中赵园》P3483

野树梅花香似扑。小径穿幽，乐意天然足。回首人间名利局。大都一觉黄粱熟。

别墅谁家屏簇簇。绮户疏窗，尚有藏春屋。镜断钗分何处续。伤心芳草庭前绿。

419. 吴潜《蝶恋花》P3483

客枕梦回闻二鼓。冷落青灯，点滴空阶雨。一寸愁肠千万缕。更听切切寒蛩语。

世事翻来还覆去。造物儿嬉，自古无凭据。利锁名缰空自苦。星星鬓影今如许。

420. 吴潜《蝶恋花·和处静木香》P3512

澹白轻黄纯雅素。一段风流，欹枕疏窗户。夜半香魂飞欲去。伴他月里霓裳舞。

消得留春春且住。不比杨花，轻作沾泥絮。况是环阴成幄处。不愁更被红妆妒。

421. 赵崇嶓《蝶恋花》P3597

一翦微寒禁翠袂。花下重开，旧燕添新垒。风旋落红香匝地。海棠枝上莺飞起。

薄雾笼春天欲醉。碧草澄波，的的情如水。料想红楼挑锦字。轻云淡月人憔悴。

422. 方岳《蝶恋花·用韵秋怀》P3603

雁落寒沙秋恻恻。明月芦花，共是江南客。骑鹤楼高边羽急。柔情不尽淮山碧。

世路只催双鬓白。菰菜莼羹，正自令人忆。归梦不知江水隔。烟帆飞过平如席。

423. 方岳《蝶恋花》P3603

山抹修眉横绿净。浦溆生寒，立尽梧桐影。香炧未消帘幕静。醉红如洗风吹醒。

一夜秋声连玉井。梦落孤篷，已尽山阴兴。戍角凄凉清漏永。江南烟雨何堪省。

424. 方岳《蝶恋花》P3603

秋水涵空如镜净。满镜清寒，倒碧摇山影。药户谁抨圆玉静。碧纱人怯黄昏醒。

丛桂小山寒井井。唤起江南，一叶莼鲈兴。先自新愁愁夜永。不堪宋□重提省。

425. 吴文英《蝶恋花·题华山道女扇》P3669

北斗秋横云髻影。莺羽衣轻，腰减青丝剩。一曲游仙闻玉磬。月华深院人初定。

十二阑干和笑凭。风露生寒，人在莲花顶。睡重不知残酒醒。红帘几度啼鸦暝。

426. 吴文英《蝶恋花·九日和吴见山韵》P3669

明月枝头香满路。几日西风，落尽花如雨。倒照秦眉天镜古。秋明白鹭双飞处。

自摘霜葱宜荐俎。可惜重阳，不把黄花与。帽坠笑凭纤手取。清歌莫送秋声去。

427. 吴文英《凤栖梧·甲辰七夕》P3721

开过南枝花满院。新月西楼，相约同针线。高树数声蝉送晚。归家梦向斜阳断。

夜色银河情一片，轻帐偷欢，银烛罗屏怨。陈迹晓风吹雾散。帘钩空带蛛丝卷。

428. 吴文英《凤栖梧·化度寺池莲一花最晚有感》P3722

湘水烟中相见早。罗盖低笼，红拂犹娇小。妆镜明星争晚照。西风日送凌波杳。

惆怅来迟羞窈窕。一霎留连，相伴阑干悄。今夜西池明月到。馀香翠被空秋晓。

429. 万俟绍之《蝶恋花·春风》P3734

啼鸠一声云榭晚。好梦惊回，蓬岛疑行遍。无绪东风帘自卷。香苞云压荼蘼院。

似有还无烟色展。絮暖鱼肥，时复吹池面。扇影著花蜂蝶见。药栏春静红尘远。

430. 黄昇《蝶恋花·春感》P3795

百计留春春不住。褪粉吹香，日日催教去。心事欲凭莺语诉。流莺划地无凭据。

绿玉阑干围绮户。一点柔红，应在深深处。想倚翠帘吹柳絮。浅颦惆怅芳期误。

431. 杨泽民《蝶恋花·柳》P3819

腊尽江南梅发后。万点黄金，娇眼初窥牖。曾见渭城人劝酒。嫩条轻拂传杯手。

料峭东风寒欲透。暗点轻烟，便觉添疏秀。莫道故人今白首。人虽有故心无旧。

432. 杨泽民《蝶恋花》P3819

初过元宵三五后。曲槛依依，终日摇金牖。瘦损舞腰非为酒。长条聊赠垂鞭手。

几叶小梅春已透。信是风流，占尽人间秀。走马章台还举首。可人标韵强如旧。

433. 杨泽民《蝶恋花》P3819

寂寞春残花谢后。落絮轻盈，点点穿风牖。浓绿阴中人卖酒。凉生午扇都停手。

叶密啼莺飞不透。要咏清姿，除是凭才秀。往日周郎为唱首。今将高韵重翻旧。

434. 杨泽民《蝶恋花》P3819

百卉千花都绽后。浥露依风，翠影笼芳牖。杏脸桃腮匀著酒。青红相映如携手。

一段帘丝风约透。妆点亭台，表里俱清秀。几度长堤频矫首。青青颜色新如旧。

435. 陈著《蝶恋花·次韵黄子羽重午》P3867

世变无情风挟雨。长夜漫漫，何日开晴午。白发萧疏惊岁序。儿嬉漫说重重午。

粒啄偷生如扶黍。过计何须，负郭多南亩。曾著宫衣沾雨露。如今掩袂悲湘浦。

436. 王义山《蝶恋花》P3880

万年枝诗

百子池边景最奇。无人识是万年枝。细花密叶青青子，常得披香雨露滋。东风向晚薰风早。禁路飞花沾寿草。年年圣主寿慈闱，先献此花名字好。

词（《蝶恋花》）

先献此花名字好。密叶长青，翠羽摇仙葆。紫禁风薰惊夏到。花飞细□香堪扫。

拂晓宫娃争报道。无限琼妃，缥缈来蓬岛。来向慈闱勤颂祷。万年枝□同难老。

437. 王义山《蝶恋花》P3880-3881

长春花诗

东风不与世情同。多付春光向此中。叶里尽藏云外绿，枝头剩带日边红。百花能占春多少。何似春颜长自好。清和时候卷红绡，端的长春春不老。

词

端的长春春不老。玉颊微红，酒晕精神好。多谢天工相懊恼。花间不问春迟早。

风外新篁摇翠葆。长乐宫边，绿荫笼驰道。此际称觞非草草。绛仙亲下蓬莱岛。

438. 王义山《蝶恋花》P3881

菖蒲花诗

昔年有母见花轮。富贵长年不记春。今报紫茸依碧节，献来慈极寿庄椿。汉家天子嵩山路。又见蒲仙相与语。而今帝母两怡愉，莫忘九疑山上侣。

词

莫忘九疑山上侣。住在山中，白石清泉处。好与长年沾雨露。灵根下遭蟠虬护。

青青九节长如许。早晚成花，教见薰风度。十二节添须记取。千年一节从头数。

439. 王义山《蝶恋花》P3881

萱草花诗

当年子建可诗章。绿叶丹花有晔光。为道宜男仍永世，福齐太姒炽而昌。犹记夏侯曾与赋。灼灼朱华入嘉句。紫微右极是慈闱，岁岁丹霞天近处。

词

岁岁丹霞天近处。借问殷勤，何以逢兰杜。碧砌玉阑春不去。清香长逐薰风度。

况是恩光新雨露。绿叶青青，葱翠长如许。端的萱花仙伴侣。年年今日阶前舞。

440. 王义山《蝶恋花》P3882

石榴花诗

待阙南风欲上场。阴阴稚绿绕丹墙。石榴已著乾红蕾，无尽春光尽更强。不因博望来西域。安得名花出安石。朝元阁上旧风光，犹是太真亲手植。

词

犹是太真亲手植。猩染鲜葩，岁岁如曾拭。绛节青旄光耀日。分明是个神仙匹。

引领金扉红的的。下有仙妃，纤手轻轻摘。为道朱颜常似得。今朝摘取呈慈极。

441. 王义山《蝶恋花》P3882

栀子花诗

当年曾记晋华林。望气红黄栀子深。有敕诸官勤守护，花开如玉子如金。此花端的名檐卜。千佛林中清更洁。从知帝母佛同生，移向慈元供寿佛。

词

移向慈元供寿佛。压倒群花，端的成清绝。青萼玉包全未拆。薰风微处留香雪。

未拆香包香已冽。沉水龙涎，不用金炉爇。花露轻轻和玉屑。金仙付与长生诀。

442. 王义山《蝶恋花》P3882-3883

蔷薇花诗

碎翦红绡间绿丛。风流疑在列仙宫。朝真更欲薰香去，争掷霓衣上宝笼。忽惊锦浪洗春色。又似宫娃逞妆饰。会当一遣移花根，还比蒲桃天上植。

词

还比蒲桃天上植。稚柳阴中，蜀锦开如织。万岁藤边娇五色。宜春馆里香寻觅。

七十二行鲜的的。岁岁如今，早趁薰风摘。金掌露浓堪爱惜。龙涎华润凝光碧。

443. 王义山《蝶恋花》P3883

芍药花诗

倚竹佳人翠袖长。阿姨天上舞霓裳。娇红凝脸西施醉，青玉阑干说叠香。晚春早夏扬州路。浓妆初试鹅红炉。何如御伞披垣中，日日传宣金掌露。

词

日日传宣金掌露。当殿芳菲，似约春长驻。微紫深红浑谩与。淡妆偏趁泥金缕。

拂早薰风花里度。吹送香尘，东殿称觞处。歌罢花仙归洞府。彩鸾驾雾来南浦。

444. 王义山《蝶恋花》P3883

宫柳花诗

御墙侧畔绿垂垂。接夏连春花点衣。好似雪茵胡旋舞，楼台帘幕燕初飞。薰风日永龙墀晓。宫妃簇仗呈千巧。就中妙舞最工奇，戏衮玉球添一笑。

词

戏衮玉球添一笑。笑道轻狂，似恁人间少。偏倚龙池依凤沼。随风得得低回绕。

掠面点衣夸百巧。似雪飞花，点束梁园好。惹住金虬香篆袅。上林不放春光老。

445. 王义山《蝶恋花》P3883-3884

蟠桃花诗

蕊珠仙子驾红云。来说瑶池分外春。道是当年和露种，三千花实又从新。红云元透西昆路。青鸟衔枝花颤舞。薰风初动子成初，消息一年传一度。

词

消息一年传一度。万岁枝香，总是留春处。曾倚东风娇不语。玉阶霞袂飘飘举。

蓬莱清浅红云路。结子新成，要荐金盘去。一实三千须记取。东朝宴罢回青羽。

446. 王义山《蝶恋花》P3884

众唱（词）

十样仙葩天也爱。留住春光，一一娇相赛。万里莺花开世界。园林点检随时采。

照坐十眉仙体态。天与司花，舞彻歌还再。献与千官头上戴。年年万岁声中拜。

447. 刘云甫《蝶恋花·寿陈山泉》P3884

一点郎星光彻晓。许大乾坤，难注经纶手。拂袖归来应自笑。山翁偏爱林泉好。

庭下儿孙歌寿酒。不献蟠桃，不数安期枣。且喜今朝云出岫。定知霖雨苍生早。

448. 萧汉杰《蝶恋花·春燕和韵》P3892

一缕春情风里絮。海阔天高，那更云无数。娇颤画梁非为雨。怜伊只合和伊去。

欲话因缘愁日暮。细认帘旌，几度来还去。万一这回航可渡。共渠活处寻条路。

449. 陈允平《蝶恋花》P3952

谢了梨花寒食后。剪剪轻寒，晓色侵书牖。寂寞幽斋惟酌酒。柔条恨结东风手。

浅黛娇黄春色透。薄雾轻烟，远映苏堤秀。目断章台愁举首。故人应似青青旧。

450. 陈允平《蝶恋花》P3952

墙外秋千花影后。环兽金悬，暗绿笼朱牖。为怯轻寒犹殢酒。同心共结怀纤手。

粉袖盈盈香泪透。蹙损双眉，懒画遥山秀。柔弱风条低拂首。渭城歌舞春如旧。

451. 陈允平《蝶恋花》P3952

寂寞长亭人别后。一把垂丝，乱拂闲轩牖。三月春光浓似酒。传杯莫放纤纤手。

金缕依依红日透。舞彻东风，不减蛮腰秀。扑鬓杨花如白首。少年张绪心如旧。

452. 陈允平《蝶恋花》P3952

落尽樱桃春去后。舞絮飞绵，扑簌穿帘牖。惜别情怀愁对酒。翠条折赠劳亲手。

绣幕深沉寒尚透。雨雨晴晴，妆点西湖秀。怅望章台愁转首。画阑十二东风旧。

453. 陈允平《蝶恋花》P3953

楼上钟残人渐定。庭户沉沉，月落梧桐井。闷倚琐窗灯炯炯。兽香闲伴银屏冷。

淅沥西风吹雁影。一曲胡笳，别后谁堪听。誓海盟山虚话柄。凭书问著无言应。

454. 何梦桂《蝶恋花·即景》P3991-3992

风信花残吹柳絮。柳外池塘，乳燕时飞度。漠漠轻云山约住。半村烟树鸠呼雨。

竹院深深深几许。深处人闲，谁识闲中趣。弹彻瑶琴移玉柱。苍苔满地花阴午。

455. 刘辰翁《蝶恋花·感兴》P4085-4086

过雨新荷生水气。高影参差，无谓思量睡。梦里不知轻别意。醒来竟是谁先起。

去路夕阳芳草际。不论阑干，处处情怀似。记得分明羞掷蕊。自知不是天仙子。

456. 刘辰翁《蝶恋花·寿李侯》P4085

八九十翁嬉入市。把菊簪萸，共说新篘美。何以祝公千百岁。寿潭自酌花间水。

白鹭沉沉飞复起。杜老江头，不恨秋风里。欲种蟠根天上李。三千年看青青子。

457. 周密《凤栖梧·赋生香亭》P4151

竹坳花深连别墅。曲曲回廊，小小闲庭宇。忽地香来无觅处。杖藜闲趁游蜂去。

老桂悬秋森玉树。涧底孤芳，苒苒吹诗句。一掬幽情知几许。钩帘半亩藤花雨。

458. 彭元逊《蝶恋花》P4193

微雨烧香馀润气，新绿愔愔，乳燕相依睡。无复卷帘知客意，杨花更欲因风起。

旧梦苍茫云海际。强作欢娱，不觉当年似。曾笑浮花并浪蕊。如今更惜棠梨子。

459. 彭元逊《蝶恋花》P4193

日晚游人酥粉涴。四雨亭前，面面看花坐。扇拂游蜂青杏堕。新红一路秋千过。

帘外清歌帘底和。自理琵琶，不用笙簧佐。八折香罗馀碧唾。露花点笔轻题破。

460. 汪宗臣《蝶恋花·清明前两日闻燕》P4213

年去年来来去早。怪底不来，庭院春光老。知过谁家翻别调。家家望断飞踪窅。

千里潇湘烟渺渺。不记雕梁，旧日恩多少。匝近清明檐外叫。故巢犹在朱檐晓。

461. 柴元彪《蝶恋花·己卯菊节得家书，欲归未得》P4268

去年走马章台路。送酒无人，寂寞黄花雨。又是重阳秋欲暮。西风此恨谁分付。

无限归心归不去。却梦佳人，约我花间住。蓦地觉来无觅处。雁声叫断潇湘浦。

462. 姚云文《蝶恋花》P4274

春到海棠花几信。堠馆馀寒，欲雨征衣润。燕认杏梁栖未稳。牡丹忽报清明近。

恨入青山连晓镜。香雪柔酥，应被春消尽。绣阁深深人半醒。烛花贴在金钗影。

463. 黎廷瑞《蝶恋花·元旦》P4283

密炬瑶霞光颤酒。翠柏红椒，细剪青丝韭。且劝金樽千万寿。年时芳梦休回首。

小雨轻寒风满袖，下却帘儿，莫遣梅花瘦。万点鹅黄春色透。玉箫吹上江南柳。

464. 仇远《蝶恋花》P4295

碧树残鹃啼未歇。昨夜春归，不与行人别。留得绿杨枝上月。晓风吹作晴天雪。

龟甲屏低红叠叠。火暖黄烟，罗荐鸳鸯热。一插宝簪云妥贴。下阶先拣花枝折。

465. 仇远《蝶恋花》P4295

深院萧萧梧叶雨。知道秋来，不见秋来处。云压小桥人不渡。黄芦苦竹愁如雾。

四壁秋声谁更赋。人只留春，不解留秋住。秋又欲归天又暮。斜阳红影随鸦去。

466. 仇远《蝶恋花》P4307-4308

燕燕楼空帘意静。露叶如啼，红沁胭脂井。浅约深盟期未定。木犀风里鸳鸯径。

楚岫秦眉相入映。私倚云阑，淡月笼花顶。今夕兰釭空吊影。绣衾罗荐馀香冷。

467. 蒋捷《蝶恋花·风莲》P4357

我爱荷花花最软。锦拶云挨，朵朵娇如颤。一阵微风来自远。红低欲蘸凉波浅。

莫是羊家张静婉。抱月飘烟，舞得腰肢倦。偷把翠罗香被展。无眠却又频翻转。

468. 陈德武《蝶恋花·送春》P4375

昨夜狂风今日雨。风雨相催，断送春归去。万计千方留不住。春归毕竟归何处。

好鸟如歌花解舞。花鸟无情，也诉离愁苦。流水落红芳草渡。明年好记归时路。

469. 张炎《蝶恋花·赠杨柔卿》P4419

颇爱杨琼妆淡注。犹理螺鬟，扰扰松云聚。两剪秋痕流不去。佯羞却把周郎顾。

欲诉闲愁无说处。几过莺帘，听得间关语。昨夜月明香暗度。相思忽到梅花树。

470. 张炎《蝶恋花·陆子方饮客杏花下》P4419

仙子锄云亲手种。春闹枝头，消得微霜冻。可是东风吹不动。金铃悬网珊瑚重。

社燕盟鸥诗酒共。未足游情，刚把斜阳送。今夜定应归去梦。青蘋流水箫声弄。

471. 张炎《蝶恋花·赋艾花》P4419

巧结分枝黏翠艾。剪剪香痕，细把泥金界。小簇葵榴芳锦隘。红妆人见应须爱。

午镜将拈开凤盖。倚醉凝娇，欲戴还慵戴。约臂犹馀朱索在。杈头添挂朱符袋。

472. 张炎《蝶恋花·题末色褚仲良写真》P4426

济楚衣裳眉目秀。活脱梨园，子弟家声旧。诨砌随机开笑口。筵前戏谏从来有。

戞玉敲金裁锦绣。引得传情，恼得娇娥瘦。离合悲欢成正偶。玥珠一颗盘中走。

473. 张炎《蝶恋花·山茶》P4434

花占枝头忺日焙。金汞初抽，火鼎铅华退。还似瘢痕涂獭髓。胭脂淡抹微酣醉。

数朵折来春槛外。欲染清香，只许梅相对。不是临风珠蓓蕾。山童隔竹休敲碎。

474. 张炎《蝶恋花·邵平种瓜》P4435

秦地瓜分侯已故。不学渊明，种秫辞归去。薄有田园还种取。养成碧玉甘如许。

卜隐青门真得趣。蕙帐空闲，鹤怨来何暮。莫说蜗名催及戍。长安城下锄烟雨。

475. 张炎《蝶恋花·秋莺》P4447

求友林泉深密处。弄舌调簧，如问春何许。燕子先将雏燕去。凄凉可是歌来暮。

乔木萧萧梧叶雨。不似寻芳，翻落花心露。认取门前杨柳树。数声须入新年语。

476. 刘铉《蝶恋花·送春》P4467

人自怜春春未去。萱草石榴，也解留春住。只道送春无送处。山花落得红成路。

高处莺啼低蝶舞。何况日长，燕子能言语。付与光阴相客主。晴云又卷西边雨。

477. 俞克成《蝶恋花·怀旧》P4471

梦断池塘惊乍晓。百舌无端，故作枝头闹。报道不禁寒料峭。未教舒展闲花草。

尽日帘垂人不到。老去情疏，底事伤春瘦。相对一樽归计早。玉山不减巫山好。

478. 萧允之《蝶恋花》P4502

十幅归帆风力满。记得来时，买酒朱桥畔。远树平芜空目断。乱山惟见斜阳半。

谁把新声翻玉管。吹过沧洲，多少伤春怨。已是客怀如絮乱。画楼人更回头看。

479. 刘天迪《蝶恋花》P4504-4505

日暮杨花飞乱雪。宝镜慵拈，强整双鸳结。烧罢夜香愁万叠。穿花暗避阶前月。

凤尾罗衾寒尚怯，却悔当时，容易成分别。闷对枕鸳谁共说。柔情一点蔷薇血。

480. 刘天迪《凤栖梧·舞酒妓》P4505

一剪晴波娇欲溜。绿怨红愁，长为春风瘦。舞罢金杯眉黛皱。背人倦倚晴窗绣。

脸晕潮生微带酒。催唱新词，不应频摇手。闲把琵琶调未就。羞郎却又垂红袖。

481. 周孚先《蝶恋花》P4510

舟舣津亭何处树。晓起珑璁，回首迷烟雾。江上离人来又去。飘零只似风前絮。

倦倚蓬窗谁共语。野草闲花，一一伤情绪。明日重来须记取。绿杨门巷深深处。

482. 李石才《一箩金》P4517

武陵春色浓如酒。游冶才郎，初试花间手。绛蜡烛残人静后。眉峰便作伤春皱。

一霎风狂和雨骤。柳嫩花柔，浑不禁僝僽。明日馀香知在否。粉罗犹有残红透。

483. 无名氏《蝶恋花》P4599

暖发黄宫和气软。雪里精神，巧借东君剪。嫩蕊商量春色浅。青枝疑是香酥溅。

谁道和羹芳信远。点点微酸，已向枝头见。休待玉英飞四散。且移疏影横金盏。

484. 无名氏《鹊踏枝》P4606

南国寒轻山自碧。庭际梅花，先报春消息。绮莩玉英何忍摘。真堪树下陈瑶席。

旋嗅清香消酒力。剪采无功，粉笔争描得。一曲新欢须共惜。等闲零落随羌笛。

485. 无名氏《鹊踏枝》P4606

故里山遥春霭碧。为想繁枝，清梦何曾息。缥带霜英人不摘。纷纷日暮飘絪席。

休抱离肠凭酒力。只有轻纨，依约应传得。白发未归空自惜。柔肠寄尽平阳笛。

486. 无名氏《凤栖梧》P4622

姑射仙人游汗漫。白凤翩翩，银海光凌乱。龟手儿童贪戏玩。风檐更折梅梢看。

漠漠银沙平晚岸。笑拥寒蓑，聊作渔翁伴。横玉愁云吹不断。归舟又载蘋花满。

487. 无名氏《蝶恋花》（《全芳备祖前集》卷七棣棠门）P4651

花为年年春易改。待放柔条，系取春常在。宫样妆成还可爱。鬓边斜作拖枝戴。

每到无情风雨大。点检群芳，却是深丛耐。摇曳绿罗金缕带。丹青传得妖娇态。

488. 无名氏《蝶恋花》P4677

十里绮罗香不断。

489. 无名氏《蝶恋花·寿江察判孺人》P4766

风雨一春寒料峭。才到中和，喜气薰晴晓。九叶仙茅呈瑞巧。青青辉映萱庭草。

红著蟠桃春不老。戏彩称觞，阿母开颜笑。丹桂五枝年并少。荣亲仁下金花诰。

490. 无名氏《蝶恋花·寿家人》P4770-4771

急鼓初钟声报晓。楼上今朝，卷起珠帘早。环珮珊珊香袅袅。尘埃不到如蓬岛。

何用珠玑相映照。韵胜形清，自有天然好。莫向尊前辞醉倒。松枝鹤骨偏宜老。

491. 无名氏《蝶恋花·八月初六》P4818

透户凉生初暑退。正是尧蓂，六叶方开砌。昴宿腾辉来瑞世。华堂清晓笙歌沸。

锦幕花茵生舞袂。妙态殊姿，祝寿眉峰翠。从此玉觞拚一醉。功成名遂千秋岁。

492. 无名氏《鱼水同欢·庆两子同日 十月初六》P4826

棣萼楼前佳气蔼。欣遇称觞，正斗杓移亥。三两日来连庆会。贺宾喜色增加倍。

未逊徐雏分小大。好比晋朝，二陆休声在。更祝灵椿颜不改。三苏相继居台宰。

493. 无名氏《蝶恋花·贺领乡举》P4837

名播乡间人素许。科诏相催，又趁槐花举。谈笑挥成金玉句。贤书果见登天府。

阔步青霄今得路。脚底生云，拥入蟾宫去。好是来年三月暮。琼林宴处人争睹。

494. 宋媛《蝶恋花》P4899

云破蟾光穿晓户。欹枕凄凉，多少伤心处。惟有相思情最苦。檀郎咫尺千山阻。

莫学飞花兼落絮。摇荡春风，迤逦抛人去。结尽寸肠千万缕。如今认得先辜负。

495. 宋媛《蝶恋花》P4899

梳罢晓妆屏上倚。欲把金针，玉腕娇无比。轻卷珠帘窥竹里。翠禽飞下栏杆嘴。

步向荷缸闲弄水。荷叶田田，觉有清香起。照面水中心自喜。芙蓉四月先开矣。

496. 钱易《蝶恋花》P4907

一枕闲欹春昼午。梦入华胥，邂逅飞琼作。娇态翠颦愁不语。彩笺遗我新奇句。

几许芳心犹未诉。风竹敲窗，惊散无寻处。惆怅楚云留不住。断肠凝望高唐路。

497. 周起《蝶恋花》P4968

岳佐星储生佐圣。真道宏才，济世功名盛。久践机衡宣密命。逢时力赞无为政。

明主得贤朝野庆。昼按从容，帝宠何人并。早晚紫垣持国柄。民瞻共荷三台正。

498. 林伯镇《凤栖梧·施司谏冬生日》P5031

破腊星回春可数。天佑中兴，岳降神生再。造膝一言曾寤主，翱翔历遍清华路。

盖代功名知自许。倦把州麾，小向琳宫住。早晚诏催归禁署，致身宰相双亲具。

499. 甄良友《蝶恋花》P5034

照水绮霞明木杪。彩翼双栖，未觉桐阴少。正是一年秋色好。世间重睹香山老。

祝寿人如群玉绕。满酌金莲，愿永谐歌笑。仙客莫疑来不早。洞中日月天昏晓。

500. 黄人杰《蝶恋花》P5040

问讯梅花开也未。孕雪含香，春在寒梢尾。试与折来供一醉。寿乡容与生春意。

律转黄钟霜小霁。月姊乘鸾，伴我浮尘世。结取年年今日誓。梅花影里看仙桂。

501. 江衮《蝶恋花》P5054

身世谁人知觉梦。阳焰空花，尽被三彭弄。可但运机畦上瓮。由来不了轻根重。

休要寻文披大洞。丹鼎屯蒙，养取元珠动。意马此时何用鞚。长生自与天齐共。

502. 华岳《蝶恋花》P5056

叶底无风池面静。掬水佳人，拍破青铜镜。残月朦胧花弄影，新梳斜插乌云鬓。

拍素闷怀添酒兴。旋撷园蔬，随分成盘饤。说与翠微休急性，功名富贵皆前定。

503. 赵希蓬《蝶恋花》P5060

昼永无人深院静。一枕春醒，犹未忺临镜。帘卷新蟾光射影。连忙掠起逢松鬓。

对景沉吟嗟没兴。薄幸不来，空把杯盘饤。休道妇人多水性。今宵独自言无定。

504. 李夫人《蝶恋花》P5091

急鼓疏钟声报晓。楼上今朝，卷起重帘早。环珮珊珊香袅袅。尘埃不到如蓬岛。

何用珠玑相映照。韵胜形清，自有天然好。莫向尊前辞醉倒。松枝鹤骨偏宜老。

505. 杨道居《蝶恋花》P5094

气禀五行天与秀。瑞见枢廷，况是黄钟奏。日影量来添午昼。柳梅消息年时候。

红粉吹香帘幕透。深院笙歌，劝饮金钟酒。乐事赏心千岁有。黑头人做三公有。

506. 徐去非《卷珠帘》P5095

祥景飞光盈衮绣。流庆昆台，自是神仙胄。谁遣阳和放春透。化工重入丹青手。

云筝锦瑟争为寿。玉带金鱼，共愿人长久。偷取蟠桃荐芳酒，更看南极星朝斗。

507. 吴文若《蝶恋花》P5100

玉宇生凉秋恰半。月到今宵，分外清光满。兔魄呈祥冰彩烂。广寒仙子生华旦。

聪慧风流天与擅，淑质冰姿，本是飞琼伴。□领彩衣椿祝劝。蟠桃待熟瑶池宴。

综上所述，唐五代《蝶恋花》词凡 17 首，宋代《蝶恋花》词凡 507 首，去除《全宋词》及补辑中重收误收词 14 首，唐宋《蝶恋花》词作共计 510 首。

附录三：《全宋词》及补辑中《蝶恋花》词重收误收辑录

序号	词人	词　名	备　注	类别
1	张先	《蝶恋花》（槛菊愁烟兰泣露）	此首又见晏殊《珠玉词》	重收
2	晏殊	《蝶恋花》（南园春半踏青时）	此首调名实为《阮郎归》	误收
3	晏殊	《蝶恋花》（六曲阑干偎碧树）	此首别作冯延巳词	重收
4	李冠	《蝶恋花·春暮》（遥夜庭皋闲信步）	此首别作李煜词，别又误作欧阳修词，别又误作李魁词	重收
5	欧阳修	《蝶恋花》（南雁依稀回侧阵）	此首别又见晏殊《珠玉词》	重收
6	欧阳修	《蝶恋花》（帘幕风轻双语燕）	此首别又见晏殊《珠玉词》	重收
7	欧阳修	《蝶恋花》（梨叶疏红蝉韵歇）	此首别又见晏殊《珠玉词》	重收
8	欧阳修	《蝶恋花》（独倚危楼风细细）	此首别又见柳永《乐章集》卷中	重收
9	欧阳修	《蝶恋花》（帘下清歌帘外宴）	此首别又见柳永《乐章集》卷中	重收
10	黄庭坚	《蝶恋花》（海角芳菲留不住）	此首别作陈瓘词	重收
11	赵令畤	《蝶恋花》（卷絮风头寒欲尽）	此首又见晏几道《小山词》	重收
12	赵令畤	《蝶恋花》（欲减罗衣寒未去）	此首又见晏几道《小山词》	重收
13	仲殊	《鹊踏枝》（斜日平山寒已薄）	此首又作宝月词	重收
14	无名氏	《蝶恋花》（花为年年春易改）	此首别又作王寀词	重收

综上，《全宋词》中《蝶恋花》词重收误收共计14首。

附录四：唐宋《蝶恋花》词韵部分布表

序号	词人词作	字数	韵脚	韵部	备注
1	冯延巳《鹊踏枝》 （篱落繁枝千万片）	双调 60字	上下片各四仄韵： 片转散限 面浅见遍	第七部元阮： 霰铣旱霰 霰铣霰霰	
2	冯延巳《鹊踏枝》 （谁道闲情抛掷久）	双调 60字	上下片各四仄韵： 久旧酒瘦 柳有袖后	第十二部尤有： 有宥有宥 有有宥宥	
3	冯延巳《鹊踏枝》 （秋入蛮蕉风半裂）	双调 60字	上下片各四仄韵： 裂折歇结 月咽说别	第十八部勿月： 屑屑屑屑 月屑屑屑	
4	冯延巳《鹊踏枝》 （花外寒鸡天欲曙）	双调 60字	上下片各四仄韵： 曙绪雾去 缕路语处	第四部鱼语： 御语遇御 麌遇语御	
5	冯延巳《鹊踏枝》 （叵耐为人情太薄）	双调 60字	上下片各四仄韵： 薄却落约 莫酌作乐	第十六部觉药： 药药药药 药药药药	
6	冯延巳《鹊踏枝》 （萧索清秋珠泪坠）	双调 60字	上下片各四仄韵： 坠寐起水 纬闭地悴	第三部支纸： 寘寘纸纸 未霁寘寘	
7	冯延巳《鹊踏枝》 （烦恼韶光能几许）	双调 60字	上下片各四仄韵： 许去语误 缕路处否	第四部鱼语： 语御语遇 麌遇御麌	

续表

序号	词人词作	字数	韵脚	韵部	备注
8	冯延巳《鹊踏枝》（霜落小园瑶草短）	双调 60 字	上下片各四仄韵：短换管断 岸汉伴满	第七部元阮：旱翰旱翰 翰翰旱旱	
9	冯延巳《鹊踏枝》（芳草满园花满目）	双调 60 字	上下片各四仄韵：目竹簌浴 玉曲足促	第十五部屋沃：屋屋屋沃 沃沃沃沃	
10	冯延巳《鹊踏枝》（几度凤楼同饮宴）	双调 60 字	上下片各四仄韵：宴见面远 怨懒满断	第七部元阮：霰霰霰阮 怨旱旱旱	
11	冯延巳《鹊踏枝》（几日行云何处去）	双调 60 字	上下片各四仄韵：去暮路树 语否絮处	第四部鱼语：御遇遇遇 语麌御御	
12	冯延巳《鹊踏枝》（庭院深深深几许）	双调 60 字	上下片各四仄韵：许数处路 暮住语去	第四部鱼语：语遇御遇 遇遇语御	
13	冯延巳《鹊踏枝》（粉映墙头寒欲尽）	双调 60 字	上下片各四仄韵：尽困恨粉 近信隐鬓	第六部真轸：轸愿愿吻 吻震吻震	
14	冯延巳《鹊踏枝》（六曲阑干偎碧树）	双调 60 字	上下片各四仄韵：树缕柱去 絮雨语处	第四部鱼语：遇麌遇御 御语语语	
15	李煜《蝶恋花》（遥夜庭皋闲信步）	双调 60 字	上下片各四仄韵：步暮住去 度语绪处	第四部鱼语：遇遇遇御 遇语语语	
16	无名氏《鹊踏枝》（独坐更深人寂寂）	双调 61 字	上下片各四仄韵：寂隔息忆 滴觅客力	第十七部质术：锡陌职职 锡锡陌职	

序号	词人词作	字数	韵脚	韵部	备注
17	无名氏《鹊踏枝》（叵耐灵鹊多瞒语）	双调59字	上片四仄韵：语据取语 下片三仄韵：喜里里	第四部鱼语：语御麌语 第三部支纸：纸纸纸	上下片不同韵
18	丁谓《凤栖梧》（十二层楼春色早）	双调60字	上下片各四仄韵：早好道岛 藻草葆老	第八部萧筱：皓皓皓皓 皓皓皓皓	
19	丁谓《凤栖梧》（朱阙玉城通阆苑）	双调60字	上下片各四仄韵：苑浅宴殿 扇辇晚远	第七部元阮：阮铣翰霰 霰铣阮阮	
20	柳永《凤栖梧》（帘下清歌帘外宴）	双调60字	上下片各四仄韵：宴面串盏 怨散惯断	第七部元阮：霰霰潸潸 愿旱潸翰	
21	柳永《凤栖梧》（伫倚危楼风细细）	双调60字	上下片各四仄韵：细际里意 醉味悔悴	第三部支纸：霁霁纸寘 寘未队寘	
22	柳永《凤栖梧》（蜀锦地衣丝步障）	双调60字	上下片各四仄韵：障访上望 帐傍荡浪	第二部江讲：漾漾漾漾 漾漾养漾	
23	张先《凤栖梧》（密宴厌厌池馆暮）	双调60字	上下片各四仄韵：暮住舞耆 否雨去路	第四部鱼语：遇遇麌御 有语御遇	
24	张先《蝶恋花》（临水人家深宅院）	双调60字	上下片各四仄韵：院岸线半 浅卷眼远	第七部元阮：霰翰霰翰 铣铣潸阮	
25	张先《蝶恋花》（绿水波平花烂漫）	双调60字	上下片各四仄韵：漫岸断恋 绊乱颤面	第七部元阮：翰翰翰霰 翰翰霰霰	

序号	词人词作	字数	韵脚	韵部	备注
26	张先《蝶恋花》（移得绿杨栽后院）	双调60字	上下片各四仄韵：院短远岸 展断看怨	第七部元阮：霰旱阮翰 铣翰翰愿	
27	晏殊《鹊踏枝》（槛菊愁烟兰泣露）	双调60字	上下片各四仄韵：露去苦户 树路素处	第四部鱼语：遇御麌麌 遇遇遇语	
28	晏殊《鹊踏枝》（紫府群仙名籍秘）	双调60字	上下片各四仄韵：秘世记岁 袂地逝醉	第三部支纸：寘霁寘霁 霁寘霁寘	
29	晏殊《蝶恋花》（一霎秋风惊画扇）	双调60字	上下片各四仄韵：扇面遍燕 院浅远万	第七部元阮：霰霰霰霰 霰铣阮愿	
30	晏殊《蝶恋花》（紫菊初生朱槿坠）	双调60字	上下片各四仄韵：坠意水翠 穗瑞袂岁	第三部支纸：寘寘纸寘 寘寘霁霁	
31	晏殊《蝶恋花》（帘幕风轻双语燕）	双调60字	上下片各四仄韵：燕乱见院 遍面晚远	第七部元阮：霰翰霰霰 霰霰阮阮	
32	晏殊《蝶恋花》（玉碗冰寒消暑气）	双调60字	上下片各四仄韵：气睡意起 际似蕊子	第三部支纸：未寘寘纸 霁寘纸纸	
33	晏殊《蝶恋花》（梨叶疏红蝉韵歇）	双调60字	上下片各四仄韵：歇切咽别 结节说月	第十八部勿月：月屑屑屑 屑屑屑月	
34	晏殊《蝶恋花》（南雁依稀回侧阵）	双调60字	上下片各四仄韵：阵嫩困晕 瞬寸近信	第六部真轸：震愿愿问 震愿吻震	

序号	词人词作	字数	韵脚	韵部	备注
35	李冠《蝶恋花·佳人》	双调60字	上下片各四仄韵：绿足曲蹙 屋宿熟竹	第十五部屋沃：沃沃沃屋 屋屋屋屋	
36	宋祁《蝶恋花》（雨过蒲萄新涨绿）	双调60字	上下片各四仄韵：绿斛簇浴 熟服玉扑	第十五部屋沃：沃屋屋沃 屋屋沃屋	
37	宋祁《蝶恋花·情景》	双调60字	上下片各四仄韵：卷慢脸燕 散浅面限	第七部元阮：铣谏俭霰 旱铣霰潸	上下片不同韵："脸"属于第十四部"俭"韵
38	欧阳修《蝶恋花（一名凤栖梧，又名鹊踏枝）》（帘幕东风寒料峭）	双调60字	上下片各四仄韵：峭早小巧 藻恼好晓	第八部萧筱：啸皓筱巧 皓皓皓筱	
39	欧阳修《蝶恋花》（腊雪初销梅蕊绽）	双调60字	上下片各四仄韵：绽转眼乱 缓浅断见	第七部元阮：谏霰潸翰 阮铣旱霰	
40	欧阳修《蝶恋花》（海燕双来归画栋）	双调60字	上下片各四仄韵：栋动重拥 凤共乔梦	第一部东董：送送肿肿 送宋送送	
41	欧阳修《蝶恋花》（面旋落花风荡漾）	双调60字	上下片各四仄韵：漾往放帐 浪向幌上	第二部江讲：漾养漾漾 漾漾养养	
42	欧阳修《蝶恋花》（永日环堤乘彩舫）	双调60字	上下片各四仄韵：舫上浪桨 唱向酿怅	第二部江讲：漾漾漾养 漾养漾漾	
43	欧阳修《蝶恋花》（越女采莲秋水畔）	双调60字	上下片各四仄韵：畔钏面乱 晚伴远岸	第七部元阮：翰霰霰翰 阮旱阮翰	

序号	词人词作	字数	韵脚	韵部	备注
44	欧阳修《蝶恋花》（水浸秋天风皱浪）	双调60字	上下片各四仄韵：浪上饷样 放怅漾望	第二部江讲：漾漾漾漾 漾漾漾漾	
45	欧阳修《蝶恋花》（翠苑红芳晴满目）	双调60字	上下片各四仄韵：目逐辘绿 促足续曲	第十五部屋沃：屋屋屋沃 沃沃沃沃	
46	欧阳修《蝶恋花》（小院深深门掩亚）	双调60字	上下片各四仄韵：亚下罢挂 舍画也谢	第十部麻马：祃祃祃卦 马卦马祃	
47	欧阳修《蝶恋花》（欲过清明烟雨细）	双调60字	上下片各四仄韵：细坠睡被 岁递寄泪	第三部支纸：霁寘寘寘 霁霁寘寘	
48	欧阳修《蝶恋花》（画阁归来春又晚）	双调60字	上下片各四仄韵：晚浅院见 乱岸换断	第七部元阮：阮铣霰霰 翰翰翰翰	
49	欧阳修《蝶恋花》（尝爱西湖春色早）	双调60字	上下片各四仄韵：早小了少 笑绕到倒	第八部萧筱：皓筱筱筱 啸啸号号	
50	欧阳修《蝶恋花》（几度兰房听禁漏）	双调60字	上下片各四仄韵：漏袖透溜 皱后旧瘦	第十二部尤有：宥宥宥宥 宥宥宥宥	
51	欧阳修《蝶恋花·咏枕儿》	双调60字	上下片各四仄韵：瘦袖偶就 皱扣后绣	第十二部尤有：宥宥有宥 宥宥宥宥	
52	欧阳修《蝶恋花》（一掬天和金粉腻）	双调60字	上下片各四仄韵：腻意媚会 水袂碎泪	第三部支纸：寘寘寘泰 纸霁队寘	

序号	词人词作	字数	韵脚	韵部	备注
53	欧阳修《蝶恋花》（百种相思千种恨）	双调60字	上下片各四仄韵：恨困愤问 寸闷信尽	第六部真轸：愿愿吻问 愿愿震轸	
54	欧阳修《鹊踏枝》（一曲尊前开画扇）	双调60字	上下片各四仄韵：扇面见昢 散晚遍断	第七部元阮：霰霰霰霰 翰阮霰翰	
55	杜安世《凤栖梧》（整顿云鬟初睡起）	双调60字	上下片各四仄韵：起地喜系 悴细水里	第三部支纸：纸寘纸霁 寘霁纸纸	
56	杜安世《凤栖梧》（池上新秋帘幕卷）	双调60字	上下片各四仄韵：卷面软浅 燕乱远见	第七部元阮：铣霰铣铣 霰翰阮霰	
57	杜安世《凤栖梧》（闲上江楼初雨过）	双调60字	上下片各四仄韵：过我破卧 和朵那个	第九部歌哿：个哿个个 个哿个个	
58	杜安世《凤栖梧》（惆怅留春留不住）	双调60字	上下片各四仄韵：住去雨度 误路绪处	第四部鱼语：遇御语遇 遇遇语语	
59	杜安世《凤栖梧》（秋日楼台在空际）	双调60字	上下片各四仄韵：际起自事 计味里醉	第三部支纸：霁纸寘寘 霁未纸寘	
60	杜安世《凤栖梧》（任在芦花最深处）	双调60字	上下片各四仄韵：处去侣取 务具主苦	第四部鱼语：语御语麌 遇遇麌麌	
61	杜安世《凤栖梧》（别浦迟留恋清浅）	双调60字	上下片各四仄韵：浅线练箭 眷变宴战	第七部元阮：铣霰霰霰 霰霰霰霰	

续表

序号	词人词作	字数	韵脚	韵部	备注
62	杜安世《凤栖梧》（闲把浮生细思算）	双调60字	上下片各四仄韵：算半叹健 旦懒串散	第七部元阮：翰翰翰愿 翰旱谏翰	
63	杜安世《凤栖梧》（新月羞光影庭树）	双调60字	上下片各四仄韵：树雨绪聚 户苦否去	第四部鱼语：遇语语麌 麌麌麌御	
64	卢氏《凤栖梧·题泥溪驿》	双调60字	上下片各四仄韵：霁至泪腻 细水意翠	第三部支纸：霁寘寘寘 霁纸寘寘	
65	韩缜姬《蝶恋花》	30字	下片四仄韵：露去许素	第四部鱼语：遇御语遇	残篇，只有下片
66	滕甫《蝶恋花·次长汀壁间韵》	双调60字	上下片各四仄韵：静镜影鬓 兴钉性定	第十一部庚梗：梗敬梗震 径径敬径	上下片不同韵："鬓"属第六部"震"韵
67	滕甫《蝶恋花·再和》	双调60字	上下片各四仄韵：静镜影鬓 兴钉性定	第十一部庚梗：梗敬梗震 径径敬径	上下片不同韵："鬓"属第六部"震"韵
68	晏几道《蝶恋花》（卷絮风头寒欲尽）	双调60字	上下片各四仄韵：尽阵困恨 问信寸近	第六部真轸：轸震愿愿 问震愿吻	
69	晏几道《蝶恋花》（初捻霜纨生怅望）	双调60字	上下片各四仄韵：望唱饷浪 涨向上样	第二部江讲：漾漾漾漾 漾漾漾漾	
70	晏几道《蝶恋花》（庭院碧苔红叶遍）	双调60字	上下片各四仄韵：遍宴扇练 面见转怨	第七部元阮：霰霰霰霰 霰霰铣愿	
71	晏几道《蝶恋花》（喜鹊桥成催凤驾）	双调60字	上下片各四仄韵：驾夜画挂 下话借罢	第十部麻马：祃祃卦挂 马卦祃祃	

序号	词人词作	字数	韵脚	韵部	备注
72	晏几道《蝶恋花》（碧草池塘春又晚）	双调60字	上下片各四仄韵：晚浅远满 断短乱换	第七部元阮：阮铣阮旱 翰旱翰翰	
73	晏几道《蝶恋花》（碾玉钗头双凤小）	双调60字	上下片各四仄韵：小巧草好 早少了晓	第八部萧筱：筱巧皓皓 皓筱筱筱	
74	晏几道《蝶恋花》（醉别西楼醒不记）	双调60字	上下片各四仄韵：记易睡翠 字意计泪	第三步支纸：寘寘寘寘 寘寘霁寘	
75	晏几道《蝶恋花》（欲减罗衣寒未去）	双调60字	上下片各四仄韵：去处许雨 缕绪误路	第四部鱼语：御御语语 麌语遇遇	
76	晏几道《蝶恋花》（千叶早梅夸百媚）	双调60字	上下片各四仄韵：媚试腻意 味比地寄	第三部支纸：寘寘寘寘 未纸寘寘	
77	晏几道《蝶恋花》（金翦刀头芳意动）	双调60字	上下片各四仄韵：动重蒙冻 凤弄共梦	第一部东董：董宋东送 送送宋送	
78	晏几道《蝶恋花》（笑艳秋莲生绿浦）	双调60字	上下片各四仄韵：浦女语主 与雨许苦	第四部鱼语：麌语语麌 语语语麌	
79	晏几道《蝶恋花》（碧落秋风吹玉树）	双调60字	上下片各四仄韵：树路杼处 缕苦绪露	第四部鱼语：遇遇语语 麌麌语遇	
80	晏几道《蝶恋花》（碧玉高楼临水住）	双调60字	上下片各四仄韵：住遇暮去 路素渡处	第四部鱼语：遇遇遇御 遇遇遇语	

序号	词人词作	字数	韵脚	韵部	备注
81	晏几道《蝶恋花》（梦入江南烟水路）	双调60字	上下片各四仄韵：路遇处误 素据绪柱	第四部鱼语：遇遇语遇 遇御语麌	
82	晏几道《蝶恋花》（黄菊开时伤聚散）	双调60字	上下片各四仄韵：散愿见远 遍晚怨满	第七部元阮：翰愿霰阮 霰阮愿旱	
83	魏夫人《卷珠帘》（记得来时春未暮）	双调60字	上下片各四仄韵：暮露语去 负诉处付	第四部鱼语：遇遇语御 遇遇语遇	
84	王诜《蝶恋花》（钟送黄昏鸡报晓）	双调60字	上下片各四仄韵：晓了老草 少道渺小	第八部萧筱：筱筱皓皓 筱皓筱筱	
85	王诜《蝶恋花》（小雨初晴回晚照）	双调60字	上下片各四仄韵：照沼袅小 好少悄老	第八部萧筱：啸筱筱筱 皓筱筱皓	
86	苏轼《蝶恋花·春景》	双调60字	上下片各四仄韵：小绕少草 道笑悄恼	第八部萧筱：筱筱筱皓 皓啸筱皓	
87	苏轼《蝶恋花·佳人》	双调60字	上下片各四仄韵：口久就皱 走瘦否柳	第十二部尤有：有有宥宥 有宥有有	
88	苏轼《蝶恋花·送春》	双调60字	上下片各四仄韵：丽洗水髻 里计醉泪	第三部支纸：支荠纸霁 纸霁霁霁	
89	苏轼《蝶恋花·暮春》	双调60字	上下片各四仄韵：弹过坐破 柁火些我	第九部歌哿：哿个个个 哿哿个哿	

序号	词人词作	字数	韵脚	韵部	备注
90	苏轼《蝶恋花·密州上元》	双调60字	上下片各四仄韵：夜画麝价 也社下野	第十部麻马：祃卦祃祃 马马马马	
91	苏轼《蝶恋花·密州冬夜文安国席上作》	双调60字	上下片各四仄韵：霰燕暖盏 遍软怨砚	第七部元阮：霰霰阮清 霰铣愿霰	
92	苏轼《蝶恋花·过涟水军赠赵晦之》	双调60字	上下片各四仄韵：地比洗水 市起醉里	第三部支纸：寘纸荠纸 纸纸寘纸	
93	苏轼《蝶恋花·述怀》	双调60字	上下片各四仄韵：路注鹭处 语去亩趣	第四部鱼语：遇遇遇语 语御麌遇	
94	苏轼《蝶恋花·送潘大临》	双调60字	上下片各四仄韵：醉婿市子 地帅事字	第三部支纸：寘霁纸纸 寘寘寘寘	
95	苏轼《蝶恋花·同安生日放鱼，取金光明经救鱼事》	双调60字	上下片各四仄韵：五缕户女 举度圉雨	第四部鱼语：麌麌麌语 语遇语语	
96	苏轼《蝶恋花》(春事阑珊芳草歇)	双调60字	上下片各四仄韵：歇节别鹤 越绝折月	第十八部勿月：月屑屑屑 月屑屑月	
97	苏轼《蝶恋花》(记得画屏初会遇)	双调60字	上下片各四仄韵：遇路去暮 处缕语诉	第四部鱼语：遇遇御遇 语麌语遇	
98	苏轼《蝶恋花》(昨夜秋风来万里)	双调60字	上下片各四仄韵：里袂寐岁 未泪意悴	第三部支纸：寘霁寘霁 未寘寘寘	

续表

序号	词人词作	字数	韵脚	韵部	备注
99	苏轼《蝶恋花》（雨霰疏疏经泼火）	双调 60 字	上下片各四仄韵：火过破涴 挫个坐锁	第九部歌哿：哿个个个 个个哿哿	
100	苏轼《蝶恋花》（蝶懒莺慵春过半）	双调 60 字	上下片各四仄韵：半满晚卷 浅遣绊管	第七部元阮：翰旱阮铣 铣铣翰旱	
101	李之仪《蝶恋花》（天淡云闲晴昼永）	双调 60 字	上下片各四仄韵：永影醒景 酊正静顶	第十一部庚梗：梗梗径梗 迥敬梗迥	
102	李之仪《蝶恋花》（玉骨冰肌天所赋）	双调 60 字	上下片各四仄韵：赋侣付顾 住语护取	第四部鱼语：遇语遇遇 遇语遇麌	
103	李之仪《蝶恋花》（万事都归一梦了）	双调 60 字	上下片各四仄韵：了道到少 笑恼好倒	第八部萧筱：筱皓号筱 啸皓皓皓	
104	李之仪《蝶恋花》（为爱梅花如粉面）	双调 60 字	上下片各四仄韵：面见看浅 砚限遍断	第七部元阮：霰霰翰铣 霰潸霰翰	
105	李之仪《蝶恋花·席上代人送客，因载其语》	双调 60 字	上下片各四仄韵：语住住去 取诉路处	第四部鱼语：语遇遇御 麌遇遇语	
106	舒亶《蝶恋花·置酒别公度座间探题得梅》	双调 60 字	上下片各四仄韵：晚满面院 看远怨断	第七部元阮：阮旱霰霰 翰阮愿翰	
107	舒亶《蝶恋花》（深炷熏炉扃小院）	双调 60 字	上下片各四仄韵：院浅燕远 见换断怨	第七部元阮：霰铣霰阮 霰翰翰愿	

序号	词人词作	字数	韵脚	韵部	备注
108	了元《蝶恋花》（执板娇娘留客住）	双调60字	上下片各四仄韵：住露去住 事觑是处	第四部鱼语：遇遇御遇 麌御纸御	
109	黄裳《蝶恋花·牡丹》（每到花开春已暮）	双调60字	上下片各四仄韵：暮聚度去 妒主处付	第四部鱼语：遇遇遇御 遇麌御遇	
110	黄裳《蝶恋花》（兴到浓时春不住）	双调60字	上下片各四仄韵：住数侣去 妒雨句处	第四部鱼语：遇遇语御 遇语遇御	
111	黄裳《蝶恋花·东湖》	双调60字	上下片各四仄韵：斗小渺悄 笑照少调	第八部萧筱：宥筱筱筱 啸啸筱啸	上下片不同韵："斗"属第十二部"宥"韵
112	黄裳《蝶恋花》（高下亭台山水境）	双调60字	上下片各四仄韵：境径景信 定醒尽影	第十一部庚梗：梗径梗震 径青轸梗	上下片不同韵："信""尽"分属第六部"震""轸"韵
113	黄裳《蝶恋花》（杳杳晴虚寒漫漫）	双调60字	上下片各四仄韵：漫汉叹馆 畔盏岸看	第七部元阮：翰翰翰翰 翰翰潸翰	
114	黄裳《蝶恋花》（水鉴中看尤未老）	双调60字	上下片各四仄韵：老过个到 坐倒早道	第八部萧筱：皓个个号 个号皓皓	上下片不同韵："过""个""坐"属第九部"个"韵
115	黄裳《蝶恋花·月词》	双调60字	上下片各四仄韵：素雾路府 舞聚古处	第四部鱼语：遇遇遇麌 麌遇麌语	
116	黄裳《蝶恋花》（满到十分人望尽）	双调60字	上下片各四仄韵：尽景竞影 定境影趁	第十一部庚梗：轸梗敬梗 径梗梗震	上下片不同韵："尽""趁"分属第六部"轸""震"韵

序号	词人词作	字数	韵脚	韵部	备注
117	黄裳《蝶恋花》（古往今来忙里过）	双调60字	上下片各四仄韵：过道好老 那恼破早	第八部萧筱：个皓筱皓 个皓个皓	上下片不同韵："过""那""破"属第九部"个"韵
118	黄裳《蝶恋花》（俄落盏中如有恋）	双调60字	上下片各四仄韵：恋现浅劝 面怨健见	第七部元阮：霰霰铣愿 霰愿愿霰	
119	黄裳《蝶恋花》（千二百回圆未半）	双调60字	上下片各四仄韵：半伴款畔 断馆断散	第七部元阮：翰旱旱翰 翰旱翰翰	
120	黄裳《蝶恋花》（人逐金乌忙到夜）	双调60字	上下片各四仄韵：夜暇泻价 画马化借	第十部麻马：祃祃祃祃 卦马祃祃	
121	黄裳《蝶恋花·劝酒致语》	双调60字	上下片各四仄韵：静镜信领 景定尽影	第十一部庚梗：梗敬震梗 梗径轸梗	上下片不同韵："信""尽"分属第六部"震""轸"韵
122	黄裳《蝶恋花》（谁悟月中真火冷）	双调60字	上下片各四仄韵：冷境醒影 定信问景	第十一部庚梗：梗梗径梗 径震问梗	上下片不同韵："信""问"分属第六部"震""问"韵
123	黄裳《蝶恋花》（忽送林光禽有语）	双调60字	上下片各四仄韵：语鹭富与 路步午顾	第四部鱼语：语遇遇语 遇遇麌遇	
124	黄裳《蝶恋花》（一望瑶华初委地）	双调60字	上下片各四仄韵：地翠试泪 至水意累	第三部支纸：寘寘寘寘 寘纸寘寘	

序号	词人词作	字数	韵脚	韵部	备注
125	黄庭坚《蝶恋花》（海角芳菲留不住）	双调60字	上下片各四仄韵：住去与取 路处主亩	第四部鱼语：遇御语麌 遇御麌麌	
126	晁端礼《蝶恋花》（潋滟长波迎鹢首）	双调60字	上下片各四仄韵：首候旧瘦 透后酒柳	第十二部尤有：有宥宥宥 宥有有有	
127	晁端礼《蝶恋花》（骨秀肌香冰雪莹）	双调60字	上下片各四仄韵：莹性整病 醒景艇胜	第十一部庚梗：庚敬梗敬 青梗迥径	
128	秦观《蝶恋花》（晓日窥轩双燕语）	双调60字	上下片各四仄韵：语暮许雨 处去住路	第四部鱼语：语遇语语 语语遇遇	
129	秦观《蝶恋花》（紫燕双飞深院静）	双调60字	上下片各四仄韵：静病井饼 镜鬓径影	第十一部庚梗：梗敬梗梗 敬震径梗	上下片不同韵："鬓"属第六部"震"韵
130	秦观《蝶恋花·题二乔观书图》（并倚香肩颜斗玉）	双调60字	上下片各四仄韵：玉绿足躅 续屋俗曲	第十五部屋沃：沃沃沃沃 我屋沃沃	
131	秦观《蝶恋花》（新草池塘烟漠漠）	双调60字	上下片各四仄韵：漠萼作薄 幕角恶落	第十六部觉药：药药药药 药觉药药	
132	秦观《蝶恋花》（金凤花开红落砌）	双调60字	上下片各四仄韵：砌细致倚 戏去意泪	第三部支纸：霁霁寘纸 寘御寘寘	上下片不同韵："云"属第四部"御"韵
133	秦观《蝶恋花》（语燕飞来惊昼睡）	双调60字	上下片各四仄韵：睡绪戏地 霁昧至醉	第三部支纸：寘语寘寘 霁未寘寘	上下片不同韵："绪"属第四部"语"韵

续表

序号	词人词作	字数	韵脚	韵部	备注
134	秦观《蝶恋花》（今岁元宵明月好）	双调60字	上下片各四仄韵：好道到照 绕调老笑	第八部萧筱：皓皓号啸 筱啸皓啸	
135	秦观《蝶恋花》（舟泊浔阳城下住）	双调60字	上下片各四仄韵：住树去际 细地意泪	第三部支纸：遇遇御霁 霁寘寘寘	上下片不同韵："住""树""去"分属第四部"遇""御"韵
136	米芾《蝶恋花·海岱楼玩月作》	双调60字	上下片各四仄韵：地尾水世 市至气贵	第三部支纸：寘尾纸霁 纸寘未未	
137	赵令畤《商调蝶恋花》（丽质仙娥生月殿）	双调60字	上下片各四仄韵：殿乱盼见 便散浅怨	第七部元阮：霰翰谏霰 霰翰铣愿	
138	赵令畤《商调蝶恋花》（锦额重帘深几许）	双调60字	上下片各四仄韵：许户语素 伫顾污露	第四部鱼语：语麌语遇 语遇遇遇	
139	赵令畤《商调蝶恋花》（懊恼娇痴情未惯）	双调60字	上下片各四仄韵：惯断管远 遍雁绻乱	第七部元阮：谏翰旱阮 霰谏阮翰	
140	赵令畤《商调蝶恋花》（庭院黄昏春雨霁）	双调60字	上下片各四仄韵：霁系喜意 寐闭坠至	第三部支纸：霁霁纸寘 寘霁寘寘	
141	赵令畤《商调蝶恋花》（屈指幽期惟恐误）	双调60字	上下片各四仄韵：误五处路 固数语去	第四部鱼语：遇麌语遇 遇遇语语	
142	赵令畤《商调蝶恋花》（数夕孤眠如度岁）	双调60字	上下片各四仄韵：岁计际至 泪比寐臂	第三部支纸：霁霁霁寘 寘纸寘寘	

序号	词人词作	字数	韵脚	韵部	备注
143	赵令畤《商调蝶恋花》（一梦行云还暂阻）	双调60字	上下片各四仄韵：阻句付度 暮路处语	第四部鱼语：语遇遇遇 遇遇御语	
144	赵令畤《商调蝶恋花》（碧沼鸳鸯交颈舞）	双调60字	上下片各四仄韵：舞去许素 慕序处雨	第四部鱼语：麌御语遇 遇语御语	
145	赵令畤《商调蝶恋花》（别后相思心目乱）	双调60字	上下片各四仄韵：乱雁卷看 遣见断远	第七部元阮：翰谏铣翰 铣霰翰阮	
146	赵令畤《商调蝶恋花》（尺素重重封锦字）	双调60字	上下片各四仄韵：字事器意 系泪弃里	第三部支纸：寘寘寘寘 霁寘纸	
147	赵令畤《商调蝶恋花》（梦觉高唐云雨散）	双调60字	上下片各四仄韵：散眼懒见 怨便遣浅	第七部元阮：翰潸旱霰 愿霰铣铣	
148	赵令畤《商调蝶恋花》（镜破人离何处问）	双调60字	上下片各四仄韵：问近损信 忍准尽恨	第六部真轸：问问阮震 轸轸轸愿	上下片不同韵："损"属第七部"阮"韵
149	贺铸《桃源行》（流水长烟何缥缈）	双调60字	上片两仄韵：缈小□□ 下片三仄韵：好□棹道	第八部萧筱：筱筱□□ 皓□效皓	残篇
150	贺铸《西笑吟》（桃叶园林风日好）	双调60字	上下片各四仄韵：好鸟草扫 早笑少到	第八部萧筱：皓筱皓皓 皓啸筱号	
151	贺铸《望长安》（排办张灯春事早）	双调60字	上下片各四仄韵：早晓小道 好调照老	第八部萧筱：皓筱筱皓 皓啸啸皓	

续表

序号	词人词作	字数	韵脚	韵部	备注
152	贺铸《江如练（蝶恋花）》（睡鸭炉寒熏麝煎）	双调60字	上下片各四仄韵：煎燕遍劝 面见便练	第七部元阮：霰霰霰愿 霰霰霰霰	
153	贺铸《凤栖梧》（独立江东人婉娈）	双调60字	上下片各四仄韵：娈见砚扇 炼燕面浅	第七部元阮：铣霰霰愿 霰霰霰铣	
154	贺铸《凤栖梧》（挑菜踏青都过却）	双调60字	上下片各四仄韵：却索落箔 薄掠弱著	第十六部觉药：药药药药 药药药药	
155	贺铸《蝶恋花》（小院朱扉开一扇）	双调60字	上下片各四仄韵：扇见浅面 煎燕觑线	第七部元阮：愿霰铣霰 霰霰铣霰	
156	贺铸《凤栖梧》（为问宛溪桥畔柳）	双调60字	上下片各四仄韵：柳手皱瘦 酒首旧后	第十二部尤有：有有宥宥 有有宥宥	
157	贺铸《蝶恋花·改徐冠卿词》（几许伤春春复暮）	双调60字	上下片各四仄韵：暮度步处 句语住去	第四部鱼语：遇遇遇语 遇语遇语	
158	仲殊《蝶恋花》（北固山前波浪远）	双调60字	上下片各四仄韵：远短宴软 眼管浅晚	第七部元阮：阮旱霰铣 潸旱铣阮	
159	仲殊《鹊踏枝》（开到杏花寒食近）	双调60字	上下片各四仄韵：近困尽闷 问恨准信	第六部真轸：问愿轸愿 问愿轸震	
160	仲殊《鹊踏枝》（几日中元初过复）	双调60字	上下片各四仄韵：复昼厚斗 豆绣寿酒	第十二部尤有：宥宥有宥 宥宥宥有	

续表

序号	词人词作	字数	韵脚	韵部	备注
161	仲殊《鹊踏枝》 （一霎雕栏疏雨罢）	双调 60字	上下片各四仄韵： 罢夜麝驾 冶罢下借	第十部麻马： 祃祃祃祃 马祃祃祃	
162	陈师道《蝶恋花· 送彭舍人罢徐》 （九里山前千里路）	双调 60字	上下片各四仄韵： 路去暮顾 住污许处	第四部鱼语： 遇御遇遇 遇遇语语	
163	陈师道《蝶恋花· 送彭舍人罢徐》 （戏马台前京洛路）	双调 60字	上下片各四仄韵： 路雾语雨 去顾许处	第四部鱼语： 遇遇语语 御遇语语	
164	周邦彦《蝶恋花· 商调 柳》 （爱日轻明新雪后）	双调 60字	上下片各四仄韵： 后牖酒手 透秀首旧	第十二部尤有： 宥有有有 宥宥有宥	
165	周邦彦《蝶恋花· 商调 柳》 （桃萼新香梅落后）	双调 60字	上下片各四仄韵： 后牖酒手 透秀首旧	第十二部尤有： 宥有有有 宥宥有宥	
166	周邦彦《蝶恋花· 商调 柳》 （蠢蠢黄金初脱后）	双调 60字	上下片各四仄韵： 后牖酒手 透秀首旧	第十二部尤有： 宥有有有 宥宥有宥	
167	周邦彦《蝶恋花· 商调 柳》 （小阁阴阴人寂后）	双调 60字	上下片各四仄韵： 后牖酒手 透秀首旧	第十二部尤有： 宥有有有 宥宥有宥	
168	周邦彦《蝶恋花· 商调 秋思》	双调 60字	上下片各四仄韵： 定井炯冷 影听柄应	第十一部庚梗： 径梗迥梗 梗径敬径	
169	周邦彦《蝶恋花》 （鱼尾霞生明远树）	双调 60字	上下片各四仄韵： 树举路土 吐雾取雨	第四部鱼语： 遇语遇麌 麌遇麌语	

续表

序号	词人词作	字数	韵脚	韵部	备注
170	周邦彦《蝶恋花》（美盼低迷情宛转）	双调60字	上下片各四仄韵：转钏展见 觇面便伺	第七部元阮：铣霰铣霰 盐霰霰霰	上下片不同韵："觇"属第四十部"盐"韵
171	周邦彦《蝶恋花》（晚步芳塘新霁后）	双调60字	上下片各四仄韵：后牖酒手 透秀首旧	第十二部尤有：宥有有有 宥宥有宥	
172	周邦彦《蝶恋花》（叶底寻花春欲暮）	双调60字	上下片各四仄韵：暮露处数 絮住羽去	第四部鱼语：遇遇语遇 御遇麌御	
173	周邦彦《蝶恋花》（酒熟微红生眼尾）	双调60字	上下片各四仄韵：尾袂起耳 美水泪意	第三部支纸：尾霁纸纸 纸纸寘寘	
174	陈瓘《蝶恋花》（有个胡儿模样别）	双调60字	上下片各四仄韵：别漆白黑 □雪说摘	第十八部勿月：屑质陌职 □屑屑陌	残篇，上下片不同韵："漆""白""黑""摘"属第十七部"质""陌""职""陌"韵
175	谢逸《蝶恋花》（豆蔻梢头春色浅）	双调60字	上下片各四仄韵：浅软卷燕 碾颤远剪	第七部元阮：铣铣铣霰 霰霰阮铣	
176	毛滂《蝶恋花·听周生鼓琵琶》	双调60字	上下片各四仄韵：窈妙好笑 小道倒照	第八部萧筱：筱啸皓啸 筱皓皓啸	
177	毛滂《蝶恋花·秋晚东归，留吴会甚久，无一人往还者》	双调60字	上下片各四仄韵：近径尽鬓 定镜问枕	第六部真轸：吻径轸震 径敬问寝	上下片不同韵："径""定""镜"属第十一部"径""敬"韵，"枕"属第十三部"寝"韵

续表

序号	词人词作	字数	韵脚	韵部	备注
178	毛滂《蝶恋花·戊寅秋寒秀亭观梅》	双调60字	上下片各四仄韵： 少耗到小 了好觉晓	第八部萧筱： 筱号号筱 筱皓效筱	
179	毛滂《蝶恋花·寒食》	双调60字	上下片各四仄韵： 雨去语缕 举绪许暮	第四部鱼语： 麌御语麌 语语语遇	
180	毛滂《蝶恋花·东堂下牡丹，仆所栽者，清明后见花》	双调60字	上下片各四仄韵： 鳌后绣昼 秀皱厚手	第十二部尤有： 宥有宥宥 宥宥有有	
181	毛滂《蝶恋花·春夜不寐》	双调60字	上下片各四仄韵： 片满遍见 换短断暖	第七部元阮： 霰旱霰霰 翰旱翰阮	
182	毛滂《蝶恋花·席上和孙使君。孙暮春当受代》	双调60字	上下片各四仄韵： 雨去语缕 举绪许暮	第四部鱼语： 麌御语麌 语语语遇	
183	毛滂《蝶恋花·送茶》	双调60字	上下片各四仄韵： 过破颗堕 卧浣可过	第九部歌哿： 个个哿哿 个个哿个	
184	毛滂《蝶恋花·欹枕》	双调60字	上下片各四仄韵： 味地被腻 蕊水睡翠	第三部支纸： 未寘寘寘 纸纸寘寘	
185	司马槱《黄金缕》（家在钱塘江上住）	双调60字	上下片各四仄韵： 住度去雨 吐缕处浦	第四部鱼语： 遇遇御语 麌麌御麌	
186	王重《蝶恋花》（去岁花前曾记有）	双调60字	上下片各四仄韵： 有手斗溜 旧柳昼后	第十二部尤有： 有有有宥 宥有宥有	残篇

序号	词人词作	字数	韵脚	韵部	备注
187	王寀《蝶恋花》（燕子来时春未老）	双调60字	上下片各四仄韵：老巧恼好 道笑少貌	第八部萧筱：皓巧皓皓 皓啸筱效	
188	王寀《蝶恋花》（濯锦江头春欲暮）	双调60字	上下片各四仄韵：暮住素傅 雨否语处	第四部鱼语：遇遇遇遇 语麌语御	
189	王寀《蝶恋花》（秾艳娇春春婉娩）	双调60字	上下片各四仄韵：娩浅展限 面见散怨	第七部元阮：阮铣铣潸 霰霰翰愿	
190	王寀《蝶恋花》（镂雪成花檀作蕊）	双调60字	上下片各四仄韵：蕊里泪际 细似寄意	第三部支纸：纸纸寘霁 霁纸寘寘	
191	王寀《蝶恋花》（晕绿抽芽新叶斗）	双调60字	上下片各四仄韵：斗后口秀 就久有瘦	第十二部尤有：宥有有宥 宥有有宥	
192	王寀《蝶恋花》（花为年年春易改）	双调60字	上下片各四仄韵：改在爱戴 大耐带态	第五部佳蟹：贿贿队队 泰队泰队	
193	谢薖《蝶恋花·留董之南过七夕》	双调60字	上下片各四仄韵：女语度绪 许去住处	第四部鱼语：语语遇语 语御遇语	
194	沈会宗《转调蝶恋花》（溪上清明初过雨）	双调60字	上下片各四仄韵：雨许语去 户处路鼓	第四部鱼语：语语语语 麌语遇麌	
195	沈会宗《转调蝶恋花》（渐近朱门香夹道）	双调60字	上下片各四仄韵：道杪草抱 老好到早	第八部萧筱：皓筱皓号 皓皓号皓	

序号	词人词作	字数	韵脚	韵部	备注
196	惠洪《凤栖梧》（碧瓦笼晴烟雾绕）	双调60字	上下片各四仄韵：绕鸟笑了 晓少杳照	第八部萧筱：筱筱啸筱 筱筱筱啸	
197	葛胜仲《蝶恋花·二月十三日同安人生日作二首》	双调60字	上下片各四仄韵：醉忌珮世 穗贵秘岁	第三部支纸：寘寘寘霁 寘未寘霁	
198	葛胜仲《蝶恋花》（共乐堂深帘不卷）		上下片各四仄韵：卷浅院段 燕盏愿远	第七部元阮：铣铣霰翰 霰潸愿阮	
199	葛胜仲《蝶恋花·和王廉访》	双调60字	上下片各四仄韵：细睡致会 褉翠戏意	第三部支纸：霁寘寘泰 霁寘寘寘	
200	葛胜仲《蝶恋花·章道祖倅生日》	双调60字	上下片各四仄韵：映令盛庆 兴剩命镜	第十一部庚梗：敬敬敬敬 径径敬敬	
201	葛胜仲《蝶恋花·次韵张千里驹照花》	双调60字	上下片各四仄韵：漫短看半 伴段院面	第七部元阮：翰旱旱翰 旱翰霰霰	
202	葛胜仲《蝶恋花》（只恐夜深花睡去）	双调60字	上下片各四仄韵：去住顾处 语树鼓雨	第四部鱼语：御遇遇语 语遇麌语	
203	葛胜仲《蝶恋花·再次韵千里照花》	双调60字	上下片各四仄韵：熳短看半 伴段院面	第七部元阮：翰旱翰旱翰 旱翰霰霰	
204	葛胜仲《蝶恋花》（已过春分春欲去）	双调60字	上下片各四仄韵：去住顾处 语树鼓雨	第四部鱼语：御遇遇语 语遇麌语	

序号	词人词作	字数	韵脚	韵部	备注
205	王安中《蝶恋花·六花冬词》（曲径深丛枝袅袅）	双调60字	上下片各四仄韵：袅晓好早 少草了老	第八部萧筱：筱筱筱皓 筱皓筱皓	
206	王安中《蝶恋花》（巧剪明霞成片片）	双调60字	上下片各四仄韵：片见浅点 远遍眩面	第七部元阮：霰霰铣俭 阮霰霰霰	上下片不同韵："点"数第十四部"俭"韵
207	王安中《蝶恋花》（剪蜡成梅天著意）	双调60字	上下片各四仄韵：意缀旎水 醉翠思泪	第三部支纸：寘霁纸纸 寘寘寘寘	
208	王安中《蝶恋花》（青玉一枝红类吐）	双调60字	上下片各四仄韵：吐傅误处 住舞户去	第四部鱼语：麌遇遇语 遇麌麌御	
209	王安中《蝶恋花》（雪霁花梢春欲到）	双调60字	上下片各四仄韵：到早缈绕 窕小道老	第八部萧筱：号皓筱筱 筱筱皓皓	
210	王安中《蝶恋花》（秾艳夭桃春信漏）	双调60字	上下片各四仄韵：漏后透斗 袖覆否瘦	第十二部尤有：宥有有宥 宥有有宥	
211	王安中《蝶恋花·梁才甫席上次韵》	双调60字	上下片各四仄韵：线浅见面 宴遍怨远	第七部元阮：霰铣霰霰 霰霰愿阮	
212	王安中《蝶恋花》（千古铜台今莫问）	双调60字	上下片各四仄韵：问近尽信 分鬓印阵	第六部真轸：问问轸震 问震震震	
213	王安中《蝶恋花》（未帖宜春双彩胜）	双调60字	上下片各四仄韵：胜莹准影 冷映定醒	第十一部庚梗：径径轸梗 梗敬径径	上下片不同韵："准"属第六部"轸"韵

续表

序号	词人词作	字数	韵脚	韵部	备注
214	叶梦得《蝶恋花》（薄雪消时春已半）	双调60字	上下片各四仄韵：半看断乱 岸泮散幔	第七部元阮：翰翰旱翰 翰翰翰翰	
215	曹组《蝶恋花》（帘卷真珠深院静）	双调60字	上下片各四仄韵：静影凝映 醒井兴凭	第十一部庚梗：梗梗径敬 径梗径径	
216	王庭珪《凤栖梧·王克恭生日》	双调60字	上下片各四仄韵：卷见传宴 面远晚健	第七部元阮：铣霰霰霰 霰阮阮愿	
217	王庭珪《蝶恋花》（月落灯残人散后）	双调60字	上下片各四仄韵：后皱瘦否 有手就袖	第十二部尤有：有宥宥有 有有宥有	
218	王庭珪《蝶恋花》（罨画楼中人已醉）	双调60字	上下片各四仄韵：醉地起里 丽悴你事	第三部支纸：寘寘纸纸 霁寘纸寘	
219	王庭珪《蝶恋花·赠丁爽、丁旦及第》	双调60字	上下片各四仄韵：许去处与 暮主住雨	第四部鱼语：语御语御 遇麌遇语	
220	周紫芝《蝶恋花》（天意才晴风又雨）	双调60字	上下片各四仄韵：雨絮语数 去觑住处	第四部鱼语：语御语麌 语御遇御	
221	张纲《凤栖梧·安人生日》	双调60字	上下片各四仄韵：指意喜瑞 邃里醉贵	第三部支纸：纸寘纸寘 寘纸寘未	
222	张纲《凤栖梧》（雨洗轩庭迎晚照）	双调60字	上下片各四仄韵：照老笑岛 道巧醮晓	第八部萧筱：啸皓啸皓 皓巧啸筱	

续表

序号	词人词作	字数	韵脚	韵部	备注
223	张纲《凤栖梧·婺州席上》	双调60字	上下片各四仄韵：霁会继贵 岁寄醉意	第三部支纸：霁泰霁未 霁寘寘寘	
224	张纲《凤栖梧·癸未生日》	双调60字	上下片各四仄韵：电健晚散 眷劝鲜远	第七部元阮：霰愿阮翰 霰愿铣阮	
225	张纲《凤栖梧·丁宅二侍儿》	双调60字	上下片各四仄韵：女户度侣 楚举雨路	第四部鱼语：语麌遇语 语语语遇	
226	李清照《蝶恋花》（泪湿罗衣脂粉满）	双调60字	上下片各四仄韵：满遍断馆 乱浅雁远	第七部元阮：旱霰翰旱 旱铣雁阮	
227	李清照《蝶恋花》（暖日晴风初破冻）	双调60字	上下片各四仄韵：冻动共重 缝凤梦弄	第一部东董：送送宋宋 宋送送送	
228	李清照《蝶恋花·上巳召亲族》	双调60字	上下片各四仄韵：少道好照 草抱笑老	第八部萧筱：筱皓筱啸 皓皓啸皓	
229	吕本中《蝶恋花·春词》	双调60字	上下片各四仄韵：暮雨树去 缕付语否	第四部鱼语：遇语遇御 麌遇语麌	
230	赵鼎《蝶恋花》（一朵江梅春带雪）	双调60字	上下片各四仄韵：雪洁怯月 铁结绝切	第十八部勿月：屑屑洽月 屑屑屑屑	上下片不同韵："怯"属第十九部"洽"韵
231	赵鼎《蝶恋花·河中作》	双调60字	上下片各四仄韵：树雨与绪 处缕去暮	第四部鱼语：遇语语语 语麌御遇	

序号	词人词作	字数	韵脚	韵部	备注
232	向子諲《蝶恋花·和曾端伯使君，用李久善韵》	双调60字	上下片各四仄韵： 绣溜酒瘦 久候后皱	第十二部尤有： 宥宥有宥 有宥宥宥	
233	向子諲《蝶恋花·百花洲老桂盛开，张师明、程德远携酒来醉花下，有唱醉蝶恋花，亦次其韵》	双调60字	上下片各四仄韵： 路步处住 语顾污去	第四部鱼语： 遇遇御遇 语顾遇御	
234	蔡楠《凤栖梧·寄贺司户》	双调60字	上下片各四仄韵： 许主去舞 路处语雨	第四部鱼语： 语麌御麌 遇语语语	
235	宝月《鹊踏枝》（斜日平山寒已薄）	双调60字	上下片各四仄韵： 薄落幕约 乐萼却泊	第十六部觉药： 药药药药 药药药药	
236	石耆翁《蝶恋花》（半夜六龙飞海峤）	双调60字	上下片各四仄韵： 峤小早草 宛老缈晓	第八部萧筱： 啸筱皓皓 筱皓筱筱	
237	李弥逊《蝶恋花·拟古》	双调60字	上下片各四仄韵： 户住路去 绪否暮雨	第四部鱼语： 麌遇遇御 语麌遇语	
238	李弥逊《蝶恋花·游南山过陈公立后亭作》	双调60字	上下片各四仄韵： 晦背退碎 辈醉会外	第三部支纸： 队队队队 队寘泰泰	
239	李弥逊《蝶恋花·新晴用前韵》	双调60字	上下片各四仄韵： 晦背退碎 辈醉会外	第三部支纸： 队队队队 队寘泰泰	
240	李弥逊《蝶恋花·福州横山阁》	双调60字	上下片各四仄韵： 缕去鹭雨 五暑处主	第四部鱼语： 麌御遇语 麌语御麌	

续表

序号	词人词作	字数	韵脚	韵部	备注
241	李弥逊《蝶恋花·西山小湖，四月初，莲有一花》	双调60字	上下片各四仄韵：展软颤怨 恋扇盼见	第七部元阮：铣铣霰愿 霰霰谏霰	
242	张元干《蝶恋花》（窗暗窗明昏又晓）	双调60字	上下片各四仄韵：晓少早了 照笑道恼	第八部萧筱：筱筱皓筱 啸啸皓皓	
243	张元干《蝶恋花》（燕去莺来春又到）	双调60字	上下片各四仄韵：到草老好 少恼了笑	第八部萧筱：号皓皓筱 筱皓筱啸	
244	邓肃《蝶恋花·代送李状元》	双调60字	上下片各四仄韵：语句住雨 路顾驻去	第四部鱼语：语遇遇语 遇遇遇御	
245	吕渭老《蝶恋花》（风洗游丝花皱影）	双调60字	上下片各四仄韵：影趁鬓近 恨裩寸晕	第六部真轸：梗震震问 愿愿愿问	上下片不同韵："影"属第十一部"梗"韵
246	吕渭老《蝶恋花》（花色撩人红入眼）	双调60字	上下片各四仄韵：眼断管乱 盏愿短怨	第七部元阮：潸翰旱旱 潸愿旱愿	
247	王之道《蝶恋花·和张文伯魏园行春》	双调60字	上下片各四仄韵：半院暖岸 晚面浅看	第七部元阮：翰霰阮翰 阮霰铣翰	
248	王之道《蝶恋花·和张文伯上巳雨》	双调60字	上下片各四仄韵：暮去处渚 负度诉雨	第四部鱼语：遇御语语 遇遇遇语	
249	王之道《蝶恋花》（城上春旗催日暮）	双调60字	上下片各四仄韵：暮去处渚 负度诉雨	第四部鱼语：遇御语语 遇遇遇语	

序号	词人词作	字数	韵脚	韵部	备注
250	王之道《蝶恋花·和王冲之木犀》	双调60字	上下片各四仄韵：晚遍浅满 见伴远断	第七部元阮：阮霰铣旱 霰旱阮翰	
251	王之道《蝶恋花·和张文伯海棠》	双调60字	上下片各四仄韵：半院暖岸 晚面盏看	第七部元阮：翰霰阮翰 阮霰潸翰	
252	王之道《蝶恋花·和鲁如晦围棋》	双调60字	上下片各四仄韵：路注鹭处 语去亩趣	第四部鱼语：遇遇遇语 语御麌遇	
253	王之道《蝶恋花·和鲁如晦梅花二首》	双调60字	上下片各四仄韵：见院线岸 旋宴卷看	第七部元阮：霰霰霰翰 霰翰铣翰	
254	王之道《蝶恋花》（杏靥桃腮俱有觊）	双调60字	上下片各四仄韵：觊浅展怨 院远转断	第七部元阮：铣铣铣愿 霰阮霰翰	
255	王之道《蝶恋花·追和东坡，时留滞富池》	双调60字	上下片各四仄韵：路注鹭处 语去亩趣	第四部鱼语：遇遇遇语 语御麌遇	
256	朱松《蝶恋花·醉宿郑氏阁》	双调60字	上下片各四仄韵：镜定醒劲 病径听正	第十一部庚梗：敬径径敬 敬径径敬	
257	欧阳澈《蝶恋花·拉朝宗小饮》	双调60字	上下片各四仄韵：暮雨尘甫 醑句处付	第四部鱼语：遇语真麌 语遇语遇	上下片不同韵："尘"属第六部"真"韵
258	杨无咎《蝶恋花·曾韵鞋词》	双调60字	上下片各四仄韵：削薄搦酌 约觉脚著	第十六部觉药：药药觉药 药觉药药	
259	杨无咎《蝶恋花·牛楚》	双调60字	上下片各四仄韵：午度语顾 处苦许诉	第四部鱼语：麌遇语遇 御麌语遇	

续表

序号	词人词作	字数	韵脚	韵部	备注
260	杨无咎《蝶恋花》（昔在仁皇当极治）	双调60字	上下片各四仄韵：冶瑞事是 戏比世里	第三部支纸：马真真纸 真纸霁纸	上下片不同韵："冶"属第十部 "马"韵
261	杨无咎《蝶恋花》（万里无云秋色静）	双调60字	上下片各四仄韵：静映莹境 定兴省影	第十一部庚梗：梗敬径梗 径径梗梗	
262	何大圭《蝶恋花》（鱼尾霞收明远树）	双调60字	上下片各四仄韵：树举路土 吐雾取雨	第四部鱼语：遇语遇麌 麌遇麌语	
263	史浩《蝶恋花·扇鼓》	双调60字	上下片各四仄韵：满面看扇 遍啭腕院	第七部元阮：旱霰翰霰 霰霰翰霰	
264	史浩《蝶恋花》（玉瓮新醅翻绿蚁）	双调60字	上下片各四仄韵：蚁鼻会地 事值意醉	第三部支纸：纸寘泰寘 寘寘寘寘	
265	曾觌《蝶恋花·惜春》	双调60字	上下片各四仄韵：雾路绪缕 暮去语处	第四部鱼语：遇遇语麌 遇御语御	
266	曾觌《蝶恋花·三月上巳应制》	双调60字	上下片各四仄韵：暖远辇管 宴满眷燕	第七部元阮：阮阮铣旱 霰旱霰霰	
267	倪偁《蝶恋花·读东坡蝶恋花词，有会于予心，依韵和之。予方贸地筑亭于光远庵之侧，他日将老焉。植梅种竹，以委肖韩，故句尾及之，使知鄙意未尝一日不在兹亭也》	双调60字	上下片各四仄韵：路注鹭处 语去亩趣	第四部鱼语：遇遇遇语 语御麌遇	

序号	词人词作	字数	韵脚	韵部	备注
268	倪偁《蝶恋花·肖韩见和，复次韵酬之，四首》	双调60字	上下片各四仄韵： 路注鹭处 语去亩趣	第四部鱼语： 遇遇遇语 语御麌遇	
269	倪偁《蝶恋花》（我爱西湖湖上路）	双调60字	上下片各四仄韵： 路注鹭处 语去亩趣	第四部鱼语： 遇遇遇语 语御麌遇	
270	倪偁《蝶恋花》（绿叶阴阴亭下路）	双调60字	上下片各四仄韵： 路注鹭处 语去亩趣	第四部鱼语： 遇遇遇语 语御麌遇	
271	倪偁《蝶恋花》（茅屋三间临水路）	双调60字	上下片各四仄韵： 路注鹭处 语去亩趣	第四部鱼语： 遇遇遇语 语御麌遇	
272	葛立方《蝶恋花·冬至席上作》	双调60字	上下片各四仄韵： 散扇线箭 汉见宴浅	第七部元阮： 翰霰霰霰 翰霰霰铣	
273	曾协《凤栖梧·西溪道中作》	双调60字	上下片各四仄韵： 露路素污 数渡许去	第四部鱼语： 遇遇遇遇 遇遇语遇	
274	毛开《蝶恋花》（罗袜匆匆曾一遇）	双调60字	上下片各四仄韵： 遇度污付 路伫住数	第四部鱼语： 遇遇遇遇 遇语遇遇	
275	洪适《蝶恋花》（漠漠水田飞白鹭）	双调60字	上下片各四仄韵： 鹭语句暮 武驻举去	第四部鱼语： 遇遇遇遇 麌遇语御	
276	朱淑真《蝶恋花·送春》	双调60字	上下片各四仄韵： 缕去絮处 宇苦语雨	第四部鱼语： 麌御御御 麌麌语语	

续表

序号	词人词作	字数	韵脚	韵部	备注
277	张抡《蝶恋花》（前日海棠犹未破）	双调 60字	上下片各四仄韵：破颗坐那 朵过卧我	第九部歌哿：个哿个个 哿个个哿	
278	张抡《蝶恋花》（神仙十首）（碧海沉沉西极远）	双调 60字	远□苑□ 见□□□	第七部元阮：阮□阮□ 霰□□□	残篇
279	张抡《蝶恋花》（□□□□□□□）	双调 60字	□□□□ 老□表□	第八部萧筱：□□□□ 皓□筱□	残篇
280	张抡《蝶恋花》（碧落浮黎光景异）	双调 60字	异□米□ 几□旨纪	第三部支纸：寘□荠□ 纸□纸纸	残篇
281	张抡《蝶恋花》（弱水茫茫三万里）	双调 60字	上下片各四仄韵：里外是背 气地至底	第三部支纸：纸泰纸队 未寘寘荠	
282	张抡《蝶恋花》（绝想凝真天地表）	双调 60字	表□葆□ 老□少□	第八部萧筱：筱□皓□ 皓□筱□	残篇
283	张抡《蝶恋花》（□□□□□□□）	双调 60字	□□□□ 采□□□	第五部佳蟹：□□□□ 贿□□□	残篇
284	张抡《蝶恋花》（碧海灵桃花朵朵）	双调 60字	朵□颗□ 破□那我	第九部歌哿：哿□哿□ 个□个哿	残篇
285	张抡《蝶恋花》（莫笑一瓢门户隘）	双调 60字	上下片各四仄韵：隘碍爱界 坏改载在	第五部佳蟹：卦队队卦 卦贿贿队	

续表

序号	词人词作	字数	韵脚	韵部	备注
286	张抡《蝶恋花》 （清夜凝然□□□）	双调 60字	□□□□ 雾□府□	第四部鱼语： □□□□ 遇□麌□	残篇
287	张抡《蝶恋花》 （不假□□□□□）	双调 60字	□□□□ □□□□	□□□□ □□□□	残篇
288	侯寘《蝶恋花·次 韵张子原寻梅》	双调 60字	上下片各四仄韵： 断乱看远 伴缓转见	第七部元阮： 翰翰翰阮 旱阮铣霰	
289	赵彦端《蝶恋花· 赠别赵邦才席上作》	双调 60字	上下片各四仄韵： 畔唤半贯 断卷晚乱	第七部元阮： 翰翰翰翰 旱铣阮霰	
290	赵彦端《蝶恋花》 （雪里珠衣寒未动）	双调 60字	上下片各四仄韵： 动梦重汞 共送中众	第一部东董： 送送宋送 宋送送送	
291	李吕《凤栖梧》 （一岁光阴寒共暑）	双调 60字	上下片各四仄韵： 暑暮寤取 虑处去具	第四部鱼语： 语遇遇麌 御御御遇	
292	陈从古《蝶恋花》 （日借轻黄珠缀露）	双调 60字	上下片各四仄韵： 露处语缕 负去所雨	第四部鱼语： 遇御语麌 遇御语语	
293	袁去华《蝶恋花· 次韩斡梦中韵》	双调 60字	上下片各四仄韵： 暮句处数 路渡缕去	第四部鱼语： 遇遇御遇 遇遇麌御	
294	袁去华《蝶恋花》 （十二峰前朝复暮）	双调 60字	上下片各四仄韵： 暮句处数 路渡缕去	第四部鱼语： 遇遇御遇 遇遇麌御	
295	向滈《蝶恋花》 （费尽东君无限巧）	双调 60字	上下片各四仄韵： 巧老到晓 好少草笑	第八部萧筱： 巧皓号筱 筱筱皓啸	

序号	词人词作	字数	韵脚	韵部	备注
296	曹冠《凤栖梧·牡丹》	双调60字	上下片各四仄韵： 露赋暮数 屡住去处	第四部鱼语： 遇遇遇遇 遇遇御御	
297	曹冠《凤栖梧·兰溪》	双调60字	上下片各四仄韵： 稳远满碗 眼卷款岸	第七部元阮： 阮阮旱阮 潸铣旱翰	
298	曹冠《凤栖梧·会于秋香阁，适令丞有违言，赋此词劝之》	双调60字	上下片各四仄韵： 雨暑处浦 许故绪古	第四部鱼语： 语语御麌 语遇语麌	
299	曹冠《凤栖梧·寻芳，饮于小园元名蝶恋花》	双调60字	上下片各四仄韵： 媚翠水气 计志意醉	第三部支纸： 寘寘纸未 霁寘寘寘	
300	管鉴《蝶恋花·辛卯重九，余在试闱，闻张子仪、文元益诸公登舟青阁分韵作词。既出院，方见所赋，以"玉山高并两峰寒"为韵，尚馀并字，因为足之》	双调60字	上下片各四仄韵： 镜胜劲暝 并兴咏映	第十一部庚梗： 敬径敬径 敬径敬敬	
301	陆游《蝶恋花·离小益作》	双调60字	上下片各四仄韵： 近润暝信 尽恨问鬓	第六部真轸： 问震径震 轸愿问震	
302	陆游《蝶恋花》（桐叶晨飘蛩夜语）	双调60字	上下片各四仄韵： 语路处故 具付遇赋	第四部鱼语： 语遇御遇 遇遇遇遇	
303	陆游《蝶恋花》（水漾萍根风卷絮）	双调60字	上下片各四仄韵： 絮处遇做 去路户渡	第四部鱼语： 御御遇个 御遇麌遇	上下片不同韵："做"属第九部"个"韵

序号	词人词作	字数	韵脚	韵部	备注
304	陆游《蝶恋花》（禹庙兰亭今古路）	双调60字	上下片各四仄韵：路树诉处 住去取做	第四部鱼语：遇遇遇御 遇御麌个	上下片不同韵："做"属第九部"个"韵
305	姜特立《蝶恋花·送妓》	双调60字	上下片各四仄韵：暮数去驻 处路与据	第四部鱼语：遇遇御遇 御遇语御	
306	范成大《蝶恋花》（春涨一篙添水面）	双调60字	上下片各四仄韵：面岸转远 晚遍贱茧	第七部元阮：霰翰铣阮 阮霰霰铣	
307	张孝祥《蝶恋花·行湘阴》	双调60字	上下片各四仄韵：玉绿簌縠 促曲六宿	第十五部屋沃：沃沃屋屋 沃沃屋屋	
308	张孝祥《蝶恋花·怀于湖》	双调60字	上下片各四仄韵：树数絮去 住处亩许	第四部鱼语：遇遇御御 遇御麌语	
309	张孝祥《蝶恋花·送刘恭父》	双调60字	上下片各四仄韵：鞘小醮妙 诏渺峤照	第八部萧筱：啸筱啸啸 啸筱啸啸	
310	张孝祥《蝶恋花·送姚主管横州》	双调60字	上下片各四仄韵：去路语雨 羽母堵举	第四部鱼语：御遇语语 麌麌麌语	
311	张孝祥《蝶恋花·秦乐家赏花》	双调60字	上下片各四仄韵：暮吐语去 住处诉语	第四部鱼语：遇麌语御 遇御遇语	
312	陈造《蝶恋花·范参政游石湖作命次韵》	双调60字	上下片各四仄韵：面岸转远 晚遍贱茧	第七部元阮：霰翰铣阮 阮霰霰铣	

序号	词人词作	字数	韵脚	韵部	备注
313	丘岺《蝶恋花·为钱守寿》	双调60字	上下片各四仄韵：寿否后茂 奏候有酒	第十二部尤有：宥有有宥 宥宥有有	
314	丘岺《蝶恋花·送岳明州》	双调60字	上下片各四仄韵：晓了早到 报妙好照	第八部萧筱：筱筱皓号 号啸皓皓	
315	丘岺《蝶恋花·西堂竹阁，日气温然，戏作》	双调60字	上下片各四仄韵：院见暖浅 砚遍远晚	第七部元阮：霰霰阮铣 霰霰阮阮	
316	吕胜己《蝶恋花》（墙角栽梅分两下）	双调60字	上下片各四仄韵：下亚夜画 罢社化马	第十部麻马：祃祃祃卦 祃马祃马	
317	吕胜己《蝶恋花（一名凤栖梧 长沙作）》（天际行云红一缕）	双调60字	上下片各四仄韵：缕去处楚 语所旅渚	第四部鱼语：麌御御语 语语语语	
318	吕胜己《蝶恋花·观雪作》	双调60字	上下片各四仄韵：会外彩块 带大界额	第三部支纸：泰泰贿队 泰泰卦队	上下片不同韵："彩"属第五部"贿"韵
319	吕胜己《蝶恋花·长沙送同官先归邵武》	双调60字	上下片各四仄韵：渺道好笑 要调了少	第八部萧筱：筱啸皓啸 啸啸筱筱	
320	吕胜己《蝶恋花》（眼约心期常未足）	双调60字	上下片各四仄韵：足曲簌烛 速目熟斛	第十五部屋沃：沃沃屋沃 屋屋屋屋	
321	吕胜己《蝶恋花·霰雨雪词》	双调60字	上下片各四仄韵：赭野舍瓦 下洒驾也	第十部麻马：马马马马 马马祃马	

续表

序号	词人词作	字数	韵脚	韵部	备注
322	赵长卿《蝶恋花·春深》	双调60字	上下片各四仄韵：好了悄扫老草表少	第八部萧筱：皓筱筱皓皓皓筱筱	
323	赵长卿《蝶恋花·暮春》	双调60字	上下片各四仄韵：尽阵困恨问信寸近	第六部真轸：轸震愿愿问震愿吻	
324	赵长卿《蝶恋花·初夏》	双调60字	上下片各四仄韵：小巧草好早少了晓	第八部萧筱：筱巧皓皓皓筱筱筱	
325	赵长卿《蝶恋花·和任路分荷花》	双调60字	上下片各四仄韵：过觑坐那娜破可颗	第九部歌哿：个物个个哿个哿哿	上下片不同韵："飘"属第十八部"物"
326	赵长卿《蝶恋花·深秋》	双调60字	上下片各四仄韵：记易睡翠字意计泪	第三部支纸：寘寘寘寘寘寘霁寘	
327	赵长卿《蝶恋花·登楼晚望，闻歌声清婉而作此》	双调60字	上下片各四仄韵：望唱饷浪涨向上样	第二部江讲：漾漾漾漾漾漾漾漾	
328	赵长卿《蝶恋花》（天净姮娥初整驾）	双调60字	上下片各四仄韵：驾夜画挂下话借罢	第十部麻马：祃祃卦卦祃卦祃祃	
329	赵长卿《蝶恋花·宁都半岁归家，欲别去而意终不决也》	双调60字	上下片各四仄韵：晚浅远满断短乱换	第七部元阮：阮铣阮旱翰旱翰翰	
330	廖行之《凤栖梧·寿长嫂》	双调60字	上下片各四仄韵：寿有九母厚久妇酒	第十二部尤有：宥有有有有有有有	
331	廖行之《凤栖梧·寿外舅》	双调60字	上下片各四仄韵：意蕊紫醉利事致岁	第三部支纸：寘纸纸寘寘寘寘霁	

续表

序号	词人词作	字数	韵脚	韵部	备注
332	张震《蝶恋花·惜春》	双调60字	上下片各四仄韵： 暮路举去 住否阻雨	第四部鱼语： 遇遇语御 遇纸语语	
333	王炎《蝶恋花·崇阳县圃夜饮》	双调60字	上下片各四仄韵： 润嫩晕困 问近韵恨	第六部真轸： 震愿问愿 问问问愿	
334	王炎《蝶恋花》（柳暗西湖春欲暮）	双调60字	上下片各四仄韵： 暮住绪雨 睡路醉去	第四部鱼语： 遇遇语语 寘遇寘御	
335	杨冠卿《蝶恋花·次张俊臣韵》	双调60字	上下片各四仄韵： 面遍管断 远怨敛钏	第七部元阮： 霰霰旱旱 阮愿俭霰	上下片不同韵："敛"属第十四部"俭"韵
336	杨冠卿《蝶恋花》（月冷花寒宫漏促）	双调60字	上下片各四仄韵： 促粟续足 宿逐六鹄	第十五屋沃： 沃沃沃沃 屋屋屋沃	
337	辛弃疾《蝶恋花·送祐之弟》	双调60字	上下片各四仄韵： 顷影饮醒 鬓病顿恨	第十一部庚梗： 梗梗寝径 震敬愿愿	上下片不同韵："饮"属第十三部"寝"韵；"鬓"属第六部"震"
338	辛弃疾《蝶恋花·和杨济翁韵》	双调60字	上下片各四仄韵： 酒柳昼手 又偬后瘦	第十二部尤有： 有有宥有 宥宥有宥	
339	辛弃疾《蝶恋花·月下醉书两岩石浪》	双调60字	上下片各四仄韵： 好巧调少 老草了晓	第八部萧筱： 皓巧啸筱 皓皓筱筱	
340	辛弃疾《蝶恋花·席上赠杨济翁侍儿》	双调60字	上下片各四仄韵： 半见面盼 伴晚惯颤	第七部元阮： 翰霰霰谏 旱阮谏霰	

序号	词人词作	字数	韵脚	韵部	备注
341	辛弃疾《蝶恋花·送人行》	双调60字	上下片各四仄韵：好巧调少 老草了晓	第八部萧筱：皓巧啸筱 皓皓筱筱	
342	辛弃疾《蝶恋花·戊申元日立春席间作》	双调60字	上下片各四仄韵：胜鬓省恨 问近定准	第十一部庚梗：径震梗愿 问问径轸	上下片不同韵："鬓""问""近""准"属第六部"震""问""轸"韵
343	辛弃疾《蝶恋花·和江陵赵宰》	双调60字	上下片各四仄韵：伴管乱怨 转遣短远	第七部元阮：旱旱翰愿 铣铣旱阮	
344	辛弃疾《蝶恋花·送郑元英》	双调60字	上下片各四仄韵：点万远怨 面燕愿劝	第七部元阮：俭愿阮愿 霰霰愿愿	上下片不同韵："点"属第十四部"俭"韵
345	辛弃疾《蝶恋花·继杨济翁韵饯范南伯知县归京口》	双调60字	上下片各四仄韵：雨去住橹 渡路处数	第四部鱼语：语御遇麌 遇遇御遇	
346	辛弃疾《蝶恋花·客有燕语莺啼人乍远之句，用为首句》	双调60字	上下片各四仄韵：远燕半暖 雁断点扇	第七部元阮：阮霰翰阮 谏旱俭霰	上下片不同韵："点"属第十四部"俭"韵
347	辛弃疾《蝶恋花》（洗尽机心随法喜）	双调60字	上下片各四仄韵：喜意齿已 记比起醉	第三部支纸：纸寘纸纸 寘寘纸寘	
348	辛弃疾《蝶恋花》（何物能令公怒喜）	双调60字	上下片各四仄韵：喜意齿已 记比起醉	第三部支纸：纸寘纸纸 寘寘纸寘	
349	程垓《凤栖梧·客临安，连日愁霖，旅枕无寐，起作》	双调60字	上下片各四仄韵：里寐气市 里计几泪	第三部支纸：纸寘未纸 纸霁纸寘	

序号	词人词作	字数	韵脚	韵部	备注
350	程垓《凤栖梧》（有客钱塘江上住）	双调60字	上下片各四仄韵：住雨去渡 许暮取句	第四部鱼语：遇语御遇 语遇麌遇	
351	程垓《凤栖梧》（门外飞花风约住）	双调60字	上下片各四仄韵：住雨去渡 许暮取句	第四部鱼语：遇语御遇 语遇麌遇	
352	程垓《凤栖梧·南窗偶题》	双调60字	上下片各四仄韵：镜静永性 问紧尽影	第十一部庚梗：敬梗梗敬 问轸轸梗	上下片不同韵："问""紧""尽"属第六部"问""轸"部
353	程垓《凤栖梧·送子廉偅南下》	双调60字	上下片各四仄韵：早草抱恼 好到劳老	第八部萧筱：皓皓皓皓 皓号号皓	
354	程垓《蝶恋花》（日下船篷人未起）	双调60字	上下片各四仄韵：起意几易 里未水醉	第三部支纸：纸寘纸寘 纸未纸霁	
355	程垓《蝶恋花》（满路梅英飞雪粉）	双调60字	上下片各四仄韵：粉嫩影恨 问困寸损	第六部真轸：吻愿梗愿 问愿愿阮	上下片不同韵："影"属第十一部"梗"韵
356	程垓《蝶恋花·春风一夕浩荡，晓来柳色一新》	双调60字	上下片各四仄韵：足束绿属 熟曲续蹙	第十五部屋沃：沃沃沃沃 屋沃沃屋	
357	程垓《蝶恋花·自东江乘晴过蟆颐渚园小饮》	双调60字	上下片各四仄韵：媚醉缀丽 意未几悴	第三部支纸：寘寘霁霁 寘未纸寘	
358	程垓《蝶恋花》（翠幕成阴帘拂地）	双调60字	上下片各四仄韵：地意细袂 水起睡醉	第三部支纸：寘寘霁霁 纸纸寘寘	

序号	词人词作	字数	韵脚	韵部	备注
359	程垓《蝶恋花》 （画阁红炉屏四向）	双调 60字	上下片各四仄韵： 向帐幌傍 饷荡上浪	第二部江讲： 漾漾养漾 漾漾漾漾	
360	程垓《蝶恋花》 （楼角吹花烟月堕）	双调 60字	上下片各四仄韵： 堕破个坐 过火大嚲	第九部歌哿： 哿个个个 个哿个哿	
361	程垓《蝶恋花》 （小院菊残烟雨细）	双调 60字	上下片各四仄韵： 细悴起坠 未意味睡	第三部支纸： 霁寘纸寘 未寘未寘	
362	程垓《蝶恋花·月 下有感》	双调 60字	上下片各四仄韵： 滴翼觅织 尺立得湿	第十七部质术： 锡职锡职 陌缉职缉	
363	程垓《蝶恋花》 （晴日溪山春可数）	双调 60字	上下片各四仄韵： 数住语许 绪去戍浦	第四部鱼语： 遇遇语语 语御遇麌	
364	陈三聘《蝶恋花》 （闾阖城西山四面）	双调 60字	上下片各四仄韵： 面岸转远 晚遍贱茧	第七部元阮： 霰翰铣阮 阮霰霰铣	
365	石孝友《蝶恋花》 （别后相思无限忆）	双调 60字	上下片各四仄韵： 忆计似意 事寄泪字	第三部支纸： 职霁纸寘 寘寘寘寘	上下片不同韵： "忆"属第十七 部"职"韵
366	石孝友《蝶恋花》 （寒卸园林春已透）	双调 60字	上下片各四仄韵： 透柳旧酒 皱瘦秀首	第十二部尤有： 宥有宥有 宥宥有有	
367	石孝友《蝶恋花》 （薄幸人人留不住）	双调 60字	上下片各四仄韵： 住度去雨 吐缕处浦	第四部鱼语： 遇遇御语 麌麌御麌	

续表

序号	词人词作	字数	韵脚	韵部	备注
368	赵师侠《蝶恋花·戊戌和邓南秀》	双调60字	上下片各四仄韵： 吐树语雨 缕舞去住	第四部鱼语： 麌遇语语 麌麌御遇	
369	赵师侠《蝶恋花·己亥同常监游洪阳洞题肯堂壁》	双调60字	上下片各四仄韵： 许雨路树 侣句主去	第四部鱼语： 语语遇遇 语遇麌御	
370	赵师侠《蝶恋花·癸卯信丰赋芙蓉》	双调60字	上下片各四仄韵： 树暮露圃 驻侣许主	第四部鱼语： 遇遇遇麌 遇语语麌	
371	赵师侠《蝶恋花·道中有篸二色菊花》	双调60字	上下片各四仄韵： 细碎里比 意腻翠醉	第三部支纸： 霁队纸纸 寘寘寘寘	
372	赵师侠《蝶恋花·临安道中赋梅》	双调60字	上下片各四仄韵： 片见艳面 浅怨断远	第七部元阮： 霰霰艳霰 铣愿翰阮	上下片不同韵："艳"属第十四部"艳"韵
373	赵师侠《蝶恋花·戊申秋夜》	双调60字	上下片各四仄韵： 蓣促目烛 速逐足欲	第十五部屋沃： 屋沃屋沃 屋屋沃沃	
374	赵师侠《蝶恋花·丙辰嫣然赏海棠》	双调60字	上下片各四仄韵： 过那破颗 娜堕坐我	第九部歌哿： 个个个哿 哿哿个哿	
375	赵师侠《蝶恋花·用宜笑之语作》	双调60字	上下片各四仄韵： 朵锁个破 娜火可大	第九部歌哿： 哿哿个个 哿哿哿个	
376	陈亮《蝶恋花·甲辰寿元晦》	双调60字	上下片各四仄韵： 笑早草老 道觉了少	第八部萧筱： 啸皓皓皓 皓效筱筱	

序号	词人词作	字数	韵脚	韵部	备注
377	杨炎正《蝶恋花·别范南伯》	双调60字	上下片各四仄韵： 雨去住橹 渡路处数	第四部鱼语： 语御遇麌 遇遇御遇	
378	杨炎正《蝶恋花·稼轩坐间作，首句用丘六书中语》	双调60字	上下片各四仄韵： 酒柳昼手 又偬后瘦	第十二部尤有： 有有宥有 宥宥宥有	
379	杨炎正《蝶恋花》（万点飞花愁似雨）	双调60字	上下片各四仄韵： 雨住聚去 觑处舞绪	第四部鱼语： 语遇遇御 御御麌语	
380	张镃《蝶恋花》（杨柳秋千旗斗舞）	双调60字	上下片各四仄韵： 舞语吐雨 路绪处去	第四部鱼语： 麌语麌语 遇语御御	
381	张镃《蝶恋花·南湖》	双调60字	上下片各四仄韵： 近影径静 瞑镜定听	第十一部庚梗： 问梗径梗 径敬径径	上下片不同韵："近"属第六部"问"韵
382	张镃《蝶恋花·挟翠桥》	双调60字	上下片各四仄韵： 水底起里 翠曳闭至	第三部支纸： 纸荠纸纸 寘霁霁寘	
383	刘过《蝶恋花·赠张守宠姬》	双调60字	上下片各四仄韵： 妙早扫调 老少晓绕	第八部萧筱： 啸皓皓啸 皓筱筱筱	
384	刘过《蝶恋花》（宝鉴年来微有晕）	双调60字	上下片各四仄韵： 晕近信引 认阵损韵	第六部真轸： 问问震轸 震震阮问	
385	卢炳《蝶恋花·和彭孚先韵》	双调60字	上下片各四仄韵： 了少好到 老恼笑晓	第八部萧筱： 筱筱皓号 皓皓啸筱	

续表

序号	词人词作	字数	韵脚	韵部	备注
386	卢炳《蝶恋花·和人探梅》	双调 60字	上下片各四仄韵： 雾暮吐处 路素遇句	第四部鱼语： 遇遇麌御 遇遇遇遇	
387	刘翰《蝶恋花》（团扇题诗春又晚）	双调 60字	上下片各四仄韵： 晚满卷软 减懒管怨	第七部元阮： 阮旱铣铣 赚旱旱愿	上下片不同韵："减"属第十四部"赚"韵
388	刘仙伦《蝶恋花》（小立东风谁共语）	双调 60字	上下片各四仄韵： 语暮许雨 处去住路	第四部鱼语： 语遇语雨 御御遇遇	
389	韩淲《蝶恋花·三十日归途村店市酒，成季、子任同酌而歌》	双调 60字	上下片各四仄韵： 树度步去 许暮住处	第四部鱼语： 遇遇遇御 语遇遇御	
390	韩淲《蝶恋花（细雨吹池沼）》	双调 60字	上下片各四仄韵： 早好老草 晓沼到少	第八部萧筱： 皓皓皓皓 筱筱号筱	
391	韩淲《蝶恋花·野趣轩看玉色木犀》	双调 60字	上下片各四仄韵： 暮路雾雨 驻素许步	第四部鱼语： 遇遇遇语 遇遇语遇	
392	韩淲《蝶恋花·次韵伊一》	双调 60字	上下片各四仄韵： 转遍满健 远殿见献	第七部元阮： 铣霰旱愿 阮霰霰愿	
393	韩淲《蝶恋花·次韵郑一》	双调 60字	上下片各四仄韵： 手后久酒 透柳否旧	第十二部尤有： 有有有有 宥有有宥	
394	吴礼之《蝶恋花·春思》	双调 60字	上下片各四仄韵： 起洗髻水 止比地里	第三部支纸： 纸荠霁纸 纸纸寘纸	

序号	词人词作	字数	韵脚	韵部	备注
395	吴礼之《蝶恋花·别恨》	双调60字	上下片各四仄韵：絮据去负 暮主诉处	第四部鱼语：御御御遇 遇麌遇御	
396	吴礼之《蝶恋花·春思》	双调60字	上下片各四仄韵：雨舞路户 苎语絮去	第四部鱼语：语麌遇麌 语语御御	
397	汪晫《蝶恋花·秋夜简赵尉借韵》	双调60字	上下片各四仄韵：住度去雨 吐缕处浦	第四部鱼语：遇遇御语 麌麌御麌	
398	史达祖《蝶恋花》（二月东风吹客袂）	双调60字	上下片各四仄韵：袂细地未 寐里巳水	第三部支纸：霁霁寘未 寘纸纸纸	
399	高观国《凤栖梧》（云唤阴来鸠唤雨）	双调60字	上下片各四仄韵：雨路阻去 渡妩柱苦	第四部鱼语：语遇语御 遇麌麌麌	
400	高观国《凤栖梧·题岩室》	双调60字	上下片各四仄韵：聘顷影径 病性静冷	第十一部庚梗：敬梗梗径 敬径梗梗	
401	高观国《凤栖梧·湖头即席，长翁同赋》	双调60字	上下片各四仄韵：妩主雨处 渚女取舞	第四部鱼语：麌麌麌御 语语麌麌	
402	魏了翁《蝶恋花·和孙蒲江□□上元词》	双调60字	上下片各四仄韵：瑞际水意 里是醉悴	第三部支纸：寘霁纸寘 纸纸寘寘	
403	魏了翁《蝶恋花·和费五九丈□□见惠生日韵》	双调60字	上下片各四仄韵：路度母舞 许数去举	第四部鱼语：遇遇麌麌 语麌御语	

续表

序号	词人词作	字数	韵脚	韵部	备注
404	魏了翁《蝶恋花·饯汪漕使杲劝酒》	双调60字	上下片各四仄韵：顾暮住去 汝梧处雾	第四部鱼语：遇遇遇御 语虞御遇	上下片不同韵："梧"同第四部平声韵"虞"
405	真德秀《蝶恋花》（两岸月桥花半吐）	双调60字	上下片各四仄韵：吐误路去 度汙素语	第四部鱼语：麌遇遇御 遇遇遇语	
406	刘学箕《蝶恋花·北津夜雪》	双调60字	上下片各四仄韵：半转暖变 浅乱眼点	第七部元阮：旱霰阮霰 铣翰潸俭	上下片不同韵："点"属第十四部"俭"韵
407	洪咨夔《蝶恋花》（画斛黄花寒更好）	双调60字	上下片各四仄韵：好老造少 恼抱早草	第八部萧筱：皓皓皓筱 皓皓皓皓	
408	刘镇《蝶恋花·丁丑七夕》	双调60字	上下片各四仄韵：暑渡处缕 路苦误雨	第四部鱼语：语遇御麌 遇麌遇语	
409	方千里《蝶恋花》（漏泄东君消息后）	双调60字	上下片各四仄韵：后牖酒手 透秀首旧	第十二部尤有：宥有有有 宥宥有宥	
410	方千里《蝶恋花》（一搦腰肢初见后）	双调60字	上下片各四仄韵：后牖酒手 透秀首旧	第十二部尤有：宥有有有 宥宥有宥	
411	方千里《蝶恋花》（碎玉飞花寒食后）	双调60字	上下片各四仄韵：后牖酒手 透秀首旧	第十二部尤有：宥有有有 宥宥有宥	
412	方千里《蝶恋花》（翠浪蓝光新雨后）	双调60字	上下片各四仄韵：后牖酒手 透秀首旧	第十二部尤有：宥有有有 宥宥有宥	

续表

序号	词人词作	字数	韵脚	韵部	备注
413	黄机《蝶恋花》（碧树凉飔惊画扇）	双调60字	上下片各四仄韵：扇满断怨 转见远糁	第七部元阮：霰旱旱愿 铣霰阮感	上下片不同韵："糁"属第十四部"感"韵
414	严仁《蝶恋花·快阁》	双调60字	上下片各四仄韵：倚舣起尾 史里蕊水	第三部支纸：纸纸纸尾 纸纸纸纸	
415	严仁《蝶恋花·春情》	双调60字	上下片各四仄韵：暖浅远畔 断乱半晚	第七部元阮：阮铣阮翰 翰翰翰阮	
416	葛长庚《蝶恋花·题爱阁》	双调60字	上下片各四仄韵：漠薄鹤角 昨涧落乐	第十六部觉药：药药药觉 药药药药	
417	葛长庚《蝶恋花》（绿暗红稀春已暮）	双调60字	上下片各四仄韵：暮去住数 据寓许主	第四部鱼语：遇御遇遇 御遇语麌	
418	葛长庚《蝶恋花》（楼上风光都占断）	双调60字	上下片各四仄韵：断管伴眼 乱颤见远	第七部元阮：翰旱旱潸 翰霰霰阮	
419	冯取洽《蝶恋花·和玉林韵》	双调60字	上下片各四仄韵：树许户鼓 住处语去	第四部鱼语：遇语麌麌 遇御语御	
420	吴潜《蝶恋花·吴中赵园》	双调60字	上下片各四仄韵：扑足局熟 簇屋续绿	第十五部屋沃：屋沃沃屋 屋屋沃沃	
421	吴潜《蝶恋花》（客枕梦回闻二鼓）	双调60字	上下片各四仄韵：鼓雨缕语 去据苦许	第四部鱼语：麌语麌语 御御麌语	

序号	词人词作	字数	韵脚	韵部	备注
422	吴潜《蝶恋花·和处静木香》	双调60字	上下片各四仄韵：素户去舞 住絮处炉	第四部鱼语：遇麌御麌 遇御御遇	
423	赵崇嶓《蝶恋花》（一翦微寒禁翠袂）	双调60字	上下片各四仄韵：袂垒地起 醉水字悴	第三部支纸：霁纸寘纸 寘纸寘寘	
424	方岳《蝶恋花·用韵秋怀》	双调60字	上下片各四仄韵：恻客急碧 白忆隔席	第十七部质术：职陌缉陌 陌职陌陌	
425	方岳《蝶恋花》（山抹修眉横绿净）	双调60字	上下片各四仄韵：净影静醒 井兴永省	第十一部庚梗：敬梗梗径 梗径梗梗	
426	方岳《蝶恋花》（秋水涵空如镜净）	双调60字	上下片各四仄韵：净影静醒 井兴永省	第十一部庚梗：敬梗梗径 梗径梗梗	
427	吴文英《蝶恋花·题华山道女扇》	双调60字	上下片各四仄韵：影剩磬定 凭顶醒暝	第十一部庚梗：梗径径径 径迥径径	
428	吴文英《蝶恋花·九日和吴见山韵》	双调60字	上下片各四仄韵：路雨古处 俎与取去	第四部鱼语：遇语麌御 语语麌御	
429	吴文英《凤栖梧·甲辰七夕》	双调60字	上下片各四仄韵：院线晚断 片怨散卷	第七部元阮：霰霰阮翰 霰愿翰铣	
430	吴文英《凤栖梧·化度寺池莲一花最晚有感》	双调60字	上下片各四仄韵：早小照杳 窈悄到晓	第八部萧筱：皓筱啸筱 筱筱号筱	

序号	词人词作	字数	韵脚	韵部	备注
431	万俟绍之《蝶恋花·春风》	双调60字	上下片各四仄韵：晚遍卷院 展面见远	第七部元阮：阮霰铣霰 铣霰霰阮	
432	黄昇《蝶恋花·春感》	双调60字	上下片各四仄韵：住去诉据 户处絮误	第四部鱼语：遇御遇御 虞御御遇	
433	杨泽民《蝶恋花·柳》	双调60字	上下片各四仄韵：后牖酒手 透秀首旧	第十二部尤有：有有有有 宥宥有宥	
434	杨泽民《蝶恋花》（初过元宵三五后）	双调60字	上下片各四仄韵：后牖酒手 透秀首旧	第十二部尤有：有有有有 宥宥有宥	
435	杨泽民《蝶恋花》（寂寞春残花谢后）	双调60字	上下片各四仄韵：后牖酒手 透秀首旧	第十二部尤有：有有有有 宥宥有宥	
436	杨泽民《蝶恋花》（百卉千花都绽后）	双调60字	上下片各四仄韵：后牖酒手 透秀首旧	第十二部尤有：有有有有 宥宥有宥	
437	陈著《蝶恋花·次韵黄子羽重午》（世变无情风挟雨）	双调60字	上下片各四仄韵：雨午序午 黍亩露浦	第四部鱼语：虞语虞虞 语虞遇虞	
438	王义山《蝶恋花》（先献此花名字好）	双调60字	上下片各四仄韵：好葆到扫 道岛祷老	第八部萧筱：皓筱号皓 皓皓皓皓	
439	王义山《蝶恋花》（端的长春春不老）	双调60字	上下片各四仄韵：老好恼早 葆道草岛	第八部萧筱：皓皓皓皓 皓皓皓皓	

序号	词人词作	字数	韵脚	韵部	备注
440	王义山《蝶恋花》 （莫忘九疑山上侣）	双调 60字	上下片各四仄韵： 侣处露护 许度取数	第四部鱼语： 语御遇遇 语遇麌麌	
441	王义山《蝶恋花》 （岁岁丹霞天近处）	双调 60字	上下片各四仄韵： 处杜去度 露许侣舞	第四部鱼语： 御麌御遇 遇语语麌	
442	王义山《蝶恋花》 （犹是太真亲手植）	双调 60字	上下片各四仄韵： 植拭日匹 的摘得极	第十七部质术： 职职质质 锡锡职职	
443	王义山《蝶恋花》 （移向慈元供寿佛）	双调 60字	上下片各四仄韵： 佛绝拆雪 冽蓺屑诀	第十八部勿月： 物屑陌屑 屑屑屑屑	
444	王义山《蝶恋花》 （还比蒲桃天上植）	双调 60字	上下片各四仄韵： 植织色觅 的摘惜碧	第十七部质术： 职职职锡 锡锡陌陌	
445	王义山《蝶恋花》 （日日传宣金掌露）	双调 60字	上下片各四仄韵： 露驻与缕 度处府浦	第四部鱼语： 遇遇语麌 遇御麌麌	
446	王义山《蝶恋花》 （戏衮玉球添一笑）	双调 60字	上下片各四仄韵： 笑少沼绕 巧好袅老	第八部萧筱： 啸筱筱筱 巧皓筱皓	
447	王义山《蝶恋花》 （消息一年传一度）	双调 60字	上下片各四仄韵： 度处语举 路去取羽	第四部鱼语： 遇御语语 遇御麌麌	
448	王义山《蝶恋花》 （十样仙葩天也爱）	双调 60字	上下片各四仄韵： 爱赛界采 态再戴拜	第五部佳蟹： 队队卦贿 队队队卦	

序号	词人词作	字数	韵脚	韵部	备注
449	刘云甫《蝶恋花·寿陈山泉》	双调60字	上下片各四仄韵：晓手笑好 酒枣岫早	第八部萧筱：筱有啸皓 有皓宥皓	上下片不同韵："手""酒""岫"属第十二部"有'"宥"韵
450	萧汉杰《蝶恋花·春燕和韵》	双调60字	上下片各四仄韵：絮数雨去 暮去渡路	第四部鱼语：御遇语御 遇御遇遇	
451	陈允平《蝶恋花》（谢了梨花寒食后）	双调60字	上下片各四仄韵：后牖酒手 透秀首旧	第十二部尤有：宥有有有 宥宥有宥	
452	陈允平《蝶恋花》（墙外秋千花影后）	双调60字	上下片各四仄韵：后牖酒手 透秀首旧	第十二部尤有：宥有有有 宥宥有宥	
453	陈允平《蝶恋花》（寂寞长亭人别后）	双调60字	上下片各四仄韵：后牖酒手 透秀首旧	第十二部尤有：宥有有有 宥宥有宥	
454	陈允平《蝶恋花》（落尽樱桃春去后）	双调60字	上下片各四仄韵：后牖酒手 透秀首旧	第十二部尤有：宥有有有 宥宥有宥	
455	陈允平《蝶恋花》（楼上钟残人渐定）	双调60字	上下片各四仄韵：定井炯冷 影听柄应	第十一部庚梗：径梗迥梗 梗径敬径	
456	何梦桂《蝶恋花·即景》	双调60字	上下片各四仄韵：絮度住雨 许趣柱午	第四部鱼语：御遇遇语 语遇遇麌	
457	刘辰翁《蝶恋花·感兴》	双调60字	上下片各四仄韵：气睡意起 际似蕊子	第三部支纸：未寘寘纸 霁纸纸纸	

续表

序号	词人词作	字数	韵脚	韵部	备注
458	刘辰翁《蝶恋花·寿李侯》	双调60字	上下片各四仄韵： 市美岁水 起里李子	第三部支纸： 纸纸霁纸 纸纸纸纸	
459	周密《凤栖梧·赋生香亭》	双调60字	上下片各四仄韵： 墅宇处去 树句许雨	第四部鱼语： 语麌御御 遇遇语语	
460	彭元逊《蝶恋花》（微雨烧香馀润气）	双调60字	上下片各四仄韵： 气睡意起 际似蕊子	第三部支纸： 未寘寘纸 霁纸纸纸	
461	彭元逊《蝶恋花》（日晚游人酥粉涴）	双调60字	上下片各四仄韵： 涴坐堕过 和佐唾破	第九部歌哿： 个个哿个 个个个个	
462	汪宗臣《蝶恋花·清明前两日闻燕》	双调60字	上下片各四仄韵： 早老调窅 渺少叫晓	第八部萧筱： 皓皓啸筱 筱筱啸筱	
463	柴元彪《蝶恋花·己卯菊节得家书，欲归未得》	双调60字	上下片各四仄韵： 路雨暮付 去住处浦	第四部鱼语： 遇语遇遇 御遇御麌	
464	姚云文《蝶恋花》（春到海棠花几信）	双调60字	上下片各四仄韵： 信润稳近 镜尽醒影	第六部真轸： 震震阮问 敬轸径梗	上下片不同韵："镜""醒""影"属第十一部"敬""径""梗"韵
465	黎廷瑞《蝶恋花·元旦》	双调60字	上下片各四仄韵： 酒韭寿首 袖瘦透柳	第十二部尤有： 有有有有 宥宥宥有	
466	仇远《蝶恋花》（碧树残鹃啼未歇）	双调60字	上下片各四仄韵： 歇别月雪 叠热贴折	第十八部勿月： 月屑月屑 叶屑叶屑	

序号	词人词作	字数	韵脚	韵部	备注
467	仇远《蝶恋花》（深院萧萧梧叶雨）	双调60字	上下片各四仄韵： 雨处渡雾 赋住暮去	第四部鱼语： 语御遇遇 遇遇遇御	
468	仇远《蝶恋花》（燕燕楼空帘意静）	双调60字	上下片各四仄韵： 静井定径 映顶影冷	第十一部庚梗： 梗梗径径 敬迥梗梗	
469	蒋捷《蝶恋花·风莲》	双调60字	上下片各四仄韵： 软颤远浅 婉倦展转	第七部元阮： 铣霰阮铣 阮霰铣铣	
470	陈德武《蝶恋花·送春》	双调60字	上下片各四仄韵： 雨去住处 舞苦渡路	第四部鱼语： 语御遇御 麌麌遇遇	
471	张炎《蝶恋花·赠杨柔卿》	双调60字	上下片各四仄韵： 注聚去顾 处语度树	第四部鱼语： 遇遇御遇 御语遇遇	
472	张炎《蝶恋花·陆子方饮客杏花下》	双调60字	上下片各四仄韵： 种冻动重 共送梦弄	第一部东董： 宋送送宋 宋送送送	
473	张炎《蝶恋花·赋艾花》	双调60字	上下片各四仄韵： 艾界隘爱 盖戴在袋	第五部佳蟹： 泰卦卦爱 泰队队队	
474	张炎《蝶恋花·题末色褚仲良写真》	双调60字	上下片各四仄韵： 秀旧口有 绣瘦偶走	第十二部尤有： 宥宥有有 宥宥有有	
475	张炎《蝶恋花·山茶》	双调60字	上下片各四仄韵： 焙退髓醉 外对蕾碎	第三部支纸： 队队纸寘 泰对贿队	

序号	词人词作	字数	韵脚	韵部	备注
476	张炎《蝶恋花·邵平种瓜》	双调60字	上下片各四仄韵：故去取许趣暮戍雨	第四部鱼语：遇御麌语遇遇遇语	
477	张炎《蝶恋花·秋莺》	双调60字	上下片各四仄韵：处许去暮雨露树语	第四部鱼语：御语御遇语遇遇语	
478	刘铉《蝶恋花·送春》	双调60字	上下片各四仄韵：去住处路舞语主雨	第四部鱼语：御遇御遇麌语麌语	
479	俞克成《蝶恋花·怀旧》	双调60字	上下片各四仄韵：晓闹峭草到瘦早好	第八部萧筱：筱效啸皓号宥皓皓	上下片不同韵："瘦"属第十二部"宥"
480	萧允之《蝶恋花》（十幅归帆风力满）	双调60字	上下片各四仄韵：满畔断半管怨乱看	第七部元阮：旱翰翰翰旱愿翰翰	
481	刘天迪《蝶恋花》（日暮杨花飞乱雪）	双调60字	上下片各四仄韵：雪结叠月怯别说血	第十八部勿月：屑屑叶月洽屑屑屑	上下片不同韵："怯"属第十九部"洽"韵
482	刘天迪《凤栖梧·舞酒妓》	双调60字	上下片各四仄韵：溜瘦皱绣酒手就袖	第十二部尤有：宥宥宥宥有有宥宥	
483	周孚先《蝶恋花》（舟舣津亭何处树）	双调60字	上下片各四仄韵：树雾去絮语绪取处	第四部鱼语：遇遇御御语语麌御	
484	李石才《一箩金》（武陵春色浓如酒）	双调60字	上下片各四仄韵：酒手后皱骤憁否透	第十二部尤有：有有宥宥宥宥有宥	

序号	词人词作	字数	韵脚	韵部	备注
485	无名氏《蝶恋花》（暖发黄宫和气软）	双调60字	上下片各四仄韵：软剪浅溅 远见散盏	第七部元阮：铣铣铣霰 阮霰翰潸	
486	无名氏《鹊踏枝》（南国寒轻山自碧）	双调60字	上下片各四仄韵：碧息摘席 力得惜笛	第十七部质术：陌职锡陌 职职陌锡	
487	无名氏《鹊踏枝》（故里山遥春霭碧）	双调60字	上下片各四仄韵：碧息摘席 力得惜笛	第十七部质术：陌职锡陌 职职陌锡	
488	无名氏《凤栖梧》（姑射仙人游汗漫）	双调60字	上下片各四仄韵：漫乱玩看 岸伴断满	第七部元阮：翰翰翰翰 翰翰翰旱	
489	无名氏《蝶恋花》（花为年年春易改）	双调60字	上下片各四仄韵：改在爱戴 大耐带态	第五部佳蟹：贿贿队队 泰队泰队	
490	无名氏《蝶恋花·寿江察判孺人》	双调60字	上下片各四仄韵：峭晓巧草 老笑少诰	第八部萧筱：啸筱巧皓 皓啸皓号	
491	无名氏《蝶恋花·寿家人》	双调60字	上下片各四仄韵：晓早袅岛 照好倒老	第八部萧筱：筱皓筱筱 啸皓皓皓	
492	无名氏《蝶恋花·八月初六》	双调60字	上下片各四仄韵：退砌世沸 袂翠醉岁	第三部支纸：队霁霁未 霁寘寘霁	
493	无名氏《鱼水同欢·庆两子同日十月初六》	双调60字	上下片各四仄韵：蔼亥会倍 大在改宰	第五部佳蟹：泰贿泰队 泰队贿贿	

序号	词人词作	字数	韵脚	韵部	备注
494	无名氏《蝶恋花·贺领乡举》	双调60字	上下片各四仄韵：许举句府 路去暮晤	第四部鱼语：语语遇麌 遇御遇麌	
495	宋媛《蝶恋花》（云破蟾光穿晓户）	双调60字	上下片各四仄韵：户处苦阻 絮去缕负	第四部鱼语：麌御麌语 御御麌遇	
496	宋媛《蝶恋花》（梳罢晓妆屏上倚）	双调60字	上下片各四仄韵：倚比里嘴 水起喜矣	第三部支纸：纸纸纸纸 纸纸纸纸	
497	钱易《蝶恋花》（一枕闲敧春昼午）	双调60字	上下片各四仄韵：午作语句 诉处住路	第四部鱼语：麌遇语遇 遇御遇遇	
498	周起《蝶恋花》（岳佐星储生佐圣）	双调60字	上下片各四仄韵：圣盛命政 庆并柄正	第十一部庚梗：敬敬敬敬 敬敬敬敬	
499	林伯镇《凤栖梧·施司谏冬生日》	双调60字	上下片各四仄韵：数再主路 许住署具	第四部鱼语：遇队麌遇 语遇御遇	上下片不同韵："再"属第五部"队"韵
500	甄良友《蝶恋花》（照水绮霞明木杪）	双调60字	上下片各四仄韵：杪少好老 绕笑早晓	第八部萧筱：筱筱皓皓 筱啸皓筱	
501	黄人杰《蝶恋花》（问讯梅花开也未）	双调60字	上下片各四仄韵：未尾醉意 霁世誓桂	第三部支纸：未尾寘寘 霁霁霁霁	
502	江衮《蝶恋花》（身世谁人知觉梦）	双调60字	上下片各四仄韵：梦弄瓮重 洞动鞚共	第一部东董：送送送宋 送送送宋	

续表

序号	词人词作	字数	韵脚	韵部	备注
503	华岳《蝶恋花》 （叶底无风池面静）	双调 60 字	上下片各四仄韵： 静镜影鬟 兴钉性定	第十一部庚梗： 梗敬梗震 径径敬径	上下片不同韵： "鬟"属第六部 "震"韵
504	赵希蓬《蝶恋花》 （昼永无人深院静）	双调 60 字	上下片各四仄韵： 静镜影鬟 兴钉性定	第十一部庚梗： 梗敬梗震 径径敬径	上下片不同韵： "鬟"属第六部 "震"韵
505	李夫人《蝶恋花》 （急鼓疏钟声报晓）	双调 60 字	上下片各四仄韵： 晓早袅岛 照好倒老	第八部萧筱： 筱皓筱筱 啸皓皓皓	
506	杨道居《蝶恋花》 （气禀五行天与秀）	双调 60 字	上下片各四仄韵： 秀奏昼候 透酒有有	第十二部尤有： 宥宥宥宥 宥有有有	
507	徐去非《卷珠帘》 （祥景飞光盈衮绣）	双调 60 字	上下片各四仄韵： 绣胄透手 寿久酒斗	第十二部尤有： 宥宥有有 有有有有	
508	吴文若《蝶恋花》 （玉宇生凉秋恰半）	双调 60 字	上下片各四仄韵： 半满烂旦 擅伴劝宴	第七部元阮： 翰旱翰翰 霰旱愿霰	

注：参考（清）戈载撰《词林正韵》，上海古籍出版社 2009 年版。

综上，唐宋《蝶恋花》词作凡 510 首，除去 2 首残句，共分析 508 首词的韵部，发现：其一，唐宋《蝶恋花》词的韵部分布次序为第四部鱼语（143 首）、第七部元阮（88 首）、第三部支纸（67 首）、第八部萧筱（55 首）、第十二部尤有（43 首）、第十一部庚梗（29 首）、第六部真轸（14 首）、第九部歌哿（11 首）、第十五部屋沃（10 首）、第十部麻马（8 首）、第十八部勿月（8 首）、第二部江讲（7 首）、第十七部质术（7 首）、第一部东董（6 首）、第五部佳蟹（6 首）和第十六部觉药（6 首）等，而第十三部侵寝、第十四部覃感、第十九部合盍等韵没有涉及。其二，唐宋《蝶恋花》调是用韵很密且严的词调，除了 51 首词的上下片使用了不同韵部，其余多一韵到底，占词作总量的 89%。其三，唐宋《蝶恋花》调多使用仄声韵，从而造成词调悦耳急促的音乐特点。

附录五：唐宋《蝶恋花》调体一览表

一、《蝶恋花》调正体

双调六十字，上阕74577，五句四仄韵；下阕74577，五句四仄韵。《词谱》《词律》皆以冯延巳《鹊踏枝》（六曲阑干偎碧树）为正体，宋元人多据此填词，凡465首，列表如下：

序号	作者	题　　目	首句
1	冯延巳	《鹊踏枝》	篱落繁枝千万片
2	冯延巳	《鹊踏枝》	谁道闲情抛掷久
3	冯延巳	《鹊踏枝》	秋入蛮蕉风半裂
4	冯延巳	《鹊踏枝》	花外寒鸡天欲曙
5	冯延巳	《鹊踏枝》	叵耐为人情太薄
6	冯延巳	《鹊踏枝》	萧索清秋珠泪坠
7	冯延巳	《鹊踏枝》	烦恼韶光能几许
8	冯延巳	《鹊踏枝》	霜落小园瑶草短
9	冯延巳	《鹊踏枝》	几度凤楼同饮宴
10	冯延巳	《鹊踏枝》	几日行云何处去
11	冯延巳	《鹊踏枝》	庭院深深深几许
12	冯延巳	《鹊踏枝》	粉映墙头寒欲尽
13	冯延巳	《鹊踏枝》	六曲阑干偎碧树
14	李煜	《蝶恋花》	遥夜庭皋闲信步
15	丁谓	《凤栖梧》	十二层楼春色早

续表

序号	作者	题　　目	首句
16	丁谓	《凤栖梧》	朱阙玉城通闾苑
17	柳永	《凤栖梧》	帘下清歌帘外宴
18	柳永	《凤栖梧》	伫倚危楼风细细
19	柳永	《凤栖梧》	蜀锦地衣丝步障
20	张先	《凤栖梧》	密宴厌厌池馆暮
21	张先	《蝶恋花》	临水人家深宅院
22	张先	《蝶恋花》	绿水波平花烂漫
23	张先	《蝶恋花》	移得绿杨栽后院
24	晏殊	《鹊踏枝》	槛菊愁烟兰泣露
25	晏殊	《鹊踏枝》	紫府群仙名籍秘
26	晏殊	《蝶恋花》	一霎秋风惊画扇
27	晏殊	《蝶恋花》	紫菊初生朱槿坠
28	晏殊	《蝶恋花》	帘幕风轻双语燕
29	晏殊	《蝶恋花》	玉碗冰寒消暑气
30	晏殊	《蝶恋花》	梨叶疏红蝉韵歇
31	晏殊	《蝶恋花》	南雁依稀回侧阵
32	宋祁	《蝶恋花·情景》	绣幕茫茫罗帐卷
33	欧阳修	《蝶恋花（一名凤栖梧，又名鹊踏枝）》	帘幕东风寒料峭
34	欧阳修	《蝶恋花》	腊雪初销梅蕊绽
35	欧阳修	《蝶恋花》	海燕双来归画栋
36	欧阳修	《蝶恋花》	面旋落花风荡漾
37	欧阳修	《蝶恋花》	永日环堤乘彩舫
38	欧阳修	《蝶恋花》	越女采莲秋水畔
39	欧阳修	《蝶恋花》	水浸秋天风皱浪
40	欧阳修	《蝶恋花》	小院深深门掩亚
41	欧阳修	《蝶恋花》	欲过清明烟雨细
42	欧阳修	《蝶恋花》	画阁归来春又晚
43	欧阳修	《蝶恋花》	尝爱西湖春色早

续表

序号	作者	题　　目	首句
44	欧阳修	《蝶恋花》	几度兰房听禁漏
45	欧阳修	《蝶恋花·咏枕儿》	宝琢珊瑚山样瘦
46	欧阳修	《蝶恋花》	一掬天和金粉腻
47	欧阳修	《蝶恋花》	百种相思千种恨
48	欧阳修	《鹊踏枝》	一曲尊前开画扇
49	杜安世	《凤栖梧》	闲上江楼初雨过
50	杜安世	《凤栖梧》	惆怅留春留不住
51	杜安世	《凤栖梧》	闲把浮生细思算
52	杜安世	《凤栖梧》	新月羞光影庭树
53	卢氏	《凤栖梧·题泥溪驿》	蜀道青天烟霭黲
54	滕甫	《蝶恋花·次长汀壁间韵》	叶底无风池面静
55	滕甫	《蝶恋花·再和》	昼永无人深院静
56	晏几道	《蝶恋花》	卷絮风头寒欲尽
57	晏几道	《蝶恋花》	初捻霜纨生怅望
58	晏几道	《蝶恋花》	庭院碧苔红叶遍
59	晏几道	《蝶恋花》	喜鹊桥成催凤驾
60	晏几道	《蝶恋花》	碧草池塘春又晚
61	晏几道	《蝶恋花》	碾玉钗头双凤小
62	晏几道	《蝶恋花》	醉别西楼醒不记
63	晏几道	《蝶恋花》	欲减罗衣寒未去
64	晏几道	《蝶恋花》	千叶早梅夸百媚
65	晏几道	《蝶恋花》	金剪刀头芳意动
66	晏几道	《蝶恋花》	笑艳秋莲生绿浦
67	晏几道	《蝶恋花》	碧落秋风吹玉树
68	晏几道	《蝶恋花》	碧玉高楼临水住
69	晏几道	《蝶恋花》	梦入江南烟水路
70	晏几道	《蝶恋花》	黄菊开时伤聚散
71	王诜	《蝶恋花》	钟送黄昏鸡报晓

序号	作者	题　目	首句
72	王诜	《蝶恋花》	小雨初晴回晚照
73	苏轼	《蝶恋花·春景》	花褪残红青杏小
74	苏轼	《蝶恋花·佳人》	一颗樱桃樊素口
75	苏轼	《蝶恋花·送春》	雨后春容清更丽
76	苏轼	《蝶恋花·暮春》	簌簌无风花自弹
77	苏轼	《蝶恋花·密州上元》	灯火钱塘三五夜
78	苏轼	《蝶恋花·密州冬夜文安国席上作》	帘外东风交雨霰
79	苏轼	《蝶恋花·过涟水军赠赵晦之》	自古涟漪佳绝地
80	苏轼	《蝶恋花·述怀》	云水萦回溪上路
81	苏轼	《蝶恋花·送潘大临》	别酒劝君君一醉
82	苏轼	《蝶恋花·同安生日放鱼，取金光明经救鱼事》	泛泛东风初破五
83	苏轼	《蝶恋花》	春事阑珊芳草歇
84	苏轼	《蝶恋花》	记得画屏初会遇
85	苏轼	《蝶恋花》	昨夜秋风来万里
86	苏轼	《蝶恋花》	雨霰疏疏经泼火
87	苏轼	《蝶恋花》	蝶懒莺慵春过半
88	李之仪	《蝶恋花》	天淡云闲晴昼永
89	李之仪	《蝶恋花》	玉骨冰肌天所赋
90	李之仪	《蝶恋花》	万事都归一梦了
91	李之仪	《蝶恋花》	为爱梅花如粉面
92	李之仪	《蝶恋花·席上代人送客，因载其语》	帘外飞花湖上语
93	舒亶	《蝶恋花·置酒别公度座间探题得梅》	雪后江城红日晚
94	舒亶	《蝶恋花》	深炷熏炉扃小院
95	了元	《蝶恋花》	执板娇娘留客住
96	黄裳	《蝶恋花·牡丹》	每到花开春已暮
97	黄裳	《蝶恋花》	兴到浓时春不住
98	黄裳	《蝶恋花·东湖》	南北两山骄欲斗
99	黄裳	《蝶恋花》	高下亭台山水境

续表

序号	作者	题　　目	首句
100	黄裳	《蝶恋花》	杳杳晴虚寒漫漫
101	黄裳	《蝶恋花》	水鉴中看尤未老
102	黄裳	《蝶恋花·月词》	忽破黄昏还太素
103	黄裳	《蝶恋花》	满到十分人望尽
104	黄裳	《蝶恋花》	古往今来忙里过
105	黄裳	《蝶恋花》	俄落盏中如有恋
106	黄裳	《蝶恋花》	千二百回圆未半
107	黄裳	《蝶恋花》	人逐金乌忙到夜
108	黄裳	《蝶恋花·劝酒致语》	万籁无声天地静
109	黄裳	《蝶恋花》	谁悟月中真火冷
110	黄裳	《蝶恋花》	忽送林光禽有语
111	黄裳	《蝶恋花》	一望瑶华初委地
112	黄庭坚	《蝶恋花》	海角芳菲留不住
113	晁端礼	《蝶恋花》	潋滟长波迎鹢首
114	晁端礼	《蝶恋花》	骨秀肌香冰雪莹
115	秦观	《蝶恋花》	晓日窥轩双燕语
116	秦观	《蝶恋花》	紫燕双飞深院静
117	秦观	《蝶恋花》	新草池塘烟漠漠
118	秦观	《蝶恋花》	金凤花开红落砌
119	秦观	《蝶恋花》	语燕飞来惊昼睡
120	秦观	《蝶恋花》	今岁元宵明月好
121	秦观	《蝶恋花》	舟泊浔阳城下住
122	米芾	《蝶恋花·海岱楼玩月作》	千古涟漪清绝地
123	赵令畤	《商调蝶恋花》	丽质仙娥生月殿
124	赵令畤	《商调蝶恋花》	锦额重帘深几许
125	赵令畤	《商调蝶恋花》	懊恼娇痴情未惯
126	赵令畤	《商调蝶恋花》	庭院黄昏春雨霁
127	赵令畤	《商调蝶恋花》	屈指幽期惟恐误

续表

序号	作者	题　目	首句
128	赵令畤	《商调蝶恋花》	数夕孤眠如度岁
129	赵令畤	《商调蝶恋花》	一梦行云还暂阻
130	赵令畤	《商调蝶恋花》	碧沼鸳鸯交颈舞
131	赵令畤	《商调蝶恋花》	别后相思心目乱
132	赵令畤	《商调蝶恋花》	尺素重重封锦字
133	赵令畤	《商调蝶恋花》	梦觉高唐云雨散
134	赵令畤	《商调蝶恋花》	镜破人离何处问
135	贺铸	《江如练（蝶恋花）》	睡鸭炉寒熏麝煎
136	贺铸	《凤栖梧》	独立江东人婉娈
137	贺铸	《凤栖梧》	挑菜踏青都过却
138	贺铸	《蝶恋花》	小院朱扉开一扇
139	贺铸	《凤栖梧》	为问宛溪桥畔柳
140	贺铸	《蝶恋花·改徐冠卿词》	几许伤春春复暮
141	仲殊	《蝶恋花》	北固山前波浪远
142	仲殊	《鹊踏枝》	开到杏花寒食近
143	仲殊	《鹊踏枝》	几日中元初过复
144	仲殊	《鹊踏枝》	一霎雕栏疏雨罢
145	陈师道	《蝶恋花·送彭舍人罢徐》	九里山前千里路
146	陈师道	《蝶恋花·送彭舍人罢徐》	戏马台前京洛路
147	周邦彦	《蝶恋花·商调 秋思》	月皎惊乌栖不定
148	周邦彦	《蝶恋花》	鱼尾霞生明远树
149	周邦彦	《蝶恋花》	美盼低迷情宛转
150	周邦彦	《蝶恋花》	叶底寻花春欲暮
151	周邦彦	《蝶恋花》	酒熟微红生眼尾
152	陈瓘	《蝶恋花》	有个胡儿模样别
153	谢逸	《蝶恋花》	豆蔻梢头春色浅
154	毛滂	《蝶恋花·听周生鼓琵琶》	闻说君家传窈窕

续表

序号	作者	题　　目	首句
155	毛滂	《蝶恋花·秋晚东归，留吴会甚久，无一人往还者》	江接寒溪家已近
156	毛滂	《蝶恋花·戊寅秋寒秀亭观梅》	相觅江南情不少
157	毛滂	《蝶恋花·寒食》	红杏梢头寒食雨
158	毛滂	《蝶恋花·东堂下牡丹，仆所栽者，清明后见花》	三叠阑干铺碧甃
159	毛滂	《蝶恋花·春夜不寐》	红影斑斑吹锦片
160	毛滂	《蝶恋花·席上和孙使君。孙暮春当受代》	城上春云低阁雨
161	毛滂	《蝶恋花·送茶》	花里传觞飞羽过
162	毛滂	《蝶恋花·欹枕》	不雨不晴秋气味
163	司马槱	《黄金缕》	家在钱塘江上住
164	王重	《蝶恋花》	去岁花前曾记有
165	王宷	《蝶恋花》	燕子来时春未老
166	王宷	《蝶恋花》	濯锦江头春欲暮
167	王宷	《蝶恋花》	秾艳娇春春婉娩
168	王宷	《蝶恋花》	镂雪成花檀作蕊
169	王宷	《蝶恋花》	晕绿抽芽新叶斗
170	王宷	《蝶恋花》	花为年年春易改
171	谢薖	《蝶恋花·留董之南过七夕》	一水盈盈牛与女
172	惠洪	《凤栖梧》	碧瓦笼晴烟雾绕
173	葛胜仲	《蝶恋花·二月十三日同安人生日作二首》	雨后春光浓似醉
174	葛胜仲	《蝶恋花》	共乐堂深帘不卷
175	葛胜仲	《蝶恋花·和王廉访》	风过涟漪纹縠细
176	葛胜仲	《蝶恋花·章道祖倅生日》	安石榴花浓绿映
177	葛胜仲	《蝶恋花·次韵张千里驹照花》	二月春游须烂漫
178	葛胜仲	《蝶恋花》	只恐夜深花睡去
179	葛胜仲	《蝶恋花·再次韵千里照花》	百紫千红今烂熳
180	葛胜仲	《蝶恋花》	已过春分春欲去
181	王安中	《蝶恋花·六花冬词》	曲径深丛枝袅袅

序号	作者	题　目	首句
182	王安中	《蝶恋花》	巧剪明霞成片片
183	王安中	《蝶恋花》	剪蜡成梅天著意
184	王安中	《蝶恋花》	青玉一枝红类吐
185	王安中	《蝶恋花》	雪霁花梢春欲到
186	王安中	《蝶恋花》	秾艳夭桃春信漏
187	王安中	《蝶恋花·梁才甫席上次韵》	翠袖盘花金捻线
188	王安中	《蝶恋花》	千古铜台今莫问
189	王安中	《蝶恋花》	未帖宜春双彩胜
190	叶梦得	《蝶恋花》	薄雪消时春已半
191	曹组	《蝶恋花》	帘卷真珠深院静
192	王庭珪	《凤栖梧·王克恭生日》	琼海无边银浪卷
193	王庭珪	《蝶恋花》	月落灯残人散后
194	王庭珪	《蝶恋花》	罨画楼中人已醉
195	王庭珪	《蝶恋花·赠丁爽、丁旦及第》	桂树新生都几许
196	周紫芝	《蝶恋花》	天意才晴风又雨
197	张纲	《凤栖梧·安人生日》	五日小春休屈指
198	张纲	《凤栖梧》	雨洗轩庭迎晚照
199	张纲	《凤栖梧·婺州席上》	风动飞霙迎晓霁
200	张纲	《凤栖梧·癸未生日》	老去光阴惊掣电
201	张纲	《凤栖梧·丁宅二侍儿》	缓带垂红双侍女
202	李清照	《蝶恋花》	泪湿罗衣脂粉满
203	李清照	《蝶恋花》	暖日晴风初破冻
204	李清照	《蝶恋花·上巳召亲族》	永夜恹恹欢意少
205	吕本中	《蝶恋花·春词》	巧语娇莺春未暮
206	赵鼎	《蝶恋花》	一朵江梅春带雪
207	赵鼎	《蝶恋花·河中作》	尽日东风吹绿树
208	向子諲	《蝶恋花·和曾端伯使君，用李久善韵》	推上百花如锦绣

续表

序号	作者	题　　目	首句
209	向子諲	《蝶恋花·百花洲老桂盛开，张师明、程德远携酒来醉花下，有唱醉蝶恋花，亦次其韵》	岩桂秋风南埭路
210	蔡枏	《凤栖梧·寄贺司户》	狂滥生涯今几许
211	宝月	《鹊踏枝》	斜日平山寒已薄
212	石耆翁	《蝶恋花》	半夜六龙飞海峤
213	李弥逊	《蝶恋花·拟古》	百尺游丝当绣户
214	李弥逊	《蝶恋花·游南山过陈公立后亭作》	足力穷时山已晦
215	李弥逊	《蝶恋花·新晴用前韵》	清晓天容争显晦
216	李弥逊	《蝶恋花·福州横山阁》	百叠青山江一缕
217	李弥逊	《蝶恋花·西山小湖，四月初，莲有一花》	小小芙蕖红半展
218	张元干	《蝶恋花》	窗暗窗明昏又晓
219	张元干	《蝶恋花》	燕去莺来春又到
220	邓肃	《蝶恋花·代送李状元》	执手长亭无一语
221	吕渭老	《蝶恋花》	风洗游丝花皱影
222	吕渭老	《蝶恋花》	花色撩人红入眼
223	王之道	《蝶恋花·和张文伯魏园行春》	春入花梢红欲半
224	王之道	《蝶恋花·和张文伯上巳雨》	檐溜潺潺朝复暮
225	王之道	《蝶恋花》	城上春旗催日暮
226	王之道	《蝶恋花·和王冲之木犀》	庭院雨馀秋意晚
227	王之道	《蝶恋花·和张文伯海棠》	碧雾暗消香篆半
228	王之道	《蝶恋花·和鲁如晦围棋》	玉子纹楸频较路
229	王之道	《蝶恋花·和鲁如晦梅花二首》	曾向水边云外见
230	王之道	《蝶恋花》	杏脸桃腮俱有靦
231	王之道	《蝶恋花·追和东坡，时留滞富池》	寒雨霏霏江上路
232	朱松	《蝶恋花·醉宿郑氏阁》	清晓方塘开一镜
233	欧阳澈	《蝶恋花·拉朝宗小饮》	红叶飘风秋欲暮
234	杨无咎	《蝶恋花·曾韵鞋词》	端正纤柔如玉削
235	杨无咎	《蝶恋花·牛楚》	春睡腾腾长过午

续表

序号	作者	题　　目	首句
236	杨无咎	《蝶恋花》	昔在仁皇当极治
237	杨无咎	《蝶恋花》	万里无云秋色静
238	何大圭	《蝶恋花》	鱼尾霞收明远树
239	史浩	《蝶恋花·扇鼓》	桂影团团光正满
240	史浩	《蝶恋花》	玉瓮新醅翻绿蚁
241	曾觌	《蝶恋花·惜春》	翠箔垂云香喷雾
242	曾觌	《蝶恋花·三月上巳应制》	御柳风柔春正暖
243	倪偁	《蝶恋花·读东坡蝶恋花词，有会于予心，依韵和之。予方贸地筑亭于光远庵之侧，他日将老焉。植梅种竹，以委肖韩，故句尾及之，使知鄙意未尝一日不在兹亭也》	长羡东林山下路
244	倪偁	《蝶恋花·肖韩见和，复次韵酬之，四首》	紫翠空濛庵畔路
245	倪偁	《蝶恋花》	我爱西湖湖上路
246	倪偁	《蝶恋花》	绿叶阴阴亭下路
247	倪偁	《蝶恋花》	茅屋三间临水路
248	葛立方	《蝶恋花·冬至席上作》	缇室群阴清晓散
249	曾协	《凤栖梧·西溪道中作》	柳弄轻黄花泣露
250	毛开	《蝶恋花》	罗袜匆匆曾一遇
251	洪适	《蝶恋花》	漠漠水田飞白鹭
252	朱淑真	《蝶恋花·送春》	楼外垂杨千万缕
253	张抡	《蝶恋花》	前日海棠犹未破
254	张抡	《蝶恋花》	碧海沉沉西极远
255	张抡	《蝶恋花》	□□□□□□□
256	张抡	《蝶恋花》	碧落浮黎光景异
257	张抡	《蝶恋花》	弱水茫茫三万里
258	张抡	《蝶恋花》	绝想凝真天地表
259	张抡	《蝶恋花》	□□□□□□□
260	张抡	《蝶恋花》	碧海灵桃花朵朵

续表

序号	作者	题　目	首句
261	张抡	《蝶恋花》	莫笑一瓢门户隘
262	张抡	《蝶恋花》	清夜凝然□□□
263	张抡	《蝶恋花》	不假□□□□□
264	侯寘	《蝶恋花·次韵张子原寻梅》	雪压小桥溪路断
265	赵彦端	《蝶恋花·赠别赵邦才席上作》	堂外溪桥杨柳畔
266	赵彦端	《蝶恋花》	雪里珠衣寒未动
267	李吕	《凤栖梧》	一岁光阴寒共暑
268	陈从古	《蝶恋花》	日借轻黄珠缀露
269	袁去华	《蝶恋花·次韩幹梦中韵》	细雨斜风催日暮
270	袁去华	《蝶恋花》	十二峰前朝复暮
271	向滈	《蝶恋花》	费尽东君无限巧
272	曹冠	《凤栖梧·牡丹》	魏紫姚黄凝晓露
273	曹冠	《凤栖梧·兰溪》	桂棹悠悠分浪稳
274	曹冠	《凤栖梧·会于秋香阁，适令丞有违言，赋此词劝之》	昨夜西畴新足雨
275	曹冠	《凤栖梧·寻芳，饮于小园元名蝶恋花》	桃杏争妍韶景媚
276	管鉴	《蝶恋花·辛卯重九，余在试闱，闻张子仪、文元益诸公登舟青阁分韵作词。既出院，方见所赋，以"玉山高并两峰寒"为韵，尚馀并字，因为足之》	楼倚云屏江泻镜
277	陆游	《蝶恋花·离小益作》	陌上箫声寒食近
278	陆游	《蝶恋花》	桐叶晨飘蛩夜语
279	陆游	《蝶恋花》	水漾萍根风卷絮
280	陆游	《蝶恋花》	禹庙兰亭今古路
281	姜特立	《蝶恋花·送妓》	飘粉吹香三月暮
282	范成大	《蝶恋花》	春涨一篙添水面
283	张孝祥	《蝶恋花·怀于湖》	恰则杏花红一树
284	张孝祥	《蝶恋花·送刘恭父》	画毂骎骎刀入鞘
285	张孝祥	《蝶恋花·送姚主管横州》	君泛仙槎银海去

续表

序号	作者	题　　　目	首句
286	张孝祥	《蝶恋花·秦乐家赏花》	烂烂明霞红日暮
287	陈造	《蝶恋花·范参政游石湖作命次韵》	山立翠屏开几面
288	丘岊	《蝶恋花·为钱守寿》	梅子著花当献寿
289	丘岊	《蝶恋花·送岳明州》	鼓吹东方天欲晓
290	丘岊	《蝶恋花·西堂竹阁，日气温然，戏作》	逼砌筼窗围小院
291	吕胜己	《蝶恋花》	墙角栽梅分两下
292	吕胜己	《蝶恋花（一名凤栖梧 长沙作）》	天际行云红一缕
293	吕胜己	《蝶恋花·观雪作》	姑射真仙蓬海会
294	吕胜己	《蝶恋花·长沙送同官先归邵武》	屈指瓜期犹渺渺
295	吕胜己	《蝶恋花·霰雨雪词》	天色沉沉云色赭
296	赵长卿	《蝶恋花·春深》	宿雨新晴天色好
297	赵长卿	《蝶恋花·暮春》	芍药开残春已尽
298	赵长卿	《蝶恋花·春残》	绿尽烧痕芳草遍
299	赵长卿	《蝶恋花·初夏》	乱叠青钱荷叶小
300	赵长卿	《蝶恋花·和任路分荷花》	忆昔临平山下过
301	赵长卿	《蝶恋花·深秋》	一梦十年劳忆记
302	赵长卿	《蝶恋花·登楼晚望，闻歌声清婉而作此》	闲上西楼供远望
303	赵长卿	《蝶恋花》	天净姮娥初整驾
304	赵长卿	《蝶恋花·宁都半岁归家，欲别去而意终不决也》	叶底蜂衙催日晚
305	廖行之	《凤栖梧·寿长嫂》	吾母慈祥膺上寿
306	廖行之	《凤栖梧·寿外舅》	破腊先春梅有意
307	张震	《蝶恋花·惜春》	梅子初青春已暮
308	王炎	《蝶恋花·崇阳县圃夜饮》	纤手行杯红玉润
309	王炎	《蝶恋花》	柳暗西湖春欲暮
310	杨冠卿	《蝶恋花·次张俊臣韵》	舞处曾看花满面
311	杨冠卿	《蝶恋花》	月冷花寒宫漏促
312	辛弃疾	《蝶恋花·送祐之弟》	衰草残阳三万顷
313	辛弃疾	《蝶恋花·和杨济翁韵》	点检笙歌多酿酒

续表

序号	作者	题　　目	首句
314	辛弃疾	《蝶恋花·月下醉书两岩石浪》	九畹芳菲兰佩好
315	辛弃疾	《蝶恋花·席上赠杨济翁侍儿》	小小华年才月半
316	辛弃疾	《蝶恋花·送人行》	意态憨生元自好
317	辛弃疾	《蝶恋花·戊申元日立春席间作》	谁向椒盘簪彩胜
318	辛弃疾	《蝶恋花·和江陵赵宰》	老去怕寻年少伴
319	辛弃疾	《蝶恋花·送郑元英》	莫向城头听漏点
320	辛弃疾	《蝶恋花·继杨济翁韵饯范南伯知县归京口》	泪眼送君倾似雨
321	辛弃疾	《蝶恋花·客有燕语莺啼人乍远之句，用为首句》	燕语莺啼人乍远
322	辛弃疾	《蝶恋花》	洗尽机心随法喜
323	辛弃疾	《蝶恋花》	何物能令公怒喜
324	程垓	《凤栖梧·客临安，连日愁霖，旅枕无寐，起作》	九月江南烟雨里
325	程垓	《凤栖梧》	有客钱塘江上住
326	程垓	《凤栖梧》	门外飞花风约住
327	程垓	《凤栖梧·南窗偶题》	薄薄窗油清似镜
328	程垓	《凤栖梧·送子廉偨南下》	九月重湖寒意早
329	程垓	《蝶恋花》	满路梅英飞雪粉
330	程垓	《蝶恋花·自东江乘晴过蟆颐渚园小饮》	晴带溪光春自媚
331	程垓	《蝶恋花》	翠幕成阴帘拂地
332	程垓	《蝶恋花》	画阁红炉屏四向
333	程垓	《蝶恋花》	楼角吹花烟月堕
334	程垓	《蝶恋花》	小院菊残烟雨细
335	程垓	《蝶恋花·月下有感》	小院秋光浓欲滴
336	程垓	《蝶恋花》	晴日溪山春可数
337	陈三聘	《蝶恋花》	闾阖城西山四面
338	石孝友	《蝶恋花》	寒卸园林春已透
339	石孝友	《蝶恋花》	薄幸人人留不住
340	赵师侠	《蝶恋花·戊戌和邓南秀》	柳眼窥春春渐吐
341	赵师侠	《蝶恋花·己亥同常监游洪阳洞题肯堂壁》	春到园林能几许

序号	作者	题　目	首句
342	赵师侠	《蝶恋花·癸卯信丰赋芙蓉》	剪剪西风催碧树
343	赵师侠	《蝶恋花·道中有簪二色菊花》	百叠霜罗香蕊细
344	赵师侠	《蝶恋花·临安道中赋梅》	剪水凌虚飞雪片
345	赵师侠	《蝶恋花·丙辰嫣然赏海棠》	春入园林新雨过
346	赵师侠	《蝶恋花·用宜笑之语作》	解语花枝娇朵朵
347	陈亮	《蝶恋花·甲辰寿元晦》	手捻黄花还自笑
348	杨炎正	《蝶恋花·别范南伯》	离恨做成春夜雨
349	杨炎正	《蝶恋花·稼轩坐间作，首句用丘六书中语》	点检笙歌多酿酒
350	杨炎正	《蝶恋花》	万点飞花愁似雨
351	张镃	《蝶恋花》	杨柳秋千旗斗舞
352	张镃	《蝶恋花·南湖》	门外沧州山色近
353	张镃	《蝶恋花·挟翠桥》	洒面松风凉似水
354	刘过	《蝶恋花·赠张守宠姬》	帘幕闻声歌已妙
355	刘过	《蝶恋花》	宝鉴年来微有晕
356	卢炳	《蝶恋花·和彭孚先韵》	满架冰蕤开遍了
357	卢炳	《蝶恋花·和人探梅》	罗幕护寒遮晓雾
358	刘翰	《蝶恋花》	团扇题诗春又晚
359	刘仙伦	《蝶恋花》	小立东风谁共语
360	韩淲	《蝶恋花·三十日归途村店市酒，成季、子任同酌而歌》	道上疏梅花一树
361	韩淲	《蝶恋花（细雨吹池沼）》	尽道今年春较早
362	韩淲	《蝶恋花·野趣轩看玉色木犀》	斜日清霜山薄暮
363	韩淲	《蝶恋花·次韵伊一》	未就丹砂须九转
364	韩淲	《蝶恋花·次韵郑一》	千叶香梅春在手
365	吴礼之	《蝶恋花·春思》	睡思厌厌莺唤起
366	吴礼之	《蝶恋花·别恨》	急水浮萍风里絮
367	吴礼之	《蝶恋花·春思》	满地落红初过雨
368	汪晫	《蝶恋花·秋夜简赵尉借韵》	午夜凉生风不住

序号	作者	题 目	首句
369	史达祖	《蝶恋花》	二月东风吹客袂
370	高观国	《凤栖梧》	云唤阴来鸠唤雨
371	高观国	《凤栖梧·题岩室》	岩室归来非待聘
372	高观国	《凤栖梧·湖头即席，长翁同赋》	西子湖边眉翠妩
373	魏了翁	《蝶恋花·和孙蒲江□□上元词》	又见王正班玉瑞
374	魏了翁	《蝶恋花·和费五九丈□□见惠生日韵》	早岁腾身隋辇路
375	魏了翁	《蝶恋花·饯汪漕使杲劝酒》	可煞潼人真慕顾
376	真德秀	《蝶恋花》	两岸月桥花半吐
377	刘学箕	《蝶恋花·北津夜雪》	灯火已收正月半
378	洪咨夔	《蝶恋花》	画斛黄花寒更好
379	刘镇	《蝶恋花·丁丑七夕》	谁送京蟾消夜暑
380	黄机	《蝶恋花》	碧树京飔惊画扇
381	严仁	《蝶恋花·快阁》	杰阁青红天半倚
382	严仁	《蝶恋花·春情》	院静日长花气暖
383	葛长庚	《蝶恋花·题爱阁》	冷雨疏风凉漠漠
384	葛长庚	《蝶恋花》	绿暗红稀春已暮
385	葛长庚	《蝶恋花》	楼上风光都占断
386	冯取洽	《蝶恋花·和玉林韵》	秋到双溪溪上树
387	吴潜	《蝶恋花·吴中赵园》	野树梅花香似扑
388	吴潜	《蝶恋花》	客枕梦回闻二鼓
389	吴潜	《蝶恋花·和处静木香》	澹白轻黄纯雅素
390	赵崇嶓	《蝶恋花》	一剪微寒禁翠袂
391	方岳	《蝶恋花·用韵秋怀》	雁落寒沙秋恻恻
392	方岳	《蝶恋花》	山抹修眉横绿净
393	方岳	《蝶恋花》	秋水漫空如镜净
394	吴文英	《蝶恋花·题华山道女扇》	北斗秋横云髻影
395	吴文英	《蝶恋花·九日和吴见山韵》	明月枝头香满路
396	吴文英	《凤栖梧·甲辰七夕》	开过南枝花满院

序号	作者	题　目	首句
397	吴文英	《凤栖梧·化度寺池莲一花最晚有感》	湘水烟中相见早
398	万俟绍之	《蝶恋花·春风》	啼鸠一声云树晚
399	黄昇	《蝶恋花·春感》	百计留春春不住
400	陈著	《蝶恋花·次韵黄子羽重午》	世变无情风挟雨
401	王义山	《蝶恋花》	先献此花名字好
402	王义山	《蝶恋花》	端的长春春不老
403	王义山	《蝶恋花》	莫忘九疑山上侣
404	王义山	《蝶恋花》	岁岁丹霞天近处
405	王义山	《蝶恋花》	犹是太真亲手植
406	王义山	《蝶恋花》	移向慈元供寿佛
407	王义山	《蝶恋花》	还比蒲桃天上植
408	王义山	《蝶恋花》	日日传宣金掌露
409	王义山	《蝶恋花》	戏衮玉球添一笑
410	王义山	《蝶恋花》	消息一年传一度
411	王义山	《蝶恋花》	十样仙范天也爱
412	刘云甫	《蝶恋花·寿陈山泉》	一点郎星光彻晓
413	萧汉杰	《蝶恋花·春燕和韵》	一缕春情风里絮
414	陈允平	《蝶恋花》	楼上钟残人渐定
415	何梦桂	《蝶恋花·即景》	风信花残吹柳絮
416	刘辰翁	《蝶恋花·感兴》	过雨新荷生水气
417	刘辰翁	《蝶恋花·寿李侯》	八九十翁嬉入市
418	周密	《凤栖梧·赋生香亭》	竹窈花深连别墅
419	彭元逊	《蝶恋花》	微雨烧香馀润气
420	彭元逊	《蝶恋花》	日晚游人酥粉浣
421	汪宗臣	《蝶恋花·清明前两日闻燕》	年去年来来去早
422	柴元彪	《蝶恋花·己卯菊节得家书，欲归未得》	去年走马章台路
423	姚云文	《蝶恋花》	春到海棠花几信
424	黎廷瑞	《蝶恋花·元旦》	密炬瑶霞光颤酒

续表

序号	作者	题　　目	首句
425	仇远	《蝶恋花》	碧树残鹃啼未歇
426	仇远	《蝶恋花》	深院萧萧梧叶雨
427	仇远	《蝶恋花》	燕燕楼空帘意静
428	蒋捷	《蝶恋花·风莲》	我爱荷花花最软
429	陈德武	《蝶恋花·送春》	昨夜狂风今日雨
430	张炎	《蝶恋花·赠杨柔卿》	颇爱杨琼妆淡注
431	张炎	《蝶恋花·陆子方饮客杏花下》	仙子锄云亲手种
432	张炎	《蝶恋花·赋艾花》	巧结分枝黏翠艾
433	张炎	《蝶恋花·题末色褚仲良写真》	济楚衣裳眉目秀
434	张炎	《蝶恋花·山茶》	花占枝头忺日焙
435	张炎	《蝶恋花·邵平种瓜》	秦地瓜分侯已故
436	张炎	《蝶恋花·秋莺》	求友林泉深密处
437	刘铉	《蝶恋花·送春》	人自怜春春未去
438	俞克成	《蝶恋花·怀旧》	梦断池塘惊乍晓
439	萧允之	《蝶恋花》	十幅归帆风力满
440	刘天迪	《蝶恋花》	日暮杨花飞乱雪
441	刘天迪	《凤栖梧·舞酒妓》	一剪晴波娇欲溜
442	周孚先	《蝶恋花》	舟舣津亭何处树
443	无名氏	《蝶恋花》	暖发黄宫和气软
444	无名氏	《鹊踏枝》	南国寒轻山自碧
445	无名氏	《鹊踏枝》	故里山遥春霭碧
446	无名氏	《凤栖梧》	姑射仙人游汗漫
447	无名氏	《蝶恋花·寿江察判孺人》	风雨一春寒料峭
448	无名氏	《蝶恋花·寿家人》	急鼓初钟声报晓
449	无名氏	《蝶恋花·八月初六》	透户凉生初暑退
450	无名氏	《鱼水同欢·庆两子同日 十月初六》	棣萼楼前佳气霭
451	无名氏	《蝶恋花·贺领乡举》	名播乡间人素许
452	宋媛	《蝶恋花》	云破蟾光穿晓户

续表

序号	作者	题　目	首句
453	宋媛	《蝶恋花》	梳罢晓妆屏上倚
454	钱易	《蝶恋花》	一枕闲欹春昼午
455	周起	《蝶恋花》	岳佐星储生佐圣
456	林伯镇	《凤栖梧·施司谏冬生日》	破腊星回春可数
457	甄良友	《蝶恋花》	照水绮霞明木杪
458	黄人杰	《蝶恋花》	问讯梅花开也未
459	江衮	《蝶恋花》	身世谁人知觉梦
460	华岳	《蝶恋花》	叶底无风池面静
461	赵希蓬	《蝶恋花》	昼永无人深院静
462	李夫人	《蝶恋花》	急鼓疏钟声报晓
463	杨道居	《蝶恋花》	气禀五行天与秀
464	徐去非	《卷珠帘》	祥景飞光盈衮绣
465	吴文若	《蝶恋花》	玉宇生凉秋恰半

【例词】冯延巳《鹊踏枝》

六曲阑干偎碧树。

中仄中平平仄仄（韵）

杨柳风轻，

中仄平平（句）

展尽黄金缕。

中仄平平仄（韵）

谁把钿筝移玉柱。

中仄中平平仄仄（韵）

穿帘海燕双飞去。

中平中仄平平仄（韵）

满眼游丝兼落絮。

中仄中平平仄仄（韵）

红杏开时，

中仄平平（句）

一霎清明雨。

中仄平平仄（韵）

浓睡觉来莺乱语。

中仄中平平仄仄（韵）

惊残好梦无寻处。

中平中仄平平仄（韵）

二、《蝶恋花》调别体一

敦煌曲子词，双调五十九字，七言八句，上阕7777，四句四仄韵，下阕7879，四句三仄韵，有三衬字，咏调名本意。此体平仄、句式与正体差异较大，以无名氏《鹊踏枝》（叵耐灵鹊多瞒语）为例，宋元人无如此填者。

【例词】无名氏《鹊踏枝》

叵耐灵鹊多瞒语。

仄仄平仄平平仄（韵）

送喜何曾有凭据。

仄仄平平仄平仄（韵）

几度飞来活捉取。

仄仄平平仄仄仄（韵）

锁上金笼休共语。

仄仄平平平仄仄（韵）

比拟好心来送喜。

仄仄仄平平仄仄（韵）

谁知锁我在金笼里。

平平仄仄仄平平仄（韵）

欲他征夫早归来，

仄平平平仄平平（句）

腾身却放我向青云里。

平平仄仄仄仄平平仄（韵）

三、《蝶恋花》调别体二

敦煌曲子词，双调六十一字，上阕 74577，五句四仄韵，下阕 74587，五句三仄韵，咏调名本意。此体将别体一上下片第二句摊破为四言、五言两句，且平仄与正体差异较大，以无名氏《鹊踏枝》（独坐更深人寂寂）为例，宋元人无如此填者。

【例词】无名氏《鹊踏枝》

独坐更深人寂寂。

仄仄平平平仄仄（韵）

忆恋家乡，

仄仄平平（句）

路远关山隔。

仄仄平平仄（韵）

寒雁飞来无消息。

平仄平平平平仄（韵）

交儿牵断心肠忆。

平平平仄平平仄（韵）

仰告三光珠泪滴。

仄仄平平平仄仄（韵）

交他耶嬢，

平平平平（句）

甚处传书觅。

仄仄平平仄（韵）

自叹宿缘作他邦客。

仄仄仄平仄平平仄（韵）

辜负尊亲虚劳力。

平仄平平平平仄（韵）

四、《蝶恋花》调别体三

双调六十字，上阕74577，五句四仄韵；下阕74577，五句四仄韵。此体与正体大致同，惟韵脚全部押通叶入声韵，以冯延巳《鹊踏枝》（芳草满园花满目）为例，凡10首词，列表如下：

序号	作者	题目	首句	韵脚	韵部
1	冯延巳	《鹊踏枝》	芳草满园花满目	上下片各四仄韵：目竹簌浴 玉曲足促	第十五部屋沃：屋屋屋沃 沃沃沃沃
2	李冠	《蝶恋花·佳人》	贴鬓香云双绾绿	上下片各四仄韵：绿足曲蹙 屋宿熟竹	第十五部屋沃：沃沃沃屋 屋屋屋屋
3	宋祁	《蝶恋花》	雨过蒲萄新涨绿	上下片各四仄韵：绿斛簌浴 熟服玉扑	第十五部屋沃：沃屋屋沃 屋屋沃屋
4	欧阳修	《蝶恋花》	翠苑红芳晴满目	上下片各四仄韵：目逐辘绿 促足续曲	第十五部屋沃：屋屋屋沃 沃沃沃沃
5	秦观	《蝶恋花·题二乔观书图》	并倚香肩颜斗玉	上下片各四仄韵：玉绿足躅 续屋俗曲	第十五部屋沃：沃沃沃沃 我屋沃沃
6	张孝祥	《蝶恋花·行湘阴》	漠漠飞来双属玉	上下片各四仄韵：玉绿簌縠 促曲六宿	第十五部屋沃：沃沃屋屋 沃沃屋屋

续表

序号	作者	题目	首句	韵脚	韵部
7	吕胜己	《蝶恋花》	眼约心期常未足	上下片各四仄韵：足曲簌烛 速目熟斛	第十五部屋沃：沃沃屋沃 屋屋屋屋
8	程垓	《蝶恋花·春风一夕浩荡，晓来柳色一新》	寒意勒花春未足	上下片各四仄韵：足束绿属 熟曲续蹙	第十五部屋沃：沃沃沃沃 屋沃沃屋
9	赵师侠	《蝶恋花·戊申秋夜》	夜雨鸣檐声录薪	上下片各四仄韵：薪促目烛 速逐足欲	第十五部屋沃：屋沃屋沃 屋屋沃沃
10	吴潜	《蝶恋花·吴中赵园》	野树梅花香似扑	上下片各四仄韵：扑足局熟 簇屋续绿	第十五部屋沃：屋沃沃屋 屋屋沃沃

【例词】冯延巳《鹊踏枝》

芳草满园花满目。

中仄中平平仄仄（韵）

帘外微微，

中仄平平（句）

细雨笼庭竹。

中仄平平仄（韵）

杨柳千条珠景簌。

中仄中平平仄仄（韵）

碧池波皱鸳鸯浴。

中平中仄平平仄（韵）

窈窕人家颜似玉。

中仄中平平仄仄（韵）

絃管泠泠，

中仄平平（句）

齐奏云和曲。

中仄平平仄（韵）

公子欢筵犹未足。

中仄中平平仄仄（韵）

斜阳不用相催促。

中平中仄平平仄（韵）

五、《蝶恋花》调别体四

双调六十字，上阕 74577，五句四仄韵；下阕 74577，五句四仄韵。此体字句与正体大致同，惟前后段第五句及换头句平仄相异，以沈会宗《转调蝶恋花》（渐近朱门香夹道）为例，录于《词谱》。然宋元人如此填者凡 9 首，列表如下：

序号	作者	题目	首句	备注
1	沈会宗	《转调蝶恋花》	渐近朱门香夹道	
2	沈会宗	《转调蝶恋花》	溪上清明初过雨	
3	杜安世	《凤栖梧》	整顿云鬟初睡起	
4	杜安世	《凤栖梧》	池上新秋帘幕卷	
5	贺铸	《桃源行》	流水长烟何缥缈	残篇
6	贺铸	《西笑吟》	桃叶园林风日好	
7	贺铸	《望长安》	排办张灯春事早	
8	徐去非	《卷珠帘》	祥景飞光盈衮绣	此首又作张元干作
9	魏夫人	《卷珠帘》	记得来时春未暮	

【例词】沈会宗《转调蝶恋花》

渐近朱门香夹道。

中仄平平平仄仄（韵）

一片笙歌，

中仄平平（句）

依约楼台杪。

中仄平平仄（韵）

野色和烟满芳草。

中仄平平仄平仄（韵）

溪光曲曲山回抱。

中平中仄平平仄（韵）

物华不逐人间老。

中平中仄平平仄（韵）

日日春风，

中仄平平（句）

在处花枝好。

仄仄平平仄（韵）

莫恨云深路难到。

中仄中平中平仄（韵）

刘郎可惜归来早。

中平中仄平平仄（韵）

六、《蝶恋花》调别体五

双调六十字，上阕74577，五句两叶韵、两仄韵；下阕74577，五句四仄韵。此体字句与正体同，但前段平仄韵互叶异。以石孝友《蝶恋花》（别后相思无限期）为例，录于《词谱》。

【例词】石孝友《蝶恋花》

别后相思无限期。

中仄中平平仄仄（韵）

欲说相思，

中仄平平（句）

要见终无计。

中仄平平仄（韵）

拟写相思持送似。

中仄中平平仄仄（韵）

如何尽得相思意。

中平中仄平平仄（韵）

眼底相思心里事。

中仄中平平仄仄（韵）

纵把相思，

中仄平平（句）

写尽凭谁寄。

中仄平平仄（韵）

多少相思都做泪。

中仄中平平仄仄（韵）

一齐泪损相思字。

中平中仄平平仄（韵）

七、《蝶恋花》调别体六

双调六十字，上阕74577，五句四仄韵；下阕74577，五句四仄韵。此体字句与正体大致同，惟前段起句与正体平仄全异，以李石才《一箩金》（武陵春色浓如酒）为例，宋元人无如此填者。

【例词】李石才《一箩金》

武陵春色浓如酒。

中平中仄平平仄（韵）

游冶才郎，

中仄平平（句）

初试花间手。

中仄平平仄（韵）

绛蜡烛残人静后。

中仄中平平仄仄（韵）

眉峰便作伤春皱。

中平中仄平平仄（韵）

一霎风狂和雨骤。

中仄中平平仄仄（韵）

柳嫩花柔，

中仄平平（句）

浑不禁僝僽。

中仄平平仄（韵）

明日馀香知在否。

中仄中平平仄仄（韵）

粉罗犹有残红透。

中平中仄平平仄（韵）

八、《蝶恋花》调别体七

双调六十字，上阕74577，五句四仄韵；下阕74577，五句四仄韵。此体字句与正体大致同，惟前段起句"在"字微拗，以杜安世《凤栖梧》（秋日楼台在空际）为例，宋元人无如此填者。

【例词】杜安世《凤栖梧》

秋日楼台在空际。

中仄中平仄平仄（韵）

画角声沉

中仄平平（句）

历历寒更起。

中仄平平仄（韵）

深院黄昏人独自。

中仄中平平仄仄（韵）

想伊遥共伤前事。

中平中仄平平仄（韵）

懊恼当初无算计。

中仄中平平仄仄（韵）

些子欢娱

中仄平平（句）

多少凄凉味。

中仄平平仄（韵）

相去江山千万里。

中仄中平平仄仄（韵）

一回东望心如醉。

中平中仄平平仄（韵）

九、《蝶恋花》调别体八

双调六十字，上阕74577，五句四仄韵；下阕74577，五句四仄韵。此体字句与正体同，但平仄差异较大，与沈会宗词亦微异，如两结句皆拗体，属偏严于四声者。以杜安世《凤栖梧》（别浦迟留恋清浅）为例，见于《词调词律大典》。另有杜安世《凤栖梧》（任在芦花最深处）与此同。

【例词】杜安世《凤栖梧》

别浦迟留恋清浅。

中仄平平仄平仄（韵）

菱蔓荷花，

中仄平平

尽日妨钩线。

中仄平平仄（韵）

向晚澄江静如练。

中仄平平仄平仄（韵）

风送归帆飞似箭。

中仄中平平仄仄（韵）

鸥鹭相将是家眷。

中仄中仄仄平仄（韵）

坐对云山，

中仄平平

一任炎凉变。

仄仄平平仄（韵）

定是寰区又清宴。

中仄中平中平仄（韵）

不见龙骧波上战。

中仄中平平仄仄（韵）

十、《蝶恋花》调别体九

双调六十字，上阕 74577，五句四仄韵；下阕 74577，五句四仄韵。此体字句与正体同，但各组韵脚完全相同，属于叠韵《蝶恋花》，且四声大致相同，见于《词调词律大典》。以周邦彦《蝶恋花·商调 柳》四首为例，凡有 17 首，列表如下：

序号	作者	题目	首句	韵脚	韵部
1	周邦彦	《蝶恋花·商调 柳》	爱日轻明新雪后	上下片各四仄韵：后牖酒手透秀首旧	第十二部尤有：宥有有有宥宥有宥
2	周邦彦	《蝶恋花·商调 柳》	桃萼新香梅落后	上下片各四仄韵：后牖酒手透秀首旧	第十二部尤有：宥有有有宥宥有宥
3	周邦彦	《蝶恋花·商调 柳》	蠢蠢黄金初脱后	上下片各四仄韵：后牖酒手透秀首旧	第十二部尤有：宥有有有宥宥有宥

序号	作者	题目	首句	韵脚	韵部
4	周邦彦	《蝶恋花·商调 柳》	小阁阴阴人寂后	上下片各四仄韵；后牖酒手透秀首旧	第十二部尤有：宥有有有 宥宥有宥
5	周邦彦	《蝶恋花》	晚步芳塘新霁后	上下片各四仄韵；后牖酒手透秀首旧	第十二部尤有：宥有有有 宥宥有宥
6	方千里	《蝶恋花》	漏泄东君消息后	上下片各四仄韵；后牖酒手透秀首旧	第十二部尤有：宥有有有 宥宥有宥
7	方千里	《蝶恋花》	一搦腰肢初见后	上下片各四仄韵；后牖酒手透秀首旧	第十二部尤有：宥有有有 宥宥有宥
8	方千里	《蝶恋花》	碎玉飞花寒食后	上下片各四仄韵；后牖酒手透秀首旧	第十二部尤有：宥有有有 宥宥有宥
9	方千里	《蝶恋花》	翠浪蓝光新雨后	上下片各四仄韵；后牖酒手透秀首旧	第十二部尤有：宥有有有 宥宥有宥
10	杨泽民	《蝶恋花·柳》	腊尽江南梅发后	上下片各四仄韵；后牖酒手透秀首旧	第十二部尤有：宥有有有 宥宥有宥
11	杨泽民	《蝶恋花》	初过元宵三五后	上下片各四仄韵；后牖酒手透秀首旧	第十二部尤有：宥有有有 宥宥有宥
12	杨泽民	《蝶恋花》	寂寞春残花谢后	上下片各四仄韵；后牖酒手透秀首旧	第十二部尤有：宥有有有 宥宥有宥

续表

序号	作者	题目	首句	韵脚	韵部
13	杨泽民	《蝶恋花》	百卉千花都绽后	上下片各四仄韵：后牖酒手透秀首旧	第十二部尤有：宥有有有宥有有宥
14	陈允平	《蝶恋花》	谢了梨花寒食后	上下片各四仄韵：后牖酒手透秀首旧	第十二部尤有：宥有有有宥有有宥
15	陈允平	《蝶恋花》	墙外秋千花影后	上下片各四仄韵：后牖酒手透秀首旧	第十二部尤有：宥有有有宥有有宥
16	陈允平	《蝶恋花》	寂寞长亭人别后	上下片各四仄韵：后牖酒手透秀首旧	第十二部尤有：宥有有有宥有有宥
17	陈允平	《蝶恋花》	落尽樱桃春去后	上下片各四仄韵：后牖酒手透秀首旧	第十二部尤有：宥有有有宥宥有宥

【例词】周邦彦《蝶恋花·商调 柳》（其一）

爱日轻明新雪后。

中仄中平平仄仄（韵）

柳眼星星，

中仄平平（句）

渐欲穿窗牖。

中仄平平仄（韵）

不待长亭倾别酒。

中仄中平平仄仄（韵）

一枝已入骚人手。

中平中仄平平仄（韵）

322

浅浅挼蓝轻蜡透。

中仄中平平仄仄（韵）

过尽冰霜，

中仄平平（句）

便与春争秀。

中仄平平仄（韵）

强对青铜簪白首。

中仄中平平仄仄（韵）

老来风味难依旧。

中平中仄平平仄（韵）

【例词】周邦彦《蝶恋花·商调 柳》（其二）

桃萼新香梅落后。

中仄中平平仄仄（韵）

暗叶藏鸦，

中仄平平（句）

苒苒垂亭牖。

中仄平平仄（韵）

舞困低迷如著酒。

中仄中平平仄仄（韵）

乱丝偏近游人手。

中平中仄平平仄（韵）

雨过朦胧斜日透。

中仄中平平仄仄（韵）

客舍青青，

中仄平平（句）

特地添明秀。

中仄平平仄（韵）

莫话扬鞭回别首。

中仄中平平仄仄（韵）

渭城荒远无交旧。

中平中仄平平仄（韵）

【例词】周邦彦《蝶恋花·商调 柳》（其三）

蠢蠢黄金初脱后。

中仄中平平仄仄（韵）

暖日飞绵，

中仄平平（句）

取次粘窗牖。

中仄平平仄（韵）

不见长条低拂酒。

中仄中平平仄仄（韵）

赠行应已输先手。

中平中仄平平仄（韵）

莺掷金梭飞不透。

中仄中平平仄仄（韵）

小榭危楼，

中仄平平（句）

处处添奇秀。

中仄平平仄（韵）

何日隋堤萦马首。

中仄中平平仄仄（韵）

路长人倦空思旧。

中平中仄平平仄（韵）

【例词】周邦彦《蝶恋花·商调 柳》（其四）

小阁阴阴人寂后。

中仄中平平仄仄（韵）

翠幕褰风，

中仄平平（句）

烛影摇疏牖。

中仄平平仄（韵）

夜半霜寒初索酒。

中仄中平平仄仄（韵）

金刀正在柔荑手。

中平中仄平平仄（韵）

彩薄粉轻光欲透。

中仄中平平仄仄（韵）

小叶尖新，

中仄平平（句）

未放双眉秀。

中仄平平仄（韵）

记得长条垂鹬首。

中仄中平平仄仄（韵）

别离情味还依旧。

中平中仄平平仄（韵）

综上，唐宋《蝶恋花》调体共有 10 中体式，其中以冯延巳词为正体，另有
9 种别体，是调体较为复杂多样的词调。

参 考 文 献

一、词学文献

（一）诗词总集类

[1] 逯钦立 . 先秦汉魏晋南北朝诗 . 北京：中华书局，1984.

[2] 曾昭岷 . 全唐五代词 . 北京：中华书局，1999.

[3] 唐圭璋 . 全宋词 . 北京：中华书局，1965.

[4] 孔凡礼 . 全宋词补辑 . 北京：中华书局，1981.

[5] 朱德才 . 增订注释全宋词 . 北京：文化艺术出版社，1997.

[6] 吴熊和 . 唐宋词汇评（两宋卷）. 杭州：浙江教育出版社，2004.

[7] 任半塘 . 敦煌歌词总编 . 上海：上海古籍出版社，2006.

（二）诗词选集类

[1] （五代）赵崇祚，等 . 花间集·尊前集 . 于翠玲，注 . 北京：华夏出版社，1998.

[2] （宋）周密 . 绝妙好词笺 . 上海：上海古籍出版社，1984.

[3] （宋）曾慥 . 乐府雅词（附拾遗）. 北京：中华书局，1985.

[4] （宋）黄昇 . 花庵词选 . 沈阳：辽宁教育出版社，1997.

[5] （宋）黄大舆 . 钦定四库全书 梅苑 . 北京：线装书局，2014.

[6] （宋）杨万里 . 草堂诗徐 . 武汉：崇文书局，2017.

[7] （元）杨朝英 . 朝野新声太平乐府 . 北京：中华书局，1958.

[8] （明）杨慎 . 词品 . 上海：上海古籍出版社，2009.

［9］（清）陈廷焯．词则．上海：上海古籍出版社，1984.

［10］（清）沈辰垣．御选历代诗余．杭州：杭州古籍书店，1984.

［11］（清）朱彝尊，汪森．词综．上海：上海古籍出版社，2005.

［12］张璋．历代词萃．黄畲，笺注．郑州：河南人民出版社，1983.

［13］俞陛云．唐五代两宋词选释．上海：上海古籍出版社，1985.

［14］唐圭璋．唐宋词简释．上海：上海古籍出版社，1981.

［15］俞平伯．唐宋词选释．北京：人民文学出版社，1979.

［16］龙榆生．唐宋名家词选．上海：上海古籍出版社，1980.

［17］梁令娴．艺蘅馆词选．广州：广东人民出版社，1981.

［18］刘扬忠，等．唐宋词精华．北京：朝华出版社，1991.

［19］毛先舒．填词名解．济南：齐鲁书社，1997.

［20］隗国．蝶恋花一百首．北京：中国工人出版社，1998.

［21］李琏生．中国历代词分调评注·蝶恋花．成都：四川文艺出版社，1998.

［22］竺金藏，马东遥．分调绝妙好词·蝶恋花．北京：东方出版社，2001.

（三）鉴赏辞典类

［1］唐圭璋，等．唐宋词鉴赏辞典（唐、五代、北宋卷）．上海：上海辞书出版社，1988.

［2］唐圭璋，等．唐宋词鉴赏辞典（南宋、辽、金卷）．上海：上海辞书出版社，1988.

［3］徐育民，等．历代名家词赏析．北京：北京出版社，1982.

［4］陈邦炎．词林观止．上海：上海古籍出版社，1994.

［5］潘百齐．全宋词精华分类鉴赏集成．南京：河海大学出版社，1991.

［6］刘永济．唐五代两宋词简析．北京：中华书局，2010.

（四）文化、美学、哲学、音乐类

［1］刘尧民．词与音乐．昆明：云南人民出版社，1982.

［2］施议对．词与音乐关系研究．北京：中国社会科学出版社，1985.

（五） 词史类

[1] 薛砺若．宋词通论．上海：上海书店，1985.

[2] 杨海明．唐宋词史．南京：江苏古籍出版社，1987.

[3] 陶尔夫，诸葛忆兵．北宋词史．哈尔滨：黑龙江教育出版社，2002.

[4] 陶尔夫，刘敬圻．南宋词史．哈尔滨：黑龙江人民出版社，1992.

[5] 王易．词曲史．北京：东方出版社，1996.

[6] 刘扬忠．唐宋词流派史．福州：福建人民出版社，1999.

[7] 刘尊明．唐五代词史论稿．北京：文化艺术出版社，2000.

[8] 王兆鹏．唐宋词史论．北京：人民文学出版社，2000.

[9] 曹辛华．20 世纪中国古代文学研究史·词学卷．上海：东方出版中
　　心，2006.

[10] 田玉琪．词调史研究．北京：人民出版社，2012.

（六） 词话词论类

[1] （清）查继超．词学全书．北京：中国书店，1984.

[2] 王国维．人间词话．上海：上海古籍出版，1998.

[3] 夏承焘．唐宋词欣赏．天津：百花文艺出版社，1980.

[4] 唐圭璋．词话丛编．北京：中华书局，1986.

[5] 吴熊和．唐宋词通论．杭州：浙江古籍出版社，1985.

[6] 刘永济．词论．上海：上海古籍出版社，1981.

[7] 杨海明．唐宋词美学．南京：江苏教育出版社，1998.

[8] 林钟勇．宋人择调之翘楚——《浣溪沙》调研究．台北：台北万卷楼图书
　　出版公司，2002.

[9] 吴梅．词学通论．上海：上海古籍出版社，2006.

[10] 朱靖华，饶学刚，王文龙，饶晓明．苏轼词新释辑评．北京：中国书
　　店，2007.

[11] 叶嘉莹，等．辛弃疾词新释辑评．北京：中国书店，2006.

（七） 词谱、格律类

[1] （清） 舒梦兰. 白香词谱笺. 北京：中华书局，1982.

[2] （清） 王奕清，等. 钦定词谱. 北京：中国书店，1983.

[3] （清） 万树. 词律. 上海：上海古籍出版社，1984.

[4] （清） 戈载. 词林正韵. 上海：上海古籍出版社，2009.

[5] 夏敬观. 词调溯源. 台北：台湾商务印书馆，1972.

[6] 盛配. 词调词律大典. 北京：中国华侨出版公司，1998.

[7] 张梦机. 词律探原. 台北：文史哲出版社，1981.

[8] 潘慎. 词律辞典. 西安：陕西人民出版社，1991.

[9] 龙榆生. 词曲概论. 北京：北京出版社，2004.

[10] 洛地. 词体构成. 北京：中华书局，2009.

[11] 胡达今. 词牌例选. 广州：德宏民族出版社，1998.

[12] 龙榆生. 唐宋词格律. 上海：上海古籍出版社，1978.

（八） 工具书、史料类

[1] （唐） 崔令钦. 教坊记. 沈阳：辽宁教育出版社，1998.

[2] （宋） 周密. 武林旧事. 杭州：浙江人民出版社，1984.

[3] （元） 脱脱，等. 宋史. 北京：中华书局，1977.

[4] 马兴荣，吴熊和，严迪昌，曹济平. 中国词学大辞典. 杭州：浙江教育出版社，1996.

二、博硕士论文

[1] 黄文怡. 宋元《渔夫》词曲研究. 彰化师范大学，2003.

[2] 王昕. 唐五代词调词体研究. 天津师范大学，2003.

[3] 施维宁.《水龙吟》词牌研究. 彰化师范大学，2005.

[4] 李柔娴.《虞美人》词调研究. 彰化师范大学，2006.

[5] 谢素真.《渔家傲》词牌研究. 彰化师范大学，2006.

[6] 陈鑫. 宋词长调金曲《水调歌头》研究. 湖北大学，2006.

[7] 陈扬广.《忆江南》词调及其内容研究——以唐宋词为例. 彰化师范大学, 2008.

[8] 黄正红. 唐宋词句法研究. 南京师范大学, 2009.

[9] 陈翠颖. 两宋《沁园春》词研究. 南京师范大学, 2009.

[10] 余泽薇. 唐宋《望江南》词初探. 深圳大学, 2010.

[11] 李莹. 唐宋《临江仙》词研究. 南京师范大学, 2011.

[12] 徐倩. 唐宋《西江月》词研究. 南京师范大学, 2012.

[13] 李芳. 唐宋《菩萨蛮》词研究. 南京师范大学, 2013.

[14] 刘曼丽. 宋金元《满江红》词研究. 南京师范大学, 2014.

[15] 代晓漫. 宋词《蝶恋花》词体、词情与词艺研究. 中南民族大学, 2015.

[16] 李卫丽. 唐宋《虞美人》词研究. 河南大学, 2017.

[17] 惠晶晶. 唐宋《生查子》词研究. 湖北大学, 2018.

[18] 姚逸超. 北宋前期词调研究. 浙江大学, 2017.

[19] 王倩倩. 两宋《满庭芳》词研究. 广西师范大学, 2018.

[20] 张好慧. 唐宋《喜迁莺》词调研究. 华东师范大学, 2020.

三、期刊论文

[1] 吴熊和. 唐宋词调的演变. 杭州大学学报, 1980 (3).

[2] 周崇谦. 词的用韵类型. 中国韵文学刊, 1995 (1).

[3] 周玉魁. 词调丛考. 中国韵文学刊, 1997 (1).

[4] 王兆鹏, 刘尊明. 历史的选择——宋代词人历史地位的定量分析. 文学遗产, 1995 (4).

[5] 白静, 刘尊明. 唐宋词调之冠——《浣溪沙》初探. 湖北大学学报 (哲学社会科学版), 2004 (2).

[6] 曹辛华. 论唐宋《望江南》词体的演进与意义. [韩国] 中国文学理论研究, 2007 (10).

[7] 曹辛华. 论中国分调词史的建构及其意义. 中国韵文学刊, 2009 (8).

[8] 曹辛华. 论唐宋《渔父》词的文化意蕴与词史意义. 南京师范大学学报, 2007 (6).

[9] 曹辛华. 论唐宋《望江南》词体的演进与意义. 江南文化与中国文学研讨会提交论文, 2007, 11.

[10] 曹辛华. 从生成要素再论词体起源问题. 江西师范大学学报（哲学社会科学版）, 2012（4）.

[11] 曹辛华. 词乃乐府的"格"、"律"化：词体生成问题新论. 江海学刊, 2011（4）.

[12] 许伯卿. 论宋词题材演进的新型南方文化背景. 文学遗产, 2005（6）.

[13] 许伯卿. 不同历史时期宋词题材构成比较. 南阳师范学院学报（社会科学版）, 2005（7）.

[14] 吕肖奂. 从琴曲到词调——宋代词调创作流变示例. 中国韵文学刊, 2008（3）.

[15] 刘尊明. 本世纪唐宋词研究的定量分析. 湖北大学学报（哲学社会科学版）, 1999（5）.

[16] 刘尊明, 王兆鹏. 本世纪唐宋词研究的定量分析. 湖北大学学报（哲学社会科学版）, 1999（5）.

[17] 王兆鹏. 论宋词的发展历程. 暨南学报（哲学社会科学）, 2000（6）.

[18] 白静, 刘尊明. 唐宋词调之冠——《浣溪沙》初探. 湖北大学学报（哲学社会科学版）, 2004（2）.

[19] 田玉琪. 词调《莺啼序》探源. 南京社会科学, 2002（6）.

[20] 田玉琪. 唐五代词调在两宋的运用. 长江学术, 2007（4）.

[21] 吴琼. 《蝶恋花》词牌研究. 襄樊职业技术学院学报, 2010, 9（1）.

[22] 付兴林. 悲喜交错景情真, 理趣横生构思巧——苏轼《蝶恋花·春景》赏读辨误. 陕西理工学院学报（社会科学版）, 2010（3）.

[23] 李义天. 孤寂中的守望——晏殊《蝶恋花》词赏析. 古典文学知识, 2001（6）.

[24] 程毅中. 从《商调蝶恋花》到《刎颈鸳鸯会》——《宋元小说研究》补订之一. 文学遗产, 2002（1）.

[25] 王作良. 赵令畤鼓子词《商调蝶恋花》简论. 西安建筑科技大学学报（社会科学版）, 2004（2）.

[26] 王亚男. 从"自叙"到"美话"——论赵令《商调蝶恋花》鼓子词对《莺莺传》的接受与发展. 名作欣赏, 2017 (14).

后　记

改完这部书稿，我心中喜忧参半。喜的是，终于暂时松口气；忧的是，部分内容仍需完善。抬头望向窗外，夕阳斜挂，我独自绕着教学楼旁边的三鉴湖畔缓缓而行。阵阵清风吹起了满湖的涟漪，深秋的清冷与萧瑟瞬间席卷全身，亦把我的思绪带回到十年前在金陵求学的那段时光。叹流年似水，足迹难重叠。2012年4月的那个下午，我初次来到随园，瞬间被这所东方最美丽校园的古香古色和宁静祥和所折服。时光悠悠，岁月匆匆，不知不觉十年已过去，现如今身处江城的我，仍怀念金陵的一草一木，忘不了仙林校区的旖旎风光，忘不了紫金校区中午的静谧时刻，忘不了随园校区的鸟语花香，更忘不了金陵那些温暖的人，那些感动的事。

感谢我的硕导曹辛华教授十年如一日地关心包容我。初次见曹师，便有一种与生俱来的亲切感，在忝列门墙的三年里，老师渊博的学识、严谨的治学态度、宽厚的长者风范和真挚的爱生之心都令我愈加敬仰。入学之初，老师让我围绕选题"唐宋《蝶恋花》词研究"查找资料、阅读相关文献，后以此完成了论文写作并申请学位。正当我为毕业后何去何从而迷茫不已时，老师建议我回到江城读博，因为那里有我的爱人和父母。之后继续在武大深造，毕业后留在江城成为一名高校教师。离开金陵后，与曹师联系渐少，婚后携先生回校拜见恩师，老师万分高兴地拉着我们聊了好久，每次来汉开会，亦会提前与我联系，除去唠家常，老师见面总不忘关心我的学术研究。老师的督促时时提醒着我要珍惜时光，专心学术。这次书稿是在之前学位论文的基础上增改完成，虽然历时数月，但粗糙的"成品"还是与最初的"梦想"相差甚远，天资愚笨如我，这次怕又要辜负曹师的期望。十年前，承蒙老师不弃，带我踏入学术之门；十年后，老师昔日花费心力指导的论文匆忙付梓，却是要助我完成科研任务。人生每一个重要节点，因为有老师的指导，让我不再迷茫。师恩浩荡，无以为报，只能在未来的生活工作中，更加勤奋努力！

夜幕降临，寒气加重，看着静静的湖水，难免浮想联翩，回想起这几年的工作生活，心中五味杂陈。感谢我的博导谭新红教授对我如子女般始终不弃的关怀与教诲。2018年博士毕业后顺利留在江城，虽处同城，却因初入职场琐事繁杂，只有逢年过节才能去看望老师，但老师从来不忍苛责，还是像子女回家一样热情地招待我。当得知现在青年教师都要完成首聘期科研任务时，老师还是像读博时一样，叮嘱我要抓紧时间努力完成，并尽最大可能为我提供各种帮助。我在工作后写下的每一份课题申报书，谭师都是最忠实的读者和评审专家，除了给予修改意见外，老师还将自己申请国家社科基金重大项目的经验与心得倾囊相授。不肖如我，拥有如此强大助攻之下，依旧"两手空空"，也因此一度陷入深深的自我怀疑和无休止的精神内耗中。今年在被科研考核任务压得喘不过气的时候，是谭师一个个修改项目书的电话、一条条关心论文进度的信息，让我重整旗鼓，努力坚持。老师认真踏实的治学态度、谦逊温和的处事方式、善良真诚的爱生之心，每每令我备受鼓舞，无比感动。两位导师的关怀与悉心指导，就像一道光，照亮了我人生的道路，使我终身受益。

感谢一直以来授我以知识、关心我成长的各位师长和同门们。感谢南师大文学院的钟振振教授、党银平教授、高峰教授、徐克谦教授、马珏平教授、彭茵教授、张石川教授，感谢武大文学院古代文学教研室的尚永亮教授、王兆鹏教授、陈水云教授、曹建国教授、程芸教授及汪超教授，他们的每一节课都如同一次心灵的洗礼，带给我无限启迪；他们的学识和人品，足够我一生瞻仰。感谢同门昝圣骞、宋学达、刘岳磊、孙文周、张响、王新立、米昊阳、郑栋辉、吴琼、喻宇明、齐凯、王文、陈泽森、谢安松、黄贞子等出现在我的求学生涯和日常生活中，有了他们的鼓励与关怀，令我感受到师门成员的相亲相爱和强大的凝聚力，每每想起，都充满温馨与快乐，这让我的精神世界格外富足。

感谢帮助、支持我的文学院领导与同事们。特别感谢院长盛银花教授和副院长李汉桥教授，两位院长除了以一己之力带动文学院的科研氛围，更关心每位青年教师的职业成长，尤其是想尽办法、提供各种支持，来帮助书稿顺利出版，以后只能更加努力工作，来回报学院的滋养。感谢古代文学教研室前辈戴峰、龙珍华、孙向锋和熊恺妮在书稿修改与出版方面给予的建议与指导，感谢同事余乐、袁媛、曾妮、郝瑞娟对我的鼓励与关心。由衷感谢武汉大学出版社的王凯、唐伟两位编辑，没有他们的辛苦推进，书稿根本不可能如期出版。

最后感谢我的家人给予的一切支持与包容。感谢我的爱人张红中先生，他勤奋上进、认真踏实，十余载的耳濡目染，已逐渐消解了我的散漫懈怠、任性急躁，让我慢慢变得独立自强，他给予我最大限度的尊重与包容，让我可以自由决定自己的工作与生活。感谢我的儿子祁祁，虽然他的降临完全改变了我原有的生活，时常令我焦头烂额，但也让我对未来无限憧憬，因为他的可爱治愈了世间一切不可爱。特别感谢我的婆婆和妈妈对我们小家的默默付出，让我和先生可以安心工作，在最应该奋斗的年华，去迎接更好的自己。

特别说明，本书稿出版受到湖北第二师范学院国家一流专业"汉语言文学"学科建设专项经费和湖北省人文社科重点研究基地湖北方言文化中心开放基金项目资助，一并致谢。本书稿是初窥学术门径之作，不免稚嫩，仓促付梓，未完善处，只能待来日再版修订。时不我待，以梦为马。仅以此自勉。

黄　盼

2022 年 11 月 5 日于江城三鉴湖畔